# 架空の国に起きる不思議な戦争

## 戦場の傷とともに生きる兵士たち

津久井良充・市川　薫　編著

開文社出版

# はじめに

文学をめぐる作業は、様々な事象や思惑に言葉を与え、それを言葉の世界に閉じ込めることであろう。閉じ込められた世界は、読者によって封印を解かれ、各人各様の経験を踏まえて、新しい言葉を与えられる。過去の戦争も、そのような営みによって戦争を知らない世代へと継承されると信じたい。

このような思いを抱きながら、大学のゼミでは昨年から何らかの形で戦争と関連のある作品を読むことにした。概要説明にもそのことを明記し、希望をとった。一三〇名の学生に対し、一二のゼミクラスがあるため、はたして何人の学生が集まってくれるか不安もあったが、結果として一〇名の学生が集まった。この一年、学生たちはK・マンスフィールド、D・H・ロレンス、R・キップリングの短編作品を読み、第一世界大戦に関するDVDを課外で観賞し、ついにはV・ウルフの『ダロウェイ夫人』の訳読へと進んできた。戦争を知らない教員と学生が、紙の上に書かれた戦争を読むという空間が少なくとも今は保持できている。

とはいえ、彼らの多くは「解答」を求めたがる今の若者である。言葉を読み、読んだ感想に言葉を与えるという作業にはまったく不慣れで、それは読書感想文に散見される「感動した」という言葉に見て取ることができる。そこには「感動した」と書いてあるだけで、何にどう心を動かされたかは説明されていないのだ。

そこで一計を案ずることにした。それはゼミ生の多くが受講する「翻訳研究」という授業でのことである。様々な翻訳指南書に記載されている「鉄則」の説明を一通り終えたあとは模範解答を一切示さないことにしたのだ。めざすのは「最善の訳文を自分だけの力で作り出すこと」だけである。学生たちはどうしても困ったときにのみ教員の意見を求め、それ以外は九〇分間ひたすら原文と向き合う。一昔前であれば、「家で考えてこい」と言うところだろうが、今はそうはいかない。「考えること」に不慣れな彼らは、複雑に絡み合った事象をひとつひとつ解きほぐすという経験を持たないからだ。だとしたら、教室で考えてもらおうということで、そのような授業形態にしてみたのだ。英語で書かれた文学作品を前にして、場面や状況、登場人物、文体、などを丁寧に検討し、それを日本語に訳出するという作業は決して簡単ではない。誤解を怖れずに言えば、面倒臭いことこのうえない。しかし、受講生はその面倒な作業を通して、言葉の重さを知ってゆく。授業アンケートにひとりの学生が書いていた。「授業中に考える時間があっていい。言葉の難しさがわかった。そのぶん疲れる授業」だと。

ひとが必死に書いたものがそんなに簡単にわかってたまるものか、世の中にはそういう言葉がたくさん存在するのだ。そのことを幸いにして学生たちはわかりかけている。感想文には拙いながらも「感動」の中身を説明しようする言葉が増え、教室でも少しずつ意見が出始めてきた。

そういう学生たちもやがて世の中に出てゆく。経済的グローバリズムが生み出した格差社会の到来によって閉塞感がヨーロッパ、アメリカ、そして日本に漂っている。若者たちの意識は向かうべき目標を失ってしまい、徐々に現実から遊離し、やがて不安が芽生えてくる。そのようなとき、閉塞感や不安を一瞬にして吹き飛ばしてくれる言葉があれば、きっと心動かされてしまうだろうし、自らがそのような言葉を発し、アピールすることで快哉を叫ぶこともあるかもしれない。そして、それらの言葉は、単純で、わかりやすく、勇ましく――「閉塞感」を吹き飛ばすのだから勇ましくなって当然である――、またその勇ましさゆえに他者を傷つけてしまうのが特徴である。

インターネットにより「いつでも、どこでも、簡単に」、さらに、これが大切なのだが、「だれでも」が自分の意見なり感想をネット上に載せることができるようになった。また、最近ではテレビの報道番組でも「視聴者からのご意見、ご感想をお待ちしております」とツイッターでの投稿を呼びかけ、それが随時画面の下のほうに映し出される。しかし、それらの媒体で飛び交う言葉の多くは、匿名性に隠れて個人の感情や信条を表明したものであり、そのかまびすしさや勇ましさゆえに、「客観的事実」を覆いつくしてしまうこともしばしばある。もちろん、言えば言いっぱなし、読み手の側も気に入らない意見や感想は容易に無視してしまうことができる。かくして、人々は自らの感情や信条の殻にますます深く閉じこもることになる。そこには、混沌として入り乱れ、多くの価値観がせめぎあう現代社会について、面倒でありながらも、もつれた糸をひとつひとつ解きほぐすという姿勢はほとんどみられない。

現代における文学の存在価値のひとつは、言葉をめぐる右のような風潮の対極の世界を用意しておくことではないだろうか、戦争で飛び交うのはまさに勇ましく単純でわかりやすい言葉であり、それは熱病のように人々を巻き込んでゆく。免疫体を持たなければすぐにでも感染してしまう怖ろしい熱病だ。文学《フィクション》とそれにまつわる研究は、その免疫体を形成するうえで少しは役に立つのではないだろうか。

本書は疑いや不確かさを認めたうえで、テロリズムや内戦によって多くの人々が生命を失っていく現実を注視し、少しでも平和な世界に向かって、一歩でも前へ進むことを唱えようとしている。戦争体験者がますます少なくなる今、その意義は見直されてよいように思われてならない。

市川　薫

二〇一七年一月

目次・架空の国に起きる不思議な戦争——戦場の傷とともに生きる兵士たち

巻頭論文

# 来たるべき戦争
## ――ガーンズバック、ウェルズ、バラード

巽　孝之

### 序　ガーンズバック＝テスラ連続体

我が国では長く空想科学小説の訳語で親しまれて来たサイエンス・フィクション（略称ＳＦ）というジャンル名は、ルクセンブルク系移民としてアメリカで名を成した技術者、小説家、編集者ヒューゴー・ガーンズバック（Hugo Gernsback, 1884–1967）に由来する。ユダヤ系ワイン商の息子として生まれた彼は一九〇四年にアメリカへ移住し、無線機販売などの事業を展開した。その仕事を通じてアメリカの大衆が科学技術に疎いことを知り、これを啓蒙するため一九〇八年に世界初の無線雑誌『モダン・エレクトリックス』を創刊。同誌に一九一一年四月から翌年まで一二回に渡って連載した未来予測小説『ラルフ 124C41+――二六六〇年のロマンス』（*Ralph124C41+*）は天才発明家の大冒険をスリリングに物語り大評判となった。一九一二年の同誌には発明王トマス・エジソンとその好敵手ニコラ・テスラの大きな肖像写真を二度にわたって掲載していることからも、彼がアメリカで活躍する天才発明家のうちにこそ真の民主主義的ヒーローを見出していたことがわかる

ヒューゴー・ガーンズバック

だろう。
一九二六年四月、ガーンズバックは世界初のＳＦ専門誌『アメージング・ストーリーズ』を創刊し、過去の優れたＳＦ作品の再録や投書欄、読者の作品コンテストが人気を集めた。ただし、文献学的に正鵠を期すならば、この時の彼は新興ジャンルについてまだ「科学的小説《サイエンティフィクション》」（scientifiction）と呼んでおり、創刊号の編集後記ではこう定義している。「科学的小説とわたしがいう場合、それはジュール・ヴェルヌやＨ・Ｇ・ウェルズやエドガー・アラン・ポーなどのタイプの、科学的事実と予言的洞察とが混ざり合った魅力的な物語のことを指す」。
ガーンズバックは同誌を大成功に導き、彼が采配をふるう資本金百万ドルのエクスペリメンター株式会社はやがて複数の科学啓蒙雑誌や単行本、放送局経営に至るまでをこなすようになったが、一九二九年二月に、ライバルによる謀議により破産宣告が下され、雑誌は他社に渡ってしまう。だが、すでに敏腕編集者として名声を得ていたガーンズバックは、『アメージング・ストーリーズ』の愛読者のために、一九二九年六月に新雑誌『サイエンス・ワンダー・ストーリーズ』を立ち上げ、まさにその創刊号編集後記において、彼は「科学小説《サイエンス・フィクション》」（science fiction）なるジャンル名を発明し、以後はこの名称こそが「科学的小説」を駆逐し英語圏文学市場に定着していく。そう、発明家ガーンズバック最大の発明は、同誌を通して流通させたジャンル名「サイエンス・フィクション」であったといっても過言ではない。これにより彼は「現代ＳＦの父」と呼ばれるようになり、一九五三年には彼にちなんで、年次世界ＳＦ大会参加者の投票で選ばれる世界最大のＳＦ賞「ヒューゴー賞」が設立され、一九六〇年にはガーンズバック自身も同賞特別賞を受賞するに至っている。
いったいガーンズバックがこの新ジャンルを着想するきっかけはどこにあったのだろうか。発明発見の世紀が幕を開け、それに対してもともと技術者としての才覚に恵まれていた彼が鋭敏に反応したことも大きいけれども、わたしは世紀転換期には驚くべき分量の近未来小説が書かれ、一大ブームを巻き起こしていた事情が大きいのではないか、と考える。その最大の霊感源はセルビア・クロアチア系移民でエジソンのライバルとも囁かれたもうひとりの天才発明家ニコラ・テスラとの、一九〇八年の出会いであった。

ニコラ・テスラ（Nicola Tesla, 1856–1943）。彼は交流電流、ラジオやラジコン（無線トランスミッター）、蛍光灯、空中放電実験で有名なテスラコイルなどの多数の発明、また無線送電システム（世界システム）の提唱でも知られ、いまでも磁束密度の単位テスラにその名を残す。一八八〇年、オーストリア帝国グラーツのポリテクニック・スクール在学中に交流電磁誘導の原理を発見、一八八四年にアメリカに渡り、エジソンの会社に勤務。だが当時、エジソンは直流電流による電力事業を展開していたため、交流電流の技術を発展させようとしていたテスラは対立、一年ほどで辞職。一八八七年、独立したテスラは自身のテスラ電光会社を設立し、独自に交流電流による電力事業を推進した。同年、交流電源の特許を受諾。一八八八年、アメリカ電子工学学会でデモンストレーションを行い、それに感銘を受けた億万長者ジョージ・ウェスティングハウスから百万ドルの研究費と、特許の使用料を提供される。この交流発電機は、ウェスティングハウス・エレクトリック社によりナイアガラの滝の発電所に取り付けられた。また同年には循環磁界を発見。超高周波発生器を開発する。以後もさまざまな発明をぞくぞくと繰り出し、一九一五年、エジソンとともにノーベル物理学賞受賞候補となるも、両者はいずれも受賞せず。死後、数トンに及ぶ彼の発明品・設計図は「アメリカ軍とＦＢＩが没収した」「ユーゴスラビアを通じてソ連の

ニコラ・テスラ

手にも渡った」と噂され、半ば伝説のように流布した。

文学作品においては、テスラの友人であるとともにアメリカ近代小説の父とも言われるマーク・トウェイン（Mark Twain, 1835–1910）が一八九八年に「一九〇四年の〈ロンドン・ニュース〉より抜粋」“From the 'London Times' of 1904”で自ら「稲妻博士」（Dr Lightning）と呼んで崇めたテスラを反映したと思しき天才科学者ゼパンニク、通称「オーストリアのエジソン」を登場させ、インターネットの原型とも見られる「テレレクトロスコープ」を介在させて死者と生者の区別がつかなくなるハイテク犯罪小説を発表。我が国では探偵小説の父・江戸川乱歩（1894–1865）が怪人二十面相シリーズの遺作『超人ニコラ』（一九六二）が複製人間による犯罪を扱っており、これもタイトルからしてテスラを彷彿とさせる。また、現代を代表するイギリスSF作家クリストファー・プリースト（1943– ）は一九九五年、世紀転換期の奇術師たちがライバルを出し抜くのにテスラにハイテク瞬間移動装置を発注するという長篇小説『奇術師』（*The Prestige*）を発表し、翌一九九六年の世界幻想文学大賞に輝く。同作品は二〇〇六年、クリストファー・ノーラン監督の映画『プレステージ』となり、テスラ博士役はグラム・ロックの花形デイヴィッド・ボウイが好演。根本的なアイデアはテスラ製作の物質電送機が物質複製機としても機能したというところにあるが、トウェインにしても乱歩にしても、テスラに傾倒した作家たちがみな人間複製化に取り憑かれていたのは、偶然とは思われない。

エジソンの名言「天才は1％のひらめきと99％の努力」を皮肉ったテスラは「天才とは、99％の努力を無にする、1％のひらめきのことである」（「天才とは、1％の直観と99％の徒労である」とも）と発言したが、エジソンの真意は「1％のひらめきがなければ99％の努力は無駄である」だったのだから、両者ははからずも類似した思想の持ち主であることが裏書きされよう。ただしテスラにはエネルギーそのものの送電をもくろむ世界システムをはじめ地震発生装置や地球二分割法などの奇想天外な着想が多く（それを利用しようとしたのがオウム真理教である）、とりわけ晩年は霊界との通信装置の開発に乗り出すなど、研究にオカルト色が強まったこともあり、まともに評価されなくなる。エジソンが「発明王」、テスラが「気狂い科学者《マッド・サイエンティスト》」と呼びならわされるゆえんだ。そんな晩年のテスラを終生尊敬し、死後も彼の名声を守ろうと尽力したのが、自身発明家を志していた現代ＳＦの父ヒューゴー・ガーンズバックであった。

最盛期の一八九〇年代をとうに過ぎていた晩年のテスラに、ガーンズバックは自伝を含む膨大な原稿を執筆依頼するとともに、テスラの発明を高名なＳＦ画家フランク・ポールに視覚化させた。そして、ここが肝心なのだが、ガーンズバック自身が一九一八年に短篇小説「磁気嵐」（The Magnetic Storm）を執筆し、第一次世界大戦でドイツ軍に勝利するための磁力兵器を描くさいに、その理論的可能性を科学的に検証して太鼓判を押したのがテスラであった。そう、最大の科学技術的発明は、まさに最悪の現代的戦争を勝ち抜くために着想されるのだ。してみると、じっさいに米西戦争や米比戦争が引き続き、日清日露の両戦争で極東の島国が脚光を浴び、文字どおりの近未来小説が勃興していた世紀転換期に、ガーンズバックが何ものにも負けぬ超兵器を構想していたテスラから発明の極意を叩き込まれ、まさにそこから科学小説転じてはＳＦという新興文学ジャンルに息を吹き込むに至ったのは、理の当然であった。そしていま、前の世紀転換期にはそれこそ近未来戦争のたぐいであったはずの九・一一同時多発テロに引き続くイラク戦争を経た二一世紀にあって、近未来戦争は再び現代人すべての問題系として実感され再評価の機運を得ているのである。

## 一　世紀転換期の近未来戦争小説

いったいどうしてこの時期に近未来戦争小説が一大ブームを引き起こしたのだろうか。ここでもわたしたちは、ふつう日本人の眼からすれば日清日露、すなわち日清戦争（1894–95）から日露戦争（1904–05）にかけての時代が、欧米史的にはアメリカ合衆国がスペイン帝国を相手取った米西戦争（1898）と、同国が独立成ったフィリピン共和国を制圧せんとした米比戦争（1899–1913）にかけての時代であったことを、グローバルな視野で思い出さなければならない。日清日露は米西米比と対応する。にもかかわらずそのように意識化されていないのは、のちに詳述するように、アメリカがスペイン帝国からフィリピンを解放したのちに、こんどは自らの植民地とするべく乗り出して、独立成ったフィリピン共和国がそれに抵抗しても、あくまでこれを国家間の戦争ではなく「反乱」と見なしたからである。相手を国家と見なさなかった以上、米西戦争がすぐにも米比戦争へ展開していったという歴史的記述は稀なものとなり、歴史書のなかには、マッキンレー大統領は米西戦争を行ったけれども、それを引き継いだシオドア・ローズヴェルト大統領は在任中にはとうとう公式の戦争を経験しなかったとうそぶくものすら見受けられる。しかし、これはまぎれもなく侵略戦争だった。となれば、世紀転換期には、東半球の国家間では日清日露が、西半球（に端を発する帝国と植民地関係）では米西米比が戦われていたのであり、それをまざまざと目撃していた同時代の文学的才能が優れた近未来戦争小説を残すことになったのは、当然のことであった。

かくも巨大で豊饒なジャンルを形成しながら長く文学史の底に埋もれていた近未来戦争小説群。トウェインやロンドンの刺激的な短編小説群もさることながら、近未来戦争小説のそもそもの起源たるピアトン・ドゥーナーの『共和国最後の日々』（一八八〇）に始まり、社会改良家でもあったエドワード・ベラミが未来から同時代をふりかえり風刺するという形式を採ったアメリカ文学史的正典『かえりみれば』（一八八八）、それに対しアジアを視点に入れて痛烈なパロディを試みたアーサー・ダドリー・ヴィントンの『さらにかえりみれば』（一八九〇）、米西戦争のきっかけがフィリピンどころか日本との関係を複雑化しかねない可能性を予知したジョン・ヘンリー・パーマーの『ニューヨーク侵略』（一八九七）、科学技術大国となった中国の世界支配を描くオト・ムンドの『大陸回復』（一八九八）、ひいては我が国において日露戦争を想定していたベストセラー作家・村井弦斎の英文小説『ハナ』（一九〇四）などなど、このジャンルには傑作、問題作が多い。以後もこのジャンルは衰えることがなかった。日清日露以後の日本が眠れる大国と手を結びアメリカを圧倒していく可能性を描いたロイ・ノートンの『ほろびゆく艦隊』（一九〇八）や、同じく日清日露以後の日本の強大な軍事力に備えることこそアメリカの平和を保障するという前提で小説自体をその手段に見立てたドイツ出身の匿名作家パラベラム（文字通りは「軍備万能論者」の意）の『バンザイ！』（一九〇八）、ジェイソン・クロフトをヒーローにした初期スペースオペラで名をなし、やがて日本によるアメリカ侵略の恐怖を描くことになるジョン・ウルリッヒ・ギーシーの『すべてはお国のために』（一九一五）、さらに第一次世界大戦以後には、極東の脅威に対して海軍の視点からアメリカの覚醒を説くウィリアム・B・シャーラーの『パシフィコ』（一九二六）や資産投機理論家として活躍し当時想像できる限りの超兵器を乱舞させ日本軍の真珠湾攻撃を予測したウィリアム・ガンの『空中トンネル』（一九二七）、そしてソ連のヨーロッパ征服とアメリカ侵略を構想しながら人種的偏見を撤廃させる平和へのメッセージが印象的なフロイド・フィリップス・ギボンズの『赤きナポレオン』（一九二九）に至るまで、その隆盛は明らかに多数の愛読者に支えられていたとしか思われない。

## 二　隠喩としてのウイルス

基本的な近未来戦争小説史のアウトラインと、それが発生せざるをえなかったグローバルな歴史的コンテクストのほうに焦点を絞る。

おそらく近未来戦争小説と聞いた読者がまっさきに想起するのは、アメリカ作家エドガー・アラン・ポー、フランス作家ジュール・ヴェルヌと並んで現代ＳＦの父祖とされるイギリス作家Ｈ・Ｇ・ウェルズが

H・G・ウェルズ

一八九七年に雑誌連載し、九八年に単行本として刊行した『宇宙戦争』（*The War of the Worlds*）ではあるまいか。一部ではこの邦題が原題に忠実ではない、といぶかる向きもあるようだが、とはいえ『世界大戦』とか『ふたつの世界の衝突』とかいう邦題だったら、どんなに原文に忠実であっても商品価値はあるまい。これは思い切って『宇宙戦争』の訳題に賭けて、じっさい以降この邦題によって定着させてしまった最初の翻訳者の英断に敬意を払うべきであろう。

かくして『宇宙戦争』は地球を襲うタコ型火星人に代表される異星からの侵略者のイメージのうちに、西欧文化圏以外の覇者が発揮する恐怖と蠱惑とを同時に投影しつつ、そのエイリアンがじっさいには地球のウイルスによってあっけなく死滅してしまう顛末を壮大に描き出した。以後のエイリアン表象がタコでなければイカといったシーフード系が主流になるきっかけとしても、本作品の影響力は強い。しかしここで肝心なのはむしろ、ウェルズ以後の近未来小説においては、非白人種こそ最大の疫病であり、西欧はまさにそれを撃退する超兵器を不可欠のものとするという視点が導入されることになった点だろう。たとえばギャレット・サーヴィスの『エジソンの火星征服』（一八九八）は『宇宙戦争』続編として書かれており、エジソンが火星人以上の電気宇宙船を発明し火星へ押しかけ、結果的に超兵器による異民族殲滅とアメリカ帝国主義を手放しで賞揚するという展開になっている。世紀転換期に活躍した代表的な自然主義作家ジャック・ロンドンの一九一〇年発表の短編「比類なき侵略」は、明らかに日露戦争以後の黄禍論に立脚した政治的人種偏見を中心に、ウイルスとしての黄色人種を殲滅するべく、アンチ・ウイルスとしての細菌兵器を解き放つ。同じころには、ロイ・ノートン作品『ほろびゆく艦隊』（一九〇七）が、アメリカン・インディアンならぬ共産主義勢力の台頭を「赤い脅威」と見てロシア批判を試みた。ちなみに、こうした異種族を殲滅するウイルスという発想を最も巧みに使った現代SFとしては、我が国の誇るSF作家・小松左京が一九六四年に発表し一九八〇年には角川映画にもなった長編小説『復活の日』を忘れるわけにはいかない。なにしろ物語は、外宇宙から採取された病原体をもとに軍事用に実用化された大量破壊兵器MM88が、運搬の途上、飛行機の遭難のため流出して世界中に蔓延し、当初こそ新種の風邪のように思われながら、けっきょくは人類全体を絶滅させるほどの猛威をふるっていくからである。ここでは既知の人類種族同士が互いにとっての ウイルスなのではなく、未知なる外宇宙のウイルスと地球上の人類とが敵対するのだ。やがてケネディ政権以降エスカレートする米ソ冷戦下、敵国の攻撃に対する報復攻撃を可能にする全自動報復装置（ARS）が稼動してしまい、アラスカで起こった大地震を敵国の攻撃と誤認したコンピュータが作動したあげく、全面核戦争が勃発するドラマは、三・一一東日本大震災において天災と人災が連動する悲劇を目の当たりにしたあとでは、あまりにもリアルに映る。ウェルズやクラークを敬愛する小松が期せずして世紀転換期以降の近未来戦争小説の水準をも本作品で一気に向上させてしまったことは、疑いない。

話を戻す。ウェルズの同時代でいちばん肝心なのは、『宇宙戦争』とまったく同年一八九八年には、西インド諸島はモントセラット島出身の英国作家M・P・シールが未来戦争小説『黄色い脅威』（*Yellow Danger*）を発表しており、まさにこれこそは、そもそもアジア系差別を表わし日清・日露戦争とともに流通していく「黄禍」（**yellow peril**）の語源となった事実だ。そこでは西欧における中国の影響力を抑制するために「新黒死病」なる民族殲滅兵器が発明される。ウェルズと同じく、ここでシールもまた、アジアという名のウイルスを根絶するために、もうひとつメタレヴェルにおけるウイルスを発動させている。シール本人が西インド諸島においてアイルランド系役人と黒人奴隷のあいだの私生児を父に、解放奴隷の娘を母に持った末に、人種差別の根幹を撃つ小説をものすことになるとは、何とも興味深い巡り合わせと言うほかない。

これに引き続くように、アメリカ作家フレデリック・ロビンソンは、一九一四年にずばり『宇宙戦争——

紀元二〇〇〇年の物語』（*The War of the Worlds: a Tale of the Year 2,000 A.D.*）と題する小説を書く。主人公であるロシアの君主は、ぞっこんだったアメリカ人女性にすげなくされたのを恨み、アジア人、アフリカ人、ラテンアメリカ人のみならず、何と火星人の助力まであおいで一大連合軍を組織し、ただひたすらにアメリカ合衆国を封じ込め打ち負かそうと躍起になる。一八九〇年代から一九一〇年代へ至る道筋において、ウェルズ『宇宙戦争』の余波をたどっていくとき、何よりも火星人が、その時代ごとに異なる「他者」を表象しているのがわかるのは興味深い。

## 三　戦争小説としての『タイム・マシン』

だが、本稿で試みたいのは、ウェルズ作品のうちでもその圧倒的なアイデアゆえに、のちのＳＦサブジャンルの元祖にもなった『タイム・マシン』（一八九五）をもうひとつの戦争小説として読み直すことである。かつて一九五七年にソ連が初の人工衛星スプートニクを打ち上げた時から一九六九年にアポロ一一号が月着陸に成功した時あたりまで、現実がサイエンス・フィクションすなわちＳＦを凌駕してしまったかのごとく語られることが多かった。たしかにＳＦはテクノロジーを軸にした未来予測をジャンル的使命のひとつとしていた時代もあったから、こうした宇宙開発を目の前にして「ＳＦ作家はもうメシの食い上げじゃないか」と他人事のようにうそぶく純文学作家もいたのである。

それからほぼ半世紀を経て、ＳＦの文学的位置は明らかに変わった。一九九〇年の湾岸戦争や一九九五年のオウム真理教事件が文学的主題を再考させるようになったのもたしかだが、やはり決定的だったのは九〇年代半ばよりインターネットによる全地球的な電脳空間が浸透し、まさにそんな時代に入ったからこそ二〇〇一年九月の同時多発テロが勃発して、イラク戦争の引き金となったことだろう。二〇一一年三月の東日本大震災は、ごくごく自然に、戦後日本の二大アイドルであったスーパーロボット鉄腕アトムと怪獣王ゴジラがともに原子力文明と連動して愛されてきた歴史をその根本から考え直すよう求めている。

文学が現実を描くものなら、とうにＳＦ化してしまった高度資本主義時代の文学は必然的にＳＦ的想像力をも自明の前提として現実批判へ赴かざるをえない。一九九一年に北米の批評家ラリイ・マキャフリイはそんな時代精神を「アヴァン・ポップ」と呼び、それを体現する作家にウィリアム・ギブスンやキャシー・アッカー、スティーヴ・エリクソンやウィリアム・ヴォルマンらを含めた。そのような現実と虚構の倒錯的関係は二一世紀文学においても影響力を増し、げんに二〇〇八年には、ＳＦと魔術的リアリズム、および日本的オタク文化の影響を受けたドミニカ共和国生まれの若手作家ジューノ・ディアスが『オスカー・ワオの短く凄まじい人生』がピュリッツァー賞を受賞するに至っている。我が国でも一九九四年にはアヴァン・ポップ作家・笙野頼子がずばり「タイムスリップ・コンビナート」と題する中編で芥川賞を受賞したのを皮切りに、二〇一二年には文字どおりＳＦ畑出身の円城塔がウラジーミル・ナボコフやスタニスワフ・レムを思わせる思弁小説《スペキュラティヴ・フィクション》「道化師の蝶」で芥川賞を受賞した。かつて半世紀ほど前には「まず文学を知らなければＳＦは選べない」時代があったいっぽう、二一世紀現在は「まずＳＦぐらい知っておかなければ文学すらできない」時代と化したのである。

だが、ふりかえってみれば、そうした認識はかれこれ一世紀も前に、ガーンズバックによってポー、ヴェルヌと並びＳＦの元祖とみなされたウェルズ（Herbert George Wells, 1866–1946）が、あらかじめ二〇世紀以降の文学観としてしっかり胸に抱いていたヴィジョンであった。ウェルズの文学にはたしかに未来世界を洞察しようとする明敏なるテクノロジー意識が反映してはいるものの、それはあくまでこの作家が、必ずしも未来というよりは、自らの生きる世紀転換期の現実そのものを、旧来の文学理論ではなしえなかった方法でしっかりと見据えていた結果である。げんにウェルズは一九一〇年代に入ってから、当時の英米主流文学の中核たるヘンリー・ジェイムズとのあいだで激越な論争を交わす。名作『ある婦人の肖像』や『鳩の翼』の映画化などでも再評価の進むアメリカ生れのジェイムズは、本質的に芸術至上主義的なヴィジョンの持ち主であり、そんな彼とウェルズは明らかに深い親交を結んでいた時期がある。ところが一九一一年に、ウェルズの美点も欠点も併せ持つ『新マキャベリ』が出版されるころまでには、彼はジェイムズたち純文学作家と自分の資質の違いをあまりにもはっきりと意識し言明するようになり、それは一五年の『ブーン』で頂点に達する。簡単にまとめるなら、ジェイムズがあくまで人間造型に重点を置いた芸術的想像力の優位を主張したのに対して、ウェルズはそれがいかに芸術作品としての自律性を備えていようと、それだけではあたかも会衆のいない教会堂のようであり、祭壇にはネコの死体や卵の殻や糸屑が散乱していてもおかしくない、と皮肉ったのである。ＳＦ的想像力の権化と見られるこの作家にとっては、幼年期に丁稚奉公した経験をはじめとする実社会体験が、ことのほか重要だった。かてて加えて、三四年の『自伝の実験』では、ジェイムズがヴィクトリア朝的な固定した価値観にとどまっているのを批判し、ウェルズは一九世紀から二〇世紀に至る過程で小説の人間観が大幅な変動を迫られたことを指摘する。すなわち、旧来信じられてきたような、「文学は人間を描く」という最大のお題目そのものが根本からゆらいでいるのではないか、という問いかけが、ウェルズの思想の根本にある。そこに、おそらくは科学師範学校で指導を受けたダーウィン進化論の第一人者Ｔ・Ｈ・ハックスリーの影響があるだろう。そして、このウェルズならではの発想によって初めて、個人としての人間よりも種としての人類を描くという新しい文学観が成立するのだ。それを可能にするには、たんに科学を文学に反映する想像力だけではだめで、文学の根拠そのものを科学的に考える思弁力が必要だという認識が、ウェルズによって示されたのである。

ちなみに、こうした好対照に関しては、我が国でウェルズ（一八六六年生まれ）とほぼ同年、一八六七年生まれの文筆家のうちに、ジェイムズの影響を受け近代日本における国民文学の伝統を築く夏目漱石と、ロンドンでは大英博物館に入り浸り国際的な博物学者として名を馳せる南方熊楠がいたことが参考になるかもしれない。

こうした文化史的脈絡をふまえれば、一八九五年にウェルズの記念すべきデビュー作となった『タイム・マシン』の今日的な意義も、いっそうはっきりと見えてくるはずだ。もちろん本作品は、一見したところ空間ならぬ時間を自由自在に航行するという、驚くべき発明の印象が強い。個人的な思い入れから言えば、幼年時代のわたしは本書を読む以前より、ヴェルヌが一九世紀後半の交通技術および通信技術における驚くべき発展と、それに伴う全地球的な時空感覚の変容に注目した『八〇日間世界一周』（一八七三）が大好きだったから、その二二年後に書かれた『タイム・マシン』はこの先行作品への文学的応答ではないかと感じたものである。前者では八〇日間で世界一周してみせると革新クラブの仲間たちに豪語し二万ポンドを賭けてまでその旅を決行し、予告通り帰還する主人公のイギリス紳士フィリアス・フォッグが印象的だが、後者も時間旅行が可能だと仲間たちに豪語し、ぎりぎりで帰還する主人公のタイム・トラヴェラーの姿で始まるのは、先行作家への洒脱なオマージュにほかなるまい。

だが、ヴェルヌが当時すでに実在した交通手段をフル活用して八〇日間世界一周の可能性を証明したのに対して、ウェルズは未だ存在し得ない交通手段を空想科学的に発明することにより、これ一作でタイム・マシンのみならずタイム・マシンSFというサブジャンルまで「発明」してしまった。ここがちがう。本作品がなければ、SFのオールタイム・ベストを選べば必ず上位を占めるロバート・A・ハインラインの『夏への扉』（一九五六）やその絶大な影響を被ったロバート・ゼメキス監督『バック・トゥ・ザ・フューチャー』三部作（一九八五‐九〇）も、ロバート・F・ヤングの傑作短篇「たんぽぽ娘」やそれに感化された出淵裕監督『ラーゼフォン』（二〇〇三）も、ジャック・フィニイの傑作長篇『ふりだしに戻る』（一九七〇）やバリントン・ベイリーの『時間帝国の崩壊』（一九七四）も、スティーヴン・バクスターによるウェルズ家公認の続編『タイム・シップ』（一九九五）も、はたまた我が国の筒井康隆原作で何度となく映画化されてきたジュヴナイルSFの傑作『時をかける少女』（一九六七年）や荒巻義雄のニューウェーヴSF「時の波堤」（加筆改稿版が「大いなる正午」、一九七〇）、梶尾真治がヤングやフィニイを吸収した「美亜に贈る真珠」（一九七一）、半村良原作でのちに映画化された歴史改変小説『戦国自衛隊』（一九七一）も、そのすべてがありえない。やがて二一世紀に入ると、現代スペイン文学の新星フェリックス・J・パルマの長編小説『時の地図』（二〇〇八）が、何とウェルズその人を語り部として登場させ、彼が『タイム・マシン』を発表したのち、現実に航時機《タイム・マシン》を発明したという人物が現れてタイム・マシンを残していった、だから自分もそれを駆って時間旅行を試みたのだと文豪自身に語らせている。

ここで肝心なのは、ヴェルヌが考えた月世界旅行などのテクノロジーはいまやおおむね実現してしまったものの、ウェルズが編み出したタイム・マシンなる装置は、透明人間をもたらす秘薬とともに、現実そのものがSF化してしまったといわれる二一世紀の今日でさえ、なおも現実化していないテクノロジーのひとつだということである。だが、一八八八年の中編版から一九二四年の単行本版まで八つものヴァージョンを生み出すほどにウェルズが徹底改稿を続けたこの「科学ロマンス」の生成過程が、折しも天才科学者アルバート・アインシュタインによる特殊相対性理論（一九〇五）から一般相対性理論（一九一五）の構築過程と重なっていることに注目しよう。ウェルズ原作では固有名を与えられていない主人公「タイム・トラヴェラー」は、四次元幾何学から出発して「ゆくゆくは時間次元に沿って浮遊しながら、停止したり、加速したり、いっそのこと反転して過去に向かうことさえも可能ではなかろうか?」と語っている。この発想は、たとえば名作短篇といわれる「新加速剤」（一九〇三）が、その名のとおり人間の知的肉体的活動を倍増させることで時間感覚をも操作するというアイデアにも見受けられるとおりで、ウェルズがタイム・マシンという装置に仮託したのは、まさに空間領域の支配のみならず時間速度の操作という発想だったといってよい。

時間が絶対的なものでなく相対的であり、しかも操作可能だという画期的な着想こそは、二〇世紀を用意した。アインシュタインが、かつてアイザック・ニュートンが自明視したごとくに時間が絶対的なものではなく相対的なものであること、光速を基準にしてその速度に迫るか否かで時間が伸びたり縮んだりすること、仮に限りなく光速に近い早さで航行するロケットが可能になり十光年彼方の外宇宙を往復してきたときには、地球に留まった同い年のほうが一七歳も加齢してしまうことを、理論的可能性として提唱した経緯を見ればよい。そしてウェルズ本人が、そうしたアインシュタイン以降の現代物理学の進展をにらんで、『タイム・マシン』三一年版の序文ではそもそも時間が四次元であるという発想の起源が「一八八〇年代、ロイヤル・カレッジ・オブ・サイエンスの実験室や、討論研修会における学生の議論」だったと述べ「相対性の概念を説明する手段として科学の世界が時空の断面に着目するのはずっと後のこと」であると指摘している。

ただし、作者ウェルズ本人も認めるように、前半、この尋常ならざる発明品そのものの内包する理論そのものは高度に知的に開陳されるものの、後半、その理論的応用ともいうべきタイム・トラヴェル自体がけっきょくのところ未来にしか赴かず、さまざまな可能性を残しながらも未完成のままに終る。にもかかわらず――だからこそ、というべきか――以後、その未完成部分は後発作家たちがあの手この手で開拓し一大サブジャンルが創造されることになるのだから、SF史に関する限り決して悪くはないのだが、まさにそのために、つい昨今まで、ウェルズが本作品を執筆した同時代の文化史的脈絡が強調されてきた。

ひとつのポイントは、主人公の時間旅行者が目撃する紀元八〇万二千七百一年の未来では、人類は地上種族エロイと地下種族モーロックのふたつに分裂し、後者が前者を喰うというカニバリズムさえ日常化しているのだから、ここでは本質的な時間理論以上に、一九世紀末、ウェルズ本人の生きた現実を急襲していたダーウィン進化論の陰画としての退化論とクラジウスが発見したエントロピー増大の法則（熱力学第二法則）の影響が濃厚だということだ。この傾向は、動物を生体改造して人間へ造り換えるという発想の『モロー博士の島』（一八九六）にも、むしろ人間のほうが獣性を帯びて退化しやすいのではないかという主題として反復される。その直後の『透明人間』（一八九七）にしても、一見タイトルどおり荒唐無稽な人体透明化のアイデアに支えられているとはいえ、全身を覆い隠す主人公の正体に好奇心を抱く周囲が、服の下は「真っ黒」なのではないか、少なくとも「黒と白の斑の肌をした混血児」なのではないかと詮索するくだりが見られる。同年の一八九七年に雑誌連載され、九八年に単行本として出版されるに至った『宇宙戦争』では地球を襲うタコ型火星人に代表される異星からの侵略者のイメージには、西欧文化圏以外の覇者が発揮する恐怖と蠱惑とがまったく同時に投影されているばかりか、やがて地球人が異星人のペットにされてしまうかもしれないという人類家畜化テーマの原型すら窺われるから、こうした意識はのちに現代ＳＦの巨匠アーサー・Ｃ・クラークが時に帝国主義的ともいわれる名作『幼年期の終わり』（一九五三）で達成するヴィジョンをも準備したであろう。その数年後に書かれた前掲「新加速剤」にも、この画期的な薬の効果で人間が「二五歳で中年、三〇歳で老年にさしかかる」ことを「考えてみれば、十代で成人し、人生五〇年と言われるユダヤ人や東洋人が自然にやっていることである」と見る記述があるから、ウェルズの人種意識は明らかだ。世紀転換期といえば米西戦争と米比戦争、日清戦争と日露戦争のはざまであり、白人以外を賞賛するかのように聞こえる言説も本質的な人種差別と裏腹の時代であった。論より証拠、世紀末ヨーロッパ絵画にも影響を与えたジャポニズムの美学と黄色人種を恐怖するイエロー・ペリルの言説とが表裏一体をなしていたことを思い起こせばよい。こうした世紀転換期の人種差別的言説が優生学を介してヒトラーのナチス・ドイツ戦略にまで作用することになるのは、歴史が証明するとおりである。

だが、まさにアインシュタインが光速の理論を発展させた時代は、じつにもうひとつの光の文明、すなわち映画産業の勃興期でもあったことを、忘れるわけにはいかない。げんに一八九一年にはアメリカの発明王トマス・アルヴァ・エジソンが大きな箱の中にフィルムを備え付け、一度に一人ずつ覗き込んで観るためのキネトスコープを発明しており、一八九五年、すなわちウェルズの『タイム・マシン』とまったくの同年には、今日の映画の父と呼ばれるフランスのオーギュスト&ルイ・リュミエール兄弟がスクリーンを使って多くの人々を同時に楽しませることのできるシネマトグラフを発明した。映画こそは光の魔術で時間を自由自在に操ることができるため、それ以上にタイム・トラヴェルにふさわしい芸術的媒体はない。フランスのジョルジュ・メリエス監督が劇映画の父とも言われるゆえんがヴェルヌのSF小説『月世界旅行』の映画化（一九〇二）であり、前掲クラークとスタンリー・キューブリック監督の『二〇〇一年宇宙の旅』（一九六八）が時に現代映画史最大の達成とも呼ばれるのは、偶然ではない。俗に特撮といわれるSFXやVFXは必ずしもSF映画の特権ではなく、むしろ映画を光の芸術に仕立て上げた最大の根拠なのである。

もちろん、今日のわれわれは一九八〇年代初頭このかたヴィデオ・デッキはごくあたりまえの日常品だと思っているし、昨今では複数のTVチャンネルを同時に録画するHDDすら広く普及してしまっているから、映像の早送りや巻き戻し、一時停止やコマ送りといった機能をいささかも不思議に思っていない。だが、八〇年代初頭にヴィデオが家電製品となったとき、当時のわたしの大学院における師匠のひとりは「これで人類は時間を支配できるようになったね」という名言を放ち、げんにそのころ公開されたリドリー・スコットのSF名画『ブレードランナー』（一九八二）は劇場における興行成績こそ不振だったものの、ヴィデオ販売されるや否や絶大な人気を博した。人間の記憶を根本に据え、人類とアンドロイドの運命を占った同作品がヴィデオ・デッキで再生されてこそ真に広く楽しまれるようになったのは、ごく必然だったかもしれない。

そのように考えると、たとえばアメリカのジョージ・パル監督による最初の映画版『タイム・マシン』（一九六〇）が早送り技術をフル回転させて八〇万年後の未来への旅を目に見えるようにした時、観客の衝撃はいかばかりだったろう。げんに本作品は、視覚効果のジーン・ウォレンとティム・バーの功績が買われ、アカデミー賞特殊効果賞に輝く。前掲クラークには「申し分なく発展を遂げたテクノロジーは、魔法と見分けがつかない」という名言があるが、大衆がまだヴィデオ・デッキを手にしていない時代に、映画ならではの特撮

ジョージ・パル監督『タイム・マシン』(1960)

技術はまさに、限りなく魔法に近い時間旅行と見分けがつかなかったにちがいない。加えて、この映画版では、原作では匿名の主人公タイム・トラヴェラーに「ジョージ」なる固有名が与えられ、名優ロッド・テイラーが演じているところも興味深い。というのも、それは監督ジョージ・パルを指しているようにも、はたまた原作者ハーバート・ジョージ・ウェルズを指しているようにも響くからだ。タイム・マシンSFの父とタイム・マシン映画の父とが矛盾しないことを暗示しているようにも聞こえる。理髪店の椅子を再利用したとおぼしき、優雅なるヴィクトリア朝趣味で造型されたこのタイム・マシンが、前掲フェリクス・J・パルマの『時の地図』においては、作者ウェルズが入手し隠匿している機械として再登場するのも見逃せない。

それから四〇年余、新世紀を迎えた二〇〇二年には、本作品はウェルズ自身の曾孫にあたるサイモン・ウェルズとゴア・ヴァービンスキーの共同監督により、リメイクされる。ここでもタイム・トラヴェラーは固有名を与えられるが、こんどはニューヨークはコロンビア大学で教鞭を執る物理学者アレクサンダー・ハーデゲンという設定だ。恋人の死を悼む彼はタイム・マシンでそれを解消しようと試みるがそれに失敗。かくして彼は二〇三〇年代、月が崩落し地球を荒廃させた世界を経て八〇万年後の遠未来へ赴く。本作品における時間旅行の描写では、六〇年代の特撮では不可能なデジタル技術が駆使されて、未来へ赴くにつれ地球上の森羅万象がみるみる変形して行くさまが緻密かつダイナミックに視覚化されている。

ふたつの映画化を並べてみると、そのちがいが面白い。一九六〇年代のパル版における八〇万年後の未来

サイモン・ウェルズ＆ゴア・ヴァービンスキー
共同監督『タイム・マシン』（2002）

人エロイ族は現代人より知能の劣った白人で、モーロック族は知能は優れるけれども明らかに非白人種族という区別だったが、二一世紀初頭のウェルズ＆ヴァービンスキー版におけるエロイ族は二一世紀人と変わらぬ教育程度を備える黒人や黄色人で、モーロック族はまったくのエイリアンとして描かれるばかりか、それを操るウーバー・モーロック族という上位にして第三の種族が設定され、そのボス格たる異形のカリスマをジェレミー・アイアンズが演じている。図式にひとひねりが加わっても、ここでウェルズが描く遠未来の人類は、異種族間で静かな戦争をし続け、時にカニバリズムをも厭わなくなるほどの極限的悲壮感を醸し出す。同じ映画化でもパル版がまだ、タイム・トラヴェラーが未来のいくつかの時点を訪れることで歴史に干渉してしまっている経緯を描き、そのように干渉された歴史が並行宇宙《パラレル・ワールド》を造り出す可能性を示唆していたのに対し、ウェルズ＆ヴァービンスキー版は恋人の死を悼んで過去を修正しようと焦っていたタイム・トラヴェラーが、ついにはタイム・マシンをモーロック族殲滅のために乱用し、歴史を変える夢のほうへ力点を置いている。そこには明らかに、六〇年代ラディカリズムにおける社会革新の夢と二〇〇一年九月一一日の同時多発テロの悪夢が促した世界変革の夢のコントラストを見ることができる。

　たしかに、わたしたちの誰もが搭乗できるタイム・マシンは、二一世紀を迎えたいまもなお、実現していない。にもかかわらず、二〇一一年の九月に、スイスはジュネーヴの欧州合同原子核研究所から七三〇キロ離れたイタリアはグラン・サッソの研究所へ飛ばす実験を一万五千回くりかえした結果、素粒子として知られるニュートリノが光よりも一億分の六秒速いというデータが確認されて、一気にタイム・マシンへの夢が広く語られるようになったのは、記憶に新しいところだ。アインシュタインの特殊相対性理論では、質量をもつ物体が光速に迫れば時間の進み方が遅くなり、光速に到達すれば時間が停止してしまうが、さらに光速すら超える速度になると、時間をさかのぼる可能性が出てくるからである。

半世紀前であれば、こうしたニュースが世界を駆けめぐると、現実がSFに接近したことによってSF的想像力が追い抜かれたとでも言いたげな言説が必ず勃興したものだが、二一世紀の今日では、むしろSF的可能性の現実化を歓迎するような風潮が見受けられる。そこにはまぎれもなく、SFに対する感性と常識の変容が、いわばパラダイム・シフトが胚胎する。

なぜそんな認識の変容が起こったのか?

ひとつの理由は、とりわけ我が国においてタイム・トラヴェルをテーマに据えた物語が枚挙にいとまがないことだ。一九六〇年代の日本SF第一世代代表格・小松左京の初期作品「地には平和を」「易仙逃里記」や時間SFを得意とする豊田有恒の『モンゴルの残光』『タイムスリップ大戦争』に始まり、新世紀に入ればテレビドラマ化され大評判になった村上もとかの歴史改変マンガ『JIN—仁—』(二〇〇〇—二〇一〇)、新海誠のアニメ『君の名は。』(二〇一六)に至るまで目白押しである。その根本には、たとえば黒船来航や第二次世界大戦敗戦など、過去の歴史的結節点にさかのぼってもうひとつのありうべき日本史を見てみたいという願望がひそむ点に求められるのではあるまいか。

そしてもうひとつの理由は、上述のようにデジタル映像技術を駆使したCGやVFXが二〇一〇年代を迎えた今日ますます超進化を遂げているため、タイム・トラヴェルならぬ歴史改変をますます容易にしてしまった点にあるのではなかろうか。

映像技術、それが現代最大最高のタイム・マシンなのだ。かつてハリウッド映画『バック・トゥ・ザ・

フューチャー』は一九五〇年代のアメリカ黄金時代を生き生きと再現して視聴者を熱狂させたが、西岸良平のマンガにもとづく山崎貴監督の『ALWAYS　三丁目の夕日』シリーズ（二〇〇五―二〇一二）もまた、ノスタルジアのうちにわたしたちを昭和三〇年代へ時間旅行させる点でまったく同じ効果を発揮し、だからこそ人気を呼んだのである。とりわけ未曾有の災厄に襲われた時ほどに、人は過去の記憶に立ち戻り、そこに現在の希望を見出してやまないものだ。このことは、ウェルズの『タイム・マシン』が孕んでいた洞察力が、じつは科学技術文明の未来のみならず人類の集合的無意識そのものの未来をも輪郭づけていたこと、そこには必ずしも目に見える戦争のみならず深く静かに潜行する異種族間戦争もありうることを、改めて実感させる。

## 結び　バラード『ハイ・ライズ』に見る内宇宙戦争

J・G・バラード

最後に、あくまで外宇宙を意識した科学小説作家ウェルズの『タイム・マシン』の図式が、その発表から八〇年後に、内宇宙を意識した思弁小説作家J・G・バラード（James Graham Ballard, 1930–2009）の『ハイ・ライズ』の図式において、思わぬひとひねりを加えられていることを指摘しておきたい。

もちろん、バラードは一九六〇年代に既成の外宇宙SF、すなわちウェルズからステープルドンへ、ひいてはアシモフ、クラーク、ハインラインら現代SF御三家が代表するハードコアSFへ徹底したアンチテーゼを突きつけ、むしろモダニズム文学系統のフロイト的心理学や超現実主義芸術の影響下で内宇宙SF、それも空想科学小説《サイエンス・フィクション》ならぬ思弁小説《スペキュラティヴ・フィクション》としてのSFを開拓しようとした革命児として知られている。それは基本的に、上海育ちのイギリス作家という多文化的文脈のせいか、アメリカSFのフォーマットへの断固たる挑戦というかたちで現れる。

しかしつい最近、中期のテクノロジー三部作（テクノスケープ三部作ともいう）のひとつで極上の高層住宅における階層間闘争を描いた『ハイ・ライズ』（一九七五）がベン・ウィートリー監督、ジェレミー・トーマス製作、トム・ヒドルストン主演で映画化された機会に読み直してみて、認識を新たにした。本書では、一種のプロレタリアート革命ともいえる階級転覆の果てに、いつしかマンション内部に人骨廃棄場が出来上がり、あたかもホロコーストを連想させずにはおかない場面が描き出される。ヒドルストン演じる主人公の生理学者ロバート・ラングはそれを一瞥して驚愕する。「ときどき彼は、住人のなかに、人肉嗜食への回帰者が出たのではないかと思うことがあった――外科医の技術で肉をはがれたような死体が、少なくなかったからだ。たえず圧迫され差別されていた下層階住人が、きっと必要に屈したのだ」（第一九章）。

もともとバラードはアメリカ文学の中でもハーマン・メルヴィルの『白鯨』（一八五一）への言及の多い作家であったが、『白鯨』自体の最大のネタ本は、ナンタケットの捕鯨船エセックス号が一八二〇年、怒れるマッコウクジラに衝突されて難破し、漂流を余儀なくされた船員たちは、生き延びるためクジ引きで選んだ仲間の肉を喰らったあげく、ほうほうのていで帰還した経緯を綴った一等航海士オーウェン・チェイスの手記『捕鯨船エセックス号をめぐる世にもおそろしくおぞましき難破の体験記』（一八二一）

ベン・ウィートリー監督『ハイ・ライズ』（2015）

である。チェイスの体験記をまっさきに組み込んだのはロマン主義文学の先輩格エドガー・アラン・ポー唯一の長編小説『ナンタケット島出身のアーサー・ゴードン・ピムの物語』（一八三七）であり、二〇世紀においてこのポー作品に影響を受けた日本の作家・大岡昇平が『野火』（一九五二）を書き（昨今では二〇一五年にサイバーパンクにも造詣の深い塚本晋也監督が新解釈でリメイクした）、『野火』英訳に感銘を受けたバラード自身が一九六〇年代の初期破滅四部作を書くに至るという比較文学的連鎖はすでにおなじみなので、バラードの『ハイ・ライズ』における直接の霊感源は依然としてチェイス、ポー経由の大岡昇平かもしれない。しかし、右のようにウェルズ『タイム・マシン』における遠未来の異種族間戦争を眺め直してみるならば、それが科学小説とか思弁小説といった区分を超えて、バラード『ハイ・ライズ』に見える終わりなき階級間戦争とも共振するのを感じるのは、決して錯覚ではあるまい。そこには、むしろバラード的思弁小説がウェルズ的 科学小説の本質を逆照射する瞬間がひそむ。

引用文献
Ballard, J.G. *High-Rise.* 1975. Flamingo, 1998.
Tatsumi, Takayuki, ed. *American Future-War Fiction: China and Japan, 1880–1930.* 12 vols. Athena Press, 2011.
Wells, H. G. *The Time Machine.* 1895. Dover, 1995.

＊既訳はおおむね参照させていただいた。なお、本稿は光文社古典新訳文庫（二〇一三）解説として寄稿した拙文を大幅に加筆改稿したものであるのをお断りする。

# I
# 架空の国に起きる不思議な戦争

# 1章　奇怪な内乱の起きる不思議な国
## ――コンラッド『ノストローモ』にみる祖国喪失者《エグザイル》たちの抱く幻想

津久井　良充

### 一　序　人間はもともと社会的な存在ではない

#### 存在の確かな証《あかし》

人間はある時代に生まれ、つねにある社会集団の一員として生活を営み、つねにある地域や地方、そしてある国に所属しながら日々をすごしている。当たり前のこととして見過ごされがちであるが、人々が受け入れるこの日常の条件こそが、じつは個々の人間のものの見方、考え方、そして感じ方までを基本的に決定している。なぜなら、多くの場合、人は自分が生きる時代、自分が所属する集団、そして自分が所属する地域社会などの受け入れるものを見つめさせられ、考えさせられ、また感じさせられているからである。

このことが、もし間違いのない事実であるとしたら、「個人」というものはふだん思っているほど自由ではないし、また、自分の意思や欲求にしたがって主体的にものを見ているとはかぎらない。つまり社会の共同性のなかでは、ひとりの個人という存在は、つねに自己のなかにしっかりとした中心《アイデンティティ》をもつのではなく、それ自身で充足する実体としてあるのでもなく、むしろ自分の身のまわりの様々な他者たちとの関係性のなかに組み込まれている。だから時によっては、人間は他者とのコミュニケーションを拒絶して自己の内面に閉じこもることもあるだろう。しかし、このように主体性を制約され、行動や考え方の自由を失っているとすれば、ほかならぬ「私」が存在する根拠はどこに残るのだろうか。それとも、私という存在の確かな証《あかし》を求めることは言語を創った人間の背負う原罪であり、いわばアポロンの神託に導かれて自己の出生の秘密を探ろうとしたために破滅するオイディプス王の悲劇――自分とは何ものかという問いに向きあい、ついに「真実」を知ったがために両目を抉り取るという血塗られた悲劇――を繰り返すことにすぎないのだろうか[1]。

だが、たとえ他者との相互関係のなかに絡めとられ、しかも自己の正体を知ることの危険性を知ったとしても、それでも言葉によって物語《フィクション》をつくるという行為、神の座に近づくほどに傲慢な、なにもない無からの創造という不可解な行為を人間がやめることはない。二〇世紀という時代においても、それは変わらなかった。第二次世界大戦後にドイツの哲学者アドルノは「アウシュビッツ以後、詩を書くことは野蛮である」というテーゼを投げかけ、二〇世紀における言語表現の不可能性をめぐる議論が巻き起こった。そして、ジョウゼフ・コンラッド（Joseph Conrad, 1857–1924）という祖国喪失者《エグザイル》の作家は、第一次世界大戦が勃発する前に、ジョイス、ウルフらのモダニズム文学に先駆けて、言語表現の不可能性に苦しみながらも、無からの創造という表現行為の道を歩んだのだった。

### コンラッド文学の転換点

コンラッドの小説の多くには、その物語構造のなかに人が言葉を失う瞬間があらわれている。人が言葉を失うこと、つまり言葉で説明がつかないものに遭遇するという出来事が、たとえば『闇の奥』（*Heart of Darkness*, 1899）『ロード・ジム』（*Lord Jim*, 1900）にみられるようにコンラッド文学の根底に存在する。奇

ペント・ファーム（ケント州）　ここで『ノストローモ』、『ロード・ジム』、『闇の奥』が執筆された

怪な不条理なものに脅かされた人間は、「私」が私として在る根拠（たとえば信仰や理念や価値）を探し求めるが、それを手に入れることができず、人間が他者との関係において了解できぬ異和を抱えているのを知る。

　コンラッドは「語り手」を登場させる物語《ナラティブ》の技法を考案し、その語り手の「視点」を光源として暗い失語の世界を照らしだし、自我の内部に横たわる未知の領域の言語化を試みた。それは二〇世紀モダニズム文学に多大な影響をあたえた小説技法として知られているが、その一方で、コンラッドの語り手の手法は、ひとつの大きな問題を抱えこんでいる。ほかでもない、コンラッドの「分身」ともいえる語り手マーロウは、主人公の心の底は見ることができない、人の精神はあくまで不可解である、言葉では説明できないものが無意識の底に隠れているなどと、「語りの限界」をくりかえし吐露しているからである。この「語りの限界」に挑戦し、新たな文学、あるいは、新たな世界文学の領域を切り拓いたのが『ノストローモ』（*Nostromo*, 1904）という作品である[2]。

　『ノストローモ』は、コンラッド文学のなかでは後期の「政治小説三部作」の第一作に位置している。この作品からコンラッドの作風に大きな変化が生じて、政治的な関心や主題が作中にあらわれ、それまでは「海の作家」といわれていたコンラッドは、「陸の作家」へと変貌を遂げていく。『ノストローモ』という長編小説には、南米の北西の一角に位置する、どこにも実在しない架空の国コスタグアナ共和国に起きる内乱の模様が描かれている。しかも、南米の革命の特質や風土をも的確にとらえたうえで、人間の本質的孤独と倫理というテーマを扱っていることに、小説家コンラッドの独創性があらわれている。南米大陸を舞台にした壮大な全体小説といわれる『ノストローモ』を考察する起点として、まずコンラッド文学に共通するモチーフである「光と闇の対立」について触れることから始めたい。

## 二　反生命の世界

### 光と闇の対立を超えて

いつから「光」が文明や進歩を象徴し、闇が野蛮や停滞を象徴するという図式が常識となり、暗喩《メタファー》にもなったのだろうか。もともと電灯がまだ発明されていない前近代の農村や中世の街並では、昼の光と夜の闇とは当たり前の生活経験であり、それは必ずしも文明と自然、文化と無秩序の対立構造と結びついていなかったのではないか。昼の労働から解放される夜というものが、愛や性の営みの場所であるとすれば、そこには昼の認識に並ぶ夜の認識があり、人という存在を支えているはずである。日の光の下で対象を秤《はかり》や物差しの目盛りで認識する視覚的な知とはことなり、夜の認識は、漆黒の闇のなかに生まれる豊饒な想像力と結びついている。

しかし、ヨーロッパ近代においては夜のなかに灯りをともすことによって、昼の生活を無限に夜にまで延長して「文明とは夜に対する昼の侵略である」[3]ともいえる事態が生じている。見ること、計測することに立脚する科学的な知が重視される「視覚の時代」においては、光（文明）と闇（未開）の対立構造ができあがり、その狭間のなかから、まだ内陸部がほとんど知られず、文明も遅れていると考えられてきたアフリカにたいする暗黒大陸（Dark Continent）という呼称も生まれたのであろう。だがこれにたいし一九世紀末から二〇世紀に入ると、光と闇の対立の構図を突き崩すようにヨーロッパ世界を抜けだして辺境の地に認識の活路を求める作家たちが現れてきた。スティーブンソン（南太平洋）、D・H・ロレンス（イタリア、オーストラリア）、E・M・フォースター（イタリア、インド）などの作家が浮かぶ。そして、彼と並んでジョウゼフ・コンラッドの名もまた加えられねばならないだろう。東南アジアの海域、アフリカ大陸の奥地を見聞し、作家への道を歩み始めたコンラッドは、『闇の奥』『ロード・ジム』につづいて――「最も深い危惧の念を抱きながら構想した小説」（五頁）とコンラッド自身が述懐する――『ノストローモ』の執筆に取りかかるのである。

## 反生命の世界への侵入者

「コスタグアナ共和国」という架空の国を南アメリカ大陸に設定し、コンラッドはスラコという「海辺の町」の物語に取りかかる。鄙びた港町スラコの入江からはアスエラ半島を遠望できるが、そこには奇妙な伝承が語りつがれている。

眼を入江の他の一端に転じると、青みを帯びた一片の霞《かすみ》と見まごうものが、きらきらと光る水平線上に、かろやかに浮かんでいる。これがアスエラ半島であって、ここでは、切り立った岩と、断崖絶壁の峡谷によって切断された岩の大地とが、野放図に入り交じっていた。アスエラ半島の付け根の部分は細長く、棘《とげ》のある灌木の茂みで一面覆われていたが、その付け根から上の、岩だらけの先端の部分は、緑の衣をまとった海岸線から海に向かって遠く延びている。ここにはまったく水がないが、それというのも、いったん降った雨は、そのまま岩を伝って、海に流れてしまうからにほかならぬ。ここには、呪いがいっさいの生命を枯らしてしまったかのように、一本の草を育てる土もないという。貧しい土着民たちは蒙昧きわまる自慰的な本能から、悪と富の二つの観念を結びつけ、この土地に木一本も生えていないのは、この土地のどこかにひそかにかくされている財宝のためだと語るのである。（一〇頁）

スラコからは地平線上に「青みを帯びた一片の霞《かすみ》」のように浮かぶアスエラ半島が遠望できる。「切り立った岩と、断崖絶壁の峡谷によって切断された岩の大地」がつづく半島の先端部は、人の接近を拒む不毛の地である。そこでは「いったん降った雨は、そのまま岩を伝って、海に流れてしまう」。生きていくのに欠かせない水の恵みがなければ、その土地にはもう空を飛ぶ鳥も、地を這う虫も、大地から芽吹く草木も姿を消してしまう。「呪いがいっさいの生命を枯らしてしまったかのように、一本の草を育てる土もない」アスエラ半島は、生命が育たぬ、不吉な死の沈黙が支配する「反生命」の世界にほかならない。だが、それにもかかわらず、どこかにひそかに隠されていると伝えられる財宝を狙って命知らずの二人の水夫が、荒涼とした半島の先端へと向かっていく。そして、二人はもう戻ってこなかった。彼らについて伝承は教えている。

外国人《グリンゴ》である二人の船乗りについては、彼らは財宝を探しあてながらもその呪いをあび、外に出られず、今もなお幽鬼のごとくにそのあたりに生きつづけていると信じられている。つまり、二人の魂は彼らが見つけ出した財宝を守ろうと執着する身体から、どうしても離れようとしないのである。すでに大金持ちになりながら、彼らは、飢え、渇いている。——キリスト教徒ならば、はるか昔にこの世をあきらめ解放されているにちがいない。だがこの傲慢不遜の異端者の外国人《グリンゴ》の執念は、飢えと渇きで骨と皮ばかりになっても、なお昇天できずにいるのだと、こう伝えられている。（一一頁）

二人の水夫は財宝を探しあてたにもかかわらず、今もなお「幽鬼のごとくにそのあたりに生きつづけている」と土着民たちは信じている。神を恐れぬ二人の水夫はアメリカ人らしいと語られているが、不気味なことに、二人の魂は、財宝を守ろうとする彼らの身体から離れようとしない。殺伐とした荒地で生命をおとした二人の水夫は、忌まわしい死霊となって財宝の隠されている場所を徘徊している。アスエラ半島という死の沈黙が支配する「反生命」の場所においては、死と生の狭間をさまよう死霊のみが闇のなかに存在しているのである。財宝を占有したいという永遠に燃えつづける欲望の炎によって、二人の魂はアスエラ半島から離れることができず、財宝を狙う侵入者を見張っている。亡霊となった二人の水夫にまつわる伝承は、生（光）と死（闇）が絡み合う境界線上で起きるスラコの内乱を予言している。

## 地下の暗闇へと下りていく

スペイン人の支配下にあった時代から、スラコのサン・トメ鉱山には暗い歴史がつきまとっている。インディオたちは奴隷として危険な坑道で酷使され、いたずらに多くの生命が失われていた。

鉱山は主として奴隷の背中に笞を加えることによって経営され、鉱山の産出量は、それと同量の人間の骨を犠牲にしたものだった。この採掘作業のために、インディオのいくつかの部族が全滅した。やがて鉱山は放棄された。このような原始的な方法では、どれほど多くの死体をその腹中に投げ込んでも、利益を上げ得なかったからである。ついで、この鉱山は忘れ去られた。（三二頁）

ここには恐怖小説《ゴシック》の流れを汲むコンラッド作品の特色があらわれている。地下の坑道、虐待、人骨などのゴシック的な道具立てがみられるが、コンラッドは決して怪奇性・猟奇性を追求しているわけではない。スペイン人がおこなう人間性に背く行為を、正と不正、善と悪、事実と虚偽という画一的な基準によって裁くのではなく、コンラッドは血のかよう身体の感覚——音の響き、手触り、匂い、そして光と闇を見る眼差し——を媒介にして、インディオたちの心の底の絶望と恐怖を感じとっている。ギリシア神話に現れるオルフェウス

ジョウゼフ・コンラッド

が、黄泉《よみ》の国へと亡き妻に会うために下りていくように、死者であるインディオの心の底へとコンラッドもまた下りていく。ほかでもなく、それは神々の掟に背を向ける行為であり、古代神話の英雄《ヒーロー》だけがなしうることであった。

サン・トメ鉱山の気味悪い暗闇のなかでは、理性と科学的認識に依存していては、虐げられる鉱夫たちの嘆きと苦悩をとらえることはできない。人間という存在の無意識の領域を探るには、一個の生命体として人間がもつ身体的感覚が重要であることをコンラッドは熟知していた。もともと人間の身体的知覚や感覚的刺激などは、心理の働きに深く関わっており、それを瞬間的な意識の流れのなかで言説化することは、コンラッド文学の特色となっている。[4] 鉱夫たちの悲嘆にくれる姿に寄り添い、コンラッドは地下の坑道で鉱夫が過ごした日々の真実を――それが「生き地獄」のような日々であったという真実を――簡潔な言葉によって表象している。「鉱山の産出量は、それと同量の人間の骨を犠牲にしたものだった」という一節の後には、「インディオのいくつかの部族が全滅した」という言葉がポツンと置かれている。見過ごされてしまうかもしれないが、この言葉の背後には、スペイン支配下で非業の死をとげたインディオたちの叫び声と涙、抵抗と怒り、そして神への祈りなどの諸々《もろもろ》の感情が凝縮されているのである。

それ以来長らく閉山されていたサン・トメ鉱山が脚光を浴びたのは、イギリスの会社が豊かな銀の鉱脈を発見した時からだった。コスタグアナ共和国の歴代の政府は腐敗していて、サン・トメ鉱山から不当な税金をとりたてていた。しかも独裁政権の確立を狙う政府は軍隊のさらなる強化のために、鉱夫を兵士に徴兵しては戦場へと連れ去っていった。当然のことにサン・トメ鉱山の経営は傾いていき、ついに鉱夫たちの反乱が起きてしまう。

歴代の政府が法外な税金を取り立て、会社が新しく組織した有給鉱夫の群れを、徴兵官がほとんど定期的に強奪していったにもかかわらず、会社は粘り強く仕事を続けた。しかし、最後に、有名なグスマン・ベントの死に続いて起こった檄文の応酬の長い混乱期間に、土着民の鉱夫たちは、首都から派遣された密使たちに扇動されて反乱を起こし、イギリス人の幹部たちに襲いかかり、彼らを一人残らず殺害してしまった。（三二頁）

鉱山の銀を手にするために、政府はひそかに密使を送り込み、巧妙に鉱夫たちを欺いて反乱を起こさせた。政権を握る独裁者が望むものは「銀」という財宝だけであり、独裁政権の中枢にある者たちにとっては、土着民の鉱夫たちの生命は虫けらほどの価値しかなく、イギリス人の幹部たちの生命もまた虫けら同然なのだった。独裁的政権による強固な支配構造のなかで、貧しい周縁的存在である「他者の現実」を想像できる者たちが誠実な人間であるとするなら、コスタグアナの政治家たちは堕落した人間と言えるのかもしれない。

二項対立の構図を突き崩す

政治家、軍人、官僚の腐敗は、コスタグアナ共和国が「法と秩序」の国家へと成長できない主要な要因となっている。それを裏づけるのは、コスタグアナ共和国の官報のなかで政府が、イギリスの会社は鉱夫にたいして「暴虐非道」の限りをつくしたと述べていることである。

貧困のあまり幸運を求めてこの国に来たのにもかかわらず、この国に対する愛情に欠け、ひたすら利益に基づく、不潔な動機で行動をつづけた外国人たちの暴虐非道の圧迫に対して、正当にも激しい憤りをもってサン・トメ鉱山の人たちは決起した。（三三頁）

政府の仕掛けた策略にまんまとかかり、愚かにも鉱夫たちは反乱に走ってしまう。彼らはいずれも貧しい、無知な土着民だったが、それにしても、どうして彼らはイギリス人の幹部に襲いかかり一人残らず殺害するような暴力をふるったのだろうか。

政府は官報のなかで、イギリス人たちを「暴虐非道」と糾弾するだけではなく、イギリスの会社の非情な利益追求主義が反乱を招いたと非難している。イギリス人こそは加害者であり、鉱夫たちは被害者である、つまり、イギリス人は悪と不正をおこない、虐げられた鉱夫たちは善と正義にしたがい行動した、とコスタグアナ政府は報告しているのだ。サン・トメ鉱山の歴史は政府が捏造したものであり、イギリス人幹部や鉱夫たちの死の真相は隠蔽されてしまう。国家という全体性の支配下では、個々の人間の生命は、海辺の一粒の砂のように、まるで無にひとしいものにすぎない。「人権の尊重」という概念は、コスタグアナ共和国では紙屑にひとしい虚妄の言葉でしかない。それでは、イギリス人幹部を殺害した鉱夫たちは罪を問われないのだろうか。あるいは、鉱夫を虐待したという烙印を押されて殺害されたイギリス人への贖罪は誰がおこなうのだろうか。サン・トメ鉱山で働く鉱夫たちは、スラコ周辺の農村地帯から集められた原住民たちである。黙々と暗い坑道の奥で、彼らは銀の鉱脈を掘っている。鉱山の作業には危険がつきまとい、泥と汗にまみれる仕事は肉体に重くのしかかる。若くて頑丈な鉱夫といえども、やがて体力が衰えれば鉱山にはもはや不要な人間となってしまう。未来のない鉱夫たちの心の底に薄気味悪く広がっているのは、彼らが殺害したイギリス人と同じように、死への恐怖であったろう。

## 凍りついた時間

鉱夫たちの反乱について見逃せないことが一つある。それは、イギリス人と鉱夫たちの、どちらが加害者で、どちらが被害者かを決める二項対立の構造を、コンラッドが突き崩していることである。イギリス人のもつ鉱夫に対する優位性。その一方で鉱夫に刻まれる劣位性。この二つのどちらにもコンラッドはコミットしていない。言い換えるなら、互いに憎しみあう敵対的な関係にも、互いに認めあう親和的な関係にも彼は関心をみせていないのだ。『ノストローモ』というコンラッドの最長編のなかで彼が注視するのは、つねに対立しながら変貌をとげる、複数の人物たちが織りなす重層的な関係である。コスタグアナ共和国に起こる内乱の渦中に生きる多数の人物群にスポットライトをあてながら、コスタグアナの行く末をコンラッドは見つめている。鉱夫の暴力への傾斜。イギリス人が鉱夫に殺害されるという悲惨な顛末。土着民の鉱夫とイギリス人の双方に寄り添いながら、コンラッドは彼らの感じた痛苦をも共有している。政府の発行する官報には、反乱を起こした鉱夫たちのそれからの消息は記されていない。故郷の村に帰り、彼らが幸福に暮らす可能性は低いだろう。独裁者の手で彼らの生命は闇から闇へと葬られたかもしれない。いずれにせよ、その後サン・トメ鉱山はふたたび閉山されてしまう。

それ以後、鉱山は長期間にわたり閉鎖される。やがて鉱山の記憶はスラコの人々から薄れていくが、そんな時、首都サンタ・マルタの新政府はコスタグアナ屈指の豪商グールド氏にたいして、サン・トメ鉱山の「永久使用権」を法外な金額で取得することを命じる。この取得命令にしたがうことは、財力を誇るグールド家の破滅を意味していた。鉱夫たちの反乱によって荒廃した鉱山を訪れたグールド氏は、ただ茫然と立ちつくすしかなかった。

建物はことごとく焼かれ、採掘施設は破壊され、採鉱夫はとっくの昔に近所から姿を消していた。道路そのものまでが、海の浸食にも似た熱帯植物群の洪水に、跡形もなく消えうせていたし、鉱山第一の坑道も、入口から百ヤードとないところで崩壊し、ものの役に立たない状態だった。それはもはや廃坑というようなものではなかった。（三三頁）

建物は焼かれ、採掘施設は破壊され、坑道は崩れている。鉱山は内部も外部も目もあてられぬ惨状を呈しており、いたるところに瓦礫が散乱している。そこは廃鉱というようなものではなく、一切が粉々に砕かれた断片化された世界へと転落している。それだけではない、「道路そのものまでもが海の浸食にも似た熱帯植物群の洪水に、跡形もなく消えうせていた」のだった。瓦礫が散乱する死の世界と、熱帯植物が繁茂する野生の世界が並立する廃墟の前で、呪われたサン・トメ鉱山の不気味な光景を見てグールド氏は底知れぬ恐怖におののく。彼の精神を狂気の淵に追いやったサン・トメ鉱山のもつ破壊的な要素を、スラコの住民はまもなく思い知ることになる。

失意のうちにやがてグールド氏は息をひきとってしまう。過去・現在・未来という時間は、かならずしも直線的に連続するとは言いきれない。「いま、ここ」において過去と現在と未来は三重に折り重なっているとも言えるであろう。しかしグールド氏においては、彼の内的な時間は凍りついて停止している。もはや彼にとっては同じ時間と空間を他者と共有することは不可能だった。氷のように冷ややかな停止した時間のなかで、彼は孤独のうちに死を迎えるしかなかったのだ。

## 三　内乱の危機がスラコに迫る

### 銀塊の輝き

グールド氏が世を去った後、彼の息子チャールズ・グールドは外国資本を導入して鉱山の設備を一挙に近代化する。暗い地下で働く鉱夫たちの安全を重視して、坑内施設の改善も図られる。サン・トメ鉱山が産出する多量の銀塊は「物質的な利益」をもたらし、法と誠実、秩序と安全をスラコにもたらすとチャールズは確信している。植民地支配からやっと独立したコスタグアナ共和国は、まだ民主主義を経験しないまま国家を建設せざるをえなかった。自由、平等、博愛というヨーロッパ近代の理念は受け入れられず、コスタグアナには強権的な政府がつづき、言論統制と汚職、そして弾圧・脅迫などが常態化していた。だが、ひとたび鉱山が銀塊を産出すれば、抑圧される民衆を豊かにできるとチャールズ・グールドはみなしている。

チャールズは妻エミリアにむかい、

「ぼくは物質的な利益に信念を賭けるのだ……無法と無秩序との世界での金儲けが正当化されるのは、まさにそのためなのだよ。つまり金儲けが必要とする安全性が、抑圧されている民衆にも分かち与えられるからなのだ。よりよい正義はそのあとで生まれるだろう」（四八頁）

と語りかけている。鉱山のもたらす経済的繁栄によって「秩序と安定」の実現を企てる夫チャールズを、エミリアはいつも変わらぬ愛情で支えてきた。二人で手を携えて立て直した鉱山で、初めて産出された「銀塊」を、エミリアは奇跡が起きたかのようにじっと見入る。

鉱山の建物の中の最初の一組のレトルトが、夜遅くまで灼熱の光を放ったときには、当時まだろくに家具もない殺風景な木造の家の中に、特別に彼女のために設けられた粗末なベッドに寝ようともせず、グールド特許鉱山の深い暗闇が世の中の変転きわまりない運命にゆだねた最初のスポンジのような銀塊を、エミリアはその眼で見たのだった。鋳型から出てまだ暖かいままの最初の銀塊に、彼女はわくわくしながら、震える清らかな手を押しつけてみた。そして、心の中でその力を推し量って、その銀塊に、道徳的な意味を与えたのだった。あたかもその銀塊が単なる一つの事実ではなく、一つの感動の真の表現、ないしは一つの原理の出現にも似て、遠くへ及ぶもの、手で触れ得ないものででもあるかのように。（四八頁）

無垢なエミリアの瞳には、「鋳型から出てまだ暖かいままの最初の銀塊」が、眩い宝石のごとく映じている。清らかな手でその銀塊に触れたとき、スラコの「秩序と安定」を彼女は祈っている。はたしてグールド夫妻の求める理想は実現にむかうのだろうか。サン・トメ鉱山の銀塊がもたらす生活の向上に、スラコの住民の誰もが期待をよせているのだ。鉱山とスラコの住民との目にみえない絆について、エドワード・W・サイードは次のような指摘をしている。

コンラッドの最長編である『ノストローモ』の登場人物たちは二つの内的類似性で結ばれている。ひとつは、小説中の誰もがコスタグアナの富に衰えぬ関心を持っているということである。たいていの場合、その関心は個人的利益を夢想する類のものである。例えばチャールズ・グールドはコスタグアナの利益とサン・トメ鉱山での自分の仕事の利益が同じものだと考えている。二つ目の類似点は、ほとんどすべての者が自分の思想と行動の個人的〈記録〉を作り残すことを、ひどく気にしているように見えるということで

ある。この不安は過去への異常な執着から生まれているようである。(5)

鉱山から得られる銀という「物質的利益」は、富裕層から貧民まで、あらゆる階層の人々の内面に、「貨幣」への欲望の炎を燃えあがらせる。「物質的利益」という資本主義の原理は、国籍、人種、宗教とはかかわりなく、人間精神の奥底まで侵入していく。小説中の誰もがサン・トメ鉱山の銀がもたらす物質的利益（富）の分配を求めており、豊かな生活への夢をみている。「貨幣」への欲望を刺激されたスラコの住民は、「秩序と安定」ではなく、個人的利益の獲得のみを夢みているのである。それだけではない、「小説中のほとんどすべての者が自分の思想と行動の個人的〈記録〉を作り残すこと」を望んでいる。

それでは、もしも「私」が在るということが、富を手にして楽しく人生をすごすことであるとすれば、内乱に巻き込まれた人々は、何を考え、どのような行動をとるのだろうか。第二次世界大戦を経験した哲学者レヴィナスは、人間社会の共同性が戦争によって崩れていくことについて、鋭い倫理学的な考察を示している。

戦争によって道徳は嗤うべきものとなってしまう。手だてのすべてをつくして戦争を予見し、戦争において勝利する技術、つまりは政治が、かくして、理性のはたらきにほかならないものとして理性に課せられることになる。……戦争は、もっとも明白な事実として哲学的な思考を侵しているだけではない。現実的なものの明白さそのものとして——あるいは真理として——哲学的思考を侵しているのである。戦争においては、現実を覆っていた言葉とイメージが現実によって引き裂かれてしまい、現実がその裸形の冷酷さにおいて迫ってくることになる。(6)

戦争を予見し、戦争に勝利を収める技術である政治が哲学的思考を蝕み、戦争は明白さそのものとして、あるいは真理そのものとして人間を支配する。そして道徳は嗤うべきものとなり、戦場においては「倫理の不在」という状況に人々は追いつめられる。「現実がその裸形の冷酷さにおいて迫ってくる」極限的な場所において、スラコの人々は自分の思想と行動の記録を残しているのだ。

## ノストローモ――民衆と共に生きる英雄《ヒーロー》

氷河を頂くアンデス山脈

内乱が起きたことを知り、貧民や余所者《よそもの》、あるいは平原にたむろする盗賊たちが暴動を起こす。彼らは銀塊への欲望に目がくらんでいた。しかし港の沖仲仕頭《おきなかしがしら》ノストローモは、港湾労働者を率いて、またたくまに暴動を制圧する。英雄《ヒーロー》である証《あかし》を手に入れるためならば、彼はどんな危険をも恐れない男だった。反乱軍に追われるリビエラ大統領を救出したのみならず、モンテロ将軍の軍隊に銀塊が奪われるのを防ぐために、深夜の闇にまぎれて銀塊を外国汽船まで届ける、という無謀な行動すらもいとわない。そして、ノストローモが銀塊を運ぶのに協力したのが、スラコのコスタグアナ共和国からの分離独立を唱えるジャーナリストのデクーであった。一方、チャールズ・グールドは、サン・トメ鉱山が攻撃をうける場合に備えて、大量のダイナマイトを使って鉱山全体を爆破する準備を整える。チャールズは内乱の情報をつかんでから、良識と分別に基づく判断能力を失いつつあった。そんなチャールズを気づかうエミリアを、かねてからモニガム医師は見守ってきた。いつも周囲の人々に救いと慰安をあたえるエミリアを、聖母にも似た、手に触れ得ぬ存在としてモニガムは崇拝している。これら五名の中心人物のなかから、ノストローモとデクーに焦点をしぼり、二人の「思想」と「行動」についてこれから考察していきたい。

イタリアに生まれ、幼くして両親を失い天涯孤独の身となったノストローモは、母国イタリアでの生活に見切りをつけて、海の彼方の大海原に自分の活路を求める。やがて船乗りをしながらスラコに流れ着いたノストローモは港の沖仲仕頭となり、港湾労働者の統率者にまでのしあがる。もう彼の名を知らぬ者はスラコにはいない。だがノストローモは自分の地位を誇る人間ではなかった。まったく金銭には頓着しない、じつに屈託のない男であった。暇のできる祭日ともなると、気ままな恋の戯れにノストローモはうつつをぬかすのである。自由闊達に思いのままに振る舞い、生の歓びを味わうノストローモの個性が、次の場面には浮き彫りになっている。

泣く子も黙る沖仲仕頭は、情事にかけても堂々としていて、いっこうに人前を気にしなかったが、女の首を片手で抱いて、口から唾をとばしている唇に接吻した。かすかなどよめきが起こった。

「ナイフを!」と彼は、彼女の肩をしっかり掴んだまま誰にともなく命令した。

人垣の中で二十本の抜き身が、さっと一時にひらめいた。祭日の装いをした一人の若者が前へ飛び出してきて、短刀をノストローモの手に渡して、そのまま列の中へ飛び戻った。いかにも得意そうだった。ノストローモはその男を見もしなかった。

「おれの足の上に乗るんだ」と彼は女に命令した。彼女は突然おとなしくなって、軽々と乗った。彼女を馬に乗せると、その腰を抱いて、ノストローモは顔を近々と寄せて、短刀を彼女の小さな手に押し込んだ。「いけないよ、パキータ! おれに恥をかかせるなんて」と彼は言った。「贈り物はあげるよ。みんなにおまえの恋人が誰かってことを知ってもらうために、おれの上着の銀のボタンを全部切って取ったらいいじゃないか」
　この機知に富んだ思いつきに笑い声と喝采の叫びが起こった。女は鋭い刃先を動かし、落ち着きはらった馬上の人はしだいに増える銀ボタンを掌の中でちゃりんちゃりんといわした。やがて彼女の両手がいっぱいになると、彼は静かに彼女を地面に下ろした。彼女はひどく緊張した顔でしばらくなにかをささやいていたが、やがて傲然とあたりをにらみつけながら、そこを離れて、群衆の中に姿を消した。
　人垣は崩れて、堂々たる沖仲仕頭、かけがえのない男、信頼のできる頼もしいノストローモ、コスタグアナで運試しをするためにたまたま上陸した地中海の船乗り、と数え上げればきりはないが、彼は港の方へ静かに馬を走らせた。（七〇頁）

　馬上のノストローモは颯爽として輝くばかりである。ノストローモの一挙手一投足に群衆は釘づけになっている。恋人のパキータはノストローモに花を投げつけて罵るが、ノストローモは落ち着き払って馬上から彼女の首を片手で抱いて唇に接吻する。頼もしく、華やかなノストローモについて、サイードは簡潔に言及している。

　こんな誰も及び難い独特の流儀と見事な華やかさを持った男が、スラコの運命を左右するのが間違いと言えるだろうか。小説が探し求めていた完全な英雄がここにいる。(7)

　ノストローモは「誰も及び難い独特の流儀と見事な華やかさを持った男」である。群衆に囲まれながら、馬上から恋人の唇に接吻する振る舞いは、人間は内なる欲望によって行動する動物的な存在であることを、ノストローモが本能的に知っていることを物語る。彼の身体にみなぎる自然な生命力は、堅苦しい道徳や社会的慣習に束縛されていないのだった。だからこそ、スラコの住民はノストローモとともに在ることを望むのだった。

## 固有名のもつ不思議な機能

ここまで考察を進めてくると、一つの問題が浮上してくる。沖仲仕頭ノストローモは、スラコの命運を左右する、「小説が探し求めていた完全な英雄」であると、サイードによって指摘されている。スラコに流れてきた貧しい船乗りであった過去のノストローモと、われらの英雄《ヒーロー》として讃えられる現在のノストローモとの間には途方もない落差がある。その大きな落差の背後には、虚構の媒体である言語を、ひとりの実在する人間に結びつける固有名の不思議な機能が働いている。固有名とは、「同じ種類に属する事物から一つの事物を区別するためにそれのみに与えられた名称を示す語」であり、人名、地名、国名、書名、構造物などが該当する。(8)

じつは、イタリア人であるノストローモはジャン・バチスタという本名（固有名）を持っている。しかし、彼はその本名をけっして名乗ろうとはしない。見方によればノストローモは本名を意図的に隠蔽しているのであり、英雄的な行為を重ねる不死身の男としてスラコの民衆から「ノストローモ」（われらの英雄《ヒーロー》）と呼ばれることに満足しているのである。こうした本名の隠匿の裏には、固有名のもつ言語的な特性が介在している。

他の誰でもない特定の人物を指示する固有名は、人間精神に及ぼす奇妙な作用をもっている。たとえば「顔」と言うだけでは、とくに誰かの顔を思いうかべることはないだろう。だが、ひとりの人物の「顔」を指すとき、それは固有名で呼ばれる。(9)自他を分節化し、人間を個的な存在として自立させる固有名というものの言語的な特性を理解するには、ジュディス・バトラーの指摘は参考になる。

人は他者からの名指しに、根本的に依存することによってのみ、「存在する」ことができるようになる。

人は承認されることによってだけではなく、そもそもの意味において承認されうる存在になってはじめて、存在できる。[10]

　バトラーによれば、人は他者からの名指しに根本的に依存している。たしかに、誰からも名指しされず、誰からも無視されれば、人は孤独に突き落とされるだろう。他者との関係が途切れることは、他者からの承認を失うことであり、その結果として、人間は生きながら死んでいるにも似た、不気味な非存在の状態に墜ちていく。

　しばしば言語は専制君主的力をもつ認識システムであると言われるが、ノストローモといえども言語システムからは逃れることはできない。人間として他者から承認されるには、自己と他者の境界を設定する固有名が必要となる。ジャン・バチスタという本名は、寄る辺ない孤児として過ごした苦しい過去の記憶とかたく結びついており、ノストローモにはとうてい耐えられない名前であろう。だから彼は本名ではなく、「ノストローモ」という英雄《ヒーロー》にふさわしい名前を選択したのだ。それだけではない、「ノストローモ」という名前は、「われらの仲間」を意味するだけではなく、「われらの頭《かしら》」、「われらの英雄《ヒーロー》」、「民衆の人」など様々な意味を内包する、きわめて多義的な広がりをもつ名前であり、多くの人々の心のなかに浸透していく。もはやノストローモは、自己が民衆の憧れる英雄《えいゆう》であることを疑おうとはしない。

## 四　終わりなき試練

### 故国喪失者《エグザイル》に未来はあるのだろうか

もともとノストローモは、地中海のしがない船乗りにすぎなかった。イタリアを離れて、太平洋沿岸の北部の港町スラコへ流れ着いたノストローモは、少年時代に母国を棄てた故国喪失者《エグザイル》である。「祖国を喪失することはある意味で、命をなくすことにひとしい」と言われるが、未来に希望を託して異国に移住する者にとって、気候・風土の異なる土地での生活はなかなかに容易ではない。彼らはそれぞれに自分の意思で故国を離れたわけであるが、見知らぬ異国の地で仕事を見つけるのは難しい。外国生活に順応しているように見えても、二度と帰れぬ故郷の夢を見ながら世を去った者もいる。外国生活に適応できるのは、海外の情報を祖国に伝えるジャーナリストとか、故国喪失の体験を文学や絵画などの芸術活動で表現する才能に恵まれる者たちがほとんどである。故郷に帰還できる者などは、わずかでしかない[11]。

ジョウゼフ・コンラッド自身は、自分のことをポーランドからの故国喪失者《エグザイル》と考えていた。彼の短編『エイミー・フォスター』(*'Amy Foster'* 1901) は、「故国喪失者《エグザイル》についてこれまで書かれた、おそらくもっとも妥協なき表象であろう[12]」とサイードは指摘している。傷つきやすい故国喪失者(エグザイル)たちに特有の閉塞感と、振り払えない強迫観念がこの作品には浸透している。主人公の東欧出身の農民ヤンコーは、経済的な窮迫のためアメリカに移住する途中に、乗る船がイギリス沿岸に座礁する。必死に海岸にたどり着いたものの、どこに漂着したかもわからないまま、自分は殺されるかもしれないという強迫観念に取りつかれてしまう。だが、まもなくエイミー・フォスターという娘と出会う。エイミーはヤンコーに食事をあたえ、優しく彼の面倒をみる。初めは英語がわからず、ただ怯えてばかりいたヤンコーは少しずつエイミーに心を開いていく。二人はほどなく結婚し、一児を設けるのだった。

だがある日のこと、ヤンコーが高熱を発してポーランド語で譫言《うわごと》を口走る。すると、その言葉の意味がわからないエイミーはすっかり怯えてしまう。高熱にうなされる彼を置き去りにしたまま、エイミーは子どもを抱きかかえ走り去っていく。ヤンコーは喉の渇きに耐えきれず、「水をくれ」とエイミーにむかい無意識のうち

6000m 級の山々に囲まれたインカの「聖なる谷」

にポーランド語で叫んだのだった。一人残された彼は、屋外へと這い出ていき、近くの水溜りで息を引き取る。彼の死は、異郷の地でつねに孤独に生きる故国喪失者《エグザイル》に共通する運命なのかもしれない。

ノストローモとヤンコーと、この二人を対比すると、同じ故国喪失の試練にあいながら二人の人生は対極的である。孤独と絶望に苛まれるヤンコーの歩く軌跡は究極の死へとむかう。対照的に、ノストローモは民衆の英雄《ヒーロー》となるが、人間に財貨を無尽蔵にあたえるサン・トメ鉱山の銀塊に魅せられてしまい、個的存在としての人間の孤独と道徳的孤立のうちに生命を失ってしまう。故国を失った者たちの抱く、遙かな故郷にいつか帰りたいという希望は、故国喪失者《エグザイル》たちの孤独な意識の中に立ち現れる儚い幻想なのである。

## デクーの伝えるノストローモの実像

内乱に巻き込まれたマルタン・デクーは、スラコを救うために「西部共和国《オクシデンタル・リパブリック》」の独立実現を図る。無謀な企てだが、彼はそれに賭けている。ブランコ党の指導者ホセ・アベリャノスの愛娘アントニアへ、少年の頃からデクーは思いを寄せていた。アントニアへの愛情がじつはデクーの行動の動機であり、ノストローモに協力して、死の危険を承知のうえで銀塊を運び出すのは、アントニアに自分が恋人にふさわしい人間だと認めてほしい一心からだった。デクーは自己の政治的理念とそれを実現する方法について、パリに住む妹への手紙に詳しく書きしるす。そこにはノストローモについての率直な考えも述べられていた。

出港の日に埠頭へとデクーが歩いていくと、意外にも、ノストローモが一人の老婆に話しかけている。デクーは手紙にその老婆の様子を書きつけている――「息子を探しているレース編みの老女で、息子は市当局に雇われている道路掃除夫だった……彼女は消えた熾火《おきび》の上に、生焼けのまま作りかけていた食物を残し、埠頭の方まで探しまわった。暴動の起こった日の朝、数人の町の若者が殺されたと聞いたからだ……息子が見つからなかったので、老婆は帰ろうとしていたところだった。そして、アーチの下にある石の腰掛けにすわり、うめき声を漏らしていた」（一二五頁）

ノストローモに話しかけられた老婆は、とりとめのない、うめくような声でしゃべる。すると老婆にむかい、グールド家の中庭の負傷者を探してみるように、とノストローモは親切に伝える。それだけではない、彼は最後の一枚の銀貨を老婆にあたえる。老婆と知り合いなのか、とデクーがたずねると、彼はこう答える。

「いや、知りませんね、旦那《セニョール》。今まであの女に会った覚えはありませんね。わたしが知っているはずはないですよ。あの女はたぶん、何年も外に出たことはなかったのでしょう。あれは、この国のみすぼらしい小屋なんかでよく見かける婆さん連中の一人ですよ。ああいう女たちは、炉端にしゃがみこんでいるんですが、あんまりよぼよぼだもんで、そばに棒切れがあっても、鍋のそばの野良犬さえ追っ払えないんです。ああいった女の声を聞くと、死にさえ見放されていることがよくわかります。しかし、年寄だって、若い者だって、ああいう連中はお金が好きです。そしてお金をくれる人間のことを良く言う」、彼はそこでちょっと笑った。「旦那《セニョール》、わたしが婆さんの手に銀貨をのっけてやったとき、あの女がぐっと掴んだ感じはなんともいえませんでしたよ」彼はちょっと話を途切ってから、また言った。「それに、あれはわたし

の最後の銀貨だったんですぜ」(一二五頁)

見たこともない老婆に語りかけ、ノストローモは彼女をいたわる。老婆の家の内を覗いたわけでもないのに、なぜかノストローモは、「あんまりよぼよぼだもんで、そばに棒切れがあっても、鍋のそばの野良犬さえ追っ払えない」と言い切っている。何年も外に出てない老婆が、道路掃除夫だった息子の遺体を埠頭で探す光景は、内乱の起きたスラコの現実を象徴している。息子を探す老婆の心中の不安と痛みを、ノストローモは他人事《ひとごと》でなく、自分のものとして共感している。人の肉眼には映らない他者の内面を、ノストローモは身をもって想像できる人間であり、それゆえに彼には、どこでなにをしても超人的と他者《ひと》に思わせるものがあるのだった。彼の手にある銀貨を老婆がぎゅっと握りしめた際の感触について、彼はやや意外なことを言う――「旦那《セニョール》、わたしが婆さんの手に銀貨をのっけてやったとき、あの女がぐっと掴んだ感じはなんともいえませんでしたよ」、と。「ぐっと手に掴んだ感じ」とは、たぶん、老婆が我を忘れて銀貨を握りしめたからだろう。ふつうならそれを喜ぶのではなく、むしろ、びっくりするのではないだろうか。デクーにむかいノストローモは、「もしあたしがあの人(=チャールズ・グールド)の銀を守ってあげれば、いつか報酬をくれるでしょうね」と呟く。この言葉は、まるでノストローモが金銭目当ての男であるかのように思わせる。だが、そうではない。スラコの危機を救う活躍を幾度もしたのに、なんらの報酬も彼は受けていないことを暗示しているのだ。それならいったい何をノストローモは求めているのだろうか。積み込んだ銀塊を反乱軍から守れば、きっとグールドは報酬をくれる、とデクーが告げると、ノストローモはつづけて語る。

「そう、そう。もちろん、もちろん。セニョール・マルタン。人に良く言われるってことは、やはりいいことですよ、こういうことがありますからね。こんなことをやれる人間なんて他に考えられもしないで

しょう。わたしはいつか、このためにどえらいものを手にいれてみせますよ。早くそのときがくればいい」（二二六頁）

ノストローモが言う「どえらいもの」とは大金とか銀塊ではない。デクーの次の言葉からもそれは疑う余地がない――「ノストローモの唯一の関心事は、人から良く言われたい、思われたいということだけだ。それはいわば高貴な魂にふさわしい野望なのだよ……彼にとって、口に出して言うことと、頭の中で考えることとは、まったく同じらしい。純粋に素直なのか、それとも実用的見地からそうなのか、ぼくにはわからない。ただ例外的人間というのはいつもぼくの興味を惹く」（二二五頁）

ノストローモは高貴な魂の持ち主であるとデクーは書きとめている。古代から中世に登場する、神話、伝説そして叙事詩にあらわれる英雄たちは、その死に至るまで光輝につつまれている。神々の高貴な血をいずれも彼らは引き継いでいるからだ。しかし、近代に入ると現実に対する最終的な審判者の地位は、共同体の伝統に代わり、ますます個的経験が占めることになる。神々と英雄たちの記憶は薄れ、神話や伝説も忘れられていくにつれ、一人の人間の個的経験だけが「真実」についての審判者となる。それならば英雄《ヒーロー》の輝きに包まれることを望んでいるノストローモにはいかなる未来が待ち受けているのだろうか。時代の趨勢に逆行するように、その死のときまで英雄《ヒーロー》として生きるノストローモという、「小説が探し求めていた完全な英雄」を、いかなる手法でコンラッドが表象していくかをつぶさに検証する必要があるだろう。

### 言葉のもつ悲劇性

デクーと埠頭で落ち合う前に、イタリアから逃れてきた祖国喪失者《エグザイル》であるジョルジョ・ヴィオラ一家をノストローモは訪れている。ヴィオラの妻テレサは、いま臨終を迎えようとしていたからである。

テレサはうれしかった。彼の助力を本当に必要としている自分たち家族のために、彼が身を挺してつくしてくれたことを知って、テレサは自分の苦痛が救われる思いがした……。

「わたし、今はもう、お医者さんより神父さんに来てほしいわ」と彼女は悲しみにみちた調子で言った。彼女は顔を動かさなかった。ただ眼差しだけを向けて、ベッドの脇に立っている沖仲仕頭を見つめるのだった。「お願いだから、わたしのために神父さんを連れてきてくれない？　ねえ！　息を引き取ろうとしている女が、お願いしているのよ！」

ノストローモは頭を左右に強く振った。彼は僧侶の聖なる力を信じてはいなかった。（一一九頁）

告解のために神父を呼んでほしいとテレサは懇願するが、神父の聖なる力を信じないノストローモは、その願いを無情にも踏みにじってしまう。彼には託された銀塊を運ぶ時間が迫っていたのだ。神への信仰をめぐるテレサとノストローモの考え方の隔たりが、この場面には露呈している。死と向き合うテレサと、現在に生きるノストローモとの間には、生きてきた道のりと、その過程で得た考え方とに大きな違いがある。テレサが祈りを捧げる天上の神は、ノストローモから見れば、儚《はかな》い蜃気楼にも似た幻影《まぼろし》でしかない。ノストローモの胸中を察したテレサは言う。

彼女は力なく笑った。「一度ぐらいは金持ちにおなりなさいな。かけがえのない、みんなから慕われているジャン・バチスタ、あんたにとっては、瀕死の女が求めている心の安らぎなんかより、あんたの身体と心と交換に、あんたにあのばからしい名前を与えてくれただけの、ただそれっきりの人たちがあんたをほめそやすことのほうがずっと大切なんでしょ？」（一二〇頁）

「瀕死の女が求めている安らぎ」と、「あのばかばかしい名前」――この二つのどちらが大切なのかとテレサは問いただす。亡くした息子をかわいがるように、彼女は母親代わりとして、ノストローモに愛情を注いできた、それなのに、彼女の最後の願いにノストローモは耳をかさない。だがその時である、後ろめたい罪の意識が初めて彼の精神のなかに頭をもたげたのは。内心では、二人とも相手にたいし深い愛情を抱いているが、内乱という危機的状況下では相互の不信や恨みが募ってくる。とりわけ臨終の床にあるテレサは、目の前に立つノストローモに対して激しい怒りをぶつける。彼女はジャン・バチスタという本名でしかノストローモに呼びかけないが、そもそも彼女にとってノストローモは英雄《ヒーロー》ではなく、彼女にとってはあくまでジョルジョ・ヴィオラ家の一員のジャン・バチスタなのである。ノストローモという名前は、彼の人生の歯車を狂わせると信じるテレサは、厳しくノストローモを叱責する。

「みんながあんたをほめそやして、うぬぼれの強い人にしてしまったのよ」とあえぎながら病気の女は言った。「みんなはあんたに、金銭でなく甘い言葉を支払っているのよ。あんたは今に自分の愚かさのために、貧乏と苦悩と飢餓のどん底に落ちこむことでしょうよ。やじうま連中だってあんたのことを――偉大な親方のことを――あざ笑うにきまっているわ」（一三一頁）

「みんなはあんたに、金銭でなく甘い言葉を支払っているのよ」というテレサの皮肉な語調に、ノストローモは返答に窮してしまう。彼女が口にした非難は図星だったのである。さらに、「あんたは今に自分の愚かさのために、貧乏と苦悩と飢餓のどん底に落ちこむことでしょうよ」というテレサの不吉な予言は、一本の矢のごとくノストローモの魂に突き刺さる。テレサとノストローモとの抜き差しならない対立は、ジャン・バチスタという固有名（ヴィオラ家の一員として平凡な生活を送る者の名前）と、それと正反対に位置するノストローモという固有名（共同体を超越する英雄《ヒーロー》の名前）との争いにほかならない。つまり「ジャン・バチスタ」と「ノストローモ」という、二つの名前に引き裂かれたこの瞬間の精神の揺らぎが、ノストローモという一人の故国喪失者《エグザイル》の人格の二重性を映しだしているのである。

### マルタン・デクーの死――精神の空洞化という現象

銀塊の運び出しに成功するには、夜の明けないうちに銀を積み込んだ艀《はしけ》で、入江の真ん中へ出なくてはならない。いかにも自信ありげに、ノストローモはデクーに語りかける――「わたしはこの仕事をわたしの生涯のうちで、いちばんよくみんなに知れ渡るような、命がけの仕事にしてやりますよ――風があろうがなかろうが、今の幼い子供たちが大人になり、大人は老人となった頃に、みんながそのことについて語り草にするようにしようと思うんです」（一三五頁）。だがテレサの予言があたったのだろうか、彼の運命は暗転し、銀塊をアメリカ行きの汽船に運ぶ計画は失敗する。非の打ちどころのない男、頼れる頭領《かしら》と言われたノストローモは、その生涯で最初の挫折を味わうのだった。その一方でチャールズ・グールドは、以前からサンフランシスコの大資本家ホルロイドと手を組んで、経済・政治の両面でリビエラ大統領を支え、この国の鉄道路線を全土に敷設することを計画している。グールドの依頼した銀塊の運び出しにノストローモが失敗したのは大きな痛手であり、グールドの経営するサン・トメ鉱山に危機が迫ってくる。

スラコを救うために、ノストローモとともに艀《はしけ》に乗ったデクーは、たちまちプラシド湾の漆黒の闇に包まれる。すると、なぜか奇妙な虚脱感に襲われる。彼の意識はスラコ独立の夢に酔っているが、その意識とは裏腹に、パリで気楽に遊び暮らしたデクーは、プラシド湾をすっぽりと覆う暗闇に恐怖を感じるのである。

真っ暗な、もの音ひとつしない索漠たる静寂が、デクーの感覚を麻痺させるかのようだった。彼はときどき、自分がさめているのか眠っているのかさえさだかではなかった。ふと寝込んでしまった人のように彼はなにも耳にしなかったし、また何も見えなかった。顔の前に持っていった自分の手さえ見えないほどだったのだ……デクーははっと我に帰り、まわりを吹く風は生温かったのに、かすかに身震いした。陸、海、空、連山、岸壁といったものが存在しないかのように思われた。自分をとりまく暗闇の奥から、今まさに、隠れていたおのれの魂が身体《からだ》に戻ってきたかのような奇怪な感じをうけた。（一三三頁）

気まぐれなデクーとは打って変わり、グールド氏の仕事への没頭ぶりは、まさに仕事こそが人生であるという見本である。デクーは（そしてノストローモもまた）それぞれの理由から行動していると考えているが、その認識は間違っている。グールドがアメリカの大資本家ホルロイドに操られているのと同様に、デクーとノストローモはスラコの王グールドに操られている。コスタグアナ共和国のみならず、アメリカとイギリスまで広がる資本主義の原理は、世界のすべての人間を操ろうとしているのだ。パリのセーヌ川の水に洗われたおかげだろうか、洒落た知識人となったデクーは、陸、海、空が暗闇に包まれるのを目にして、自分の魂が自分の身体に戻ってきたという奇怪な経験をする。だが、自分の身体に帰る「魂」とは、いかなるものなのだろうか。一寸先も見えない闇のなかで、シニカルな懐疑主義者という仮面を脱がされ、デクーは否応なく自己の精神の空虚性を見つめざるをえない。このとき彼は周囲の世界と自己の無根拠性を認識

インカの血をひく銀職人

している。そしてデクーの意識は現実から浮遊していき、やがて自己の存在の否定へとむかうのだ。

モンテロ派の軍隊がスラコに侵入したかどうか調べるために、ノストローモはイザベル島をいったん離れてスラコに行く。デクーはノストローモが戻るのを待ちわびるが、一週間が過ぎても、ノストローモはいっこうに戻ってこない。ひとり残されて孤独に苦しむデクーは、ふたたび奇怪な虚脱感に見舞われる。


ただ一匹の生き物も、はるか遠くを行く帆の影も、彼の視界に現れなかった。そしてこの孤独から逃れようとするかのように、彼は己の憂鬱の中に浸りきった……間違った生活をしてしまったという漠然とした意識は、彼が大人になってから初めての倫理的な感情であった。しかし、それと同時に彼は、なんらの後悔も感じなかった。なにを後悔すべきだというのか？……この七日間に七時間も寝ていなかったのである。彼の悲しみは、懐疑的な心を持つ者の悲しみであった……。

十日目、一瞬たりとも眠ることなく一夜を過ごしたのち（自分のようにはっきりしない人物をアントニアが愛したなどということは、あり得ないのではないかという思いが、彼の心に浮かんだのだった）、その孤独は一つの大きな虚無のように思われた。湾の静けさは、彼が両手で掴まって中空にぶら下がっている、張りつめた細い糸のようであった。恐れもなく、驚きもなく、どんな種類の感動もなかった。（二五二頁）

ノストローモは死んでしまい、アントニアはもはや生き残っていないとデクーは考える。確実な事実と非現実的な幻想との境界を彷徨し、まさにデクーは大きな虚無に呑み込まれようとしている。デクーの冷笑主義《シニシズム》は無窮の天空と広大な海原によって無化されてしまい。彼の精神は蝕まれていく。T・S・エリオットの詩「虚ろな人々」に表出される精神の空洞化という現象は、現代人の逃れ難い宿命ともいえよう。虚ろな魂からの救済を願い、エリオットは英国国教会の信者となり、現代詩の新たな領域を求めて、虚無の暗黒から脱け出して新たな詩的世界を切り拓く。それでは、孤独のなかで自殺するデクーは、いたずらに人生を棒に振っただけなのだろうか。また、アントニアへの燃え上がるほどの彼の恋心は、つまらぬ戯れの恋にすぎなかったのだろうか。たとえその精神が空洞であるとしても、アントニアを救うために自己の生命を捧げるデクーのとった行動は、作中のいかなる人物といえども成しえぬものだった。その観点から見るなら、少年時代の日々からアントニアへの愛だけを自己の人生の証《あかし》として生きたマルタン・デクーは、まぎれもなく自己の人生を誠実に生き抜いた人間である。デクーの愚かさと悲しみのなかに、人間の偉大さが潜んでいると思えてならない。

### 光（英雄《ヒーロー》）と闇（背徳者）を同時に生きる

いまやモンテロ将軍の派遣する軍隊の攻撃をうけて、海辺の町スラコは風前の灯であり、しかもスラコの人々は誰でもがノストローモとデクーは死んでしまい、銀塊は艀とともに海中に沈んだと思っている。そんな中で、反乱軍の攻撃を受けたスラコの現状をイザベル島からひそかに見にきたノストローモは、事態の深刻さを痛感するが、銀塊さえ守りぬくならきっとスラコは持ちこたえられると判断する。だが、デクーがひとり待つイザベル島へと引き返すと、四個の銀塊を重りに用いてデクーはすでに自殺を遂げていた。デクーの味わう虚脱感をノストローモもまた感じる——「どういうわけか生きていることの必然性がなくなってしまっていた。それは彼が意識を取り戻すとともに彼に襲いかかり、人の心をわくわくさせて突然終わってしまった夢のように」（二〇八頁）、なにもかも空しく、ばかばかしく思われるのだった。輝かしい英雄《ヒーロー》の座からノストローモはこうして転げ落ちていく。しかし、彼の行きつく先は、デクーの陥った精神の空洞化ではなかった。ノストローモの虚脱感は、「裏切られた」という強迫観念によって消え去るのである。

〈裏切られた〉という言葉が、彼の頭の中にどっしりと根をすえてしまっていた。自分が破滅させられてしまった、つまり、自分という人間のことなど全然考えてくれないようなことに、不注意にも乗り出して自滅してしまったということに、はっと気がついたときの、その目の覚めるような感情を説明するために、彼の想像力は、この〈裏切られた〉という明確で単純な観念にしがみついたのであった。裏切られたということは、破滅するということなのだった。テレサ夫人（彼女の霊よ、安らかにあれ！）の言ったとおりだった。誰も彼のことなど考慮してくれたことはなかったのだ。破滅させられたのだ。（二一一頁）

心がすさんでしまい、ノストローモは自暴自棄に陥っている。「裏切られた」、「破滅させられた」という幻滅を味わい、ついにイザベル島に隠した銀をノストローモは独り占めにすることを決意する。莫大な銀塊を手中にして、彼は銀塊を隠しとおすことに全力を傾注する。スラコに引き返すと、モニガム医師に向かい銀塊はプラシド湾に沈んでいると嘘をつき、彼は巧妙に銀塊の発見を免れる工作をする。幸運にも自分の手に入った銀塊がもたらす巨万の富によって、ノストローモはいまや新たな人生を切り拓こうとしている。

臨終を迎えたテレサ夫人が最後に二人の娘の未来をノストローモに委ねたことを知ると、すぐさまバリオス将軍の許に使者として赴く決断をノストローモは下す。もはやノストローモには、民衆に賞讃されたいという感情はかけらもなかった。英雄《ヒーロー》になるのではなく、スラコを守るのでもなく、ただリンダとジゼルの姉妹を守るために、ノストローモは一人で馬を走らせてバリオス将軍の許に駆けつける。ノストローモの活躍のおかげで、モンテロ将軍の軍隊に勝利したスラコは、分離独立した新しい共和国となり、順調に経済的繁栄をとげていく。しかし再びスラコの町は徐々に腐敗していく。サン・トメ鉱山の利益がグールド家と外国資本に独占されることに民衆は不満を募らせている。ノストローモは沖仲仕頭をやめてグールド家との関係を断ち、しかも民衆に多くの金をばらまいて人気をあつめる。罪の意識におびえながらも、銀を盗みつつ財を成していくノストローモは、民衆の憧れる英雄《ヒーロー》として振る舞う自己と、罪の意識におびえる背徳者の自己という光と闇の世界を同時に生きようとしている。そういうノストローモを、コンラッドは非人間的な存在として断罪するのではなく、周囲の他者を欺きながらも、自己の精神の再生にあくまで挑戦する悲劇的英雄《ヒーロー》として表出している。

## ノストローモの死——現代の求める新たな英雄《ヒーロー》の誕生

イザベル島に初めて灯台が立つことを知ったとき、ノストローモは隠匿した銀の発見を恐れて、ヴィオラ一家を灯台守として住まわせ、長女リンダを責任者とする手配をする。それからは、彼はときどき島に通ってはリンダに会っていた。彼にとっては、正義感の強いリンダよりは、じつは従順で男好きのするジゼルが魅力的だった。ひたむきに彼を愛し続けるリンダと婚約したその日に、ノストローモはジゼルとも関係を結んでしまう。ノストローモの行動を見るかぎり、彼は自堕落で恥知らずな男だと思える。だがコンラッドはノストローモという主人公を、道徳と規範に束縛されない、人間社会の法律と掟をはるかに超える存在として一貫して描いている。

いつからか次女ジゼルの許に、夜の闇にまぎれて会いに来る不審な男がいるのに父親ヴィオラは気づく。かつてガリバルディとともに祖国独立のために戦った気性の激しいヴィオラは、父親である自分の許しも得ずに、甘い言葉でジゼルを誘惑する男に狙いをつけて、ジゼルを守るために銃を発砲する。だが、その男の正体を見届けようと近づくと、瀕死の重傷を負って倒れているのはノストローモであった。ヴィオラはただ茫然として立ちつくす。

瀕死のノストローモはモニガム医師の病院に運ばれる。グールド夫人エミリアを呼んで欲しいとノストローモは息たえだえに依頼する。駆けつけてきたグールド夫人は、ノストローモに語りかける。

「ノストローモ！」グールド夫人はますます身を屈めた。「わたしもまた、あの銀のことを考えることは、心の底からいやだったんです」

「すばらしいことだ――貧乏人の手から富をどうやって奪ったらいいかよくご存じのあなたがたの一人が、その富を憎んでいるなんて！……しかし、富というものにはなにか呪われたところがあるのだ。奥さん、あの宝がどこにあるか、あなたに教えましょうか？　あなたにだけ。……きらきら光っている！　腐敗することのない！」

苦しげな、いかにも不本意そうな気の進まぬ様子が彼の口調や目に漂っていることが、人に共感をもつことの天才であるこの夫人にははっきりとうかがえた……。

「いいんですよ、頭《カパタス》」と彼女は言った。「今はもう誰もあれを欲しいとは思っていませんから。あれはもう、永遠に失われたものにしておきましょうよ」

この言葉を聞いてのち、ノストローモは目を閉じ、ひとことものを言わず、身動きひとつしなくなった。（二八四―二八五頁）

ノストローモはいかにも英雄《ヒーロー》らしく、自分の欲望のおもむくままに永遠に銀塊を独り占めできることに満足する。ようやく夢をかなえたノストローモの精神の内部には、エミリア夫人もモニガム医師も介入する余地はない。ノストローモはジゼルをエミリア夫人に託して静かに息をひきとる。妹ジゼルの眼にはノストローモは超人的英雄《ヒーロー》として映るが、姉リンダの眼にはノストローモはジョルジョ・ヴィオラ一家の一員として映っている。イザベル島の灯台の上からリンダは――ノストローモという呼称を拒否し――夜空にむかい「絶対に忘れないわよ！　ジャン・パチスタ！」と悲痛な声で叫ぶ。罪の意識に苦しみながらも、自己の魂の再生を愚かにも求めつづけるノストローモを、コンラッドは新たな現代の英雄《ヒーロー》として表象して、彼の死を悲しむ抒情性が漂うなかでこの小説は終わっている。

注

(1) 本論の書出し部分は、以下に挙げる論集の「はじめに」の一部に、修正と加筆をしたものである。『〈私〉の境界——二〇世紀イギリス小説にみる主体の所在』（鷹書房弓プレス、二〇〇七年）、三—四頁。

(2) 底本には次を使用した。Joseph Conrad, *Nostromo, A Tale of the Seaboard*, DENT's COLLECTED EDITION, 1966. 訳文には次を使わせていただいた。上田勤、日高八郎、鈴木建三訳『ノストローモ』（筑摩世界文學大系五〇、昭和五〇年）に所収。なお訂正を加えた箇所がある。また訳文の頁番号は本書に従っている。

(3) 今道友信『自然哲学序説』（講談社学術文庫、一九九三年）、五五頁。

(4) この箇所は次を参考にさせていただいた。小森陽一『漱石を読みなおす』（岩波現代文庫、二〇一六年）、九六頁。

(5) エドワード・サイード著、山形和美／小林昌夫訳『始まりの現象』（叢書・ウニベルシタス　358、法政大学出版局、一九九二年）、一三六—一三七頁。

(6) レヴィナス著、熊野純彦訳『全体性と無限（上）』（岩波文庫、二〇〇五年）、一三—一四頁。

(7) サイード、前掲書、一七四頁。

(8) 引用は『大辞泉』（小学館）の「固有名詞」に関する説明の一部分である。本論では「ノストローモ」などの人名を「固有名」として扱っている。

(9) 柄谷行人『言葉と悲劇』（講談社学術文庫、一九九三年）所収の「固有名をめぐって」を参照した。

(10) ジュディス・バトラー著、竹村和子訳『触発する言葉　言語・暴力・行為体』（岩波書店、二〇〇四年）、九頁。

(11) この箇所を書くに際しては、杉恵惇宏編『誘惑するイギリス』（大修館、一九九九年）所収の中野葉子「プラハからの亡命者」の五〇—五一頁を参照させていただいた。

(12) 『エイミー・フォスター』を論じるときは、引用部分にあるサイードの表記に従い、「祖国喪失者《エグザイル》」ではなく「故国喪失者《エグザイル》」と表記した。ただし、主人公の名前は「ヤンコ」ではなく「ヤンコー」に改めた。引用文は以下のサイードの著者から引用したものである。E・W・サイード『故国喪失についての省察』（みすず書房、二〇〇六年）所収、「故国喪失についての省察」、一八三頁。

# 2章　変奏されるアイルランド史
## ――ロディ・ドイル『ヘンリーと呼ばれた星』における戦争と歴史

戸田　勉

### 序　アイルランド建国の世紀を眺める小説

アイルランドは一二世紀末に英国の侵略を許し、以後約七〇〇年以上にわたり植民地として英国の支配を受けてきた。その間独立を求めて幾度となく反乱を繰り返したが、ことごとく敗北を喫した。しかし、一九一六年の復活祭蜂起を契機にして独立運動の機運が一気に高まり、独立戦争（1919–21）を経て一九二二年には自由国として念願の自治を獲得した。しかし、自由国の成立時に締結した英国・アイルランド条約（1921）によって北部アルスターの六州の分離を認めたため、条約賛成派と反対派の間で内戦（1921–23）が勃発した。最終的には条約賛成派が勝利し内戦は終結したが、これが原因となり、一九四九年に共和国として独立した後も北アイルランド紛争の火種を抱えることになった。

アイルランド人作家ロディ・ドイル（Roddy Doyle, 1958– ）は、このようなアイルランド建国の世紀を一人の人物の目を通して眺めようとする三部作『最後の締め括り』（*The Last Roundup*）を発表した。一九九九年に発表された第一部『ヘンリーと呼ばれた星』(*A Star Called Henry*) では、ダブリンのスラム街で生まれ育ったヘンリー・スマート (Henry Smart) が復活祭蜂起と独立戦争に身を投じて活躍するが、最後には組織から厄介者とされて命を狙われる話が語られる。第二部の『おい、あれを弾いてくれ』(*Oh, Play That Thing*, 2004) では、ヘンリーはアメリカに渡り、裏社会に身を潜めながらギャングの用心棒やジャズ・ミュージシャンのルイ・アームストロングの付き人などをして暮らし、最後は家族とともに渡り労働者となってアメリカの西部を放浪する。この小説はアイリッシュ・アメリカンの人生を描いた作品として読むこともできるだろう。第三部の『死んだ共和国』(*The Dead Republic*, 2010) は、アメリカ人映画監督のジョン・フォードに拾われたヘンリーが、『静かなる男』(一九五二年公開) の撮影に同行して二九年ぶりにアイルランドに帰国し、その後学校の用務員として静かに余生を送ろうするが、ＩＲＡ暫定派からの接触を受け、北アイルランド紛争に巻き込まれてゆくという物語である。三部作の結末は二〇一〇年に設定され、アイルランドの建国と発展の生き証人であるヘンリーも一〇八歳となり、六年後の復活祭蜂起百周年に思いを馳せながら目を閉じるところで幕が下される。

このような歴史物語は、それ以前のドイルの小説の題材がすべて戦後のダブリンの労働者階級の日常生活に焦点を当てたものであったことを考え合わせるととても興味深い。デビュー作の『ザ・コミットメンツ』(一九八七) から始まる『バリータウン三部作』――『ザ・スナッパー』(一九九〇)、『ザ・ヴァン』(一九九一)――では、深刻な不況下にあっても前向きに生きる家族の人生が語られる。ブッカー賞を受賞した『パディ・クラーク　ハハハ』(一九九三) では、小学校に通う少年の目を通して両親の不和が描かれる。『ドアにぶつかった女』(一九九六) は夫の暴力に苦しむ妻の物語である。『ヘンリーと呼ばれた星』から始まる三部作において、ドイルがこのような家庭の問題を離れ、アイルランドの独立という歴史的なテーマを設定したのにはそれなりの思いがあったに違いない。

本稿は、アイルランド独立の引き金となった復活祭蜂起と独立戦争の意味を『ヘンリーと呼ばれた星』の主人公兼語り手であるヘンリーの目を通して考察し、ドイルがアイルランド建国の歩みを描く三部作を着想するに至った背景について論じるものであるが、その前段階としてこの小説の形式的な特徴について触れておきたい。ダーモット・マッカーシーは、この小説がそれまでのドイルの作風とは大きく変わって歴史の綿密な調査、研究に基づいたものである点に注目し、歴史と虚構を織り込んだポストモダン風の「歴史記述的メタフィクション」(historiographical metafiction) であると述べている。[1] ここでダーモットはリンダ・ハッチオンの「歴史記述的メタフィクション」という概念を援用しているが、これは「歴史」と「虚構」の境界を曖昧にし、歴史記述における表象の本質について問い直しをする小説形式と定義されている。[2] この小説では、すでに語られてきたアイルランド建国の「歴史」の上に、その歴史を実際に生きたとされる架空の人物ヘンリー・スマートが語る物語が重ねられ、そのズレが顕在化してゆく。

しかし、この「歴史記述的メタフィクション」という形態は、アイルランド特有の修正主義的歴史観と結びつき、『ヘンリーと呼ばれた星』の歴史認識をさらに複雑化させる。アイルランドでは従来、独立運動に関わった人間の視点から見た英国の支配の悪と独立運動の勝利という歴史言説を基に作られたナショナリスト歴史観が正式な歴史解釈とみなされ、教育の場でも徹底されてきた。ところが、北アイルランド紛争が激化するにつれ、旧来のナショナリスト歴史観からの脱却が叫ばれるようになった。これが修正主義史観であるが、その後この歴史観に対しても批判の声が上がり、反修正主義史観、あるいはポスト修正主義史観ともいえる見方も生まれ、修正主義論争に終止符が打たれることがないのが現状である。[3]

カーマイン・ホワイトはこの小説がナショナリスト歴史観と修正主義史観を折中させた「ポスト修正主義的作品」であると指摘するが、[4] 結局のところ、どこまでが修正主義的でどこからがポスト修正主義的であるかの見極めは非常に難しい。そこで本稿では、この小説が基本的に、独立運動を賛美するという伝統的な「ナショナリスト史観」に対して見直しを加える修正主義的な立場に立つものであるという認識を前提として論を進めることとしたい。(5) その上でまず、語り手であるヘンリーの視座を特定し、そこから復活祭蜂起や独立戦争がどのように眺められているのか論じ、最後にヘンリーが歴史を物語ることの意味について考えたい。

## 一　もうひとつの復活祭蜂起

### 虐げられた若者

アイルランドには「英国の危機はアイルランドの好機」という古くからの言い伝えがあるが、復活祭蜂起は、英国が第一次大戦に参戦してヨーロッパ側に注意を向けているときにその背後を狙って画策された反乱である。一九一六年四月二四日月曜日、約千人の義勇軍と二百人の市民軍などが中央郵便局（General Post Office, 以下GPOと略記する）などのダブリンの要衝を武力占拠し、暫定政府の名の下に共和国樹立宣言を読み上げた。当初はアイルランド全土で一斉の蜂起を予定していたが、指揮系統の混乱によって散発に終わり、首都での蜂起軍も六日目には無条件降伏をせざるをえなかった。ダブリンの戦闘では、蜂起軍の戦死者六四名、英国軍戦死者一三二名、巻き添えとなって死亡した市民は二三〇名にのぼり、ダブリンの中心街の大部分が廃墟と化した。(6) この戦いは敗北に終わったが、英国による蜂起指導者たちの不当な処刑の情報が広まると、当初

復活祭蜂起後廃墟となったGPO

は批判的だった世論も徐々に風向きを変え、英国政府に対する非難へ転じていった。そして、ジェイムズ・コノリー（James Connolly, 1868–1916）やパトリック・ピアース（Patrick Pearse, 1879–1916）などの指導者たちを殉教者とする美学――W・B・イェイツが「復活祭、一九一六年」でうたった「恐ろしい美」(7)――が生まれ、独立戦争へと結びついてゆくのだった。

ヘンリー・スマートは一九〇一年にダブリンのスラム街に生まれ、ほとんど孤児同然のストリート・チルドレンとして社会の底辺でその日暮らしをしていた。ところが偶然、社会主義運動家で、後に復活祭蜂起の指導者の一人となるジェイムズ・コノリーに拾われ、彼がストライキ労働者を守るために組織した市民軍の一員に引き入れられる。ヘンリーにとって彼は親のような存在であり、心を通わせることのできるただ一人の人間だった。

コノリーさんは俺に飯を食わせてくれ、服をくれ、リバティ・ホールの寝ぐらをくれた。読み書きを教えてくれた。俺のことを気に入っていると信じさせてくれた。俺たちがどうして貧しいのか、そして貧しくなる必要がないことも教えてくれた。怒る権利があると話してくれた。（一一七）(8)

ヘンリーが社会主義者のコノリーに育てられたことはヘンリーの生き方に決定的な影響を与えた。教育とはまったく無縁で「自分がアイルランド人であることさえ知らなかった」（五二）彼にとって、民族運動の理念などは無縁のものだった。アイルランド市民軍の本部が置かれているリバティ・ホールに掲げられた横断幕の「我々は王にも皇帝にも仕えない。仕えるのはアイルランドのみ」というテーゼを見ても、彼はただ「アイルランドのことなど関係ねえや」（九一）と吐き捨てるように呟くだけである。また、彼は自分の属する市民軍の意識が蜂起で共闘する義勇軍のものとは異なっていることを自覚しており、「俺たちはイングランド人やスコットランド人やウェールズ人と戦うつもりなんかない。俺たちがやろうとしているのは階級闘争だ」（一〇七）と言い切る。蜂起で戦闘が始まり、彼がＧＰＯからライフルを構えたとき、その狙いを定めたのが英国軍ではなく、通りの向かいにある高級な靴屋や洋品店のショーウィンドウだったことからも彼の本心を読み取ることができるだろう。そこに見られるのはアイルランドの自治を獲得するための大義や信念ではなく、長い間理由もなく虐げられ続けてきた人間の怒りと悲しみである。

他の奴らがイギリス軍に一発かましている間、俺は俺を入れてくれなかった店を撃ち、ぶち壊した。俺を馬鹿にした店と気取った雰囲気を、ショーウィンドウと鍵のかかったドアの向こう側にある数え切れないほどのものを、不当な仕打ちと不公平と靴を撃ちまくった。（一〇五）

ヘンリーにとって、この戦いは蜂起本来の目指す闘争とは別な意味合いを持っていた。というのも、ヘンリーが蜂起の最中にほとんど戦闘らしい戦闘に加わっていなかったからである。たとえば、ＧＰＯが英国軍の一八ポンド砲の一斉砲火を浴び、蜂起軍が一気に劣勢に立たされたとき、ヘンリーがしていたことは、のちに妻となるミス・オシェイとの地下室でのセックスである。本格的な戦闘が始まってから彼がとった戦闘行為らしきものは、店のショーウィンドウを撃ったこと、ＧＰＯから脱出するために壁に穴を開けたこと、脱出の際に部隊の先頭に立ったことだけであり、攻撃的な戦闘行為は一切見られない。唯一あるとすれば、店のショーウィンドウを狙ったあとに、偶然通りかかった騎兵連隊の兵士に向かって一発撃ち、足に貫通させたことだけである。

## 階級闘争としての復活祭蜂起

復活祭蜂起におけるヘンリーの貢献はむしろ別なところにあった。ひとつは、蜂起の際に公布される予定の「アイルランド共和国樹立宣言」の草稿をコノリーから見せられたとき、彼は子供の権利について触れるようにアドバイスをし、「アイルランド共和国は国全体とそれを構成するすべてのものの幸福と繁栄を追求し、すべての子供を平等に育てることを決意し」(九七) という一節を加筆させたことである。また、戦闘が始まる前、第一次大戦に従軍している夫を持つ妻たちが家族手当を求めてGPOのバリケードの前に押しかけたとき、蜂起指導者の一人であるマイケル・コリンズ (Michael Collins, 1890–1922) に掛け合って、その支払いを認めさせている。さらに、通りの向かい側に並ぶ商店に市民が押し入って強奪が始まり、義勇軍兵士がそれを恥として彼らに銃口を向けようとしたとき、ヘンリーは他の市民軍の兵士たちと共に義勇軍兵士に銃を向けて市民の殺害を阻止している。このときヘンリーはGPOでの蜂起の最高指揮官で暫定政府の大統領であるパトリック・ピアースにライフルを突きつけさえする。

> 義勇軍兵士たちは俺たちのライフルが自分たちに向けられているのがわかり、どうにかしようとしているうちに、司令官やら部隊長やら詩人やら共和国暫定政府の役人やらが間に入ってきた。五秒間で世界がほとんど変わりそうだった。外のダブリンで大火事が起きているとき、ここGPOの内部では、五秒の間に革命が起こり、反革命が起こり、内戦が勃発するところだった。……その長く続く五秒の間、英国軍は敵ではなかった。ピアースは俺のライフルに目をやり、俺の目を見て何をするかがわかり、微かに動いて横を向き、斜視を隠した。彼は美しく死ぬ覚悟ができていた。(一一四—五)

ヘンリーが復活祭蜂起で行ったこれらの行動が、コノリー、コリンズ、ピアースという歴史に名を刻んだ英雄との関わりの中で行われたことは単なる偶然とは思えない。それは彼の生い立ちと密接に関わる。彼は娼館の用心棒をする父ヘンリー・スマートとロザリオ工場で働く母メロディー・ナッシュとの間に生まれた。当時ヨーロッパの都市の中で最も栄養状態が悪く、住宅事情も最悪で、新生児死亡率が最も高かったダブリンで生活を営むことはただでさえ非常に厳しかったが、さらに稼ぎのない父親と酒に溺れる母親の下で、家族は「最後にはこれ以上落ちることができないほど低く沈んだ地下室」（八）にたどり着く以外生きる道は残されていなかった。生まれてくる赤ん坊は次々と死に、一人生き残った弟のヴィクターも路上で病死してしまう。救いとなるべき神は非情で、「毎日が戦い」（二八）のように生きなければならなかった。八歳になって少しはまともな人間にならなくてはならないと気がつき、国民学校に潜り込むが、二日で追い出されてしまう。

このような境遇に生まれ育ったヘンリーが復活祭蜂起においてまず第一に勝ち取ろうとしたものは、アイルランドの自治や独立といった国の権利などではなく、むしろ、英国支配の非道さを味わってきたはずの同胞のアイルランド人によってさらに虐げられ蔑まれてきた人間の権利だったのである。ヘンリーにとっての復活祭蜂起はあくまでも「階級闘争」に他ならなかった。社会的弱者の権利の主張が、敢えてコノリー、コリンズ、ピアースといった実在した英雄を通して行われた意味もここにあろう。このような視座から建国の歴史に別な光が当てられ、新しい歴史が語られてゆく。

## 二　問い直される復活祭蜂起

### 脱神話化される英雄たち

『ヘンリーと呼ばれた星』をポストモダン的な「歴史記述的メタフィクション」と仮定し、その語り手を独立運動の理念とは無縁の、社会の底辺に生きる人間に設定した場合、「正史」であるナショナリスト歴史観はどのように修正されてゆくのだろうか。次に、伝説化された英雄たちや蜂起そのものがヘンリーの目にはどのように映ったのかについて論じたい。

第一章で考察したように、自分がアイルランド人であるかどうかもわからなかったヘンリーは、自分を拾って育ててくれたコノリーの影響を受け、社会主義的な思想に共鳴してゆく。復活祭蜂起はこの視点から眺められるため、コノリーが社会主義者から愛国主義者に転身した変節漢であるという労働組合や労働党支持者からの批判はここにはみられない。(10) このような「修正」は随所に散見される。たとえば、次の引用にみられる指揮官たちの力ない姿は、今まさにGPOへの突入を敢行しようとする「自由の闘士」とはかけ離れたものである。

ジェイムズ・コノリーが石段の上に立ち、ピアースが横に並び、他の将交たちがリバティ・ホールから出てきた。男たちの見事な一団。クラークはアイルランドのように年老いてよぼよぼだ。マクディアマドは小児麻痺に罹ったので左側に傾いた体を杖で支えている。プランケットは首に包帯が巻かれて凍った死神のようだ。(九二)

トマス・クラーク（Thomas Clarke, 1857–1916）は、アイルランド共和国同盟（Irish Republican Brotherhood, 以降ＩＲＢと略記）の軍事委員会の創設者の一人で、「アイルランド共和国樹立宣言」の最初の署名人である。ショーン・マクディアマダ（Seán Mac Dirmada, 1883–1916）はトマス・クラークと共に『アイリッシュ・フリーダム』紙を創刊し、ＩＲＢの軍事委員会の主要メンバーでもあった。ジョセフ・プランケット（Joseph Plunkett, 1887–1916）はＩＲＢの作戦参謀で、この蜂起を立案したメンバーの一人である。この将校たちの描写は、老齢、小児麻痺、結核（プランケットは結核の手術を受けたばかりだった）といった肉体的な脆弱さが前面に現れ、蜂起の失敗を暗示するかのように死のイメージに包まれている。ヘンリーはこれを見て、敢えて

復活祭蜂起総司令官
パトリック・ピアース

「男たちの見事な一団」（"a fine body of men"）と語るが、そこには彼独特の皮肉な視線が込められている。

　蜂起の総司令官ピアースに対しては、一見ヘンリーとの関わりが少ないために修正がないようにみえるが、実際は巧妙な語りの操作によって実像と虚像の微妙なズレが提示されている。先に引用した、市民の略奪を認めさせる場面において、ヘンリーはピアースにライフルの銃口を向けるが、このときピアースは「美しく死ぬ覚悟ができていた」と語られる。実はこの一節の裏にはピアースの「血による犠牲」の哲学が隠されている。若い時代にカトリシズムの神秘性の強い影響を受けたピアースは、キリストの十字架での犠牲という概念をそのまま独立運動に持ち込み、同様の「血による犠牲」こそがアイルランドの魂を救い、復活させると信じていた。そしてその信念が「生命は死から湧き出す。そして、男女を問わず愛国主義者の墓から生きている国が生まれる」という「血の犠牲」の精神につながったとラッセル・リーは指摘する。[11] とするならば、「微かに動いて横を向き、斜視を隠した。彼は美しく死ぬ覚悟ができていた」という何気ない仕草の中に彼の実像と虚像の両面を垣間見ることができて興味深い。

　「生命は死から湧き出す……」という「血の犠牲」の一節は、ＩＲＢ設立当初の古参メンバーで、武力闘争によって独立を達成しようとするフィニアン党員オドノヴァン・ロッサ（Jeremiah O'Donovan Rossa, 1831–1915）の葬儀でピアースが読んだ弔辞の有名な言葉である。小説のテクスト上にはこの一節に関する直接的な言及は一切ないが、実はここにもヘンリーが間接的に介入し、歴史的事実が揺るがされている。ＧＰＯでの仲間との会話の中でヘンリーは、「俺は去年オドノヴァン・ロッサの墓で軍葬のラッパを吹いたぜ」と何気なく告白するのだが、この言及は、愛国主義的な歴史を知る読者の脳裏にピアースの「血の犠牲」の一節を十分に喚起させるものである。しかし次の瞬間、「歴史の本じゃウィリアム・オーマンになってるけど、うそさ。奴は流感にかかって寝込んでたんだから」（九〇）と虚構が重ねられ、ピアースの「血の犠牲」の神話に亀裂を走らせる。

復活祭蜂起当時ショーン・マクディアマドの副官で、のちにアイルランド共和国軍（Irish Republican Army, 以降ＩＲＡと略記）の司令官となってヘンリーの人生を大きく左右するマイケル・コリンズの場合はさらに複雑である。ニール・ジョーダン監督の『マイケル・コリンズ』（一九九六年公開）はドイルが『ヘンリーと呼ばれた星』を執筆中に映画化され、少なからぬ影響を与えた。この映画の中では修正主義的な視点から、英国・アイルランド条約賛成派のコリンズの人物像が好意的に作り直され、後の自由国大統領となる条約反対派のイーモン・デ・ヴァレラ（Eamon de Valera, 1882–1975）が否定的に描かれている。ドイルはこの映画を意識しつつ、暗に映画での人物造形に批判を加えているという。[12] つまり、映画でのコリンズの評価がさらに逆転されているわけである。たとえば、「コリンズが腹をすかしたことはあるんだろうか。栄養十分な顔を見れば答えはわかる」（一〇三）と語るように、ヘンリーにとってコリンズはあくまで別世界に生きる人間でしかなく、コノリーに対してのような親近感はほとんど認められない。

最後に、復活祭蜂起そのものはヘンリーの目にはどのように映ったのかという問題について触れたい。この蜂起において積極的な戦闘活動を一切してこなかったヘンリーではあったが、ＧＰＯが崩壊する前に英国軍のバリケードを突破して脱出するため、軍の先頭に立って北側の通りに飛び出してゆく。そして、敵の銃弾の雨を掻い潜りながら軒伝いに前進して行くと、店の裏庭から泣き声が聞こえ、一人の少女が死んで横たわっているのに気づく。

　中に入って裏庭の小屋に向かった。すると泣き叫ぶ声が聞こえた。頭を撃ち抜かれ仰向けになって小さな女の子が玄関の土間で死んで倒れていた——ここに敵の弾が飛んでくるはずはないから、俺たちの誰かだ。男たちが横たわっていた。何も聞こえなかった。だけど考えることはできた。この状況を理解しようとした。小屋の壁にもたれて座り込んだ。パディは死んだ。フェリックスも。俺は何か感じられるまで待った。
（一三四）

ここでヘンリーが理解しようとしているのは、祖国の独立という大義の下で繰り広げられた蜂起ではあったが、結局は圧倒的な兵力と火器の前に為す術もなく、最後は蜂起軍が市民を撃ち殺して敗走していったという悲惨な結末の意味である。このようにして、殉教の祭壇に祀られ伝説となったコノリーやピアースのような英雄たちと、犬死したパディやフェリックス、そして路地裏で無残に殺された少女とが対比され、復活祭蜂起そのものが脱神話化されてゆく。[13]

## 三　独立戦争と暴力

### 物理的暴力と権力の暴力

復活祭蜂起の狂気を目の当たりにしたヘンリーは、その状況と意味を理解しようとしたが、それが十分にできたかどうかは疑わしい。彼はその後英国軍に囚われ収監されるが、運良く脱出する。そして、港湾労働者の中に身を隠し、また社会の底辺で暮らし始めるのだが、ある日、義勇軍の一員として一緒に戦ったジャック・ドルトンから声をかけられると、懲りることなくまた戦争に加わる決断をする。次にヘンリーが巻き込まれたのは独立戦争であり、彼は最後にはマイケル・コリンズが組織した、「一二使徒」と呼ばれるＩＲＡの暗殺部隊の有能なメンバーとなる。もしこのときヘンリーが復活祭蜂起で目にした戦争の狂気から何かを学びとっていたならこのような道を歩むことはなかっただろう。そこで次に、ヘンリーがもう一度戦争に身を投じた理由と彼の目を通した独立戦争の内実について考えてゆく。

独立戦争は、第一次大戦後の総選挙で独立を旗印に掲げるシン・フェイン党が大勝し、「アイルランド国民議会」を創設して会合を開いた一九一九年一月二一日に、ティッペラリー州で義勇兵の兵士が警官二名を殺害した事件を契機に始まった。戦うための十分な装備を持たない共和国軍は武器調達のために警察署を襲うなどしてゲリラ戦を繰り広げるが、英国はそれを鎮圧するために元兵士を集めて組織した悪名高い「カーキー色《ブラック》と《アンド》黒の制服《タンズ》」や「補助部隊」を送った。戦争は休戦が宣言される一九二一年七月一一日まで続いた。この戦争の犠牲者は、警官四〇五名、英国軍一五〇名、共和国軍および市民七五〇名といわれている。(14)

ヘンリーがＩＲＡに加わった理由は二つある。ひとつはかつて市民軍の仲間と共有していた強い連帯感である。かつての戦友であるドルトンはヘンリーに食事と寝場所を与え、アイルランドの新たな未来について熱心に語る。するとヘンリーは「彼とすぐ気が合い。好きになった」（一六九）のだった。これはヘンリーが市民軍の仲間と一緒にいたとき、「俺はこいつらと世界を互いに共有していた。奴らを信じた。その近さが俺を元気づけてくれた」（一〇六）と感じた連帯感と同じものであったに違いない。本来建築家であったドルトンは、「孤独でホームレスな」（一七一）ヘンリーに新しいアイルランドという家の設計図を見せる。ヘンリーはドルトンの「ダブリンをぶっ壊して真新しくする」（一七二）というアイディアが特に気に入るのだが、その理由は新しいダブリンには自分が新しく暮らせる家が存在するかもしれないからである。自分がアイルランド人であることも知らず、「自治《ホームルール》なんて家《ホーム》のない奴には関係ない」（七〇）と吐き捨てるように言った以前のヘンリーからの大きな変化をここに認めることができるだろう。帰属する場所が確保されたことで、ヘンリーに初めてアイデンティティという意識が芽生えたのである。

ヘンリーが従軍したもうひとつの理由は、ドルトンが歌ったヘンリーを讃える歌である。「アイルランド人魂で獅子のごとく闘った。ゲールの誇り、我らが若きヘンリー・スマート」（一七〇）という歌が蜂起後、兵士の間で唄い継がれ、デ・バレラも独房で歌っていたという話をドルトンから聞かされると、ヘンリーは心の底から湧き上がる喜びを隠せなかった。今まで社会から無視され続けてきた人間が生まれて初めて意識されたからである。また、新しいダブリンではリフィー川にヘンリーの名前をつけた橋を架けるとさえ言われ、アイルランドのために死ぬ準備ができたとさえ感じる。しかし、実際には、彼を讃える歌は数小節しか存在せず、橋を架ける計画も存在しなかった。復活祭蜂起では英雄たちの像をことごとく破壊してきたヘンリーではあったが、歴史に名前が刻まれる喜びに目がくらみ、自らが神話化され、虚構化される危険にまったく気づいていなかった。

一九一九年一月、アイルランド国民議会が設立され、独立戦争が始まる。そして、英国政府が正式にアイルランド議会が違法であると宣言した九月一二日、ヘンリーは独立運動の活動家でもあるミス・オシェイと結婚し、地方を自転車で巡りながら共にゲリラ活動に加わる。さらに、彼はコリンズの暗殺部隊「一二使徒」の一員として、一九二〇年の「血の日曜日事件[15]」の引き金となる英国軍諜報部員の暗殺に関わる。その後逮捕され刑務所に入るが、ミス・オシェイの手引きでうまく脱獄する。

しかし、二人を待っていたのは「厄介者《トラブルメーカー》」や「スパイ」という烙印だった。独立戦争も末期になり休戦に向けた協議が秘密裏に行われていたある日、かつての部下アイヴァン・レイノルズがヘンリーを訪ねてくる。彼は

独立戦争当時のIRA（メイヨーにて）

今では一七〇人を超える部下を従えるダブリン地区の司令官にまで昇進していた。その彼から、独立戦争はすでに形式的に終決しており、今や戦争が金目当てのビジネスになっていることを次のように聞かされる。

ここ数年間は俺も自分が兵士か、戦士だと思っていましたよ。正真正銘の愛国戦士ってやつです。アイルランドのために命を捧げるってね。本当ですよ。でも実際はそんなのじゃありませんでした。最高の兵士は最高のビジネスマンなんですよ。殺しや夜襲は実はアイルランドのためなんかじゃない。……兵士がいるのはこの国を支配するためなんです。(三二四)

アイヴァンは独立戦争の混乱に乗じて土地や乳製品工場などの資産を手に入れ、その権利を利用して英国軍と取引をし、利益を得ているのだった。そして、そのような状況にあっては、ヘンリーやミス・オシェイの純粋な戦闘行為がビジネス上の大きな障害となっていると伝える。かつての部下からこの話を聞いたヘンリーは強い衝撃を受け、初めて時代に取り残されている自分の姿に気づくのだった。

俺はまったくの大馬鹿者だった。それも世界最低の。何年もはっきりしなかったことが今わかった。俺がやってきたことすべて、あらゆる銃撃と暗殺、飛び散った血と脳みそ、監獄、拷問、四年間やってきたことすべてが、アイヴァンや別のアイヴァンのためだった。あいつらの時代が来た。それこそがアイルランドの自由というものなんだ。実はコノリーが処刑されてからずっとそうだったんだ。たとえイギリスがコノリーを殺さなくても、アイヴァンのような奴らがやっていただろう。(三二八)

ヘンリーのこの認識は、彼が軍の中でただ一人信頼を置いていたドルトンと再会することでさらに確信に変わる。ドルトンは、時代の変化に追いついてゆけないヘンリーの名前が「スパイ」として処刑者リストに載せられていることを教える。ここでヘンリーは自分にアイデンティティを与えてくれた母体の組織に裏切られたことによって、生命が危険に曝されたばかりではなく、アイデンティティ喪失の危機にも陥っていたのである。ヘンリーと独立戦争との関わりを通してさらに浮かび上がるのは、権力としての暴力の存在である。彼はIRAの兵士として命令を受け、多くの人間を殺してきたが、これは物理的な暴力であった。しかしこれとは別に、「権力のあからさまな権限」としての暴力がここには存在する。[16]上野成利は、人間を不意に衝き動かす力としての暴力と他者に無理やり言うことを聞かせる強制力としての暴力を区別し、前者を英語のヴァイオレンス（violence）と呼び、後者をドイツ語のゲヴァルト（Gewalt）と呼ぶ。つまり、ヴァイオレンスは戦争の個々の局面で行使される物理的な生物学的な暴力であり、そのヴァイオレンスを支配や統治という正当な権威による管轄・統御といった強制力によって内部に回収するのがゲヴァルトである。[17]この観点からみれば、独立戦争におけるヘンリーの戦いでは、復活祭蜂起では見られることのなかった、権力の力による暴力が顕在化していることがわかるだろう。

この暴力のメカニズムは、ヴァルター・ベンヤミンが定義する「法措定暴力」と「法維持暴力」[18]という概念を当てはめることによってさらに明確になる。ベンヤミンによれば、新たな秩序が生まれると、まずその秩序を正当な「法」として「措定」する暴力が最初に行使される。そして次の段階として、その「法」を「維持」するために新たな暴力が行使されることになり、最終的には二重の暴力のシステムが新たな権力の上に構築されるのである。ヘンリーやミス・オシェイが戦争当初の大義に基づいて戦い続けたとしても、戦争の終結が見通され、新たな支配関係が生まれ始めると、そこには以前とは違った秩序に基づいた法が作られ、それを維持するための力が動き出していたのだった。組織がヘンリーを「厄介者《トラブルメーカー》」として排除しようとするのは、この法の働きによるものである。独立戦争開始当初、ドルトンがプロイセン人カール・フォン・クラウゼヴィッツ

（一七八〇―一八三一）の『戦争論』（一八三二―三四）を取り上げ、「敵にわれわれの意志を押し付けようとするなら、われわれは敵をして彼らが払わなければならぬ犠牲よりも、より不利なる状態に彼らを追いやらねばならない」（二五五）という戦争の目的を論じた一節をヘンリーに教える場面があるが、この時ヘンリーは新しいアイルランドが自分を敵としてそのような窮地に追い込むとは想像もしていなかったに違いない。

ここでクラウゼヴィッツによる戦争論の古典が引用されている点は注目に値する。ドルトンは『戦争論』の第一部第一章第四節の「目標は敵の抵抗力を粉砕することである」からの一節を引き合いに出しているが、そのすぐ前の第二節「定義」では、戦争が「敵をしてわれわれの意志に屈服せしめるための暴力行為のことである」[19]と明確に定義されている。ドイルがこの定義を意識していたかどうかを確かめる術はないが、この小説を読む限り、暴力にヴァイオレンスとゲヴァルトが存在し、さらにそれが法の「措定」と「維持」の段階でそれぞれ発露されるというメカニズムは、アイルランドが独立戦争から条約締結を経て、内戦を引き起こす流れと見事に符合する。新しいアイルランドが生まれるたびに敵となる対象が変わり、それに合わせた法が作られ施行される。そして、ヘンリーはその暴力に翻弄され行き場を失ってゆく。

## 四　歴史の暴力

### 大きな物語と小さな物語

物理的な暴力と権力の暴力に晒されたヘンリーが戦わなければならない戦争がもうひとつあった。それが歴史生成の暴力との戦いである。復活祭蜂起の一年後、独立戦争に向けて準備が進められているとき、ジャック・ドルトンは歴史の流れについてヘンリーに次のように説明する。

——僕たちは歴史を作っているんだ、とジャックは言った。——行動しているだけじゃない。歴史を書いているんだ。……自分の国の歴史を書くこと。そう、それなんだよ。歴史の流れを変えようとしてるんだ。そこには未来は一つしかない。アイルランド共和国さ。僕たちの未来には他の可能性なんてありえない。ヘンリー、運命なんかくそ食らえさ。僕らはここじゃ神なんだ。（一八六）

ここでドルトンが「歴史」（history）という語を意識的に繰り返している点を見落としてはならない。歴史が言葉によって語られ、記述されて、作られるものとすれば、ＩＲＡの広報・宣伝を担当するドルトンはまさに「アイルランド共和国」の歴史を作る中枢の立場にあった。共和国樹立というパースペクティヴの中で、その歴史を偶然（運命）の入る余地を残さずに、神のごとく設計図通りに書き直そうとしているドルトンにとって、共和国の歴史からヘンリーの名を残すことも消すことも意のままだった。

ヘンリーはこのような暴力に対して抵抗し続ける。彼はこの小説の最初で「物語は貧乏人が持っている唯一のものだ」（七）と述べているが、自らの物語（story）を語ることは権力による歴史記述の暴力に対する有効な抵抗手段である。「物語は、植民地化された人びとが、みずからのアイデンティティとみずからの歴史の存在を主張するときに使う手段ともなる」[20]というエドワード・サイードの言葉は、物語を語り続けるヘンリーの存在証明ともなろう。英国の「大きな物語」から排除されることに抵抗し続けてきたアイルランドではあったが、共和国設立を前にして自らの「大きな物語」を語り始めると、ヘンリーたちのような小さな物語は疎外され周縁化されてゆく。物理的な力も権力もないヘンリーにとって本当の戦争は、小さな物語を武器としてこの歴史の横暴に立ち向かうことだったのである。

小さい物語が周縁化されるモチーフは、デ・ヴァレラがキルメイナム刑務所に収監されたときの有名な写真

蜂起後、キルメイナム刑務所に収監されたイーモン・デ・ヴァレラ

が撮影されたとき、ヘンリーが実際にデ・ヴァレラの隣にいながら写真には写っていないと嘆く場面に象徴されている。「最初にその写真を見たとき俺の肘は写っていた。だけど、後に見たやつには消されていた。ヘンリー様の肘が入るスペースなどないんだ」（一三八‐九）という一節は、現実が撮影者や語り手の判断次第で自由に修正され、虚構化されうるという危険を見事に暗示している。

この危険から身を守るため、ヘンリーは小説全体を通して繰り返し自分の名前を叫び続ける。「俺の名前はヘンリー・スマートだ。世界でただ一人のヘンリー・スマートだ」（三五）という叫びは、自分の名前が生後間もなく亡くなった兄に付けられた名前であることに対する抵抗の声でもあった。母親は毎晩夜空を指差して、死んだ兄のヘンリーが星になったと彼に教え続けた。しかし、ヘンリーにとって、星になった兄ヘンリーの虚構世界を受け入れることは、自分の現実世界が浸食され、存在が消されることを意味していた。そこで、夜空に向かって自分の名前を叫び「毎晩兄を殺し」（三五）てゆかなければならなかったのである。題名の『ヘンリーと呼ばれた星』には、母親に星と呼ばれた兄のヘンリーと戦争の英雄として同胞から星と呼ばれたヘンリーが重ねられている。そしてここにも虚像と実像の対立というモチーフが隠されている。

ヘンリーは最終的に、自分が伝説上の英雄で選ばれた人間であるという言説が虚構であり、実は「使い捨ての名もない存在」（二〇八）にすぎなかったという現実に気づく。そして、自分が自分で作り出そうとした新しい祖国の犠牲に供されることを知ると、自分を操っていた組織の黒幕となるアルフィー・ガンドンの殺害を決心する。帰属する場所を持たなかったヘンリーにとって、ガンドンは、影の「屋主」として彼にアイデンティティの基盤となる「家」を与えた恩人でもあった。しかし、新しい国の権力者として君臨するガンドンから見れば、ヘンリーたちは使い捨ての「愚かな奴隷」（二四〇）に過ぎなかった。この隷属状態から解放され、新たなアイデンティティを見つけるため、彼は父の形見の義足でガンドンを撲殺し、祖国を後にする決心をする。この殺人は、ヘンリーと同じように用済みにされた父親の仇を討つことでもあった。そして物語の結末は次のように締めくくられる。


俺は出て行く。ここには残れない。息を吸うたびにこの国の淀んだ空気が俺を嘲り、一歩一歩歩くたびに地面が足首をつかんだ。そいつは生き延びるために血を欲しがっていたが、俺の血じゃない。俺は十分くれてやった。

もう一度やり直すんだ。新しい人間になって。リバプールまでの船賃もあるし、似合わないけどスーツもある。俺には愛する妻が監獄にいて、一度だけ抱いた「自由」という名前の娘もいる。俺はどこに行くかわからない。どこかにたどり着けるかどうかもわからない。

だけど、俺はまだ生きている。二〇才になった。俺はヘンリー・スマートだ。（三四二）

ガンドンの殺害は、復活祭蜂起と独立戦争という二つの戦争を通してヘンリーが組織の命令によることなく主体的に行使した唯一の暴力であった。それは虚構を作り出した親玉を消し、そのシステムから自由になるための行為である。つまり、新生アイルランド人としての歪んだアイデンティティを消し、もう一度名前もなく、家もない一人の人間に立ち返って、「新しい人間」として出直そうとする決断でもあった。彼は、生命を奪われる物理的暴力と歴史から存在を抹消される権力の暴力に屈することなく、自分の名前を叫びながら物語を語り続け、自らのアイデンティティを問い続けるのである。

## 結び　新生アイルランドとアイデンティティの行方

序でも述べたように、ドイルが『ヘンリーと呼ばれた星』において歴史的なテーマに筆を染めたことは大きな方向転換だった。しかし、ドイル自身はこの小説が歴史小説ではなく、ただ角度を変えて歴史を見せたものだと繰り返し主張している。彼の表現を借りれば、現実に虫眼鏡をかざしてそれを拡大して見せたということである。(21) これを言い換えるならば、ヘンリーという社会の底辺にいる人物の視点からアイルランド建国の重要な歴史的事件を物語らせ、その公式な歴史記述には載ることのない、沈黙を強いられた人々や忘れられた人々の声を響かせようとしたと解釈することもできるだろう。それはまた同時に、神話化された人物に別な角度から光を当て、その偶像化を問い直す試みでもあったのである。

興味深いことに、このような歴史記述の隠蔽作用の顕在化や脱神話化というモチーフは前作の『ドアにぶつかった女』にも共通するものだった。家庭内暴力を題材とした前作では、語り手であるポーラに対する夫の暴力が前景化されているが、実はその裏でポーラの実の父の暴力も明るみに出そうとする物語が語られていた。物語の中盤で彼女は、妹や自分にとって聖人と思われていた父親が実は姉や母に暴力を振るう暴君だったことに気づき、それを妹に確認しようとするのだが、妹は「お姉さんは歴史を書き換えようとしている」(五六)と言ってポーラを非難する。この「歴史を書き換える」という表現はそのまま『ヘンリーと呼ばれた星』のモチーフと共鳴し、歴史記述と父親の脱神話化の問題を浮かび上がらせる。つまり、『ドアにぶつかった女』では聖人とみなされた父が、『ヘンリーと呼ばれた星』では建国の父たちの偶像が破壊されていたのである。

ドイルが『ドアにぶつかった女』を書き終え、二〇世紀のアイルランド史を概括する物語を構想した九〇年代の後半には、アイルランドは長く続いた不況から脱出し、「ケルティック・タイガー」と呼ばれる未曾有の好景気の恩恵に浴していた。一九八八年に、「豊かな国々の中の貧乏国」というタイトルでアイルランドを特集した英国『エコノミスト』誌はその九年後の一九九七年、毎年一〇パーセントを超えるその驚異的な経済成長を評価し、「ヨーロッパの星」という最大級の賛辞を送っている[22]。『ヘンリーと呼ばれた星』の最後でヘンリーは、アイヴァンが語る新生アイルランドは「古いアイルランドと同じだろう」（三一五）と述べる。これは、アイヴァンのようにビジネスを優先する人間が作り上げた新しいアイルランドも実は植民地時代と変わらないという意味であるが、同時にケルティック・タイガーというバブル経済に踊らされた新生アイルランドもヨーロッパのお荷物時代と本質的に何ら変わることがないという暗示でもある[23]。ドイルにとって、二〇世紀末のほんの一〇年ほどの間に劇的に社会が変化した祖国は、ヘンリーが経験することになった建国当初の動乱期の姿と重なって見えたに違いない。

かつて経験したことのない経済的活況の下で揺れ動くアイルランド人のアイデンティティの揺れの問題はそのまま二〇世紀初頭の国家樹立時代の問題と響き合う。歴史記述が「自分とは何者か」というアイデンティティ・ポリティクスと分かちがたく結びき、政治性を伴うとするならば[24]、歴史に修正が次々と加えられ、アイデンティティを与える母体の正体が定まらない現在、「アイルランド人とは何者か」という問いは七〇年前と

現在のGPOとオコンネル・ストリート

変わらない重みをもつ。

ヘンリーは自分が単なる操り人形に過ぎないことを知ると「自分の戦争は終わり、もう人殺しには関わらない」（三一一）と決心する。彼にとって物理的な戦争は一旦終結したかもしれないが、大きな歴史の隠蔽作用との戦い、つまり、アイデンティティを確立する旅はまだ始まったばかりである。名前も、家も、国ももたない人間は、唯一の武器である「物語」を携え、「俺はヘンリー・スマートだ」と叫び続け、二〇世紀を放浪する。

注

（1）Dermot McCarthy, *Roddy Doyle: Raining on the Parade* (Dublin: The Liffey Press, 2003), p. 191.

（2）Linda Hutcheon, *The Politics of Postmodernism* (London: Routledge, 1989), p. 47.

（3）森ありさ、『アイルランド独立運動史――シン・フェイン、ＩＲＡ、農地紛争』（論創社、二〇〇一年）、一一―八頁。高神信一『大英帝国の中の「反乱」――アイルランドのフィーニアンたち』（同文館、一九九九年）、八頁。

（4）Carmine White, *Reading Roddy Doyle* (Dublin: Glasnevin Pubulishing, 2012), p. 28.

（5）Dermot McCarthy, pp. 203–13.

（6）*The Oxford Companion to Irish History: Second Edition.* Ed. S. J. Connolly (Oxford: Oxford UP, 2002), p. 514.

（7）W. B. Yeats, *The Poems: New Edition.* Ed. Richard Ellmann (London: Macmillan, 1984), p. 180.

（8）ドイルの小説からの引用は以下の版により、カッコ内にページ数を記す。
Roddy Doyle, *A Star Called Henry* (London: Vintage, 1999).
――――. *The Woman Who Walked into Doors* (New York: Viking, 1996).

（9）T. W. Moody, F. X. Martin (eds.), *The Course of Irish History: Revised and Enlarged Edition* (Cork: Mercier Press, 1994), p. 301.

（10）*The Oxford Companion to Irish History: Second Edition*, p. 118.

（11）Russell Rees, *Ireland 1905–25*. Vol. I. (Newtownards: Colourpoint Books,1998), p. 199–200.

（12）Dermot McCarthy, pp. 213.
（13）Carmine White, p. 48.
（14）*The Oxford Companion to Irish History: Second Edion*, p. 17.
（15）一九二〇年一一月二一日、コリンズの暗殺部隊が英国諜報員一一名を含む一四名の英国軍将校を暗殺した。英国軍はその報復として当日ダブリンのクローク・パーク（ゲールスポーツ協会本部）でゲーリック・フットボールの試合を観戦していた観客に向けて発砲し、市民一二名が命を落とした。Diarmaid Ferritter, *The Transformation of Ireland 1900-2000* (London: Profile Books, 2005), p. 235.
（16）ハンナ・アーレント、『暴力について』山田正行訳（みすず書房、二〇〇三年）、一一四頁。
（17）上野成利、『暴力』（岩波書店、二〇〇七年）、六一―三頁。
（18）ヴァルター・ベンヤミン、『暴力批判論　他十篇』野村修編訳（岩波文庫、一九九四年）、四三―五頁。
（19）カール・フォン・クラウゼヴィッツ、『戦争論』（上）清水多吉訳（中公文庫、二〇一四年）、三五頁。
（20）エドワード・サイード、『文化と帝国主義１』大橋洋一訳（みすず書房、一九九八年）、三頁。
（21）Margaret Reynolds and Jonathan Noakes, *Roddy Doyle* (London: Vitange, 2004), p. 33. および、Carmine White, p. 27, 241.
（22）"Europe's Tiger Economy," *The Economist* (17. May. 1997), p. 23.
（23）Dermot McCarthy, p. 218.
（24）野家啓一、「歴史を書くという行為」『岩波講座　哲学11　歴史／物語の哲学』（岩波書店、二〇〇九年）、一二頁。

# 3章　戦場のクーフリン
## ——W・B・イェイツの劇作品『バーリャの浜辺にて』に見る叙事詩英雄の戦い

伊達　恵理

### 序　戦わない神話英雄、その唯一の戦い

アイルランドのノーベル賞詩人ウィリアム・バトラー・イェイツ（William Butler Yeats, 1865–1939）は、アイルランド神話・伝説をモチーフとして多くの詩・演劇作品を書いた。中でも、アイルランド神話におけるアキレウスともいうべき高名な英雄クーフリン（Cuchulain）はしばしばその主人公として登場する。

クーフリンは、キリスト紀元と同時期に成立したと見なされるアルスター・サイクル（Ulster Cycle）と呼ばれる神話群に登場する赤枝騎士団（The Red Branch）を代表する戦士英雄であり、太陽神ルーを父に生まれたとされる。通常は少年のような見かけだが、ひとたび戦いの熱狂に捕らわれると豹変し、怪物のような姿形となって光輪が取り巻く頭頂から血柱を吹き上げ、敵を打ち倒す。勇猛果敢なだけでなく、戦士の誇りと義侠心に溢れ、情にも厚い。赤枝騎士団の神話群にはクーフリン個人にまつわるエピソードも多いが、中でもアルスター（現在の北アイルランドおよびアイルランド共和国北部地域）に侵攻したコノート（現在のアイルラン

イェイツのクーフリン劇五作品
（括弧内は初演年）

『バーリャの浜辺にて』（1904）
『緑の兜』（1910）
『鷹の井戸』（1916）
『エマーのただ一度の嫉妬』（1919）
『クーフリンの死』（1939）

ド共和国北西部地域）の女王メーヴとの戦いを巡る最も有名な叙事詩「クエルグニーの牛争い」[1]において、ただ一人で敵の大軍を打ち破ったという活躍によって知られている。

　アイルランド文芸復興を推進し、そのキャリアの出発点から神話伝説、民話の掘り起こしに努めたイェイツにとって、このように神話英雄として強烈な特質を備えた半神半人の戦士が、詩的イメージを喚起する魅力的な主人公となりえたことは想像に難くない。

　クーフリンは主としてイェイツの劇作品に登場し、この英雄を主人公とした五作品はクーフリン・サイクルと呼ばれてしばしばその連関の上で論じられる。しかし、奇妙なことに、イェイツの描く英雄クーフリンは戦わない。イェイツが劇作において下敷きにした物語は、『クーフリンの死』を除いてすべてアルスター神話群の中心となる「クエルグニーの牛争い」には直接関係しないクーフリンの個人的エピソードであり、クーフリンの戦場での活躍は、劇中ではほぼまったく描かれない。『緑の兜』では、戦士仲間で誰が最も優れた英雄であるかを巡って内輪揉めの小競り合いに巻き込まれるものの、もっぱら仲間割れの仲裁に努めて、剣を抜くことはない。永遠の命の泉を求めてやって来た『鷹の井戸』の若き英雄は、井戸の傍らで命の泉が湧くのを待つ老人との会話に芝居の大半を費やす。クライマックスで鷹の精に惑わされた英雄は、幻の鷹を捕らえようと「槍を手放して」後を追い、最終的には遠く響く女戦士たちの鬨の声に誘われて、舞台を離れてしまう。『エマーのただ一度の嫉妬』は、海との戦いで仮死状態に陥ったクーフリンを甦らせようとする妻エマーと愛人エスネ・イングヴァの会話が中心となり、クーフリンは幽体として登場してエマーと対話するにとどまる。「牛争い」に着想を得た『クーフリンの死』においても、英雄はすでに戦いで致命傷を負い、死を待つばかりである。

この、戦士でありながら戦わない英雄像の造形には、当時英国から独立を、武力ではなくアイルランド独自の文化、アイルランド文学の確立によって成し遂げようと目指した詩人・劇作家としてのイェイツの、確固たる立場表明がうかがわれる。

イェイツは二〇歳の時ロマンティック・ナショナリズムを唱える独立運動家ジョン・オリアリーの思想に共鳴し、アイルランドの文化的独立を目指した。若き日の詩人・劇作家イェイツにとってそれは、一九世紀イングランドの文化的影響を脱すること、すなわち当時英国において優勢だった科学万能主義、合理主義、功利主義、さらに文学的動向としての写実主義とジャーナリズムの影響を排して、アイルランド固有の文学伝統を再発見し、その伝統に基づく同時代アイルランド文学を確立することを意味した。

アイルランド詩人としての役割を自覚したイェイツは、当初民間に伝わるバラッド（民謡）に惹かれ、各地の農民の間で語られる民話の収集を試みる。しかしこのアイルランドという土地に根ざした固有の文学の在り方、アイルランドの詩魂を模索する試みは、それのみでは一地方文学の掘り起こしに留まる可能性もあった。その点、多様な神々と戦士たちの物語を擁し、特異な想像力に富むアイルランド神話は、新たな文学伝統を築く基礎として、ギリシア神話にも匹敵しうるスケールと骨格を備えたものであった。シェイクスピアの歴史劇に関する評論の中で、イェイツは一国の古代の神話がその国の文学の壮大な伝統形成に果たす役割、単なる記録としての歴史を物語に変える文学的想像力の重要性について考察しているが[2]、ケルト神話もまたその資質を十二分に備えていることをイェイツは主張する。

文学は絶えず情熱と古代の信仰に満ちあふれていなければ、単なる事実の年代記、熱意を欠く夢想、熱意を欠く瞑想に萎《しぼ》んでしまうと言いたい。そして、ヨーロッパの古代の情熱と信仰のすべての源、スラヴ民族、フィン族、スカンジナヴィア民族、ケルト民族の情熱と信仰の中で、ケルト民族のもののみが何世紀にもわたってヨーロッパ文学の本流に近くあり続けた。それは何度も繰り返し、「あり余るほどの」「生き生きと活気を与える精神」をヨーロッパの芸術にもたらしてきたのである。(3)

しかし同時に、当時のアイルランドの政治的文化的状況は、「国民文学」の確立を目指すイェイツに大きな課題を突きつける。二〇代初めから様々な文芸サークルの活動に加わり、二七歳でアイルランド文芸協会、国立文芸協会の設立に携わったイェイツは、国民文学の必要性が謳われながら、主題がアイルランド称揚に結びつきさえすれば作品の質が問われずに歓迎され、国威宣揚、党利党略のプロパガンダとしての有意性が優先される傾向を早くから意識した。そしてそれこそが一九世紀英国のもたらした有用性重視の功利的文化の影響として忌避している。自伝の中で詩人は、民族の政治的独立を目指す青年アイルランド党が政党・党派への肩入れや扇動に資する「副次的」芸術や文学を用い、「政治的原則によってのみ国家統一を模索し」て、「万事抽象的な道徳的目的と教育的熱心さ」をもって「科学と、歴史と、政治に対する好奇心」で詩歌を満たしたとして非難し、そのようなナショナリズムの動向がアイルランド政治の「新たな道具」としてのプロパガンダ的文学作法を生み出したとする。

多くの留保条件や弁別なしにこのような文学創作の方法を奨励することは、騙されているか、逆に詐欺行為を働くことであると私は主張した。田舎風の恋歌をつぶさに読めば誰にもわかることだが、それを書いたのは恋をしている人物ではなく、ダニエル・オコンネル言うところの「世界中でもっとも素晴らしい農民らしさ」が我が国には本当にあると立証したがっている愛国者だったのだ。(4)

『バーリャの浜辺』がこけら落としに上演されたアベイ座のシンボルマーク。女王メーヴとアイリッシュウルフハウンド

イェイツはまもなく、表層的なプロパガンダ文学に抗する良質な文学を国民に広く知らしめる方法として演劇に着眼し、アベイ座を含む国民劇場の設立を推進、やがてクーフリンを主人公とする劇を上演することになる。しかし先のような状況下で、ともすれば愛国的なアイコンとして祀り上げられかねない「戦士」英雄の存在を舞台に上げることは、いわば両刃の剣でもあった。一九〇二年には、アイルランドを象徴する放浪の老婆を主人公とし、この老婆が一七九八年のユナイテッド・アイリッシュメンの蜂起に若者を誘うという設定のイェイツの劇『キャサリーン・ニ・フーリハン』が大人気を博しているが、この時の観客の熱狂を目にし、一方でこの作品の愛国主義称揚・扇動的側面への批判を受けて否定の弁明を余儀なくされたイェイツには、国民的叙事詩の一大英雄を主人公にした劇の創作に伴う危険性はすでに当然予測されうるものだっただろう。文学の政治利用に対するイェイツの抵抗という点で、先に述べた「戦わない」クーフリンの造形は極めて示唆的なのである。

その中で唯一、初めてこの英雄が登場する作品『バーリャの浜辺にて』（*On Baile's Strand*, 出版 1903、初演 1904、改稿 1906）において、クーフリンは剣を抜く。しかしそれは通常の敵を倒すための戦いではない。アイルランドの詩魂とも言うべき叙事詩英雄が、詩的文学伝統の継承を損なう文学のプロパガンダ的政治利用に対し、みずから体現する文学の自律性を守らんとして挑む戦いである。

本論では、五作のクーフリン劇の中で、このクーフリン唯一の戦いが描かれるとともに、その象徴的意義が強く打ち出されたイェイツの演劇作品『バーリャの浜辺にて』（*On Baile's Strand*）を中心に扱う。初期のイェイツが、このアイルランド神話を代表する英雄を、受け継がれるべきアイルランド叙事詩の詩魂の象徴として同時代に甦らせつつ、彼に従順を強いる上王コノハーおよびその共同体には、神話の再話において起こりうるプロパガンダ的政治利用の現代的メカニズムを体現させたものと見なし、そのことの意義を分析する。詩魂クーフリンが作品の外に向けてだけでなく、作品内部において、神話叙事詩という仮構世界を代表し、その自律性を守る主人公《ヒーロー》として挑む戦いの過程と必然を、関連する作品との比較において詳細に論じてみたい。

## 一　海と戦う神話英雄——詩人イェイツのこだわり

### 『バーリャの浜辺にて』——海と戦う英雄像へのこだわりとその源泉

『バーリャの浜辺にて』は主に三つの点でイェイツのクーフリン劇の中では例外的な作品である。『エマーのただ一度の嫉妬』『緑の兜』『クーフリンの死』は、いずれも原話の部分的モチーフや有名な場面を採り入れて書かれてはいるものの大部分はイェイツの創作であり、『鷹の井戸』に至っては完全にイェイツのオリジナルな物語である。これら四作品に比べ、『バーリャの浜辺にて』は、物語の設定・展開において神話に依拠する点が多い。また、一八九二年には、『バーリャの浜辺にて』の下敷きとなる同じ神話エピソードを用いて、「クーフリン、海との戦い」（'Cuchlain's Fight with the Sea'）という題でいわば先行作品となる短詩が書かれている点も、他の劇作品とは異なっている。さらに、イェイツがこだわりを見せるクーフリンのこの神話エピソードを扱った劇は、唯一クーフリンが剣を抜く場面が描かれた作品でもあるのだが、詩作品のタイトルからも判るように、クーフリンの戦いの相手が海の波という、一見荒唐無稽で風変わりな点がある。詩作品「クーフリン、海との戦い」が初めてクーフリンを主人公としていることを考えても、ドルイドの魔法に惑わされて海と戦う姿が、この英雄のイメージ創出の出発点になったと思われる。ではなぜこのモチーフは若き詩人の心をとらえたのか。

　イェイツがクーフリンをめぐる一連の神話物語の底本とした、レディ・オーガスタ・グレゴリーの『ムイルエヴナのクーフリン』（一九〇二）では、海と戦うクーフリンのエピソードは概ね次のように語られる。クーフリンは若き日に武者修行のためスコットランドに行き、その折イーファ（Aoife）という戦士女王と戦って打ち負かし、愛人とする。アイルランドに帰る直前にイーファが自分の子を宿していることを知ったクーフリンは、子供が成長したらアイルランドに尋ねてこさせるよう言い置いてイーファのもとを去る。しかし子供が生まれた直後、クーフリンがアイルランドで妻を娶ったと知ったイーファは、敗北の屈辱と捨てられた恨みから息子コンラを復讐の手段とすることを思い立つ。父の名を秘したまま息子を育てたイーファは、彼が優れた戦士に成長すると、相手と剣を交えるまで名を明かさないというゲーシュ（破ることのできない禁忌）を課してアイルランドに送り込み、若者と英雄は互いに父子とは知らずに戦うことになる。クーフリンは自分との戦いが若者に死をもたらすことを予告して戦いを避けようとするが、若いコンラは卑怯者の誹りを嫌ってクーフリンの挑戦を受け、互角の戦いを繰り広げる。しかしついにはクーフリンの力が勝り、致命傷を負ったコンラはみずからの名と出自を明かす。クーフリンは息子の苦しみを

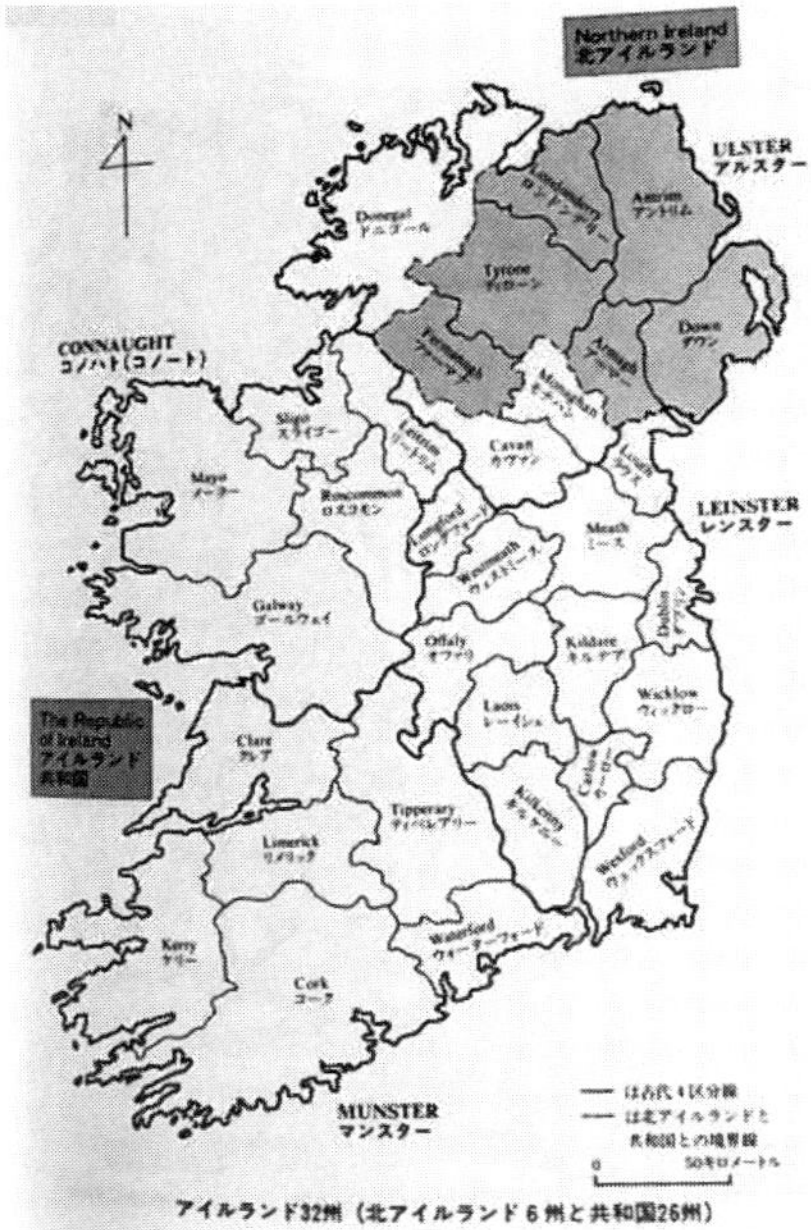


アイルランド32州（北アイルランド６州と共和国26州）

長引かせぬよう自らの手でとどめを刺し、息子の死と息子を殺した自身の悲運を嘆くとともに、このような悲劇を仕組んだイーファを呪う。クーフリンの自暴自棄を見て取ったコノハー（Conchubar）大王は、ドルイドのカスバードに命じてクーフリンに魔法をかけさせ、海の波と三日三晩戦わせる。クーフリンはこの戦いで死んだとも言われるが、実際はその後のムイエルヴナ平原（現在のアイルランド北東部ラウス州にある）の戦いで死んだとレディ・グレゴリー版では述べられている。(5)

## 詩作品「クーフリン、海との戦い」――アイルランド神話を世界文学に

一八九二年の詩作品「海と戦うクーフリン」は、八六行という短い作品の中に、神話のモチーフをほぼ忠実に踏襲・凝縮している。ただし、息子をゲーシュで縛り復讐の道具とするのはかつての愛人イーファではなく正妻エマーである。簡潔な表現の中に巧みにその激情と冷徹さが描出された禍々しく苛烈なエマー像は、ギリシア悲劇『王女メディア』をも想起させる。原話においてもすでに『オイディプス王』を彷彿とさせる劇的アイロニーと正体の発見（アナグノリシス）が見られるが、イェイツは若者の母親の設定を女戦士の愛人から夫の留守を預かり家事に勤《いそし》む糟糠の妻に変更することで、夫の裏切りに対するエマーの激怒に情念的な暗さと苦みを加え、後半のクーフリンの嫡子殺害の悲劇性を一層高めている。一方で、原話にある息子の死に対するクーフリンの嘆きは一切省略され、息子にとどめを刺した後、両膝に頭を埋め、身動きもせず海辺に座した英雄の姿がその絶望を深

ウォルター・クレイン作『ネプチューンの馬』（1892）
イェイツはウィリアム・モリス宅で頻繁にクレインに会っており、イェイツの海のイメージへの影響も考えられる。

める。

初版の結末では、ドルイドの魔法に幻惑されたクーフリンは海との戦いの果てに波に呑まれて命を落とすが、一九二四年の改訂版では、「海の波に馬たちを見／戦車の響きと我が名が呼ばわられるのを耳にして／金剛不壊の海の潮と戦う」(6)場面で終わっており、その後の英雄の生死には触れていない。それにより、クーフリンというケルト神話の代表的英雄は、その悲劇の絶頂で広大な海と戦い続ける姿で一層鮮烈に読者の記憶に留まることとなる。イェイツはこの神話エピソードを、英雄個人の家庭をめぐる緊密な愛憎劇に織り成すことにより、海と戦う英雄のイメージを一層鮮烈なものとして、自身の詩作品に変成させている。息子をそれと知らず殺害した英雄の激情と絶望がドルイドの魔法によって欺かれ、その強大な力が本来戦うべき相手ではない幻に虚しく向けられる二重の皮肉かつ悲劇的運命を、海という広大な自然に挑む一個の人間の姿に収斂させたところに、ギリシア神話に匹敵するケルト神話の文学的可能性に関する、イェイツのアピールが見られよう。

一方神話においても、この結末はクーフリンという英雄を特徴づけるエピソードとして印象深い。アイルランド神話におけるクーフリンの物語には、半神半人の英雄の勇猛さを伝える異類成長譚や戦場での活躍といった、他の神話体系にも共通する原型的な英雄像に還元できる要素も多いが、この海との戦いはそれらの図式や類型にたやすく当てはまるものでなく、他文化の神話にもまたアイルランド神話の中にも見られない。従って、イェイツのこの海との戦いというモチーフの扱い方には、二つの方向性が見いだされるだろう。すなわち、クーフリンの悲劇を、アイルランドに限定せず世界的な文学として通用することを示すための普遍化を図る一方で、クーフリンという物語の主人公の文学的個性と意義を打ち出すことである。イェイツにとってこのエピソードは、アイルランド神話の独自性を鮮明にし、同時代にその価値を訴えるための足がかりであったと考えられる。

ダンダークの海岸

## 二段階の戦い──『バーリャの浜辺にて』にみられる焦点の変化

だが、戦いという観点から見れば、この神話エピソードはもう一つの特色によってイェイツの関心を引きつけたと思われる。それは、英雄にとって致命的な海との戦いが、息子との一騎打ちと殺害の結果もたらされるという、いわば二段階の戦いの構造である。劇作品『バーリャの浜辺にて』において、イェイツはその意義に焦点を当て、さらに踏み込んだ解釈を加えている。

バーリャの浜辺に近いダンダルガン（現在のラウス州ダンダーク付近）のクーフリンの館で幕を開けるこの劇では、冒頭に登場する狂言回しともいうべき阿呆と盲人の会話によって、アルスターの上王コノハーが、ムイルエヴナの王であり英雄であるクーフリンに従順を誓わせようとしていること、アイルランドと敵対する女王イーファの国から、一人の若者がクーフリンに戦いを挑みにやってきていることが語られ、さらにその出生の秘密がほのめかされる。盲人の口から間接的に説明される裏切られたイーファの復讐は、この劇では伏線として背景に退けられる。

それに代わって物語前半は、上王コノハーに従順の誓いを命じられたクーフリンが、その命令に従うか否かという、原話にはない王と英雄の言葉の応酬を中心に展開し、さらにクーフリンにコノハーへの従順を促す諸王の存在も加えられて、共同体における英雄のあり方が問われる形となっている。

クーフリンはいったん従順を誓うものの、その儀式が終わるか終わらないかのうちに現れた若者の高貴な生

アルスター地方とダンダークおよびムイエルヴナ平原拡大図

まれと優れた武勇を見抜き、さらにかつての恋人イーファに面立ちが似ていることを見て取って、友になろうと申し出る。しかしクーフリンのこの対応をコノハーは許さず、イーファとの戦いで被害を被った諸王もみな若者に挑もうとしたため、クーフリンは彼の友誼を受け入れた若者の味方となり、アルスターの王たちを敵にまわして剣を抜く。

このような変更に伴い、このエピソード前半のクライマックスは、若者との戦いではなく、若者を巡ってのコノハー及び同胞の諸王との争いに置き換えられている。結果的には誓いの拘束力が働いてクーフリンは若者と戦うことになるが、イェイツのテクストでは、クーフリンと若者の戦いとそれに続く海との戦いはともに舞台の外で起こる形で演出され、他の登場人物の台詞を通じて間接的にその模様が報告されるに留まる。そのため、実質的に観客が目にするクーフリンの戦いは、彼の同胞である諸王およびコノハーに剣を向ける場面のみとなり、クーフリンの真の敵対者であり息子殺しの悲劇をもたらす原因はイーファではなく、かつての戦士仲間であり上王であるコノハーであることが鮮明にされている。

## 二　英雄対上王——神話の詩的側面、政治的側面

### 英雄クーフリンの奔放不羈、上王コノハーの秩序

では、イェイツが眼目に据えた英雄と彼が仕えるべき王の対立には、どのような意味が付与されているのだ

ろうか。

コノハーがクーフリンに従順を誓わせようとする直接的な理由は、クーフリンの気ままさのために岸辺の警護が手薄になり、イーファの国の若者がバーリャの浜に上陸したことである。

クーフリン　私がお前に命令もされていない者たちを殺し、他の者たちに私の望むままに褒美を与えたか、そしてまた十ばかりの些細な事柄のせいで私に誓いを立てさせたいと言うのだな。そして今度はまた小石を積むようにつまらない理由をもうひとつ積み重ねて、私がお前の臣下に、いや奴隷同然にならねばならないと言うのだな。イーファの国の若造が一人、浜辺の守りが手薄なのに気付いたからといって。

コノハー　そいつはお前がどこやら目も耳も届かぬところにいて、野放図なお前の仲間たちと狩りだ踊りだとやっているうちに上陸したのだ。

クーフリン　そんなやつ追い出せばすむことだ。誓いに縛られるなぞごめんだ。踊りだろうが狩りだろうが、喧嘩だろうが女と寝るのだろうが、私の好きにする。どこでもいつでも、私の気の向くままにな。時の流れがお前の血に水を混ぜたのでなければ、私が誓いで縛れるなどとは思いもつかなかったはずだが。（一六七—一八一行）

敵国の若者の侵入にも頓着せずあまつさえ放置するクーフリンの対応は、コノハー王にとって、遊芸を愛し、万事に束縛を受けず、国土の防衛という一大事に関してもあくまで個人の好むと好まざるとによって判断し行動するクーフリンの個性を問題化する契機となる。従順を求めるコノハーの意図は、このアイルランド全土に名を馳せた、強大ではあるがその気ままさ故に彼にとって有為とは言えない一地方の英雄王を完全に支配下に納め、より一層の国土の強化と秩序の安定を図ること、さらには大王の王権と支配地を息子たちに継がせることである。
それを知ったクーフリンは、神話中に語られる彼の数々の武勲がアイルランドのために戦われたものであることを挙げ、コノハーに対しても戦士としての務めと義理を十二分に果たしており、これからも果たす意思があることを主張して、事改めて従順の誓いを立てる必要性を否定する。

クーフリン　それで私はあらゆる事において従順でなければならないというわけか。……その名前だけでこの国の安寧を守ってきたこの私、若いころはクルアハンのメイヴや北方の海賊どもを追い出し、ソルカの百人の王たちをこの世の東の庭から撃退したこの私がな。すべての者たちがお前をその玉座から引きずり下ろしたときに、お前を玉座に据え続けたこの私が、何だってどこぞの牛飼い王のように従順を誓わねばならない？　……お前に仕えるには鞭を食らわねばならないほど、私がぐずで怠け者だとでも？（一八三―一九九行）

クーフリンの主張と行動には一貫性があり、常に為政者として現実的・実利的価値観に基づいて発言するコノハーがしばしば聴衆に印象づけようとしているほど野放図で無軌道ではない。現在のコノハーには無益な享楽と見なされる狩猟や踊り、喧嘩や愛の行為は、クーフリンにとっては戦いと同等の、神話世界の戦士のアイデンティティの一環であり、彼は自身の領土であるムイエルヴナで、これまでコノハーをはじめとする他の王たちにも共有されてきた神話叙事詩の戦士世界を保ち続けているのである。

**王位の意味するもの――超自然的神話世界を逸脱するコノハー**

クーフリンとコノハーの対立は、特に後者の「上王」の位とその継承者についての考え方を巡って浮き彫りになる。実利主義的なコノハーにとって王位とは、統治の基となる領土の保全を前提とした権威であり、血統はその自動的な継承を保証するものである。しかしクーフリンの奔放不羈と超人的戦力は、コノハーが打ちたてようとしているこのシステムを脅かす。

コノハー　いや、鞭ではないのだ、クーフリン。だが、日毎に息子たちがやって来て言うのだ。「この男は日増しに我慢ならなくなってきています。誰も買収できず、命令できず、束縛することもできないこの男と一緒にいて、どうして私たちは安全だと言えましょう。あなたがいなくなれば私たちは彼の思いのままにされます。彼は炎のごとく大地を燃やし、時の流れも彼に触れることはないでしょう。」とな。（一九九—二〇六行）

信義と自由意志によって結ばれる同盟を重んじるクーフリンは、「買収、命令、束縛」によって成り立つ支配を求めるこの息子たちを戦士世界の王の資質に欠ける者と見なし、彼らに対する嫌悪の念を隠さない。

クーフリン　それで話はますます結構なものになるわけだ。どんな子供をお前が玉座に据えようと、私は従うべきだとな。まるでその子供がお前自身でもあるかのように！

コノハー　まず確実に、私が上王であるからには、私の息子が上王になるのだ。そしてお前は、その血の放埓さにもかかわらず、またお前の父親が太陽の神の血を引こうとも、私の子供たちと秤にかければ、お前は下位の王に過ぎず、何事も統治に関することでは重きをなさないのだ。

クーフリン　我々が率直に本音を語るのはたいへん結構。なぜなら我々が死ねば、我々のことは多くの国で語られるだろうから。我々は、若き日には世界に物思いの帳を下す燃え立つ雲のごとく天を眺めていたが、雲が晴れた今、他の人間がそうあれる以上の存在なのだから、いっそう正直でなければならない。コノハーよ、私はおまえの子供たちが気に入らない――彼らには活力がないし、気骨もない……
（二〇六―二二四行）

コノハーに対しほぼ常に「上王」という敬称ではなく名前で呼びかけるクーフリンにとって、コノハーは今も変わらずかつて数々の戦いをともに戦った盟友であり、戦士仲間としての価値観と信義を分かち合うべき相手である。コノハーの上王位を認めるのも、二人が共に同じ叙事詩的世界に属することを信じればこそであって、それらを共有しない、抽象的な王権のみを機械的に受け継いだ息子たちを同じく上王と見なすことはできない。

しかし、同じ神話世界の登場人物でありながら、コノハーはその現代世界に近い国家統治の論法によって、神話世界を逸脱している。コノハーにとっての王位は、国土の所有に基づいた、実効的な統治と支配すなわち「力」の行使権を意味する。対して、クーフリンの主張に見られる太陽神の血統とそれに基づく王位とは、半神半人たる英雄の自由、高潔さと精気に満ちた超自然的叙事詩世界をみずから体現する、あくまでも象徴的地位である。クーフリンの超人的戦闘力もまた、戦場においてのみ発揮される英雄の証であり彼の個人的属性であって、政治権力としての王位に結びつくものではない。

この両者の相違は、しばしば論じられるように、イェイツ後期の神秘主義体系に照らした、実利主義・合理主義的現実世界と超自然的想像力世界の対立として解釈することもできよう。しかしアイルランドの叙事詩的神話世界がこの劇の舞台となっていることは、この二つの原理の対立を表現するための単なる寓意的枠組み以上の意義があると思われ、二者の関係を現実対現実の抽象的かつ明快な二項対立の図式に還元することをためらわせる。この物語の舞台全体がクーフリンの領土ムイエルヴナとその館に代表される古代アイルランドの神話的想像力世界であるにもかかわらず、本来であればクーフリンと共にこの想像力世界を保全する同質の存在たるべき上王が、ここでは神話物語に現代的政治解釈を呼び込む不自然かつ異質な記号と化して闖入しており、クーフリンの領地＝神話世界を合理的秩序の下に司るとともに、クーフリンの物語の登場人物としての個性を、単に強大な軍事力とのみ定義付けようとするのである。

『バーリャの浜辺にて』におけるコノハーの存在の場違いな異質さは、観客・読者の生きる時代と、一地方の王クーフリンに対する上王の優位という神話上の構図によって見えにくくされている。国土防衛と社会秩序の安定という明確で現実的な目的のもと、コノハーがクーフリンを諭し説得しようと試みるとき、本来想像的神話世界と相容れないその合理性は、観客の現代的価値観とコノハーの大王としての地位によって、この舞台の支配的基調として受け入れられる。それに対して抗弁を強いられる英雄は、気の向いた戦いにしか臨まず、遊興に明け暮れる生活を送りつつ、旧来の戦士世界の理想を追い続ける気ままな人物として、コノハー主導の議論展開の中で観客に彼の世界観の劣勢をみずから印象づけてしまうことになる。これにより、一見クーフリンの旨とする戦士生活は国家に益せぬ過去の理想であり、コノハーが議論の立脚点とする明快な現実的政治的原理がこの作品の神話世界を新たな秩序として支配しているかに描かれる。

そしてこの文脈においては、クーフリンの神の血筋は戦士としての異能を保証するものではあっても、政治的には無意味なものであるとして自身の下位に位置づけるコノハーの台詞は、理にかなったものとして響く。しかしこの発言は同時に、事実上戦力で勝るクーフリンが太陽神の血統を根拠に大王権を要求することを危惧しての牽制とも受け取れ、コノハーの主張が必ずしも正当ではなく、この神話世界の支配もまた完全ではないことを暗に示している。この物語の舞台はあくまで、クーフリンの半神半人の出自もいまだ現実として受け入れられる想像力の領土たる赤枝騎士団の神話世界の延長なのであり、クーフリンが体現する世界観は必ずしも過去のものではない。その中にあって、クーフリンの世俗権力への無欲無関心につけ込み、太陽神の血を引く者＝王という神話類型上の可能性を承知しながら、その超自然的・神秘的意義をこともなげに退けて、政治的統治・支配力としての王権の優位を主張するコノハーの論法は、神話世界を逸脱した詭弁である。だがコノハーの一見理路整然とした論法が、この神話世界を舞台する劇の主要なトーンとしてクーフリンの主張を劣勢にし、どちらがこの物語世界に根ざした正統な議論であるかを見失わせる。

コノハーを、アイルランドの神話世界に入り込み支配せんとする政治的意志の体現と考えるとき、ロブ・ドゲットの論考に述べられたように、コノハーが文化的植民地支配者であるアングロ・サクソンを、クーフリンが被植民者の立場に置かれたケルト民族とその精神を代表するものとし、二者の葛藤を、アングロ・サクソンによるケルト民族に対する支配の歴史的過程の比喩と捉える見方も可能であろう(7)。ただし、その場合、この劇の舞台となる神話世界が、またもや現代から過去の歴史を振り返るための単なる比喩の枠組みとして置き去りにされ、クーフリンもまた被支配者としてのケルト民族という、物語外部の事象と置き換え可能な存在となって叙事詩の主人公としての個性を失う。しかし、『バーリャの浜辺にて』におけるイェイツの、文学を政治的影響から切り離そうとする試みは、まさにクーフリンという英雄の、そのような表層的解釈を如何にして回避するかという点において為されていると思われる。

「名を竪琴に遺す」――「語り継がれる」ことで続く神話英雄の「血統」

クーフリンは、彼自身と、そして未だコノハーもそこに属していると彼が考える神話・叙事詩世界の「戦士英雄」のあり方に基づいた後継者観を披露する。

息子たちを批判するのはクーフリンには子供がいないせいだと言い返すコノハーに、クーフリンは次のように応じる。

クーフリン　私はまったく幸せ者だと思う。私が笑ったり歌ったりしている館の回廊で、当てもなく歩き回ったりぶつぶつ文句を言ったりする活気のない幽霊や人間のまがい物を残さずにすむのだから。
コノハー　それは嘘だ。お前と私の間での真実をいくら自慢しても、それは真実ではない。数百年一つの家名で呼ばれ続けた一族の名のもとに自分の土地屋敷を持つ人間ならば、お前の家屋敷がいずれそうなるように、それが人手に渡ると知れば惨めにならない者などおらぬからな。
クーフリン　ほとんどの者はそう感じるだろう。だが、お前と私は名を竪琴に遺すのだ。（二二七―二三八行）

クーフリンの戦士としての誇りの在り方を認めず、血統と土地所有という権力基盤への欲求を万民に等し並みなものとしてこの英雄にも適用しようとするコノハーの一般化を、クーフリンは拒否する。後世への遺産としてこの神話英雄の念頭にあるのは、土地屋敷や一族の名望ではなく彼個人の生気に満ち躍動する戦士としての生そのものであり、生物学的な血統によって継承されるのではなく、叙事詩に語り継がれるべきものとして語られる。

しかしこれは、単にコノハーの世俗的価値観優先に対するクーフリンの戦士としての名誉重視の立場表明といったものではない。クーフリンとコノハーの関係を、非現実的理想主義者と現実的実利主義者との単純な二項対立の図式に整理するのは早計と言えよう。

『バーリャの浜辺にて』中のクーフリンとコノハーの主張の食い違いは、同一の地平に立つ二者の価値観の相違というよりはむしろ、先にも述べたように、彼らがそれぞれ存在する位相・次元の相違によって生じると考えられる。クーフリンの発言に漂う一見ドン・キホーテ的なアナクロニズムは、クーフリンの価値観の超俗性を示すものというより、コノハーの極めて現代的な支配の論法によりテクスト外の現実世界の比喩に置き換え可能となったこの物語世界において、クーフリンがあくまで神話・叙事詩空間の存在すなわち登場人物であり続けていることを示唆しており、「名を竪琴に残す」という言葉は、作品内においても自身が叙事詩の主人公であることの宣言となっている。

クーフリンを自身と同一の世俗的次元に立たせ利用するため戦士時代の思い出に水を向ける次のコノハーの言葉は、逆に二者の存在する地平の相違を際立たせるが、同時に「叙事詩の主人公」の現代文学への継承に関するイェイツの問題意識をさらに展開させる形となる。

コノハー　お前は立法者たちのように議論を弄んで、本気になろうとしない。私はお前の考えを知っている。一つマントの下で眠り、一つ盃からともに飲んだのだからな。私はお前を骨の髄まで知っている。ああ、まさに眠りの中でお前が叫ぶのを聞いたのだ。「私には息子がいない」とな。その叫びのあまりの痛ましさに私はひざまずいて、どうかこの不遇を正したまえと祈ったほどだ。

クーフリン　お前は、他の者たちと同じような理由があれば、私が他の者たちと同じように言いなりになるだろうと考えたのだな。だがそれは間違いだ。私は私の模造品となって私を貶める者よりは、より人を納得させる議論が必要なのだ。私は、人も言う通り、人間の女に私の肉体を孕ませた大空の高潔な鷹の血筋をこの身の内に備えているのだから。

コノハー　例によって、お前は理にかなった望みをあざ笑い、何も手に入れようとしないか、不可能なものばかり得ようとするのだな。そのような心に叶う子供を見た者がいるとでも？

クーフリン　私は自分の屋敷と名を、たとえ相手がこの私であろうと立ち向かおうという者以外には残さない。（二三九―二五九行）

クーフリンは夢に見るほど後継者を欲してはいても、その後継者は通常の血のつながりによって保証されうるものではなく、彼に匹敵する英雄にのみその名と住まい＝叙事詩的想像力世界を受け継がせることを主張する。誰もが後継者としての生物学的息子を欲しがるという社会的通念の押しつけによって英雄の神的部分を否認するコノハーの主張を、クーフリンはここでも否定する。この発言は、神話世界における英雄の血統が、生物的な再生産によって生まれた現実の人間の血統とは異質であることを証すが、それは単に神話学的な神人異類婚による英雄の血統を意味するのではなく、神話叙事詩に語り継がれる登場人物、すなわち本来仮構の存在としての英雄のあり方を示すものである。イェイツは、半神半人のクーフリンの言葉を、コノハーと同じこの劇中の現実に生きる人間のものと、神話物語上の詩的存在としての二つのレベルで響かせる。クーフリンのこの台詞は、同じ人間としての価値観の相違を訴えると響きつつ、現実レベルの生殖の意義が、クーフリンという物語世界の架空の存在に適用されないことを示し、文学伝統における叙事詩の英雄の語り継がれ方についての自己言及となっている。叙事詩の主人公の受け継ぐべきものもまた、コノハーの執着する現実的領土や王権ではありえず、コノハーとクーフリンの存在の違いは、まさにこの叙事詩世界の「継承」のあり方を巡って如実に示されている。

## 三　詩的神話世界の継承と、それに伴う困難

### 「美」の重要性――詩的神話世界創造の鍵

これまで見たように、『バーリャの浜辺にて』に描かれるクーフリンという主人公は、単に圧倒的な戦力を

誇るだけの「英雄」ではない。イェイツにとってクーフリンは、彼の理想とするロマン派的叙事詩世界を代表する存在でもあり得る。

話題がクーフリンの跡継ぎの母となるべき女性に及び、かつての恋人イーファを俎上にのせて『戦場の猛き女』と呼んだコノハーに対し、クーフリンは次のように反駁する。

クーフリン　……ああ、コノハー、おまえが彼女を見たことがあればなあ。首を後ろにそらして気高く笑い、髪を乱した様、耳元に弓弦を引き絞り、あるいはいわばワインのように良き助言に満ちた厳粛な眼差しで焚き火の傍らに腰を下ろし、愛が彼女の荒々しい体の輪郭を走り抜けるときの彼女を。彼女には子はいなかったが、女王だろうが恋人だろうが、他に誰一人それらすべての美を備えていた者はいなかったし、王の子を産むのにあれほどふさわしい者もいなかった。（二八二―二九〇行）

さらにコノハーが、その恋人イーファが今ではクーフリンを憎み、軍勢を率いて攻め寄せようとしている敵であることを告げると、以下のように応じている。

クーフリン　それについては何も不思議はない。まったく何の不思議もない。私は戦いのさなかの口づけ以外の愛を知らないのだ。水と油、蝋燭の灯火と闇夜、丘の中腹と窪地、熱い足の太陽と、冷たく滑るように進むとらえどころ無い足取りの月といったものの困難な停戦――敵対する者たちに訪れるつかの間の赦しの他は。そしてその反目関係はといえば、この地の長い伝統の、三倍もの長きにわたる憎しみの年月であったのだが。（二九八―三〇六行）

『アシーンの放浪』結末部分（アシーンの言葉）

ああ、咳に震え、老いと痛みに打ちひしがれたこの身！
声高く笑うこともなく、子供の見世物になり、あるのは思い出と怖れのみ。
華やかな生の一時は何もかも失われ、雨の中の物乞いの上着か、
洪水に流された干し草の山、あるいは堰に引き込まれた狼のようだ

哀しいかな、神に祝福された者ばかりを見て、かつて愛した者を誰一人見ることがない。
この小さな石の鎖（数珠）など捨ててやる！この身に宿る命の終わるとき、
私は戦士クィールタとコナン、猟の犬ブラン、スキオラン、ロムエアのもとへ行き、
フェニア一族の館に住まうのだ。彼らが地獄の炎に焼かれていようと、天国で宴を催していようと。（217行—224行）

敵であるイーファの美を語る英雄の口調はきわめて詩的であり、イーファとの戦いを促すコノハーのレトリカルで散文的な説得術との対比が際立っている。このイーファの描写は一九〇四年版当初からイェイツの納得のいく出来であったと思われ、一九〇六年の前半の大幅な改稿でも、唯一変更されていない部分である。コノハーにとってイーファとの戦いはあくまで自国の領土の防衛を目的とするものだが、クーフリンにとって戦いは、騎士道における宮廷恋愛と同様、戦士の究極的な愛を高める舞台設定ともいうべきものであり、コノハーの実質的領土保全の戦いの目的を相対化する。ここには、後期イェイツの神秘主義的詩観においてより明確化される二律背反の狭間に生じる詩的作用の萌芽も見出され、叙事詩を単なる「事実の年代記」、戦いの記録ではなく「詩」たらしめる要素としての「美」の重要性が顕著に示されていると考えられる。

さらに、詩的象徴としてのクーフリンの意義づけは、太陽神である父から送られたというマントの描写によっていっそう強調される。劇後半で、英雄は友誼を結んだ若者を無事母国に送り返すことを約束し、その際の和平の証として、また若者との友情の証として、このマントを若者の腕輪と交換に彼に与えようとする。

クーフリン　……（マントを広げる）海の底の国の九人の女王が海の泡で紡ぎ、長らくかかって刺繍を施したのだ。――若者よ、もし私が私の父と戦っていたら、父は私を殺していただろう。同じように、もし私に息子がいて彼と戦えば、必ず私が彼の命を奪うだろう。古の炎の泉は遥かに遠く、日毎に血はその熱さを失っているのだから。（五五三―五六〇行）

織られ刺繍の施された布は、「来たるべき時代のアイルランドへ」「彼は忘れられた美を思い起こす」「彼は天の衣を欲する」(8) といったイェイツのほとんどの詩作品において、詩的アイルランドの伝統、特にその美的側面を象徴するケースが多い。この妖精界のマントについての描写は、同胞との戦端が開かれるか否かという場面で若者との会話に現れるが、切迫した物語展開の中では異質で突出した響きを帯びており、しかもその後再びクーフリンによって言及されることで、その重要性に対する注意喚起が為されている。このマントが「鷹の血筋」の命脈を保つ詩的土壌とも言うべき美的伝統であるならば、英雄叙事詩の主人公クーフリンはそれを受け継ぎ身にまとうことによって後代に新たな生命を得るのであり、引き継がれる理想的叙事詩伝統の想像力の核、物語の精髄であることをうかがわせる。

詩的伝統、その継承の難しさ――初期長編詩『アシーンの放浪』を手がかりに

しかし、このマントに関連して、同じ「鷹の血筋」すなわち叙事詩の血脈においても、原初の輝きや熱情が失われ、衰えつつあることが暗示されていることは興味深い。詩精神の継承の問題はイェイツの詩的キャリアの初期から重要なテーマであり、この問題を考える時、特にイェイツ初の長編詩『アシーンの放浪』（*The Wanderings of Oisin*, 1889）(9) は大きな手がかりを与えてくれる。以下に少しその点について言及したい。

アルスター神話群から三世紀ほど後に成立したと推定されるフェニア神話群に登場する詩人戦士アシーンは、狩の途中上代の神々ダナン族の王女ニアヴに誘われて三つの魔法の島を巡った後、戦士仲間恋しさにニアヴから借りた魔法の馬でアイルランドに戻る。しかし故郷ではすでに三〇〇年が過ぎ去っており、アシーン自身も魔法の馬から落ちて三〇〇歳の瀕死の老人と化してしまう。新たにアイルランドの支配的宗教となった聖パトリックのキリスト教は、異教の神話世界に根ざすアシーンの支えとはならず、アシーンはニアヴの属するダナン族の魔法の島々と、今は過去のものとなった仲間の戦士一族を思って嘆くばかりである。フィアナ騎士団の詩人であるアシーンにとって、歌と踊り、戦闘、眠りと夢が終わり無く繰り返される三つの島に代表されるダナン族の神話世界は、美しく好ましくはあっても過去のものであり、彼の生きる時代の現実ではなかった。過去の詩的理想の世界を旅しながらアシーンの抱く望郷の念は、過去の詩的理想と、自らの属する世界およびそれを形成する共同体の持つ詩的リアリティとの齟齬から来るものと考えられる。しかしまた三〇〇年後に帰還したカトリック・アイルランドにおいても、まったく異質な世界を前に、自身の言葉を紡ぎようのない詩人の絶望が浮き彫りにされている。

ここには、英詩の伝統の中でスペンサー並びにシェリーらロマン派の影響を強く受けた若きイェイツが、憧憬するロマン派的世界観を一九世紀末英国とアイルランドの実利主義・科学偏重・合理主義的文化的傾向の中で自作に実現することの難しさと同時に、改めて自身の文学的支柱と思い定めたアイルランドの文学伝統を同時代に甦らせようと試みた際にも直面した同様の困難が二つながらに示されていると考えられる。異なる詩世界を戦士として冒険しつつ、なおその経験を語りうる詩人戦士アシーンの言葉は、イェイツが読者として経験した理想的な詩的世界を語るとともに、新時代を拓く詩人としての出発点で抱える問題点を代弁する声となり得ていると言えるだろう。

「英雄」叙事詩新生に向けて——詩人の試みと課題

『アシーンの放浪』を踏まえて考察を進めるならば、クーフリンはイェイツが理想とするアイルランド叙事詩世界の魅力と問題点とともに、イェイツの叙事詩観を体現する存在と考えられる。いかに魅力的な叙事詩も、ただ単に語り継がれ紹介されるのみでは、『アシーンの放浪』におけるダナンの島々、特に魔物との永遠の戦いが繰り返される第二の島の描写に示されたように、神話は神話のまま、英雄はいかに偉大であろうとも過去の神話に語られる姿のまま留まり、ひいては時代の変転の中で色褪せる可能性もある。神話伝説といったアイルランド文学伝統の掘り起こしの重要性を意識しつつ、同時に、一九世紀イギリスのリアリズム・科学主義重視の文学の隆盛の陰でみずからの好む夢幻的想像力世界の存在感が失われるのを目の当たりにしていた若きイェイツにとって、過去の理想的詩的世界が失われるという危機感は常に身近にあった。そしてそれらの想像力を過去のものにせず、如何に「あり余るほどの」「生き生きと活気を与える精神」を同時代の作品として具現化するかは、切迫した問題でもあった。

その中でも特に、英雄叙事詩の語り直しの難しさを、イェイツはクーフリンという英雄の息子殺害のエピソードを通じて象徴的に描き出していると思われる。神話ではコンラとされるクーフリンの息子の名を、「海と戦うクーフリン」では、初版以降フィンモルと名付けていた若者を、一九二四年の改訂版では英雄と同名のクーフリンに変更していることから、イェイツは詩人としてのキャリアを積む中で、『バーリャの浜辺にて』でコノハーとその息子の生物学的親子関係においてクーフリンが否定した父＝息子の同一性、すなわち英雄神話とその再話における主人公英雄の一貫性・同質性を受け継ぐ関係を英雄と若者の間に見出し、明確化していったことがうかがわれる。この点、若者の名がまったく明かされない『バーリャの浜辺にて』においても『バーリャの浜辺にて』においてもイェイツは用いていない。「海と戦うクーフリン」においても『バーリャの浜辺にて』では、人物の個性をまといやすい具体的人名を排して若者とクーフリンとの同一性を示唆しながら、コノハーとの後継者論議のコンテクストにおいて「息子」としての位置づけを強調することにより、若者が同じ神話的世界観を代表しつつもあくまでも次代の後継者であり、叙事詩文学の伝統継承問題を浮き彫りにする存在として扱われつつあることが示されている。

英雄叙事詩において、その詩的世界観の要《かなめ》となる英雄の名を冠した人物を主人公として新たな文学作品を生み出すことは、詩人にとっての挑戦であり、過去の詩的世界への理解と技量が及ばなければ、クーフリンの言う「私の模造品となって私を貶める者」「当てもなく歩き回ったりぶつぶつ文句を言ったりする活気のない幽霊や人間のまがい物」を生み出すことになる。過去の詩的情熱に満ちた文学世界が理想的であればあるほど、その世界観から遠く離れ「日毎に血はその熱さを失って」ゆく後代の芸術家がその精神を受け継ぎつつ過去の作品を凌ぐ作品を生み出すことには困難が伴う。この点で、神話において跡継ぎとしての息子を殺してしまう偉大な英雄クーフリンは、あまりに偉大であるが故に、後世が容易に乗り越えることを許さない芸術的理想の一面をも示しているとも言えよう。

## 四　叙事詩世界を守護する英雄——文学の政治利用との戦い

### 叙事詩と年代記を隔てるもの

しかし、息子の殺害がコノハーの命令と同胞の要望によってもたらされる『バーリャの浜辺にて』では、詩人個人の技量の問題を超える、叙事詩の伝統継承における陥穽が示されている。

偉大な叙事詩とは「一人の詩人と、百代にわたって倦《う》まず剣を手に戦った者たちとの夢から生み出され(10)」たものであるというイェイツの言葉に見られるように、イェイツにとって叙事詩は戦士の共同体によって生み出され、詩人によって語られるものである。これはイェイツの考える国民文学の理想的あり方とも言えよう。しかし、現代に国民文学としての叙事詩伝統復活を目指す際、過去の叙事詩伝統において生み出された英雄が、後代の共同体によって歪められる可能性、すなわち現実的レベルでの国威高揚のアイコンへの転化、文学の政治利用の可能性がつきまとう。従順の誓いによって、クーフリンの叙事詩の主人公としての個性たる美的想像的側面を否定しつつ、彼の強大な戦力のみを求めるコノハーには、先に述べたイェイツの「政治的原則によってのみ国家統一を模索」し、「科学と、歴史と、政治に対する好奇心」で詩文学を満たし、神話を「単なる事実の年代記」へと変成させる意志が代表されているかに思われる。

クーフリンを自身の叙事詩的想像力の象徴と定めた際、イェイツはすでにクーフリンが属するアルスター神話群について、愛国者による軍記的側面の拡大解釈の危険性を感じ取っていたかに思われる。

興味深いことに、森で狩りをし、歌や踊りを好むイェイツのクーフリン像は、原話となるアルスター神話群ではなく、戦士詩人アシーンが属するフェニア神話群の世界、さらにイェイツが『アシーンの放浪』の中で理想化したダナン族の常若の三つの島の性格に近い。『ムイエルヴナのクーフリン』の序文で、イェイツはクーフリンの相次ぐ戦いのどれ一つとして似たものはなく、情緒や不思議に欠けるものがないとし、登場人物たちはいずれも『マビノギオン』や『アーサー王の死』には見られない独特な個性を備えていると高く評価する一方、一九〇四年一二月、グレゴリー夫人が『ムイエルヴナのクーフリン』に次いで出版した『神々と戦士たち』の序文の中では、アシーンの属するフィニア神話群の方がクーフリンのアルスター神話群の物語より後代に成立したとされているにもかかわらず、より古層の神々ダナン族や自然に近しい世界に生きていると指摘する。アシーンの父フィンは神々の世界に住んでいるのに対し、太陽神を父に持つクーフリンの物語においては、神々は時折顔を出すのみである。イェイツは、森の中で狩りをするフィニア騎士たちと比較して、「我々はクーフリンが狩りや森の生き物に楽しみを見いだしたと言う話を聞かないが、想像するに伝承の語り部は、クーフリンのような偉大な人物は、複雑で秩序立った生活を送り、戦車と戦車の御者と大麦で養われる彼の馬に喜びを見いだすのだから、そのような（森の素朴な）生活は威厳を損なうと考えたのだろう」と述べ、クーフリンの「物語は、野生の森が牧草地や耕作地に場所を譲り、あらゆる鳥の鳴き声や夜の変化について考察する理由がもはやなくなった時代に生まれたのだろう」[11]としている。「クエルグニーの牛争い」を中心としたアルスター神話群の雄渾で荒々しい物語の魅力を見いだしながらも、イェイツは、戦士詩人アシーンが属するフェニア神話群との比較において、クーフリンの属するアルスター神話群のより戦記的な性格を読み取っていたと思われる。イェイツは、『バーリャの浜辺にて』において、アルスター神話群の英雄クーフリンにフェニア神話群に見られる戦士の生活様式とより古層の神々の想像力世界への親和性を付与することで、単なる戦いの記録ではない、詩的神話世界の意義の強調を試みたのではあるまいか。

## 共同体の呪力――神話英雄に内在する落とし穴

しかし、『バーリャの浜辺にて』の注目すべき点は、先にも述べたとおり、叙事詩英雄の政治利用が生じるメカニズムとして、外的権力作用のみならず、戦士共同体の理想像として生み出された「神話英雄」という存在自体に宿命的に備わる危険性を明確にしたことであろう。作中クーフリンは、彼とは相容れぬことが明白な、コノハーによって言わば外部から彼の物語世界に対して押し付けられる解釈と秩序はついに受け入れず、その影響を受けることはない。クーフリンに変化をもたらすのは、コノハーの提示する秩序を受け入れた共同体全体の要望である。[12]

諸王や自分の仲間である踊り手やハープ奏者が、コノハーに誓いを立てることを望んで集まっていると聞かされたクーフリンは、一度は彼らに「高き巣にある雛鳥たち、空の高みへと私を追い、太陽を仰ぎ見た鷹たちよ」（三二一―三二四行）と呼びかけ、コノハーの元を離れて森に帰り、踊ろうと促す。しかし彼が従順の誓いを立てることが皆の総意であると知ると、かつては志を同じくした者たちの望むものが、時を経、妻子を得て自由奔放な暮らしから安定した日常へと変わってしまったことを嘆きつつも、「私の子ら、雛鳥たちよ」(四〇一行)と呼ぶ者たちの要望に応えて誓いを立てることを不承不承受け入れる。

これに続く劇中盤の誓いの儀式は、いわばクーフリンから自由な詩的・美的想像力の側面を奪い去り、国家を益する英雄の武力のみを象徴する存在へと変成させる過程と見なすことができる。儀式ではコノハーの命により、風に乗って自由奔放に飛び回り、男性を惑わせる変幻自在の魔女たちを祓い退けるための祈りの歌が巫女的かつコロス的な女たちによって歌われるが、魔女とはダナン族の女神たちであることが作品冒頭の阿呆の台詞によって明かされているため、この儀式はアイルランドの自然と不可分な詩的想像力を代表してきたこれら神的存在を、コノハー王の領土から駆逐するものであることが示唆される。さらに、「家の敷居と炉端の神」に捧げられるこの歌では、安泰な家庭生活が国家の安寧とパラレルに用いられ、屋敷の炉から取られた炎に王と英雄がともに剣の刃を差し入れることで、戦士の剣はその安定を守るためにのみ使役されるよう祈られる。

## 両刃の剣――「歌われる者」としての英雄、その弱点

しかし、「きわめて低い声で歌われるため他の者たちの声にほぼかき消されてしまう」(三六〇行)とト書きにある通り、この歌の呪力の作用は潜在的なものである。従順の誓いは、その時点ではクーフリンに対して実質的な拘束力を及ぼさず、彼はイーファの息子が登場してからも一貫してコノハーの命令には背き続け、同胞の諸王たちすら敵に回し戦いを挑む。クーフリンが一変するのは、若者も彼の友誼を受け入れ共闘を約束した直後、なおも若者と戦うことを命じた玉座のコノハーに手をかけた時である。

クーフリン　［コノハーを捕らえて］上王よ、身動きはさせない。おまえを離しはしないぞ。
コノハー　魔法がおまえを狂わせたのだ。
王たち　［叫んで］　そうだ、魔法だ、魔法だ。
第一の老いた王　魔女がおまえの心に働きかけたのだ、クーフリン。かの若者の顔が、おまえの惚れた女の顔のように見えたのじゃ。そして突然おまえは上王その人に手をかけたのだ。
クーフリン　それで上王その人にこの手をかけたと？
コノハー　魔女が我々の頭上に漂っているのだ。
クーフリン　そうだ、魔法だ、魔法だ！　空をゆく魔女たちだ！　［若者に向かって］なぜおまえは？おまえにこのようなことをさせたのは誰だ？　出ろ、出ろ、おい、剣を交える時が来たのだ！　（五六五―五七五行）

それまでの揺るぎない信念に比して、クーフリンの変化は驚くほど唐突で奇妙である。この直前、コノハーは、若者の戦士の気概とイーファに似た面立ちを気に入って手元に置こうとする英雄の行為を、空ゆく魔女の「魔法に心をかき乱」（五一七行）されたものと見なし、さらに相手が敵の名代であることを意に介さぬクーフリンが「空気よりも軽い空想、その場限りの気まぐれ」（四九五―四九六行）を重んじているとして非難している。しかし、クーフリンの自由気ままさと気まぐれとは、彼が友と見なす魔女たち、すなわち古代の神々の属性でもあり、イェイツの理想とするアイルランドの詩的世界において、美と並んでその自律性を保証されるべき重要な要件であるため、生来備わったその特性にクーフリンが、「心をかき乱される」ことはありえない。

クーフリンに生じた変化は、むしろクーフリンに代表される詩的想像力よりもコノハーの代表する政治的効用を選び取った共同体の呪力の顕現であり、それが英雄の世界観を逆転させたと考えられる。その結果彼の詩的世界を成立させてきた「自由気ままな」想像力は、「戦士英雄」の有用性を阻害する「魔法」として認識されるのだ。「誓い」は特にアルスター神話群において頻繁に見られる、呪力を伴って戦士に課されるタブーであり、しばしば戦士の義務とこの誓いの間で板挟みになった英雄たちを誤った選択に導き、その破棄は悲劇的運命をもたらす。従順の誓いの儀式の際、軽率にもクーフリンはこれを破った場合は罰をも甘受することを誓ったため、クーフリンに対し、コノハーに敵対し武力を行使した報いとして、共同体の呪力が発動したものと考えられよう。コノハーの支配する現実的・実利的世界観へのクーフリンの唐突な転向に、「誓い」という超自然的要素が作用することは一見矛盾するかに思われる。しかし、「いにしえの立法者から代々伝えられてきた」歌でありながら、共同体の秩序維持に資する合目的なものであるこの祈りの歌は、数々の国威高揚的な同時代のバラッドにイェイツが見て取った、詩の実利的効用を志向する共同体の意志の表れを示すものと考えられ、英雄神話の様々な側面に政治的解釈を呼び込む危険性が内在することを炙り出す。

すでに共同体の要望によってコノハーの実利的世界に委ねられていた英雄の武力は、その行使に当たって英雄を裏切り、クーフリンという英雄を民族的叙事詩の闘争のアイコンとして非個性化する。その結果、クーフリンとその物語世界は、イェイツの同時代におけるナショナリスティックなプロパガンダとして利用可能な英雄神話の側面に回収される。劇中の現実世界の法と詩的世界の理《ことわり》の作用が逆転する交錯点において、コノハーを「上王その人」と呼んだクーフリンの意識からは、かつての戦士仲間であるコノハーに対する個人的なシンセリティとともに、実務的な統治者としての側面への反発も消え去ったかに見える。上王という抽象的な権威の下、かつての戦士同士の信義と敬意に基づき自由意志によって結ばれるべき同盟関係ではなく、盲目的かつ機械的上下関係に則って若者との戦いに駆り立てられる英雄は、この時点で次代の詩的美をまとって新生することに失敗するのである。

この点、叙事詩に「歌われる」者である英雄クーフリンは、あくまでも「作品の主人公」として、作品成立を支配する所与の条件、作者である詩人に影響を与える共同体の思潮や感情の支配を免れえず、後代において語り直される際も、叙事詩の伝統を継承する詩人の見識とそれを培う共同体の文化によっていかようにも変容させられる可能性のある存在として描かれている。イェイツはこの複雑な手続きを経ることにより、この作品に描かれた葛藤が現実の人間世界で起こりうる生身の政治的「英雄」と共同体の関係、あるいは文化的側面も含めたイングランド―アイルランドの支配と被支配の関係といった事象の直接的な比喩ではなく、あくまで叙事詩とそこに登場する「神話英雄」の、同時代アイルランドにおける文学的再生の問題点を訴えたものと考えられる。

## 結び　クーフリンの戦場――叙事詩世界を浸食する波濤に対峙して

最後に若者を倒して館に戻ったクーフリンは、盲人と阿呆の言葉から若者が自分の息子であったことを知り、なかば狂乱しつつ飛び出して行って海と戦い、波にのまれて姿を消す。ただしこの時クーフリンは、上王としてあくまで彼の属する叙事詩世界の代表者を装いながら、詩的世界に異質な支配をもたらし、内部から浸食する者としてのコノハーを見誤っているわけではない。盲人との会話を通じて若者の正体を知ったクーフリンは、狂乱のうちにも責めを負うべき者をコノハーと見定め、空の玉座に剣を向ける。「お前がやったのだ――／後生大事に掠め取った匙の番をするカササギのように／いにしえよりの王笏を手にして／この椅子に座っていたお前だ／いや、カササギではないな／大地を食いつぶす蛆虫だ！」（七〇六―七〇九行）。

『バーリャの浜辺にて』と同時期に書かれた劇『王宮の戸口』に関するノートの中で、イェイツは次のように述べている。

これ（『王宮の戸口』）は、我々の協会（アイルランド国民演劇協会）が社会（a community）に純粋な芸術を認めさせるための戦いを始めた時に書かれた。この社会の半分は人生の日常的諸問題に没頭し、残り半分は政治とプロパガンダ的愛国主義に没頭していた。(13)

神話的王権の意味を領土の統治と政治権力に一義的に結びつけ、叙事詩世界を文学の名の下に現実世界の単なる寓意に変質させるコノハーの支配は、イェイツにとって叙事詩を政治の「新たな道具」とするプロパガンダ的創作作法に他ならない。加えて、クーフリンの海との戦いぶりを観客に報告する阿呆と盲人もまた、舞台上では常に盗んだ鶏の取り分で言い争うなど、「人生の日常的諸問題に没頭し」ている「社会の半分」を代表するかのような存在である。

『王宮の戸口』と同様『バーリャの浜辺にて』についても、イェイツは一九〇四年の初演以来長期にわたって手直しを続けたが、ほぼ現在に残る形に改稿された一九〇六年版と、若者の登場までの展開が大いに異なる一九〇四年の初演版を比較すると、イェイツがいかに右のような問題意識を深化し明確化させたかの過程が垣間見える。一九〇四年の物語前半では、コノハーが数々の戦いの後平和が訪れたことを祝い、各地の諸王を招集してエメンの再建計画についての会議を開こうとしているという設定で、後継者を巡る議論は無く、クーフリンとコノハーの間に対立や緊張は一切見られない。(14)加えて、クーフリンの無頓着な性格設定と、王たちとのエメン再建計画立案に没頭するコノハーとの関係性の希薄さのため、後半の息子殺害の悲劇的緊張との均衡をやや欠くかに思われる。これに比して一九〇六年版では、本稿で論じてきたように、後継者についての議論を前半の二者の対立の中心に据えることによりコノハーの欺瞞の在処をより深く考察し、二重の戦いの持つ意味を突き詰め、英雄の悲劇に一貫性を与えていると考えられる。

1916年復活祭蜂起の愛国者を追悼するためダブリン中央郵便局に設置された、死の間際のクーフリン像（オリヴァー・シェパード作、1934年）

コノハーの心臓を剣で刺し貫かんと戸外に飛び出した後、「波頭のひとつひとつにコノハー大王の冠を見」、なお欺かれて剣を振るうクーフリンの戦いは、直接の戦果という合目的性を考えれば虚しい。さらに劇の幕切れでは、騒ぎを聞いて外に出た人々の留守宅を狙って空き巣に入ろうと阿呆に促す盲人の台詞によって、英雄の壮大な悲劇は、卑小な日常的現実の背景に追いやられてしまう。しかし、詩的意義という観点に立つならば、この戦いは、その奔放な想像力のエネルギーに満ちた美という本質を飲み込み見失わせようと襲いかかる現実世界の支配力と絶えず切り結びつつ、新たな詩的美をまとって作品の中に生まれ出んと挑み続ける「情熱と古代の信仰」、叙事詩精神の苦闘の象徴と見ることができる。イェイツが理想とする文学世界の自律性は、文学を実利の面から利用しあるいは無益なものとして退けようとする思潮や日常的現実から遠ざかることによって保たれるものではなく、それらとの接点における絶えざる闘ぎ合いによって形成されるのだと言えよう。そして何よりも、この戦いこそが、単なる軍事英雄《ヒーロー》ではない、詩的主人公《ヒーロー》としてのクーフリンをクーフリンたらしめているのである。

イェイツは、死の二週間前に書かれた幻想的な短詩「慰められたクーフリン」において、この英雄が死後の世界で死者たちの群れに促されて武装を解き、経帷子を縫って彼らの中に立ち交じりゆく姿を描いている。これは、死を前にしたイェイツが、自身の詩世界の主人公として召喚し具現化したクーフリンを解き放ち、次代に語り継がれるべく神話世界に還す儀式とも読める作品であるが、クーフリンを主人公とする五つの劇の中でただ一つ、英雄の「戦い」が描かれる『バーリャの浜辺にて』は、イェイツ自らがこのアイルランドの神話英雄を同時代に召喚し甦らせた意義、すなわち彼のクーフリンが担う使命と戦うべき相手を明らかにしたものと言える。

注

（1）クエルグニーの牛争い　コナハト地方の女王メーヴは、夫である王アリールに自分が所有する自慢の牛をけさなれ、それに勝る牛がいないかと家臣に尋ねて、アイルランド一強いとされるクエルグニーの褐色の牛について知る。しかしクエルグニーの牛はアルスター地方の至宝とも言うべき存在であり、所有者との交渉が決裂したメーヴは、レンスター、マンスター地方をはじめとする連合国の軍勢を率いて、アルスターへと侵攻する。しかしこの時アルスター地方の成人の戦士には、かつてある妊婦を助けなかったための呪いが降りかかって全員虚脱状態に陥っていた。そのため、少年クーフリンはただ一人メーヴ女王の軍勢に立ち向かい、集団戦と一騎打ちを通して、独力でほぼすべての敵を打ち倒した。

（2）William Butler Yeats, eds.by Richard J. Finneran and George Bornstein, *The Collected Works of W.B. Yeats, Volume IV Early Essays* (New York: Scribner, 2007), 82.

（3）*The Collected Works of W.B. Yeats, Volume 4 Early Essays*, 136.

（4）William Butler Yeats, eds.by William H. O'Donnell and Douglas N. Archibald, *The Collected Works of W.B. Yeats, Volume III Autobiographies* (New York: Scribner, 1999), 172.

（5）Lady Gredory, *Cuchulain of Muirthemne The Story of the Men of the Red Branch of Ulster Arranged and Put into English by Lady Gregory. With a Preface by W.B. Yeats* (Gerrards Cross: Colin Smyth, 1970), 237–241.

（6）William Butler Yeats, ed.by Richard J. Finneran, *The Collected Works of W.B. Yeats, Volume I The Poems, Revised edition* (New York: Scribner, 1997), 31.

（7）Rob Doggett, *Deep-Rooted Things: Empire and Nation in the Poetry and Drama of William Butler Yeats*, (Notre Dame: Univesity of Notre Dame Press, 2006). 13–35

（8）'To Ireland in the Coming Times' は詩集 *The Rose* (1893) 所収。'He remembers forgotten Beauty', 'He wishes for the Cloths of Heaven' は詩集 *The Wind among the Reeds* (1899) 所収。

（9）*The Collected Works of W.B. Yeats, Volume I The Poems*, 361–391.
（10）*The Collected Works of W.B. Yeats, Volume 4 Early Essays*, 121.
（11）W. B. Yeats, ed. by William H. O'Donnell, *W. B. Yeats Prefaces and Introductions: Uncollected Prefaces and Introductions by Yeats to Works by other Authors and to Anthologies Edited by Yeats*, (London: Macmillan, 1988), 122, 124–26.
（12）共同体が英雄クーフリンに及ぼす影響については、一九〇四年の初版と一九〇六年版の校訂過程の分析に基づいた杉山（伊達）直之の論考「アベイ座時代のイェイツ――劇作の技巧と主題――」（『ほらいずん』第二二号、一九九〇）に詳しい。
（13）William Butler Yeats, eds.by David R. Clark and Rosalind E. Clark, *The Collected Works of W.B. Yeats, Volume II The Plays*, (New York: Scribner, 2001), 686.
（14）W. B. Yeats, eds. by Russel K. Alspach and Catharine C. Alspach, *The Variorum Edition of the Plays of W. B. Yeats* (London: Macmillan, 1989), 456–501. 一九〇四年版前半では、クーフリンの自由気ままさがいっそう際立ち、会議はどこ吹く風と、集まった若い王たちにイーファの魅力を語るばかりである。これによりイェイツは、クーフリンというアイルランドの偉大な神話英雄が、あくまでも実質的な政治力と無縁の者であることを強調したものと思われる。一方コノハーもそのようなクーフリンに半ば呆れ、諦念を示すのみであるが、劇中で一人の王がコノハーの演説に異を唱え、戦いを引き起こしたのはコノハー自身が平和を望まなかったためだと訴える場面は、イェイツが神話にもしばしば現れるコノハーの狡猾さにすでに着目していた事をうかがわせる。

＊『バーリャの浜辺にて』の引用は、The Collected Works of W.B. Yeats, Volume II The Plays に拠った。

# II
# 未来の戦争を予言する作家たち

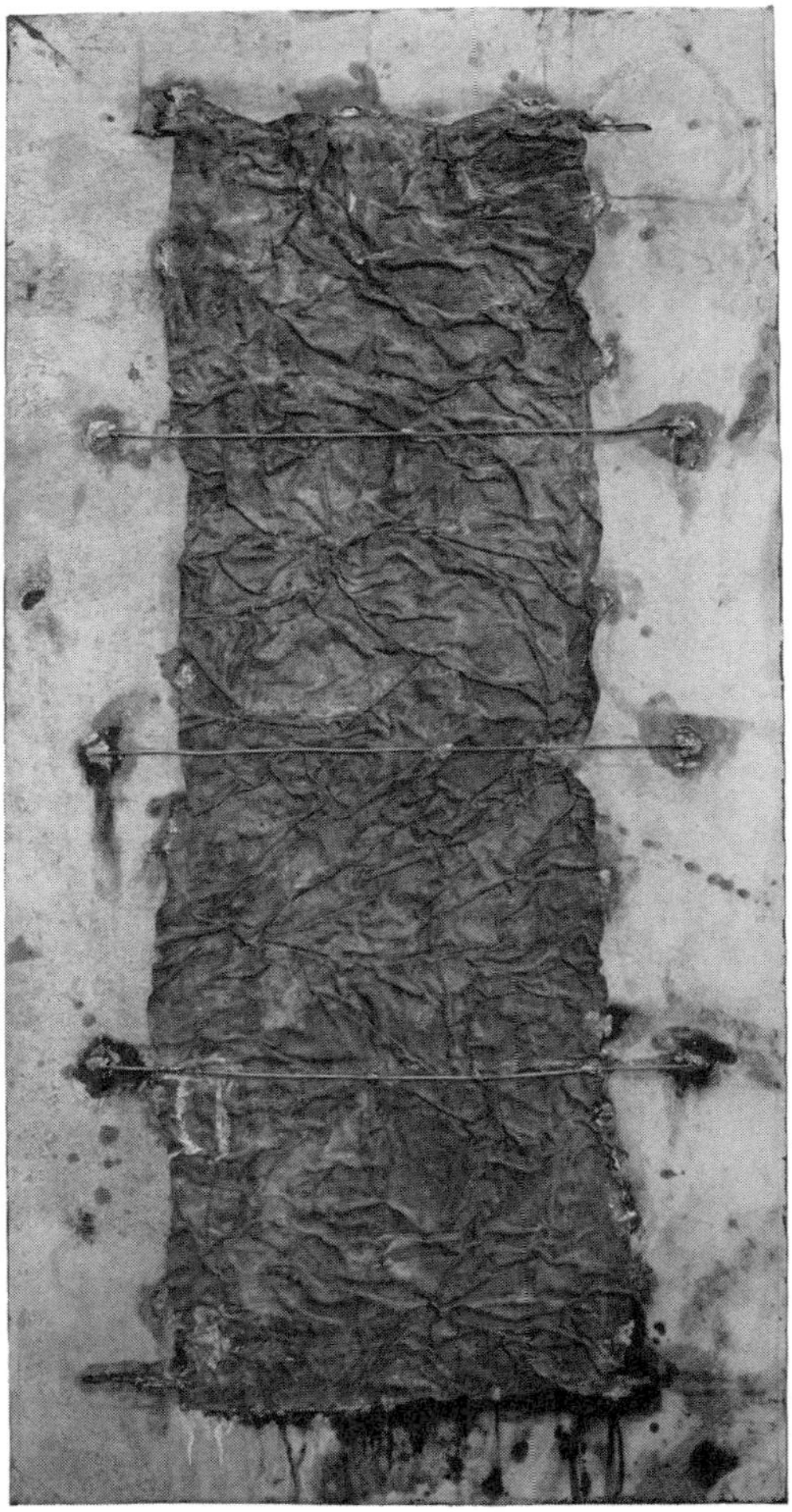

# 4章　若き炭鉱王を脅かす見えない戦争の影
## ――D・H・ロレンス『恋する女たち』と愛国の叫び声

岩井　学

### 序　『恋する女たち』と見えない戦争
#### 石炭という物質《マター》をめぐる、生産と不毛の二元論

D・H・ロレンス（D. H. Lawrence, 1885–1930）の『恋する女たち』（*Women in Love*, 1920）は、結婚適齢期を迎えたブラングウェン（Brangwen）姉妹の会話で幕が上がる。姉アーシュラ（Ursula）と妹のグドルン（Gudrun）は、年頃の女性たちにお決まりの恋愛談義に花を咲かせている。理想の男性を見つけるために実家に戻ってきたのかという姉の質問に対し、グドルンはそれを否定し、言う――「『物事が実現《マテリアライズ》するなんてこと、実際には無いと思わない？　何一つとして実現しないわ！』」（八頁、ロレンスによる強調）[1]。一方彼女の恋人ジェラルド・クライチ（Gerald Crich）は親友のルパート・バーキン（Rupert Birkin）に、「『物事は物質的《マテリアル》なことから始めなきゃ駄目なんだよ』」と言い、炭鉱経営者として石炭という物質《マター》の採掘に全力を傾ける――「彼は『物質《マター》』に戦いを挑んだのだ、大地とその中に埋まる石炭に」（五六、二二七頁）。『恋する女たち』の中では

物質、そしてそれを産み出すことに関連する語――ここで「実現する」と訳した'materialize'《マテリアライズ》（「物質化する」「形体を与える」）、またこれと関連する'material'（「物質の」／「原料」「素材」）、'matter'（「物体」「物質」）――が冒頭から結末まで終始一貫して使われている。それは『恋する女たち』が、「物質を産み出すこと」と「不毛であること」の二元性によって進展していくからである。(2)

この二つの属性のそれぞれをジェラルドとバーキンが体現している。ジェラルドは家業の炭鉱経営を引き継ぎ、作業の機械化、効率化、経営の刷新に強い情熱を注ぎ、石炭採掘量の大幅な増加に成功する。一方バーキンは視学監という肩書きはあるものの、実際のところどのように日々の糧を得ているのか明らかでなく、家族がいる様子もなければ家庭を作ることにも興味を示さない。彼は社会から距離をとり、社会に貢献するようなものは何も産み出さない。二人の対照的な性質は、ロンドンへ向かう電車の中での会話に表れている。


「物事は物質的《マテリアル》なことから始めなきゃ駄目なんだよ」とジェラルドは言った。

この発言をバーキンは聞き流した。……

「君のさ、」バーキンは言った、「生きる目的は何だい」

ジェラルドはちょっと困った顔をした。

「生きる目的？　……仕事のため、何物かを産み出すためじゃないかな……」（五六頁）

『恋する女たち』は二組のカップルをめぐる物語である。ブラングウェン家の姉アーシュラはルパート・バーキンと、妹のグドルンはジェラルド・クライチと恋人となる。斜に構えたところがあるものの、やはり男性との愛を至上のものとみなすアーシュラは、男女の世俗的な愛を越えた世界を追求するバーキンとしばしば諍いとなる。一方グドルンも、癒しを求めるジェラルドと創造的な関係を築くことができない。この二組のカップルは希望の見いだせないイギリスを去ってオーストリアのチロルへと向かうが、そこでグドルンとジェラルドは破局を迎え、またアーシュラも、男女関係とは別に男同士の関係の必要性を力説するバーキンとぎくしゃくしたまま大団円を迎える。

## 『恋する女たち』の時代背景——市場原理と炭鉱経営

『恋する女たち』は第一次大戦中に執筆、改稿がなされた小説である。大戦の前年一九一三年に執筆が開始された「姉妹」と名付けられた小説が元になっている。この原稿はその後「結婚指輪」とタイトルを変え、さらに二部に分割され、『虹』と『恋する女たち』となった。「結婚指輪」の前半部であった『虹』は、戦争の始まった一四年秋から翌年の春にかけて執筆された。ところがこの作品は一五年に「猥褻」の廉で発禁の憂き目にあい、ロレンスは戦争から逃れるようにイングランドの西端、コーンウォールのゼナーへと居を移す。『恋する女たち』は大戦の最中《さなか》の一六年にその地で執筆され、その後一九年の改稿を経て現在の形となった。時代設定は第一次大戦前のきな臭い時代から戦争へと突入していった二〇世紀初頭と思われる。しかし不思議なことに、ロレンスの思想哲学だけでなく私生活にも大きな影響を与えた第一次大戦がテクストの中からすっぽり抜け落ちており、『恋する女たち』の物語世界では戦争は起こらない。物語は現実のイギリスやオーストリアが舞台となっているものの、そこに描かれているのは戦争の起こらない架空の二〇世紀初頭である。しかしながら『恋する女たち』には、二〇世紀初頭という時代の陰影のみならず、第一次大戦をめぐる言説の傷跡がしっかりと刻まれているのである。

D・H・ロレンス（1915年頃）

ロレンスとほぼ同時代の社会学者でニュー・リベラリズムの急先鋒であったL・T・ホブハウスは、二〇世紀初頭の英国社会を批判的視点から分析している。時代の潮流に対する彼の診断は、その目指す方向は違っていてもロレンスと多くの点で一致する。一九〇四年に発表された『民主主義《デモクラシー》と反動』の中で彼は、倫理よりも経済を、助け合いよりも自己の利益を優先する風潮を次のように記述している。

自由の原則は、市場的競争という荒んだ教義に変質してしまう。そうなると相互扶助など、軽率で無能な者が自業自得でしでかしたことに手を差し伸べる手段だと罵倒され、憐れみと慈愛の気持ちは抑え込まれ、厳正な義務という神聖なる衣が自己の利益の拡大に着せられる。業績は成功によって測られるのだが、成功の基準は利益を生み出す能力なのである。(3)

L・T・ボブハウス（1910年頃）

『恋する女たち』の舞台は、まさしくホブハウスが描き出したような、競争の中で利益を産み出すことに至上の価値を置く二〇世紀初頭の社会である。このような時代に、それぞれの登場人物がそれぞれの道を歩んでいく。父親が大切にしてきた博愛的経営を捨てて利益最優先の経営を始めるジェラルドは、まさに時代の潮流に乗っていたと言えるであろう。逆にバーキンはこのような時代の流れに完全に背を向け、自分の信ずる価値観に従って生きようとした。

本稿では、生産に駆り立てられるジェラルドと不毛を引き受けようとするバーキンという両者の対照的な設定に着目し、ジェラルドと彼を取り巻く小説世界を中心に光を当てる。ジェラルドは、小説のタイトルにもなっている進歩的な姉妹アーシュラとグドルンや、作者と多分に重なるが厚みに欠けるバーキンと比べ、様々な異なる表象を付加されている最も多層的で複雑な人物である。そこで本稿の前半では二〇世紀初頭の思想潮流とロレンスの時代認識を確認し、この二つが交差する第一七章「炭鉱王」を分析する。そして後半では、ジェラルド自身に刻み込まれた様々な位相を、大戦をめぐる国家イデオロギーや、第一次大戦末期から終戦後にかけてロレンスが執筆した『ヨーロッパ史のうねり』を参照しながら分析していく。『恋する女たち』は、二〇世紀初頭の民主主義や戦争をめぐる言説と、それに対するロレンスの反応が複雑な形で刻印されている両義的なテクストであり、光を当てる角度によって様々に異なった様相を呈する。新たな思想潮流が生まれ、そして第一次大戦という激動を経験することになる二〇世紀初頭の文脈の中に『恋する女たち』を位置づけ、このテクストに刻み込まれた複雑な位相の一端を明らかにしたい。

## 一　二〇世紀初頭の民主主義思想と大衆

### 炭鉱／炭坑と『恋する女たち』

ロレンスにとっての原風景である炭鉱／炭坑は、一九世紀後半から二〇世紀初頭にかけ、イギリスの国力の源となった産業である。炭坑で働く者は一九一九年以降一〇〇万人を超え、男性の就労人口の一割弱を占めた。一九世紀中頃から順調に増えていった石炭の産出量も、一九一三年――ロレンスの出世作『息子と恋人』の出版年であり、第一次大戦の前年――にその生産量と海外輸出量の最高期を迎える。(4)『恋する女たち』の第一七章「炭鉱王」には、ジェラルドが成し遂げる一大炭鉱改革が詳細に記述される。ジェラルドの父は労働者たちと対峙しながら、先代から引き継いだ炭鉱の経営システムを刷新していく。彼父、トマス・クライチは、一九世紀後期に見られた典型的な中産階級的博愛主義者である。彼は（自分たちの巨富は維持したまま）労働者たちに富を分け与え、下層民たちを豊かにする、という博愛主義的経営を行った。彼の理想は、炭鉱の経営者でありながら、家長として炭坑夫たちと家族的ともいえる良好な関係を築き、信頼関係で結ばれることである――「彼にとって炭鉱とは、まず第一にその周りに集まった何百という人たち全てにとって十分な食料を生み出す広大な大地なのであった。彼は他の経営者たちと一緒になって、労働者たちのためになるよう常に力を尽くしてきた」（二二四頁）。しかしトマスが、炭坑夫たちを自分より天国に近い存在であると理想化し手を差し伸べたとしても、それは現実には資本として自分の肉体しか持たぬ坑夫たちの搾取以外の何物でもない。この家父長的温情主義者《パターナリスト》は、炭鉱経営を慈善事業の一環ですらあるかのように錯覚し自己満足に浸るが、一方で炭坑夫たちは資本家たちに対して不満を募らせ、飽くなき要求を突きつけるようになっていく――「しかし炭坑夫たちは決して満足せず、経営者たちに抱いていた感謝の念を次第に失い、不平を言うようになっていった。知識とともに満足感は減っていき、より多く求めるようになっていった。親方たちはなんで桁外れに金持ってんだ？というわけだ」（二二四頁）。こうしてジェラルドがまだ幼かった頃、最初の労働争議が起こり、労使関係はぎくしゃくし始める。炭坑夫たちは「平等」の概念を労働環境に持ち込むので

市場に群がる炭鉱夫たちとその家族
（ロレンスの故郷イーストウッド、1913年6月）

ある。

新たな状況が生じ、新たな思想が蔓延《はびこ》るようになった。機械においてさえ、平等でなければならない、というのだ。いかなる部分も、他の部分に従属してはならない、すべては平等でなければならない、というのである。混沌を求める本能が入り込んできていた。平等という神秘的考えは抽象概念に過ぎず、所有や実行といった現実の過程には見い出すことができないものである。機能や過程において、一人の人間や一つの部分は、必然的に他に従属せねばならない。それが存在の条件である。しかし混沌を求める欲求が高まった今、機械的平等という理念は破壊の武器となり、人間の意志、混沌を求める意志を実行せしめるのである。（二二六頁）

平等を求める民衆の要求が戯画化され、労働者たちの増長で、このままいけばクライチ夫人の言う「忍び寄る民主主義」（二一七頁）がアナーキズムと変わらない様相を呈するであろうことが語り手によって示唆される。「平等」を突き詰めていくと無秩序に至るという論理で、労働者による平等の要求を風刺的に描くこの記述には、民主主義思想に対する批判的スタンスが透けて見える。

**大衆は本当に無知なのか**

昨今の国民投票や首長選挙などからその信頼性が揺らいでいるとはいえ、二一世紀初頭の現在、民主主義は考えうる限りで最も良い政治形態というのが共通認識であろう。しかしこの制度の歴史はさほど古いものではない。一八六五年、下院議員であったエルコ卿――ロレンスと親交の深かったシンシア・アスキスの祖父――は、選挙権拡大に関する国会審議で、「……選挙権を広げることによって、一定数の善良で、分別があり、知性のある人々が選挙権を得るであろうが、一方で大衆というものは後先のことを考えない無知な連中であり……それはおそらく死ぬまで変わらないであろうから、思慮深く分別のある労働者は追いやられてしまうだろう。……この法案は、思慮深く分別のある労働者階級を潰し、浅はかで後先考えない者たちの手にこの国の政治権力を握らせることになるだろう(5)」と述べたが、それから半世紀近く経った二〇世紀初頭でも似たような考えを持つものは少なくなかった。自由党の政治家でジャーナリストでもあったC・F・G・マスターマンは『イングランドの現状』の中で「労働者階級に対して、富裕層は蔑み、中産階級は恐れを抱いている(6)」と述べている。さらに彼は、大衆の政治的権利の要求をブルジョアたちがどのように捉えていたか、戯画的に描いている――「〔中産階級の者は〕『民主主義』のイメージを頭の中で以下のように作り上げていた――大声でがなり立て、独りよがりで我が物顔に振る舞う姿。さらに喉の渇きが癒えることを知らず、満足な礼儀作法もできず、他人のすねに齧りついてやろうと虎視眈々と狙っている(7)」。すなわち支配階層にとって民主主義とは、「無知」で飽くことを知らぬ一般大衆が政治を牛耳る衆愚政治に他ならなかったのである。

しかしその一方で、民主主義を擁護するリベラリズムの新しい潮流も生まれていた。リベラリズムとは、伝統的に個人と国家を対立するものと捉え、個人への国家の介入を極力抑えることで個人の自由を尊重し、道徳心を涵養し、社会をより良い方向へと向けていこうという考えであった。これに対し一九世紀末から二〇世紀にかけて、ニュー・リベラリズムと呼ばれる新しい一派が現れた。従来の個人主義的なリベラリズムとニュー・リベラリズムとでは、社会を改良していこうという方向性は同じだが、そのための手法が正反対であった。後者は国家の力を社会改良に積極的に活用しようと考えたのである。増大する都市の労働者たちに対する政策を強化する必要などから、教育や住環境の整備といった福祉政策を通し、これまで個人が取るべきと考えられていた責任を国家が取るという大きな転換である。ニュー・リベラリズムは、社会主義革命のような大変革を目指していたわけではないが、資本主義を改良し、階級間の対立のない社会を志向した。したがってニュー・リベラルたちの間では民主主義は、国家を人々が自らの手で運営し、自由を守りながら文化的により高い生活を目指すための手段であった。このようなニュー・リベラルの一人、先に引用したホブハウスは一九一〇年の「民衆による政府」の中で、次のように述べている――「自治への動きは……文明の基盤を広げようという試み、生まれ、国籍、性別といった人工的な障壁を崩そうという試み、一般大衆を従属と保護の状態から引き上げようという試み、共有財産の中から各自の取り分を与え、そして共同生活における各自の役割を与えようという試みといった、より大きな試みへの一手段なのです。……〔民主主義は〕社会を進化させる推進力では他の政治形態が期待薄の現状にあって、試みるに値する実験なのです」[8]。一九世紀末から二〇世紀初頭に登場したこのようなニュー・リベラリズムを標榜する者たちは、ホブハウスの他に先に引用したマスターマン、またJ・A・ホブソン、ジョン・メイナード・ケインズらがいる。『恋する女たち』の中で揶揄されるハーマイオニーの弟、自由党議員で「民主的」（九〇頁）なアレグザンダー・ロディスはニュー・リベラルとして設定されていると考えられる。一方、個人主義的で他者からの介入を嫌悪するバーキンは、この点で伝統的なリベラル的個人主義を体現していると言えるであろう[9]。

## 人間不信に陥るロレンス

このルパート・バーキンは、作者ロレンス――民主主義を擁護するバートランド・ラッセル（作品中のジョシュア・マレスン卿のモデル）と激しく対立し、ケインズを嫌悪し、また反戦運動とも関わり合いを持たず、人間嫌いになりコーンウォールに引きこもることを選択するロレンス自身――と多分に重なり合う。ロレンスは民主主義に対して懐疑的であったが、その懐疑心は戦争に熱狂する人々を目の当たりにしたことで、大きく膨れ上がっていった。彼は戦争を煽るホレイショー・ボトムリー、デイヴィッド・ロイド＝ジョージらに対し激しい怒りを感じ、そしてこれら扇動家たちに煽られ愛国の雄叫びを上げる大衆に対しても不信感と嫌悪を増幅させていった。大戦開始から約一か月がたった一九一四年九月、ロレンスは書簡の中で次のように書いている――「戦争のせいで気が滅入ります。戦争の話を聞くと気分が悪くなります。それに今ほど人類に対する憎しみの念を抱いたことはありません。人類とは愚かで、愚鈍で、常に騒いでいないと沈黙が怖くて仕方がない臆病者なのです。そういった人たちが殺されたところで私は気にもとめません[10]」。結局彼は、愛国の熱狂の渦から逃れるようにイングランド西端の地、コーンウォールのゼナーへと居を移す。しかしこの地でも戦争の影から逃れることはできなかった。一六年に徴兵制が導入され、ロレンスの元へも徴兵検査の書状が届く。この時、彼の人間嫌いは頂点に達する――「はっきり言っておきますが、私は人類を憎悪しています。……唯一の正しい道は、ソドムのように人類を破滅させることだと心底思っています。火と硫黄を空から降り注がねばなりません。……もし、粉末殺虫剤の入った巨大な箱があれば、人間どもの上にそれを振りかけて、根絶やしにしてやりたいところです。この美しい大地をきれいに清め浄化して、汚れのない生と真実が幾らかでも芽生えれば、と願うのみです[11]」。

ロレンスが居を構えたゼナーのコテージからの眺め

　このように極度の人間不信に陥った者にとっては、民主主義などもってのほかであろう。ロレンスは書簡の中で盛んに民主主義をこき下ろす。民主主義を強く擁護するバートランド・ラッセルに対しては「私は専制君主を望んでいるわけではありません。しかし民主主義による統治も信じてはいません。……とりわけ民主主義による統治など絶対にいけません。それは最悪の制度です」、ハーマイオニーのモデル、オットライン・モレルには、「『大衆』だの『人々』だの『社会』だの、こういったことには本当に嫌気がして、考えると怒りが湧いてきます。民主主義を嫌悪してるのです。息が止まりそうになります[12]」と書き送っている。ポピュリズムとナショナリズムによって、いとも簡単に煽られ一方向に突き進んでいく群衆に国家の方向性を任せることなど、ロレンスには到底許容できなかったに違いない[13]。

## 『虹』と民主主義——炭鉱街の子供たち

民主主義に対するロレンスのこのようなスタンスは、彼のフィクションにも表れている。第一次大戦前後に執筆された中短編には、中産階級と労働者階級の対立が、当時の民主主義思想の広がりを背景として描かれているが[14]、同時期の『虹』、『恋する女たち』といった長編にも、大衆の要求に対してどのように折り合いをつけ対処すべきか、大衆に権利、個性、自治を認めるべきか否かという極めて民主主義的な問題設定が組み込まれている。『虹』でこのような問題が扱われているのが、第一三章「男の世界」である。ハイティーンになったブラングウェン家第三世代のアーシュラは、夢と希望を抱いて教師の道へと進む。彼女は生徒たち一人一人に心を開き、彼らの自主性と想像力を育み、子供たちから信頼され愛される教師になりたいとの希望を抱いて教壇に立つ。しかし彼女のそのような理想は無残にも打ち砕かれる。炭鉱街の労働者階級の子供たちは、強権的手法でしか秩序を保つことができず、そこに個人の尊厳、創造性、個性など入り込む余地は微塵もない。子供たちは権威により統制された、機械化された一塊の大衆に過ぎないのである。しかしそれは生徒だけでなく、統率する彼女自身も、「アーシュラ・ブラングウェン」という固有名を捨て、「第五学級担任教員」とならねばならない。

ブラント先生の声がいつも聞こえていた。常に変わらぬ硬く、甲高い非人間的な声で、忘我状態で機械のように授業を続けていた。……目の前には集団と化した五〇人の子供たちが、アーシュラの命令を待っていた。それでいて一度《ひとたび》命令が下れば、憎み、反発するのだ。彼女は息が止まりそうな気がした。あまりに非人間的で、きっと窒息してしまうわ。それにこう大勢になっては、子供とは言えない。一部隊だわ。アーシュラは子供に話しかけるように生徒に口を利くことができなかった。生徒たちは個性を持った一人一人の子供ではなく、非人間的な集団と化した一団だったのだ。(『虹』、三五〇頁)(15)

アーシュラは、当初の理想とは異なり、秩序なく好き勝手に振る舞う労働者階級の子供たちに個性を認め、権利を与えるなど到底不可能であることを思い知らされる。子供たちは「群衆」予備軍として描かれ、労働者階級には民主主義は馴染まない制度であることが示唆されている。

このような挫折を経験したアーシュラは、第一五章「ほろ苦き愛」で、民主主義に対する否定的見解を恋人スクレベンスキーに述べる――「『イギリスなんか喜んで出て行くわ。何もかもが貧相でケチくさいし、俗物的だし。民主主義なんか絶対ダメ。……民主主義って強欲で品のない人たちが勝ち組になる制度でしょ。……退化した人種だけだわ、民主的になれるのは』」(『虹』、四二六―二七頁)。

## 二　『恋する女たち』――ジェラルドの炭鉱経営と見えない戦争

### 効率至上主義の経営

『虹』でアーシュラが教えた生徒の多くはおそらく炭坑夫やその妻となったであろう。彼らは『恋する女たち』で民主主義を要求する存在となり、ジェラルド・クライチと対峙する。ジェラルドと彼らとの関係を描く

第一七章「炭鉱王」は『虹』一三章「男の世界」と対応している。ここでも労働者階級は、分不相応な要求を突き付けてくる御し難い群衆として描かれる。しかしジェラルドは、前作で描かれた単純な支配／被支配の位相を超えた、大衆の熱狂と絡み合った統治体制を構築していくのである。クライチ家が経営する炭鉱で働く炭坑夫たちによる平等の要求、すなわち民主主義的要求の根底には物質的欲求があり、そしてそれを沸き立たせる力は、宗教的感情にも似た大衆の熱狂があることが描かれる。

新たな宗教的衝動に駆られ興奮した徒と化した炭坑夫たちは、毎日膝を突き合わせた。一つの理念が彼らの間に瞬く間に広まった――「人はすべてこの世では平等である」――そしてこの理念を物質的に実現させようと考えた。そもそも、これはキリストの教えではなかったか。それに現実の物質的世界で日の目を見ないならば、その理念に何の意味があるというのだ。……

興奮し、群衆と化した男たちは辺りを練り歩いた。聖戦に挑んでいるかのように顔を輝かせ、物欲の砂煙りを巻き上げていた。所有の平等を目指す戦いが始まった今、平等への渇望から物欲への渇望を切り離すことなどできはしまい。今や機械が神なのだ。偉大なる生産機械という神のもとでの平等を皆が主張した。（二二五頁）[16]

平等を求めてのこのような大衆の要求は、経営者側の利益とは相反するものである。しかしそれにもかかわらず、これから見ていくように、炭坑夫たちの熱狂は彼らをジェラルド崇拝、そして機械化された労働へとのめり込ませていく。この統治体制に垣間見えるのは、民衆の熱狂によって物事が突き動かされていくという、第一次大戦勃発時に見られた愛国の狂騒とつながる民主主義の負の側面である。

ジェラルドが炭鉱の舵取りを任されるのは、大衆からの平等への突き上げが最高潮に達した時期である。彼は父親の行っていた博愛主義的経営を打ち捨てる。坑夫たちが要求していた「民主主義や平等をめぐる一連の問題を、彼はくだらない問題として切って捨て」、効率、生産性を重視し、大規模な機械化やリストラを通して炭坑経営の改革に乗り出していく。「重要なのは偉大なる社会的生産機械なのだ」（二二七頁）。そして彼の「生産性」を体現する性質が開花する。注目すべきは彼が抱く効率への並外れた執着と、それを可能にする大規模な機械化である。

ジェラルドは徐々に全てを掌握していった。そして大規模な改革に着手した。全ての部署に専門のエンジニアが配置された。照明と地下での運搬、そして動力のために、巨大な発電装置が設置された。全ての炭坑に電力が行き渡った。坑夫の誰も見たことのないような新しい機械がアメリカからやってきた。これは巨大製鉄工と呼ばれている掘削機で、尋常でない装置だった。炭坑での作業はすっかり様変わりし、炭坑夫たちの手で管理すべきものは何もなくなり、採炭請負人制度も廃止された。この上なく正確で繊細な科学的方法で全てが進んでいき、熟練した専門家があらゆる部署を取り仕切り、炭坑夫は単なる機械的道具へと成り下がってしまった。（二三〇頁）

すでに指摘されているようにこの記述には、第一次大戦前から約一〇年に渡って産業界に大きなインパクトを与えたテーラリズムの影響を見て取ることができるが、そのような理論を持ち出してこずとも、「効率」は当時の社会を覆っていた空気である。[17] ホブハウスの『民主主義と反動』を再び参照すれば、先代の取っていた相互扶助的側面を捨て、効率を金科玉条とするジェラルドの経営手法は、二〇世紀初頭に典型的なものだったことが分かる。

「専門家」が前面に出てきて、「効率」が経営の合言葉となると、社会主義において人間的であったものは全て消えてしまう。競争での敗者に対する思いやり、階級支配に対する抗議の声、市場的物質主義に対する反発、ひらめきの源泉……は夢のように消え失せ、それらに取って代わったのは、社会とは一つの中心から放射状に伸びるワイヤーで吊られた完璧なる機械装置であり、男性も女性も誰もが「専門家」となるかさもなくば人形となる、という観念である。「人間性」、「自由」、「正義」といった標語は看板から取り外され、そしてただ一語、「効率」のみが掲げられる。(18)

当時の社会に対するホブハウスのこの批判は、『恋する女たち』の注釈としても十分通用するであろう。

## 炭坑夫と愛国の狂騒

しかし文学者は社会学者が視野に入れなかった心理的・生理学的側面も描き出している。それは新たに導入された機械、そしてそれが象徴する非人間的ともいえる徹底した効率化に労働者が身を委ねると、それが彼らにある種の陶酔感をもたらすことである。このことはすでに『虹』の冒頭部でほのめかされていた。ブラングウェン一族は、マーシュで大地と一体となって代々生活してきたが、周囲が急激に近代化され機械化されると、炭坑の採掘現場の機械が立てる規則的な鼓動、機関車が通過するときの律動的な騒音や汽笛の雄叫びに、戦慄しながらもだんだんと不穏な陶酔感を感じるようになる――「彼らが大地で働いていると、今や馴染みとなった堤防の向こうから巻き上げエンジンの律動的なうねりが響いてきた。初めこそ肝をつぶしたが、慣れてからは脳が恍惚となった。そして鉄道の耳をつんざく汽笛の音が心の中で反響し、戦慄に満ちた喜びをもたらした……」(『虹』、一四頁)。

『恋する女たち』でも、機械化された作業現場で炭坑夫たちはジェラルドの導入した機械の鼓動に自らを委ね、そこにある種の喜びを見い出していく。炭坑夫たちは、機械という非人間的装置の中で、人間性の破壊をも厭わず、効率重視で働かされれば働かされるほど陶酔し、我を忘れて労働に心血を注ぎ、生産性は向上していく。かつて聖戦を気取りながら高揚感に取り憑かれ平等を求める声を上げていた労働者たちは今、機械によって人間としてのコアな部分を冒されながらも、同時にそれによって満足感をえ、麻薬を求めるようにさらなる刺激を求めるようになっていく。

新たな世界、新たな秩序ができた。それは厳格で恐ろしく、非人間的だが、まさにその破壊性において充足感を得ることができるのである。坑夫たちは、たとえそれが自分たちを破壊しようとも、この偉大で素晴らしい機械の一部であることで充足感を得ていた。これこそ自分たちが望んでいたもので、人間が作ったものの中でも最高のものであり、最も素晴らしく超人的なものなのだ。この偉大で超人的システム――感覚や理性を超えた、時に真に神を感じさせるシステム――の一部であることに彼らは歓喜した。彼らの内なる心は死んでいた。しかし彼らの魂は充足感を得ていたのである。（二三二頁）

この群衆のイメージには、ロレンスが嫌悪した、大戦に熱狂する大衆のイメージが重ね合わされている。彼らはまるで戦争機械という非人間的な破壊装置に身を委ね、大量殺戮に酔いしれる群衆、愛国の名の下に熱狂し、大量破壊活動に突き進んでいく民衆そのものである。[19]ジェラルドが構築した、人の内なる人間性を崩壊させていくシステムは、戦争という大量破壊行為と重なり合い、人々は熱狂しそれに自らを委ねていく。

ジェラルドによって機械化された統治体制と戦争の両者に共通する特徴の一つは、その機械的反復性である。ロレンスの友人の画家マーク・ガートラーは『回転木馬』と題されたキャンバスに、回転木馬の上で恐怖に慄きながらもその機械的反復に酔いしれ我を忘れる人々の姿を描いた。一九一六年にこの作品を見たロレンスは、この画家に次のように書き送っている――「まばゆい光、機械の激しい回転、複雑な渦、そして感覚刺戟の極限で完全に精神を失い恐怖に怯えた人間を一つのキャンバスに描くことによって、君は間違いなく最高の真なる啓示的作品を作り上げた」[20]。狂喜に駆られてエンドレスに回転するイメージは、『恋する女たち』のライトモチーフの一つである。例えばクライチ家で飼われているビスマルクという名のウサギ。それはジェラルドとグドルンの目の前で、気が触れたように回り続ける――「それまで花のように、じっと穏やかにうずくまっていたウサギが、突然生命を爆発させた。まるで銃弾のようにぐるぐるぐるぐると庭を走り回り、毛皮で覆われた隕石のようにぐるぐるぐるぐると、まるで見ている者たちの脳が締め付けられるほど張り詰めた激しい円環運動だった。……嵐のように、古い赤い塀の下の草地を、ぐるぐるぐるぐると飛び回った」（二四二―四三頁）。またドイツ人彫刻家レルケの創作した、定期市での狂騒を描くレリーフにも同様のモチーフが重ね合わされている――「それは定期市を描写したもので、農民や職人たちがどんちゃん騒ぎに浮かれ騒いでいた。モダンに見える変わった衣装で呑んだくれている者あり、回転木馬で度を超えて回り続ける者あり、出し物に驚嘆している者あり、集団でキスし合いながら縺れ歩いたり転げまわる者あり、空中ゴンドラで前後に揺れ動いたり、射的で狙いを定める者あり、秩序なき狂乱騒ぎであった」（四二三頁）[21]。そしてジェラルドの造り上げた炭鉱システムも、回転し続ける木馬のように永遠の反復を繰り返す非人間的戦争機械である。

そして物質とのこの戦いのために、完璧に組織された完璧な道具を持たねばならない。……それは与えられた動きの呵責なき反復により、抵抗を許さず、非人間的に、目的を達する道具なのだ。彼が作り出そうとした機械装置の中の、この非人間的原理こそ、ジェラルドにほとんど宗教的とも言える歓喜をもたらしたものなのである。……彼は自分の意思の表現を、自分の力の具現化を、偉大で完璧な機械を打ち立てることができたのだ。それは一つのシステムであり、純粋に秩序だった動き、純粋な機械的反復であり、それは無限なる反復、すなわち永遠で無限の反復運動なのである。彼は自分の永遠性と無限性を、純粋なる機械的原則の中に見出した。それは糸紡ぎのような一つの純粋で複雑で無限な反復運動と完璧に同調する機械的原理である。しかしそれは生産的な糸紡ぎであり……永遠を通して無限へと向かう生産的反復なのである。そしてこの無限なる生産的反復は、神の運動なのである。（二二七—二二八頁）

ここに描かれた非人間的機械、反復、狂信性、そしてそれを体現するかのように同じフレーズを執拗に反復する文体自体が、ロレンスが「現代絵画の中で最もすばらしい作品」[22]として高く評価したガートラーの『回転木馬』のイメージと共振している。炭坑夫たちはジェラルドの造り上げた巨大な回転木馬の上で、その終わりなき反復の恐怖に慄きながらも我知らず恍惚となり、その熱狂を増幅させていく。彼らは、ロレンスが書簡の中で蔑みを投げつけた、戦争という破壊行為に取り憑かれ熱狂をエスカレートさせていく群衆と同一線上にある。

このように炭鉱夫たちを熱狂させ統率し、炭鉱王として一大事業を築いたジェラルドではあったが、結局はグドルンとの関係は破綻し、最後は雪山で惨めな死を遂げる。一方でテクストは、セクシュアリティが最終的には巨大な国家装置に回収されてしまうことを警戒し、新たな人間関係を模索するバーキンに対して擁護的である。しかしながら『恋する女たち』は、バーキンを勝者、ジェラルドを敗者として描くような素朴な物語ではない。すなわち戦争へと繋がっていく慣習的恋愛観・家族観、そして生産性を至上命題と考える

マーク・ガートラー『回転木馬』（1916 年）

当時のイデオロギーを否定し、不毛を受け入れることを提唱している、といった単純な善悪二元論によって構築されたテクストではない。作者自身を代弁しているとしばしば考えられているバーキンの手紙が、虚飾と欺瞞のはびこるポンバドゥール・カフェで揶揄の対象となったり、バーキンの真摯な哲学がアーシュラに理解されず懐疑にさらされる場面があるように、このテクストは時にそれ自身をもアイロニカルな視点で眺める自己転覆的要素を持っており、バーキンのような現実逃避的手法の限界も浮き彫りにされる。また逆にこれから見ていくように、ジェラルドには、ロレンスがこの作品以後探求することになるリーダー像の片鱗が見え隠れするのである。

## 三　ジェラルドと見えない戦争の影

### 生産への志向と破壊的衝動

第一次大戦末期から戦後にかけて歴史の教科書として執筆された『ヨーロッパ史のうねり』には、ロレンスの歴史観や当時の世界に対する彼の分析が顕著であるだけでなく、『恋する女たち』と共通する世界観や言及の構造が使われている。『ヨーロッパ史のうねり』を貫く作者独自の歴史観は、ヨーロッパは破壊を求める衝動と生産を求める衝動の相剋から生まれてきたというものである――「人類を支配している中心的な情念には二つある。それは誇り、権力、征服への情念と、平和と生産への情念である」(二四一―四二頁)[23]。ロレンスによれば、ルネサンス以降、後者の力が優勢になり、人々は闘うことを忘れ、物欲に走ったとされる。『ヨーロッパ史のうねり』最終章には、このことが批判的なニュアンスを込めて語られる――「誇りを胸に、どの国民も近隣の国々を征服したいという欲望を持っている。しかし心の内なる誇りと征服への欲求は枯れ果ててしまったようだ。そして心の中では人々も国家も安らぎと繁栄のみを求めるようになり、戦争の必要は無くなった。戦争が用無しとなったので、絶対的な王とそれを取り巻く大臣も用無しとなった。飽和状態に達した物質的繁栄以外は見向きもされなくなった」（二四六頁）。現代において王はもはや無用の長物となり、例えばイギリスにおいて実権を握っているのは、「飽和状態に達した物質的繁栄」を体現する資本家たちである――「ルネサンス以降、王国はまず第一に生産力が重視され、戦力は二の次となった。……平和と生産への欲求が戦いへの欲望に打ち勝ったのだ。……偉大な人物とは、必要物資を最も多く生産できる者、つまり大商人、大事業主となった。産業の指導者たち、中産階級の富裕な人々が真の支配圏を握る時代が到来するのだ、今日のイギリスのように……」（二四二頁）。

『恋する女たち』の炭鉱王ジェラルド・クライチは、紛れもなく「産業の指導者たち、中産階級の富裕な人々」の一人である。彼は炭鉱の経営者として徹底した合理化と機械化の末、これまでとは桁違いの石炭の採掘に成功し、莫大な利益を上げる。しかしロレンスは彼に生産性の一面のみを与えたのではなかった。『ヨーロッパ史のうねり』で生産性を体現する存在として措定された資本家とは異なり、ジェラルドにはもう一方の極である破壊性をも付与されている。バーキンは、「生産性というもっともな倫理の隙間に垣間見える、完璧な愛想の裏の冷淡さ、不可解なほどのぎらつく悪意」をジェラルドに見て取り、また後の章では、湖面に映える月に向かって石を投げ込みながら、ジェラルドのことを「破壊的な厳寒の神秘に身をまとった、不気味だが驚嘆すべき北方生まれの白い悪魔の一味」（二五四頁）と独り言つ。『恋する女たち』の登場人物たちは、ジェラルドや青金石《ラピスラズリ》の文鎮でバーキンに襲いかかるハーマイオニーのように、日常の仮面の下に破壊的衝動を隠し持っており、それはバーキンやアーシュラとて例外ではない。そしてジェラルドは、生産への志向と破壊的衝動を同時に極限まで発揮することで、炭鉱経営を成功へと導くのである。

## ジェラルドに投影されるドイツ帝国

ジェラルドの破壊性の中でも、彼の弟殺しがそれを最も象徴的に表している。ジェラルドは幼い頃、銃で遊んでいて弟を誤って死なせてしまった。それ以来彼には兄弟殺しのカインの烙印が押される――「彼はひどく苦しんだ。子供のころ弟を殺めてしまい、カインのように孤独の身となったのである」(一七二頁)。ジェラルドがカインと結びつけられていることは、当時の読者にどのようなことを示唆しえたであろうか。第一次大戦当時、イギリス人にとって「カイン」とは、ドイツ人を想起させる符牒であった。一九世紀までイギリスとドイツ両国民の間には、両王家の近縁関係、プロテスタントとしての宗教的連帯感、文化的つながりなどを通して強い親近感が醸成されていた。外交や戦争でもイギリスとドイツは共同でフランスと対峙してきた。したがって第一次大戦でドイツと対峙することになった時、イギリス人たちはドイツが長年に渡って保ってきた友好関係を反故にし、自分たちに刃《やいば》を向けてきたと捉えた。一九一八年の『パンチ』には、ドイツ人をカインに擬して描いたカリカチュアが掲載されている[24]。

「カイン」
バーナード・パートリッジ画

ジェラルドのドイツとの親近性を示唆する符丁は、カインだけではない。それは、彼の身体的特徴にも表れている。小説冒頭の結婚式で初めて彼を目の当たりにしたグドルンは、その北方性に惹きつけられる――「グドルンはすぐに彼に目を留めた。何か北方的なところが彼にはあり、それが彼女の目を惹きつけた。北方人のような透き通った肌と金髪は、氷の結晶を通って屈折した冷たい陽光のようにきらめいていた。彼にはまだ手付かずの真新しさがあるように見え、その汚れのなさは北極を思わせた」（一四頁、強調引用者）。またジェラルドの「青い瞳」に「鮮烈でありながらしかし冷たい光」を見て取るバーキンも、この親友に「雪を通って屈折した光のような、北方的なある種の美」を見出す（六〇、二七三頁、強調引用者）。『恋する女たち』で強調されているジェラルドの北方性、みずみずしく、かつ冷たく光り輝く白い肉体は、『ヨーロッパ史のうねり』でのゲルマン人（ロレンスの表記では"The Germans"すなわち「ドイツ人」でもある）の身体的特徴と多くの点でオーバーラップしている――ローマ人は、「北方の森からやってきた、剥き出しで色白の、堂々たる体躯の人たちを驚きの眼差しで見つめ、そして青い瞳をした、獰猛で若々しい顔を、黄色の、あるいは鮮やかな紅色に染められた髪を眺めたのだった。……この白い肌をした男たちであるゲルマン人は、まるで北方の海、濃密な水、白い雪、冬の黄色い太陽、非の打ち所のない美しい氷の青から生まれたかのようであった」（『ヨーロッパ史』、四三―四四頁）。ジェラルドの人物造形には、作者の抱くドイツ系民族のイメージが色濃く反映されているのである。(25)

また機械化、効率化に重きを置く大規模な産業とドイツとの結びつきも、二〇世紀初頭に典型的なイメージの連鎖である。ロレンスも若い頃購読していた雑誌『ニュー・エイジ』に、エズラ・パウンドの「偏狭的愛国は敵だ」が大戦中の一七年に掲載された。第一次大戦が始まると保守化していくこの雑誌に掲載されたパウンドの論文には、ドイツ式の教育と産業への視線に、ドイツへの恐怖と嫌悪が分かち難く絡みついている。

……ドイツの「大学制度」は有害である。その有害な触手を様々なところに伸ばそうとしている。「どこへでも蔓延していく」という点が、有毒で最もたちの悪い感染力なのである。……

学問の根幹部分が完全に朽ちてしまった。技術や機械に関する教育が飛び抜けて人を惹きつけている（それは紛れもなく非常にスピードの早い進化の興奮の中での機械の研究、エンジン関連機器との格闘、機械を使った効率化への陶酔である）。

社会学者というものは（残念ながらその多くがドイツ出身であるが）、人間は単なる一部品ではない、ということを強調するほど注意深くはないのである。[26]

オックスフォード大学に行くことを拒否し、ドイツで炭鉱業について学んだジェラルドが築いた帝国には、ドイツの学問と産業の影が色濃くまとわりついているのである。[27] 以上のように彼の人物造形には、奇妙に類似した綴り（Gerald／German）のような明示的な連関だけではなく、ドイツとの繋がりを連想させる表象が刻み込まれている。ジェラルドは英国中産階級を代表する人物として造形されながら、角度を変えるとプリズムのようにドイツの影を反射するのである。

このようにドイツにまとわりついていた当時の言説がジェラルドには刻み込まれているが、『恋する女たち』は必ずしも反独的なテクストではない。この作品の執筆、改稿がなされていた第一次大戦時、イギリス当局が中心となり様々なメディアで反独プロパガンダが大々的に流布されていたことを想起すれば、このテクスト内でのドイツへの気軽な言及、しかもドイツに対する批判的ニュアンスをほとんど感じさせない言及の不可思議さ、異常さは明らかである。ドイツ系ユダヤ人と思われるレルケに対しては容赦のない批判が顕著だが、『恋する女たち』からは、例えば外国人から最も恐れられ、最も嫌われている人物と揶揄されるドイツ帝国初代宰相ビスマルクに対する嫌悪感や恐怖感は不思議と読み取れない。このテクストにはビスマルクへの言及が二〇箇所以上あり、またグドルンは「ビスマルクの書簡集を読んだことがあり、いたく心を動かされ」もする（四一八頁）。そのことは『ヨーロッパ史のうねり』最終章「ドイツ統一」に関しても同様である。（第六章「フン族」に見られる反独プロパガンダの影響とは異なり、[28]）その最終章では、莫大な富を牛耳る中産階級や集団の熱狂に突き動かされ革命を求める労働者たちに対して批判的である一方、一九世紀後半以降イギリスの対独感情を悪化させた張本人であるビスマルクのような人物を憧憬するかのようなニュアンスが滲み出ている。

ドイツは、唯一ロシアを除けば、ヨーロッパに残された最後の軍事大国であった。しかしながらドイツでは、ロシア同様、労働者たちが最も強固に団結し、戦争指導者や軍部の支配に立ち向かわんとしていた。……〔フランス、イギリス、アメリカは〕君主制を打倒し、裕福な市民、商人、そして産業の推進者たちによる支配、すなわち中産階級による支配を打ち立てた。一方ドイツとロシアは……イギリスが経験したことのないような絶対王制から、その対極的な体制へと進んでいる。すなわち奇妙で、真の目的など持たぬかのような、プロレタリアートの集団が牛耳る体制へと向かっているのだ。この労働者の集団は、権威とくれば何でも潰さねば気がすまず、皆平等に富を享受することを望む以外は、自らもわけの分からぬまま権力を握っている集団である。……

　しかし人間は、二つの衝動によって突き動かされているということを決して忘れてはならない。つまり平和と拡大を望む衝動と、争いと力による征服への衝動である。力の行使と闘争での勝利という欲求が満たされるやいなや、平和と拡大への欲求が頭をもたげてくるのであり、その逆もまた然りである。生命の法則とでも名付けたら良いであろうか。それゆえ生産を目的とする労働者たちによって統一された、物質的に皆平等な巨大なヨーロッパは、選ばれた一人の偉大な人物を中心にまとまらなければ、このまま崩れること無く体制を維持していくことは決してできないであろう――すなわち、広く平和を取り仕切るだけでなく、大戦争を先頭に立って引っ張っていくことができるような、一人の英雄が必要なのである。

（『ヨーロッパ史』、二五一―五二頁）

ここでは生産・平和的側面と破壊・戦争的側面の両方を持った指導者の到来が期待されている。この章では、批判的に記述される中産階級や労働者階級とは対照的に、ページを割いて描かれるビスマルクに対する好意的な筆致がにじみ出ており、この結語の「英雄」には作者の中でこの宰相がオーバラップしている。ビスマルクは民主主義的機構を踏みにじり、軍国主義体制を造り上げていったが、それだけでなく同時に産業大国ドイツを牽引していった人物である。のちにケインズが「ドイツ帝国は、より正確に言えば血と鉄よりもむしろ石炭と鉄を基礎として築かれてきたのである」[29]と述べるが、強権的な手法ながらリーダーとして人々を陶酔させ、石炭の産出を究極まで高め石炭鉱業帝国を築いた炭鉱王ジェラルド・クライチには、ドイツ帝国を築いた宰相と重複するイメージが与えられているのである。

## 結び　冷たく、無言で、物質と化した顔

ロレンスの羨望と嫌悪の両方を背負ったジェラルド・クライチは、雪山で惨めな死を遂げ、彼が築き上げた帝国、生産と破壊の狂喜に取り付かれた、陶酔と熱狂の一大ページジェントはその幕を閉じる。『恋する女たち』は、時流に乗り「産み出すこと」を至上命題として炭鉱を経営するジェラルドと、そのような社会に背を向け「不毛であること」を引き受けながらあるべき生き方を模索するバーキン、この二人の対照的な動きを軸として展開されていく。作者自身はバーキンの体現する価値観に寄り添っており、ジェラルドの体現する効率化、生産性、熱狂には批判的である。しかし『恋する女たち』は、時代の潮流に乗るジェラルドを葬り去り、時代に背を向けるバーキンを肯定する、といった単純な善悪二元論的テクストではない。ジェラルドには非常に重層的な人物造形がなされている。彼には典型的な英国中産階級としての側面の他に、ビスマルクへと繋がっていくドイツ的表象、そしてのちのリーダーシップ小説群の指導者を彷彿とさせる要素が付与されている。

しかしながら最終的には、ジェラルドは英国人としてイギリスに埋葬される。この作品の結末では、効率化のもとに生産を至上命題として一大帝国を築いた炭鉱王に対する強烈な皮肉が展開される。彼は死んで「物質」となるのだ。親友の訃報に接してチロルへ舞い戻ったバーキンは、自分とジェラルドとの関係を理解しようとしないアーシュラに背を向け、かつての自分の親友の遺体と対面する。

バーキンはアーシュラから目を背け、ジェラルドの方へ顔を向けた。……冷たく、無言で、物質と化した顔を眺めた。……冷たい、無言の、物質！……

しかし今や彼は死に、土塊のように、青味がかった、壊れやすい氷のようだった。バーキンはその青白い指、動こうとしない塊に目を向けた。……

ジェラルド！この否定者！この男は見る者の心臓を冷たく凍りつかせ、その鼓動をほとんど止めてしまう。ジェラルドの父親の遺体は物悲しく、見る者を悲しみにくれさせた。それに対してこの冷たい、無言の物質は、見る者をぞっとさせる最期の様相を湛えていた。（四八〇頁）

冷たい物質と化したジェラルドの遺体は、彼の父のものとは対照的である。「顔にひげが生え始めた十代の青年」であるかのような彼の父トマスの遺体は、今にも蘇らんばかりであった――「まるでふと寝入ったかのように、とても静かに、とても和やかに、汚れを知らず眠る若者のように、遺体は安らかに横たわっていた」（三三四頁）。ロレンス作品には、このように今にも蘇らんばかりの生命力を秘めているかのような遺体がしばしば登場する。死して若返り、精気をたたえた、死体でありながら石炭のようにエネルギーを秘めた遺体（「菊の香」、「プロシア士官」……）。

これに対し、ジェラルドの屍は意図的にこれらの遺体とは区別されている。彼の遺骸は蘇る可能性など微塵も感じさせない冷たく凍った土塊《マター》なのである。石炭の算出に取り憑かれ、巨大な組織を作り上げたジェラルドは、最後には自身が物質に、しかも石炭のような鉱物ではなく、何の利用価値もない「冷たい、無言の物質」となり果ててしまうのである。ジェラルドの遺体は親族の強い意向により、イギリスの地に埋葬されることとなる。しかし「物体」と化したその屍は、彼が死力を尽くして採掘した石炭、エネルギーを蓄えた物体である石炭とは違って、まさしく不毛な物体として地中に埋められるのであり、二度と再び不死鳥のように蘇ることはないであろう。

注

（1）『恋する女たち』からの引用は D. H. Lawrence, *Women in Love*, eds. David Farmer, Lindeth Vasey and John Worthen (Cambridge: Cambridge UP, 1987) からとし、括弧内に引用ページを記す。

（2）従来の古典的解釈では「ロレンス哲学」を下敷きにし、創造—破壊の二項対立を元に、バーキン＝アーシュラを前者、ジェラルド＝グドルンを後者に弁別してきた——「繰り返し使われる『崩壊と瓦解』というフレーズがこの小説の中心的モチーフであり、バーキンとアーシュラはその大きなうねりに立ち向かっていく。……ジェラルドの反応……は同種の崩壊に対する彼自身の抑圧された欲望をよく表している」(H. M. Daleski, *The Forked Flame: A Study of D. H. Lawrence* [Wisconsin: Northwestern UP, 1965] 132)。破壊的側面に積極的意味を読み込み、従来の二元論を崩そうとするクラークも、創造—破壊の二項対立に基本的に依っている (Colin Clarke, *River of Dissolution: D. H. Lawrence and English Romanticism*[London: Routledge, 1969] 70–110)。また人種退化論の視点からバーキン＝アーシュラを再生、ジェラルドを退化の側に位置づけるトロッターの解釈もこの一変奏と言えるかもしれない (David Trotter, *The English Novel in History 1895–1920* [London: Routledge, 1993] 123–27)。（むしろ後で見ていくように、この小説においては個々の登場人物の内部に創造的側面と破壊的側面の二面性が発現する。）本稿では、従来の創造—破壊の二項図式ではなく、生産に駆り立てられるジェラルドと不毛を引き受けようとするバーキンという対立軸から『恋する女たち』を読み解いてみたい。

（3）L. T. Hobhouse, *Democracy and Reaction* (London: T. Fisher Unwin, 1904) 227.

（4）B. R. Mitchell, *British Historical Statistics* (Cambridge: Cambridge UP, 1988) 104, 248, 253、山﨑勇治『石炭で栄え滅んだ大英帝国』（ミネルヴァ書房、二〇〇八年）三―二六頁、岩井学「ゾラからロレンス、そしてその向こうへ――文学に描かれた炭鉱の系譜」『D・H・ロレンス研究』24(2014): 44–50。なお本稿では、石炭を採掘する鉱山を「炭鉱」、石炭を採掘するために掘った穴を「炭坑」と表記する。従って採炭夫は「炭坑夫」とする。

（5）*Hansard's Parliamentary Debates*, vol. 178, 3 May 1865, 1402–03.

（6）C. F. G. Masterman, *The Condition of England* (London: Methuen, 1909) 66.

（7）Masterman, p. 67.

（8）L. T. Hobhouse, "Government by the People," *Liberalism and Other Writings*, ed. James Meadowcroft (Cambridge: Cambridge UP, 1994) 123, 135. ニュー・リベラリズムに関しては、Michael Freeden, *The New Liberalism: An Ideology of Social Reform* (New York: Oxford UP, 1978), Stefan Collini, *Liberalism and Sociology: L. T. Hobhouse and Political Argument in England 1880–1914* (Cambridge: Cambridge UP, 1979), P. J. Cain, *Hobson and Imperialism: Radicalism, New Liberalism, and Finance 1887–1938* (New York: Oxofrd UP, 2002) 1–14 and *passim*, Edmund Fawcett, *Liberalism: The Life of an Idea* (Princeton: Princeton UP, 2014) 138–97, 安保則夫『イギリス労働者の貧困と救済――救貧法と工場法』（明石書店、二〇〇五年）二三一―五八頁など参照。

（9）Eagleton はロレンスのロマン主義的側面を二つに分け、個人主義的要素と有機体的要素が矛盾する形で混在していることを論じているが、それを受けて Holderness は、第一次大戦時の時代背景と結びつけながらリベラル・イデオロギーを細分化し、その中にロレンスを位置づけようと試みている。Terry Eagleton, *Criticism and Ideology: A Study in Marxist Literary Theory* (1976; London: Verso, 2006) 157–61, Graham Holderness, *D. H. Lawrence: History, Ideology, and Fiction* (Dublin: Gill and Macmillan, 1982) 190–99. またこの両者に批判的に言及しながら大田は、バーキンが「トランスナショナルな個人主義」、「トランスナショナルなリベラリズム」を表象していると論じている。大田信良『帝国の文化とリベラル・イングランド――戦間期イギリスのモダニティ』（慶應義塾大学出版局、二〇一〇年）九三頁。

（10）D. H. Lawrence, *The Letters of D. H. Lawrence*, eds. George J. Zytaruk, and James T. Boulton, vol. 2 (Cambridge: Cambridge UP, 1981) 218（吉村宏一、北崎契縁ほか編訳『D・H・ロレンス書簡集Ⅴ　１９１４』[松柏社、二〇〇八年]、三頁）。

（11）Lawrence, *Letters*, vol. 2, p. 650（吉村宏一、横山三鶴、山本智弘ほか編訳『D・H・ロレンス書簡集Ⅶ　１９１６』[松柏社、二〇一三年]、二三七頁）。

（12）Lawrence, *Letters*, vol. 2, p. 370–71, 593（『D・H・ロレンス書簡集Ⅵ』、六四七―四八頁、『D・H・ロレンス書簡集Ⅶ』、三七七―七八頁）。

（13）民主主義に対する否定的な考えは、当時の知識人たちの議論の文脈からするとなんら特異なことではない。高まりつつある民主主義の要求とそれを取り巻く様々な事象――女性解放、普通選挙、大衆文化――が、個人の尊厳や洗練された文化といった、英国がこれまで大切にしてきた価値に悪影響を及ぼすと考え、多くの作家、知識人が民主主義に懐疑的な反応を示した。英米の詩人を中心としたいわゆるモダニズム作家の民主主義観については、Rachel Potter, *Modernism and Democracy: Literary Culture 1900–1930* (New York: Oxford UP, 2006) 参照。ロレンスの民主主義に対する否定的なスタンスは、後に見るように『恋する女たち』と前後して執筆された「民主主義論《デモクラシー》」に明確に述べられている。

（14）岩井学「労働者階級の肉体に映し出される中産階級の恐怖心と羨望――「牧師の娘たち」、「ヘイドリアン」、後期エッセイに見る階級観の変遷と相克」、D・H・ロレンス研究会編、『ロレンスの短編を読む』（松柏社、一九一六年）一〇七―三七頁参照。

（15）『虹』からの引用は D. H. Lawrence, *The Rainbow*, ed. Mark Kinkead-Weekes (Cambridge: Cambridge UP, 1989) からとし、括弧内に『虹』に続き引用ページを記す。

（16）民主主義と物質主義はロレンスの中で結びついている。第一次大戦終結後の一九一九年に執筆された「民主主義論《デモクラシー》」の中で、「民主主義」とは物質主義の観点から人間を規格化、平均化するものに他ならないと彼は論じる。人は本来唯一無二のかけがえのない存在である。しかし近代の宿痾ともいうべき物質主義に取り憑かれた現代人は、物質的に他人と平等になることを求め、そのため生の充足を得ることができないのだ。

> 個々のものがそれぞれ類のないものである場合、比較をすることなどできない。二人の人物がいた時、この二人には平等も不平等もない。……私が他の人の傍に立った時、双方が自己を確立していれば、私が意識するのは一つの存在であり、他者という不思議な実在のみである。……他者が今ここにいるというこの不思議な認識があるだけである。……比較が始まるのは、人が自分自身の十全たる存在を捨て、物質と機械に支配された世界に入った時である。そうなるとすぐに平等、不平等といったものが生じてくるのである。……
>
> 人間は、自分たちのあくなき理想を追い求めるあまり、十全たる存在という生を捨て、物質と機械の支配する世界に落ち込んでしまった。人は、機械的法則によって全面的に自動制御された一つの部品となり果てたのである。

D. H. Lawrence, *Reflections on the Death of a Porcupine and Other Essays*, ed. Michael Herbert (Cambridge: Cambridge UP, 1988) 80-81. 強調はロレンスによる。この民主主義観はバーキンに引き継がれている。邦訳に際し吉村宏一ほか訳『不死鳥　下』(山口書店、一九八六年)を参考にさせていただいた。

(17) テーラリズムとは、アメリカの技術者フレデリック・ウインズロー・テーラーが考案した科学的経営管理システムで、第一次大戦前から第二次大戦頃まで欧米で隆盛を極めた。イギリスではテーラリズムの影響力が比較的小さかったという見解もあるが(Judith A. Merkle, *Management and Ideology: The Legacy of the International Scientific Management Movement* [Berkeley: U of California P, 1980] 208–40)、「効率」そして「科学的管理法」が二〇世紀初頭のイギリスを席巻したのは事実であろう。G. R. Searle, *The Quest for National Efficiency: A Study in British Politics and Political Thought, 1899–1914* (London: Ashfield, 1971), E. H. Phelps Brown, *The Growth of British Industrial Relations: A Study from the Standpoint of 1906-14* (London: Macmillan, 1965) 92–98 参照。テーラリズムとジェラルドの経営手法の類似については、Zapf, Knapp, Bradshaw が論じている。Herbert Zapf, "Taylorism in D. H. Lawrence's *Women in Love*," *The D. H. Lawrence Review* 15.1–2 (1982) : 129–39, James F. Knapp, *Literary Modernism and the Transformation of Work* (Evanston: Northwestern UP, 1988) 59-73, David Bradshaw, "Introduction," *Women in Love*, ed. David Bradshaw (New York: Oxford UP, 1998) xxix.

(18) Hobhouse, *Democracy and Reaction*, p. 228–29.

(19) Holderness はロレンスのエッセイ「王冠」や短編「イギリスよ、我がイギリスよ」と比較しながら、ジェラルドの炭鉱経営の描写と戦争とのつながりについて論じているが、大田はこのアプローチでは「リベラリズムと有機体論に代わる全体性のモデルとの共犯関係」を暴くことはできないと指摘している。Holderness, p. 207–08, 大田、八五頁。

(20) Lawrence, *Letters*, vol. 2, p. 660.(『D・H・ロレンス書簡集Ⅶ』、一七六—七七頁)。

(21) J. B. Bullen は、ガートラーの「回転木馬」をロレンスがレルケのレリーフに転用したと論じている。"D. H. Lawrence and sculpture in 'Woman in Love'," *The Burlington magazine* 145. 1209 (2003) : 842.

(22) Lawrence, *Letters*, vol. 2, p. 660. 強調はロレンスによる。

(23)『ヨーロッパ史のうねり』からの引用は D. H. Lawrence, *Movements in European History*, ed. Philip Crumpton (Cambridge: Cambridge UP, 1989) からとし、括弧内に『ヨーロッパ史』に続き引用ページを記す。翻訳に際し増口充訳『D・H・ロレンスのヨーロッパ史のうねり』(鳥影社)を参考にさせていただいた。

(24) Bernard Partridge, "Cain," cartoon, *Punch, or the London Charivari* 13 Feb. 1918: 105.

(25) このような北方への憧憬は、作者自身のそれとオーバーラップしている。作者の書簡にも、同様の北方のイメージとそれへの憧れが時に垣間見える――「北に魅力はお感じになりますか。髪の毛は金色、金髪で、日焼けした肌から生える金色の毛は氷の棘のよう、身体は泡のように機敏で素早く、水のように、そして空のように青い瞳、非常に惹きつけられます。時に喉が乾くように、北へ行きたいという気持ちが湧き上がります」。D. H. Lawrence, *The Letters of D. H. Lawrence*, eds. James T. Boulton, and Andrew Robertson, vol. 3 (Cambridge: Cambridge UP, 1984) 554. 強調はロレンスによる。

(26) Ezra Pound, "Provincialism the Enemy," *Selected Prose 1909–1965*, ed. William Cookson (New York: New Directions, 1973) 191, 195.

(27) Krockel はジェラルドの炭坑経営について、「炭鉱組織の合理化というジェラルドの事業は、世紀転換期における、イギリスよりもむしろドイツの工業化を強く想起させる」と論じている。Krockel は、ジェラルドにおけるドイツ的要素について、ビスマルク、ヴェーバー、ゲーテなどとの関連を分析しており、(時にやや恣意的な読解が見られるが)示唆に富む。Carl Krockel, *D. H. Lawrence and Germany: The Politics of Influence* (Amsterdam: Rodopi, 2007) 161–78.

(28) 岩井学「ロレンスとドイツ――『ヨーロッパ史のうねり』におけるドイツ表象と反独プロパガンダ」『ロレンス研究――旅と異郷』(朝日出版社、二〇一〇年)二三五―七四頁参照。

(29) John Maynard Keynes, *The Economic Consequences of the Peace* (London: Macmillan, 1920) 74–75.

# 5章　戦争映画の中の「音楽」と「兵士」たち
## ——デイヴィッド・リーン監督の『戦場にかける橋』を観る

清水　明

『戦場にかける橋』初公開時の新聞広告

デイヴィッド・リーンという人間の中には多様で、それぞれが矛盾しあう要素が混じりあっていた。だが、どういうわけか、それらは破綻なく一人の中にぴたりとおさまっているのだ。(1)

クリストファー・パーマー

## 序

本稿では、太平洋戦争最中のタイ・ビルマ国境を舞台にした『戦場にかける橋』(*The Bridge on the River Kwai*, 1957) の監督デイヴィッド・リーン（David Lean, 1908-1991）の映画的想像力を論じる。映画は、国境沿いのクワイ河にかけられる鉄橋の完成にいたる物語《ドラマ》が骨格となる。あわせて、イギリス人スタッフが中心になってハリウッド資本で製作されたこの『戦場にかける橋』という第二次大戦後を代表する映画が示唆する「戦争」の問題にも目を向けたい。

イギリス人ニコルスン大佐（捕虜）と日本人斎藤大佐（収容所長）の対立の後、皮肉にもその敵同士が橋の完成に力を合わせ始めるが、最後にはすべてが灰燼に帰してしまうというのが大筋である。それは、原作において、結局は東西の（斎藤もニコルスンも）人間の精神のありようにはそれほどの違いはないのではないか、と事件の目撃者である軍医のクリプトンに語らせていることと共通する点である。

デイヴィット・リーンに話しかけるサム・スピーゲル

戦後、恋愛映画（『逢引き』）、文芸映画（ディケンズ小説の映画化）などの名手といわれたリーンは、『戦場にかける橋』以後、もっぱら歴史（第一次、第二次大戦）と戦乱を題材にとったスペクタクル映画の巨匠となる。『アラビアのロレンス』（一九六二年）、『ドクトル・ジバゴ』（一九六五年）、『ライアンの娘』（一九七〇年）、遺作の『インドへの道』（一九八四年）の四本は、『ドクトル・ジバゴ』を除き、主にイギリス人、アイルランド人の視点が中心となっている。ちなみに、リーンは亡くなる前、コンラッドの『ノストローモ』の映画化を計画していたという。

ちょうど、『戦場にかける橋』の扱う時代に東南アジアで戦い、捕虜になっていたフランス人ピエール・ブール（Pierre Boulle, 1912–1994）が、自身の体験に部分的に基づきながら、これを小説化したのが一九五二年のことであった（*Le Pont de la rivière Kwaï*, 1952）。やがて英語に翻訳された小説『戦場にかける橋』[2]を読んだ製作者のサム・スピーゲルが、その頃すでに名匠といわれていたイギリスのデイヴィッド・リーンと組み、映画化を目指すこととなった。当時スピーゲルも名だたるハリウッドの監督たちと幾つもの骨太の作品を発表していた大プロデューサーだった。『戦場にかける橋』の製作にあたり、多くがイギリス系のスタッフで固められ、主要キャストのうち二人がイギリスの俳優であった。リーンは初めてここで本格的にアメリカ資本を利用しつつ、自身の抱くヴィジョン、イメージを忠実に映像で具体化するという機会を得、それが原作からは想像できぬ桁外れの規模の映画を世に出そうとしたスピーゲルの波長と合ったといえよう。

ただ、完全主義者でもある両者の、映画製作につきもののトラブルや葛藤はたびたびあったようだ。例えば、構想段階から完成にいたるまでに、予算、ロケーション、脚本など、広範囲にわたる芸術的、技術的な諸問題が横たわっていた。特に原作者ブールが唯一の脚色者というクレジットになっていたが、実際彼はその仕事には関わらなかったという。当時レッドパージのブラック・リストにあったハリウッドの複数のシナリオ・ライターが参画したが、長く彼らの氏名は公の形にはならなかった。その後、一九八四年になって、映画芸術科学アカデミーはブールと共にカール・フォアマンとマイケル・ウィルスンの両名を脚色者に加えたのである[3]。しかし、二〇〇〇年発売のビデオ・ソフトでは、ブールに代わってその二人の脚色者の名前のみが記された。しかし、これにも問題があるものの、誰が脚色の最終責任者なのかは諸説あり、クレジットにはないが、製作の初期段階から、リーンが脚色に参加していたのは間違いない[4]。

## 一　『戦場にかける橋』におけるテーマ音楽の変貌の跡を探る

「ボーギー大佐」が観客を魅了する

デイヴィッド・リーンは、どの作品においても映画における音楽の役割の重要性について考え抜いている。それはかいいなでの音楽の使用でなく、観客のツボに巧みに訴えながら、自己の映像芸術家としての究極の音楽表現の可能性に挑んでいるともいえよう。そして、『戦場にかける橋』のまれに見る成功要因となったのが、音楽の効果であった。映画のタイトル・バックに続く画面では、国境付近のジャングルで泰緬《たいめん》鉄道建設に従事させられ、付近の捕虜収容所に送られる英軍兵士らの姿が見える。日本軍の収容所長の斎藤大佐（早川雪洲）が室内で彼らの到着を待ちうけている。やがて、森の奥（画面右手）から、兵士一団が口笛を吹きながら、行進してくる。指揮官のニコルスン大佐（アレック・ギネス）が堂々とした姿勢で、疲れ切ってはいるが統率のとれた将兵の一隊を率いている。

この口笛曲が後に「クワイ河マーチ」と称されて、映画から生まれた最も人口に膾炙した行進曲となる。映画とは無関係の録音だが、映画封切時に発表されたミッチ・ミラー楽団と合唱団の演奏が、その人気を否がおうにも高めた。日本での封切の一九五七年の一二月末から半年経った頃、恐らく、その人気に当て込んだのだろう、もともと正式の歌詞のなかったはずの口笛のマーチを日本語で当時一一歳の伊東ゆかりがのびのある声で歌ったSP盤が発売された。

実は口笛のこの原曲はイギリスの軍楽隊長であった作曲家K・J・アルフォード（K J Alford, 1881–1945）が第一次大戦期に発表したものであり、原題を「ボーギー大佐」（'Colonel Bogey'）といった。つまり、この「ボーギー大佐」が監督リーンに採用されて、(5) 映画の評判が一層高められ、あわせてこのマーチを巧みに自身のマーチと融合させた映画全体の音楽監督でもあるマルカム・アーノルド（Malcolm Arnold, 1921–2006）の功績により、映画の名前が不滅のものになったわけだ。映画の原題が「クワイ河にかける橋」（'The Bridge on the River Kwai'）であったため、一般に「クワイ河マーチ」として広まった理由の一つはそこにある。

このアルフォードの一見素朴なマーチには、第一次世界大戦期に発表されていることからもわかるように、もともとは大英帝国の植民地へ派遣される英軍兵士らの士気高揚のためという実用的な意味があったはずだ。一方で、二〇世紀のメディアの急速な発達により、放送やレコードでも「ボーギー大佐」はよくとりあげられ、イギリス民衆文化に長く親しまれる旋律となっていくのだ。例えば、一九三九年九月一日のナチス・ドイツのポーランド侵入により、ドイツと開戦することになったイギリスで翌月、ＢＢＣは早速、「ボーギー大佐」をもとにする'Good Luck (and the same to you)'を軽快なリズムで歌う当時の人気コンビの作品を発表した(6)。

さらに、その後ヨーロッパ戦線の英軍兵士たちがナチス・ドイツのヒトラーら幹部を卑猥にからかった歌詞が「ボーギー大佐」の旋律で歌われて、一層ポピュラーになったという。戦後になり『戦場にかける橋』の製作陣が、アルフォードのこのマーチを使うことになって、未亡人に許可を得ようとしたが、夫の遺した作品を、わざわざ下品な歌詞をつけて汚したくないという理由で反対する。だが、交渉の結果、製作者側は、劇中の兵士の行進では、原曲には敬意をはらうと固く約束して、名作の名場面が誕生したというわけだ(7)。従って、終戦から一二年経った当時のイギリスの観客たちは、原曲行進曲版とは別に、「ボーギー大佐」の替え歌があったということを当然知っていただろうし、そのメロディーは馴染みのものであったろう。

その場面の特色を少し述べる。兵士らによって繰り返されるリズム感あふれる口笛の主題部がしばらく続いた後、展開部で軍楽隊による伴奏が忍び込んでくる。私たちは、これを、主題部分の「ボーギー大佐」をさらに盛り上げるかのようなものだと聞いてしまうが、実はこれは伴奏ではなく、別の旋律のマーチなのだ。

吹奏楽によるその演奏はまるで、地から湧いてきたように最初は遠慮がちに静かに口笛のマーチにからみ、原曲の展開部が終わる頃から、やや声高な調子になり、最後まで異質な要素の随伴が続く。この第二マーチは、奇妙にも、原曲マーチよりも、一層単純で明晰なスタイルと明るさを持ち、まるで映画の作り手の意思を表しているような、いわば、メリー・ゴーラウンドを思わせる円環的メロディーの流れとリズムが特徴的であ

口笛を吹きながら行進する英軍兵士の撮影風景

る。だが、後者のマーチはまだあくまで「主役」の立場にはない。ともあれ前述のように、今日までこの口笛の曲は、「クワイ河マーチ」という名で（混同されて）、世に広く伝わっている。

## マルカム・アーノルドの映画音楽の革新性を考察する

しかしながら、映画のこのシーンで演じられる音楽は、'Colonel Bogey March / March from The Bridge on the River Kwai' としての名称が正確だった。「ボーギー大佐」はアルフォードの作曲だが、「クワイ河にかける橋のマーチ」（'March from The Bridge on the River Kwai'）という後半のマーチは、実は二〇世紀後半のイギリスの現代音楽の代表的な作曲家であり、あわせて、英米の映画音楽にも深く関わっていたマルカム・アーノルドの映画用のオリジナル作品なのだ。アーノルドの現代音楽は、イギリス本国とは異なり、日本ではあまり馴染みがないが、近年、日本のオーケストラによって、代表作の一つ（『イングランド舞曲集1〜2』*English Dances, Sets I & II*）が「アカデミー作曲賞受賞者の純音楽」というプログラムの演奏会にて披露された。彼は、『戦場にかける橋』の音楽担当者として、一九五七年度のアカデミー賞作曲賞の受賞者だったのである。[8]

マルカム・アーノルドは、伝統的な映画音楽の手法を離れ、第二次大戦後に頭角を現し始めたアメリカのアレックス・ノースやレナード・ローゼンマンらのように、現代的で、よりシャープな音色を得意とし、時に実験的な立場にある戦後派の一員とも見なされないこともない。ところが、映画音楽に関する限り、アーノルドは、『戦場にかける橋』の他にも、『空中ブランコ』（一九五六年）、『六番目の幸福』（一九五八年）などで、長らく民衆に親しまれている楽曲を効果的に使ったのである。例えば、『空中ブランコ』のフィナーレで使われた「剣士の入場」(9)のマーチでは、その明るい元気な音色とは裏腹に、サーカス団を離れるブランコ乗りの後ろ姿に滲み出る悲哀を強調してみせた。また、『六番目の幸福』（一九五八年）は、第二次大戦中、中国本土が日本軍の攻撃の脅威を受けていた頃の話で、そのクライマックスで逃避行を続ける中国の子どもたちを励ます意味で、英米の民衆に広く浸透していたナーサリー・ライム中の童謡'This Old Man'を彼らに歌わせ、映画の劇的効果を高めていた。余談だが、その歌の冒頭にほんの一節、ヒロインの宣教師イングリッド・バーグマンの歌声がそのコーラスにあわせて聞こえてくる。この童謡（'This Old Man'）の合唱の終わりごろに、アーノルドのオリジナルのテーマ曲が秘めやかに絡んでくる。ここでの音楽の二重構造の効果は、絶望ではない、映画の意図でもある希望の光を強調したような扱いだった。その意味でもアーノルドは親しみやすいいわばロマンティックな音楽を書く戦前派とある程度共通する特色をもった作家だといえるだろう。

『六番目の幸福』を含めた彼の代表作は、『戦場にかける橋』や他のリーン作品『超音ジェット機』『ホブスンの婿選び』と共に、一九九〇年代に『アーノルド映画音楽集』として、ロンドン交響楽団の演奏により、CDにまとめられた。その盤を製作した映画音楽家のクリストファー・パーマーはそのライナー・ノートにて、主要テーマ楽曲を自身がアレンジした組曲「戦場にかける橋」について興味深い発言をしている。先ず、この録音では「ボーギー大佐」とアーノルドのマーチは映画のように、同時に被せた形では、契約上の関係で再現出来なかったといっているのだ。(10)

> ……アーノルドとアルフォード、二人の名前も、何やら両者の疑似的類似関係を思わせる。事実、アーノルドは自身のマーチ（「クワイ河にかける橋」）を巧みにアレンジして、対位法、対旋律としてアルフォードの曲に被せたのだった。

パーマー盤では、従って、映画と異なり、アルフォードのマーチと、アーノルドのマーチが別トラックで収録されている。事実、映画公開時、映画のような形の二曲同時演奏は、ミッチ・ミラー楽団・合唱団によるものだけだったようだ。伊東ゆかり版「クワイ河マーチ」はアルフォードの「ボーギー大佐」のみをアレンジしたものだ。

目的に向かう人の心をまとめ鼓舞することがマーチの実際的効用だとすると、劇中の口笛と、軍楽隊の演奏（むろん、これは行進する捕虜たちの耳に入るわけではなく、物語の外から聞こえ、観客だけが耳にするもの）の効果は結構微妙な印象を与えるかもしれない。すなわち、似てはいるが、異なる旋律がずれて使われることにより、この行進場面にある種の陰影をもたらしているのではないか。疲れ果て、泥まみれで穴あきの靴を踏み鳴らしながら行進する兵士たちへの励ましのニュアンスを感じることが出来るものの、後半のアーノルドの加えたより明るい楽曲の効果によって、逆に何やら物語がカタストロフへと向かう伏線となっているのではないかという不安な兆しを観客に抱かせる。同時にこの場面前半では、隣りあった兵士の二人が口笛を吹きながら、顔を見合わせてニヤリとしているようにみえるのだ。これを見た（とりわけ日本の）観客は何かこの曲（「ボーギー大佐」）そのものに何らかの特別な意味があるのかと一瞬思ってしまうこともあろう。(11)

ともあれ、アルフォードの原曲に触発されながら、(12)それと見分けがつかないほど、巧妙にアーノルド自身のマーチを滑り込ませたこの行進場面の卓抜した音楽効果には一分の隙もない。まるで、口笛のマーチの伴奏であるような風体を装い、全体が一つのマーチであるかのようにわずか三分足らずの構成の中に、映画の屈折した展開を示唆してみせているからだ。否、リーン監督の映画全体の意図をよくくみ取ったマルカム・アーノルドの、作曲家というよりは、映画を熟知した映画音楽家としてのプロフェッショナリズムの発揮のたまものでもあろうか。

## マルカム・アーノルドのマーチの独創性について

『戦場にかける橋』のマルカム・アーノルドのマーチが単独で使われるのは、映画の中盤である。ニコルスン大佐が炎暑の狭い独房から、骨と皮になって解放され、兵士たちに大歓声で迎えられる場面の劇音楽として使用され、観客はここで初めてアーノルドのマーチを意識する筈だ。さらに、このマーチは後に橋梁の建設場面などにおいても使われる。そして、フィナーレで映像との対位法的な使われ方がなされ、観客に強い印象をもたらして、映画の幕を閉じる役割を果たすことになる。一方、口笛の原曲「ボーギー大佐」は、フィナーレ直前の、完成した橋を渡って、次の鉄道建設などの任地に向かう英軍兵士らによって、映画館にもう一度響き渡ることになる。しかも、これも今度は単独で。

ともあれ、映画の冒頭、二つの新旧のマーチが混然となって、いわば対位法的に使われる意味は映画の理解の上で重要な問題を孕む。ここで映画全体のアーノルドの音楽の役割を総合的に論じるスペースもないし、その資格が筆者にあるとも思われない。しいていえば、彼の映画音楽は、楽曲数を出来るだけ少なくし、広大なジャングルという「非文明地」の環境と人間の関係を音楽で表現することが主で、時にロマンティックな一節を挿入し、全体的に硬派の、そして切れ味の鋭いリズムが刻まれていく、決して画面の表面的・説明的音楽ではないといえる。そういうスタイルの映画音楽がアーノルドの特色だった。実際、劇中で流される（登場人物が耳にしている）現実音楽の一部と「ボーギー大佐」

「ボーギー大佐」「ドクトル・ジバゴ（ラーラのテーマ）」「アラビアのロレンス（テーマ）」の楽譜表紙

などを除けば、彼のオリジナルの映画音楽は、一六二分の上映時間中四〇分足らずのものなのだ。

まとめると、いわば古い第一次大戦期のアルフォードの「ボーギー大佐」が、リーンのアイディアによって、映画の主題に密接に関わるテーマの一部として採用され、そこに音楽担当の責任者であるマルカム・アーノルドの新たな曲である「クワイ河にかける橋のマーチ」が付け加えられ、ドラマティックな要素が強調されたのである。「ボーギー大佐」とアーノルドの新曲は異なっているが、不思議なことにこの二曲は双生児的な関係にある。初の戦争叙事詩への取りくみ、映像芸術家としてのリーンの資質を見極める勘所となろう。

## 二　戦場の兵士が見たもの

### ニコルスンと斎藤の対立と確執

物語は、タイ・ビルマ国境付近のジャングルで捕虜たちに鉄道建設とクワイ河に架橋を命じる日本軍の斎藤大佐と、英軍捕虜のリーダーである中年職業軍人たちの対比が焦点となる。それぞれ信念を持つ男たちの価値観のぶつかりあい、葛藤の果てにあるものは何なのか、それが映画の示そうとするものの一つである。捕虜を率いていたのは、将校のニコルスン。彼は将校にも労働を強制しようとする斎藤大佐に真っ向から反対する。将校への労役を強いるのはジュネーブ条約の捕虜取扱い条項に反することを主張して、ニコルスンは斎藤の要請を断固拒否するのだ。部下の将兵たちの前で斎藤からビンタを食らったところで、部下たちは一瞬いきり立つが、ニコルスンは冷静に対応するように命じる。その後、猛暑の中の独房に何日も留置かれる。

斎藤は鉄道をビルマまで敷き、クワイ河に大きな橋を作らねばならないという至上命令を受けている。英軍捕虜たちによる建設の進行状況は遅々として進まない。営倉に入っている指揮官のいない兵士たちの仕事ぶりは、サボタージュに近いものだった。斎藤は、懐柔策を思いつき、ある晩、独房でフラフラになっていたニコルスンを食事中の自室に呼び入れて、世間話をする。

斎藤は、自分はロンドンの学校に三年間通っていたことがあるなどと述べ、イングリッシュ・ビーフ、ワインをすすめる。芸術系の学部を希望していたのだが、父が反対し工学系を専攻してしまったという。が、いずれも、ニコルスンは興味無さそうな受け応えをする。そして、斎藤は、橋の工事の要請を改めて行う。だが、その時ニコルスンは、工事の図面を見て、日本軍による計画の不備を見てとり、我が軍には、インドなどで橋梁に携わったベテランの技術将校がいる、我々であれば、こんな杜撰な仕事をしないだろうと話す。工事の進捗状況を想像して、図面を見ながら、衰弱しきっていたニコルスンが徐々に目を輝かせてくるのが見物。しかし、決して将校は労務にはつかないという原則を曲げない。斎藤は期日までに完成しなければ責任をとって自決しなければならない。だが、将校といっても、君は別だ、他の将校にはどうしても労務についてもらいたいという。無論ニコルスンは受け付けず、そこから、斎藤が次第に激高してきて、「イギリス人は大嫌いだ。頑固なくせに、自尊心もないときている。お前たちは負けたのに、恥を知らん！」とまで悪態をつき、ニコルスンは再度独房へ戻される。

斎藤の英語は、学校で学び、若き日に留学したロンドンで磨きをかけたものであるが、当然ながらニコルスンのような英語国民の発音ではない。微妙なニュアンスを伝えるよりも、意味の正確で直截的な伝達を重視した話し方である。もっとも上記のような斎藤の投げつけた言葉は、日本軍人としての斎藤の地位、境遇を考えると、かえってリアリティを増している。ニコルスンとて、隊長として、将兵への伝達、指示、また斎藤との英語のやりとりは、より正確で直截的である言葉によるものであるが、斎藤への改まったような詰問口調が、例えば、「将校の最優先されるべき任務は、兵士を指揮統率することだとよく分かってますね？」という表現の中に感じられる。その直截性は母語ではない英語を用いる日本人大佐とは当然ながら異なっている。問題なのは、二人の意見、信念が全く違うことを両者が一点の誤解もなく、ただちに「了解」することなのだ。つまり、この了解が映画の主筋の発端でもあり、展開部、カタストロフに至る要因となるのである。

だがやがて、二人の対立が工事をめぐって決定的になった瞬間、業を煮やした斎藤の決断により、両者は言葉の本来の意味で「了解点」に達する。こうして両者の面目が立った形で、英軍将校の指揮の下、ただし、将校は決して労働作業には従事しない、という了解のもと、新たに橋の工事がやり直されることになるのだ。兵士の士気もあがり、それは今までとは見違えるほどの進捗状態になり、それがわかり始めてから、斎藤大佐は、ほとんどニコルスンに話しかけることはしなくなり、否、どちらかというと、彼の「部下」のような存在にみえてしまうほどだ。しかし、結果的にイギリス軍人は武力を使わずに、戦闘で負けた日本軍に勝ったことになるのだ。

斎藤にも期するところがあった。工事完了が果たされても、自刃して果てよう、彼流の日本軍人の精神だけは棄てていないぞ、と。まるで、その証しを立てようとしているかのように、斎藤は完成の晩に、一人静かに自室で遺書を認めているのだ。一方で、勝利したニコルスンが、味方の兵士たちによる余興の音楽に酔いしれている会場で、それまでにない寛いだ表情を見せているのと対照的である。

橋梁完成の翌日、イギリス軍ウォーデン少佐（ジャック・ホーキンズ）を隊長にして、脱出していたアメリカ人のシアーズも加わった特殊砲撃隊による爆破作戦を間一髪見破ったニコルスンは、爆破係の若手将校に斎藤が刺殺され、渡河してきたシアーズも銃弾に倒れるのを見る。そこで残ったニコルスンは、次のような行為に出る。すべてを悟ったかに見える彼は、本来味方であるはずのウォーデン少佐から砲撃弾を受け、白目を剥きながらよろめき、「何てことだ！」（'What have I done?'）と呟きながら、若手将校が準備していた橋梁爆撃装置の上に倒れ込むのだ。その直後、鉄橋は大音響とともに大爆発をおこして崩壊し、同時に日本軍の開通記念列車も河に落ちていく。やがて、画面は遠景となり、その光景を見たクリプトン軍医が「狂気の沙汰だ！」(madness! madness!)と呟きながら、画面は破壊の現場を次第に離れ、ジャングルの上空を映し出し、そこを鳥が舞い、映画の挿入曲（ジャングルのテーマ）がわずかに高鳴り、それに続いてアーノルドのマーチが聞こえてくる。

実は、その前に、橋梁工事に奮闘した兵士たちが、新しい橋を渡って、次の任地に向かっていく時に、例のアルフォードの口笛による「ボーギー大佐」が聞こえていたのを思い出したい。ただし、そこでは、アーノルドのマーチはなく、何らの屈託も込められているわけではなかっただろう。

旧セイロンの撮影地でカメラを操作するデイヴィッド・リーン

一方、冒頭で口笛のマーチに被さって聞こえていたアーノルドの新マーチは、実は中盤の山場、灼熱地獄の独房で信念を曲げず斎藤に再度対峙し、自分の主張（将校は指揮官として、肉体労働には従事せず、英軍指揮下の元で橋梁建設を行う）をついに斎藤に承諾させ、ようやく解放された時の捕虜兵士たちの歓呼の中で、初めて単独で堂々と演奏されることになる。斎藤がすべての条件をのむといった時、疲労困憊のニコルスンにわずかに和んだ表情が浮かぶのだ。いよいよこれから英軍捕虜としての新しい仕事が始まるのだという希望の表情を。いや、表情だけではない、ここで微かにアーノルドのマーチの序奏が始まるのにあわせて、ニコルスンは、はずれていた軍人服のボタンをかけ始めるのだ。アーノルドの曲がニコルスンの人間的誇りの勝利の曲といえる所以がここにあるのだ。

しかしフィナーレでは、傍観者的役割のキャラクターである軍医によって、惨状が俯瞰的に眺められるところで、アーノルドのマーチがまたも高らかに鳴り響くのである。本来ニコルスンの信念の勝利の曲であったはずのマーチが、最後に至り、その意味が一瞬反転したようにみえ、映像との対位法的な効果をあげているわけだ。映像の中だけではなく(13)、音響にも細かい配慮をするリーンの面目躍如のところだろうか。

パーマーのアーノルド映画音楽集が出た時期、イギリスのムード音楽の演奏や映画音楽の作曲家としても著名なスタンリー・ブラックが、『戦場にかける橋』という題名で、映画の主な挿入曲とともに、「ボーギー大佐／クワイ河マーチ」のオーケストラ版を収録し、発売した。それは、前半部では、「ボーギー」が口笛とともに演奏されて、大変興味深いアレンジになっているが、実は中盤の展開部を挟んで後半はアーノルドのマーチが主役になったように感じられる。

## 戦場における人間的尊厳のあり方

話を少し戻そう。捕虜収容所到着最初の夜に将校会議で、脱出を目論む米軍人シアーズにとり、脱出は権利なのだが、しかし、斎藤の最初の訓示にあるように、ここは陸の孤島で、それは即、死を意味する、座してここで死を待つより、脱出の方がまだよいのだとシアーズは主張する。原作にはない米軍人シアーズ役の当時人気絶頂だったウィリアム・ホールデンの起用は、興行的な要請もあったにせよ、役柄と物語が要求するものを一応体現していたと思われる。彼にとり、生き抜くためには個人の自由意思が、軍律よりも重視されなければならないのだった。それに対してニコルスンは、自分たちは軍令に従って降伏した、捕虜は捕虜なりの規律ある軍人らしく誇りを持って、生きるべきだと説く。英国陸軍の軍令違反は許されない。そしてここに生きるなら、国際条約に基づいた扱いを受けるのが当然であり、ここが陸の孤島（「未開地」）であれば、この地に規則（文明）をもたらすのがわれわれの使命なのだ、と。一方自由人のシアーズからすると、本部の命令に絶対服従の頑迷な斎藤大佐とともに、ニコルスンは軍律にからめとられた、ヒーロー気取りの狂人にすぎないのだ、とみえるのである。だが結局、後に軍歴詐称ゆえに帰国すれば、罰せられると知ったシアーズは、やむなくウォーデンを隊長とするイギリス軍砲兵隊の要請を受けて、地獄に戻る道を選ぶのである。

だが、ニコルスンは自己の信念と文明国の「規則」をたてに、橋を完成させていく先頭に立つのだった。そして、問題は、結果的にイギリス軍捕虜による橋の完成が利敵行為になってしまうような、ニコルスン流のイギリス軍人としての「人間的誇り」を、「愛国心」よりも優先させてしまったことだとすると、そこには究極の戦場における皮肉《アイロニー》がみえよう。ただ、ニコルスンは、それが自身の愛国心の唯一の発露になると思っているのである。作品の中盤、クリプトンにその点に懸念を持たれたニコルスンは、軍医としての彼に向って、「もし、君が軍医として斎藤を手術しなければならないとしたら、彼を助けるために何とかしようとするかね、それとも見殺しにするつもりなのかね?」と自分の任務の正当性を述べるのだ。興味深いことに、こうした「人間の道徳的心理的両義性」の問題は、リーンを高く評価していたスタンリー・キューブリックも関心を向けた一面だったと思われる(14)。

## 三　ニコルスンはいかなる人物なのだろうか

### 近代文明の敗退

やがて、味方の特殊砲撃部隊によって、鉄橋は破壊されることを察知したニコルスンが同国人のウォーデン少佐の砲弾を受けながら、「何てことだ!」と口にしたのは、その一瞬に初めて自身の心を垣間見たからではないか。そして、その直後、目を白黒させながら、よろよろと爆破装置に倒れ込み、鉄橋は大音響とともに

鉄橋の爆発場面

崩れ去るのだ。これは偶然か故意かとの意見の分かれるところだが、筆者としては、ニコルスンの最後の意志がそこに示されていたのではないかと思う。この期に及んで爆破させるのは、味方のイギリス軍ではなく、それを作った自分の最後の任務なのだと。彼は、あれほど、文明をこの地にもたらす云々の文句を強調していたが、いわば、その破壊をもたらしたのは規則と文明を代表する彼の方だったという皮肉がそこにある。

「狂気の沙汰だ！」という軍医の最後の台詞は、リーンが付け加えたという[15]。だが、言葉はなくてもその惨状は映像で語られている。そしてその後の明るいマルカム・アーノルドのマーチと、それに軍靴と兵士の歓声を被せるという音響・音楽の逆説的効果により、観客はその場の映像の意味をより深く感じとるはずだった。戦場の狂気の意味を、一種の反戦のメッセージを。だが、映像がすべてを語っているのに、リーンはあえて不要と思われる一句を加えたのは、抽象的な戦場、戦争における人間性の狂気よりも、一人の近代文明を自負する人間の個人的破滅とその悲劇性をより強調したかったからに他ならない。

戦場という過酷な環境において強い意志を持ち、しかも部下から理解と尊敬を得ている男の公益のためと思われていた行為が、結局、自己のプロフェッショナリズムという一見公益のようだが実は独りよがりの信念の発露にすぎなかった。結果的にそれが自己と世界を破滅に至らしめるのではないかとのリーン監督の姿勢をそこに捉えることも可能だろう。

ニコルスンを演じたアレック・ギネスは役柄により卑俗な言い回しも駆使出来る名優だが、本作では、独特のエロキューション、歌うような発音で言葉を操り、イギリス中層上流階級出身者の「格調ある」言語のスタイルをどんな場合でも崩さず、周りの状況に対処していく[16]。ニコルスンは、インドをはじめ植民地での戦闘が多かった二八年間の経歴の人望あるエリート職業軍人であり、ある種のスノビズムを言動から感じさせ、戦争指導者としての信念、文明人として当然守るべき規則を、武力よりも重要なものとして考える。名優は、そういった複雑なキャラクターを演ずる。しかし、近代ヨーロッパの自称文明国がたとえ戦争状態にあっても守らなければならない規則などというのは、すでに時代遅れのものであり、それを破ってもどちらが勝つか負けるかにしか、戦場の意味はないということを見誤った軍人ニコルスンにリーンは悲痛な眼差しを向けつつ、巧みにギネスを通してそれを表現してみせたのだ。そこでは、戦場の只中にいながら、戦場を「超えた」ところで生きているかのようなニコルスンの、「法の支配こそが文明世界の最終的拠り所であるとする」建前の裏で、実はより狡猾な形で戦争が準備されているという近代文明の宿痾に気づかない悲劇をも示唆しているのかもしれない。

## 四　戦場で戦った元兵士たちからの批判とリーンの夢みる映像世界

### 歴史的真実はどこにあるのだろうか？

『歴史和解と泰緬鉄道～英国人捕虜が描いた収容所の真実』[17]は、戦時中、鉄道建設に従事させられたあるイギリス兵の回想と、何度も目の当たりにした地獄のような光景を監視の目をかいくぐってリアルに描き続けた彼の記録画が主体となって出来た本だ。この著作には、この時代と後世への影響を論じた日本人、韓国人研究者の考察、対談が含まれていて、この工事が戦後生き残ったイギリス人にいかに深い傷をもたらしたか、また東南アジアで徴集されたアジアの労務者の運命、そして植民地下の朝鮮半島の人々が日本軍捕虜の監視人に徴用され、連合軍捕虜を過酷に扱ったという今までヴェールに包まれていた事実などの問題点が指摘され、彼らと占領者だった日本人との困難な和解について考察している。実際、『戦場にかける橋』をめぐって、日英の当事者たち、イギリス側からは日本軍の捕虜の扱いはこんな寛大なものではなかったという批判が、そして、日本側からは当時の日本人の橋梁建設の技術は決してイギリス人に劣るものではなかったという反論が世に出ていたのだ。また、映画の中盤、ジャングルの谷間で、脱出したシアーズが現地の女性たちと親しげに水浴びをしている場面や、後半、鉄橋爆破に向かう砲撃部隊の荷物運びとして雇われる若い女性たちの存在は、現地の文化にはありえないことだったともいわれ、なるほど確かに、一九五七年当時の映画表現の場では、ヨーロッパ人がこのような東洋への無知を露呈する場面は枚挙に暇がなかったであろう。

その他にも、他のメディアの、つまり文学・文化批評の領域から痛烈な批判がその分野の第一人者から出され、映画の批判の背景の意味を知ることが出来る。イギリス人の文芸批評家であり、イギリスの近代小説研究、とりわけ、コンラッド論で著名なイーアン・ワット（Ian Watt, 1917–1999）はコンラッドに関するエッセイ集の一章に「神話としての『クワイ河にかける橋』」（‘“The Bridge over the River Kwai” as myth’）という考察を充てた[18]。これは、ヴェトナム戦争後半に執筆されたものと思われる。ワットは、戦時中南方戦線で従軍中に日本軍の捕虜となり、クワイ河架橋のモデルだといわれた場所で過酷な体験を強いられた。ワットは自身の経験をふまえて、小説と映画は全くのフィクションであり、とりわけ、映画は、当事者たちの過酷な捕虜体験と絶望的状況から目を逸らし、ハリウッド流の伝統的映画製作の枠を一歩も出ていないと示唆しているようである。私見によれば、映画の卑俗な興味に身をゆだねる観客に幻想を抱かせることで、誤った歴史記憶を植えつけ、虚構の神話を生み出したとの認識をワットは抱いているようにみえる。ちなみに、映画のほとんどの野外場面はタイではなく旧セイロンで撮影された。

しかし、映画の、芸術的側面の総責任者であるデイヴィッド・リーンの姿勢はそこにはないはず。それは、スペクタクル的世界を背景にしつつ、その中に現れる無数の兵士たちの描写を独特の映像美によって、観客に示すことであった。一人の超人的英雄像を描くことではなく、近代文明の中で必然的に対峙せざるを得ない人間的ジレンマ、矛盾を抱える人間を描くことにこそ、リーンの関心がよりあったとみるべきであろう。

だが、『戦場にかける橋』において、リーンが日英双方から、つまりワットをはじめ、実在の元捕虜体験者や、旧日本軍の元泰緬鉄道工事技術者から批判を受けたのも、リーンにははなはだ不当ではあるが、誤解を生じる余地はあったのだ。この映画が発表された一九五七年当時は、とりわけハリウッドがテレビ攻勢に抗するため、映画の技術革新の粋を集めて開発した「シネマスコープ」という横長大型フィルムの映画の製作が流行し、観客の人気を集め始めていた頃だった。日本映画界でも、『戦場にかける橋』公開の年に、東映ほか各社一斉に大型作品が製作封切られるようになる。もっとも、この潮流は単なる活動写真のより一層の世俗化ということで、映画の深化という面から考えると、議論の分かれるところだった。

## シネマスコープによる映像芸術の誕生——独自の映像美学の追求

その時期、リーンは大型映画のカメラを初めて手にして、それに相応しいパノラマ的な映像美の世界を生み出すために、最新の技術を利用したのだった。しかし、彼の目的は、単に壮大なパノラマ的映像で観客の度肝を抜くことではなかった。それよりも、戦場に生きる無力な人間の運命にいやまして関心をもっていたのであって、詳細はすでに論じた通りだが、そこに『戦場にかける橋』がシネマスコープ最初の芸術作品（イリア・カザーンの『エデンの東』などを除き）となった一因もあろう。驚くべきことに、五年後に再度製作者サム・スピーゲルと組んだ『アラビアのロレンス』において、リーンは、シネマスコープ方式（三五ミリ・フィルム）よりさらに大型の七〇ミリ・カメラでパノラマ的映像を一層、巨大で精密な形にし、彼のヴィジョンを

リヴァイヴァル公開時のプレス・シート表紙。上段左より、W・ホールデン、A・ギネス、J・ホーキンズ、早川雪洲

映し出す格好のキャンバスを得、それを見た日本の映画批評家にほぼ七〇ミリ最初の芸術作品となっていると感嘆せしめた(19)。

リーンにとって不運だったのは、大衆娯楽という不特定多数の巨大な受け手を相手にするメディアの表現者ゆえに、大まかの事実に基づきながら一層シリアスな映像表現を目指す彼の意図が、露骨な商業主義の軍門に降ったかのような印象を与えてしまった点にあるかもしれない。それを象徴するのは、「ボーギー大佐」が映画から独り歩きをしてしまったため、ワットとは異なるニュアンスでこの映画の神話的イメージを世界に伝播させてしまった点であろう。

デイヴィッド・リーンにとって、捕虜だったワットの体験したような絶望的な、不条理の世界をそのまま映画に映すことは不可能だったろう。リーンの映画的人生には、活動写真的興味という姿勢がやはり根本にあって、新しい思想を、哲学をそのまま語るところにはないからである。ポスト・コロニアリズム批評や、ヌーヴェル・ヴァーグという二〇世紀後半の文化状況や映画手法の変貌からすると、彼が反動的、反現代的映画作家と見られがちな所以もそこにあるが、逆にそういう時代にあってこそ、独自の映像美学を目指し続けたデイヴィッド・リーンの映画人としての反骨精神が見出せないだろうか。後の世代のスタンリー・キューブリックやスティーヴン・スピルバーグらが、リーンの世界に魅せられ、とりわけイギリスでは、『戦場にかける橋』のようなリーンの六〇年近い前の古典が、例えば、大スクリーンを完備するＢＦＩ（イギリス映画協会）のロンドンの劇場で、まるで現代作品であるかのように、最近特集上映され、しかもそれを単にクラシックとして見るわけではない新しい世代の観客も存在するというのは、まさにその証左となるだろう。[20]

＊国名の表記について。ビルマの国名は現在ミャンマーであり、また、映画『戦場にかける橋』のロケ地は、現在はスリランカであるが、当時はセイロンと呼ばれていたので、本論が歴史的考察を含むことを鑑み、当時の表記に従った。

注

（1）Christopher Palmer, 'Liner Notes', *Lean by Jarre: A Musical Tribute to Sir David Lean*(Milan Entertainment Inc, 1992 / 2005), CD.

映画音楽史家、編曲家のクリストファー・パーマーはリーンの没後、ロンドンで彼の追悼演奏会をモーリス・ジャールの楽曲によるＣＤ・ＤＶＤを発表するにあたり、その解説に次のように記している。なお、以後の引用は「注」「本文」とも原則として筆者の訳である。

デイヴィッド・リーンという人間の中には多様な性格が同居し、それぞれが矛盾するところさえあった。だが、どういうわけか、それらは破綻なく一人の中にぴたりとおさまっているのだ。もっぱら、多数の映画観客を相手にする仕事であるにもかかわらず、私的な生活を大事にする男だった。大衆の期待に添うような作品を求められる監督でありながら、同時に啓発者でもあった。叙事詩的規模の作品を生み出す抒情詩人であった。映画界でもめったに例を見ない商業的成功をおさめたその一生は、核とした世界観《ヴィジョン》と誠実さを秘めた芸術家《アーティスト》のものだったのである。

（2）Pierre Boulle, *The Bridge on the River Kwai* (translated from the French by Xan Fielding, 1954, London: Vintage Books, 2002). 関口英男訳『戦場にかける橋』（ハヤカワ文庫、早川書房、一九七五年）。

（3）www.oscars.org/oscars/ceremonies/1958　https://en.wikipedia.org/wiki/Pierre_Boulle（二〇一六年一二月二四日閲覧）

（4）品田雄吉「D・リーンへのインタヴュー」（『スクリーン』一九八五年一〇月号初出）『デーヴィッド・リーンを感動する』（近代映画社、二〇〇八）、一五八頁。

（5）Kevin Brownlow, *David Lean: A Biography* (1996: London: Faber and Faber, 1997), 351, 354, 355, 356.

（6）'Good Luck (and the same to you)' by Murgatroyd and Winterbottom (October, 1939), *The Spirit of Wartime / Victory 1945 A Celebration in Sound*(London: Orbis Publishing Ltd, 1995), CD.

（7）Brownlow, 354.

（8）「オーケストラ《エクセルシス》第六回演奏会／アカデミー賞作曲賞受賞者の純音楽」（東京杉並公会堂大ホール、二〇一五年九月二二日）。

（9）旧チェコの軍楽隊指揮者作曲家であるJ・フチーク（一八七二―一九一六年）の作。「剣士の入場」はその後、サーカス（道化師）音楽として有名になった。

（10）Christopher Palmer, 'Liner Notes', *Film Music* of *Malcolm Arnold*, The London Symphony Orchestra, Richard Hickox, conductor (Chandos, 1992), CD.

（11）ハリウッドの戦後の映画音楽界で長く重要な地位にあったエルマー・バーンスティン（Elmer Bernstein「バーンスタイン」ではなく「バーンスティン」が原音に近いようだ）は自身の『大脱走』（一九六三年）の主題マーチを考案するにあたり、製作当時を次のように回想している。「この映画は第二次大戦中のドイツ軍捕虜収容所からの集団脱走を描いたものだから、メインテーマはどうしても行進曲にする必要があった。ただし、軍隊調あるいは英雄的にではなく、もっと軽く、からかい半分の感じ（『ボーギー大佐』のような）も出したかった。大人ではなくて青年の雰囲気といっていいかもしれない。」（訳中の傍点は筆者が付加した）クリストファー・パーマー、「ライナー・ノート」（渡辺正訳）『エルマー・バーンスタイン自作自演――ロイヤル・フィルハーモニー・ポップス管弦楽団』（日本コロムビア、一九九三年）。

（12）Christopher Palmer, 'Liner Notes', *Film Music* of *Malcolm Arnold*.

（13）例えば、最初のニコルスンと斎藤との対話の場面、斎藤の部屋で、両者が各々の思惑をぶつけあい、己の信念を吐露するところがある。食卓を挟んで、右手に斎藤、左手にニコルスンが座る。両者を隔てる間に白の蘭の切り花が置かれている。正面向かいには、夕闇の中のジャングルが見える窓枠を映している。リーンは、危機的な状況を中和するような事物を画面に映して、逆説的に彼の考える映像美学を表現しようとしたかのようである。これは、長年、リーンの小道具係（大道具も兼ねていたが）を務め、彼の信頼も厚かったE・ファーリーの伝記に言及されているが、その状況説明に一部不明瞭なところがある。Eddie Fowlie & Richard Torné, *David Lean's Dedicated Maniac: Memoirs of a Film Specialist* (London: Austin Macauley Publishers Ltd, 2010), 97, 98.

（14）'Big Screen Classics,' *BFI Southbank* (*Brochure*), Sep / Oct 2016 issue, 42.

（15）Brownlow, 389, 390.

（16）ギネスは、リーンの初期作『大いなる遺産』でハーバート・ポケット役を、『オリヴァ・ツイスト』で、ほぼ主演格のフェイギンを巧みに演じ、『アラビアのロレンス』でロレンスの理想への共感を口にしながら、政争に長けた俗臭紛々の冷徹なファイサル王子を演じ切る。リーン以外では、『ローマ帝国の滅亡』で助演格のマルクス・アウレリウスを圧倒的な存在感で、物語の前半の観客の耳目を集め、哲人皇帝に相応しい演技を示した。『クロムウェル』では、主役（リチャード・ハリス）の人間性が、チャールズ一世役のギネスの前では、卑俗な小者にみえてしまったのは皮肉なことであった。その他、『マダムと泥棒』『名探偵登場』『スター・ウォーズ』など、この個性派俳優の名演怪演には枚挙に暇がない。

（17）ジャック・チョーカー（根本尚美訳）、小菅信子、朴裕河、根本敬著『歴史和解と泰緬鉄道〜英国人捕虜が描いた収容所の真実』（朝日新聞出版、二〇〇八年）。

（18）Ian Watt, *Essays on Conrad* (Cambridge: Cambridge University Press, 2000), A 1971 issue of the *Berkshire Review*.

（19）荻昌弘「『アラビアのロレンス』鑑賞手引き」（『スクリーン』一九六三年四月号初出）『デーヴィッド・リーンを感動する』、一二四頁。

（20）*BFI Southbank* (*Brochure*), Sep / Oct 2016 issue.

その他の文献・資料

高季彦「『戦場にかける橋』の描くもの」同映画初版（日比谷映画劇場）パンフレット。

植草甚一「デビッド・リーンのイマジネイションについて——砂漠がさきか、人間がさきか?」『映画評論5』一九六三年五月号。

『世界映画音楽大辞典』（『キネマ旬報』臨時増刊号）、キネマ旬報社、一九七一年。

『世界の映画作家15〜デヴィッド・リーン・ロバート・ワイズ』キネマ旬報社、一九七二年。

『戦場にかける橋』一九七三年シネラマ方式（七〇ミリ）による再公開時のパンフレット。

『映画の友——外国映画スター名鑑』映画の友、一九六七年。『戦場にかける橋』はトーキー以後一九六七年までの北米地区の高配収映画リストの一七位にあげられている。『映画の友』読者の選んだ一九五七年度の米映画部門第一位。

『世界映画記録全集』（『キネマ旬報』増刊号）、キネマ旬報社、一九七三年。戦後〜一九七二年までの高配収日本公開外国映画として四七位となっている。一九五七年度のキネマ旬報誌の選んだ優秀外国映画部門の第五位。

佐藤忠男『人間の心を描いた世界の映画作家たち』（ＮＨＫラジオテキスト）、日本放送出版協会、二〇一一年一月。

Thomas, Tony. *Music for the Movies.* New York: A S Barns and Co, Inc, 1973.

Evans, Mark. *Soundtrack: The Music of the Movies.* New York: Hopkins and Blake, 1975.

Kennedy, Michael. 'The Tide Will Turn!', *Fairest Isle: BBC Radio 3 Book of British Music,* edited by David Fraser. London: BBC Radio 3, 1995.

Walker, Mark, editor. *Gramophone Film Music.* Harrow: Gramophone Publications Limited, 1996.

Lean, Sandra & Barry Chattington. *David Lean: An Intimate Portrait.* London: André Deutsch, 2001.

Cavassoni, Natasha Fraser. *Sam Spiegel.* New York: Simon & Schuster, 2003.

*The Bridge on the River Kwai.* The Royal Philharmonic Orchestra, composed and conducted by Malcolm Arnold. Sony Music Entertainment Inc, 1995. 劇中の音楽のサウンド・トラック盤（米コロムビア・レコード、一九五七年一二月）。一九九五年（米）に、初版未収録曲を含めた全曲盤ＣＤが初めて発売。「クワイ河マーチ」『ＳＰ原盤による花のスター・アルバム』、King Records, 2001. 初版同曲はＳＰ盤で一九五八年に発売。

'Colonel Bogey', *Marches in HI-FI.* Boston Pops Orchestra, Arthur Fielder, conductor, recorded May 1958. BMG Music, 1993.（アーノルドの曲は含まず）

'The Bridge on the River Kwai', *Golden Cinema Classics.* The BBC Concert Orchestra, Stanley Black, conductor. Bainbridge Records, 1992.（映画と同様、アーノルドの曲を重ねる）

参考

デイヴィッド・リーンの作品は、ビデオ・ソフトなどで現在ほとんど見られる状況にある。筆者は、『旅情』以後のリーンの全作品を、封切時またはリヴァイヴァル公開時に劇場で見た。またその前後に、『旅情』以前の多くの作品をテレビで鑑賞した。実質的なデビュー作（共同監督）『われらが奉仕するもの』は唯一、本邦未公開作品だったが、後にテレビ放映され、最近DVD化されている。また、製作時、未輸入だった『マデリーン～愛の旅路』（一九五〇年）も一九七六年に劇場公開された。その他の作品は、すべて製作後、日本でも公開されたのみか、何度かテレビ放映され、ビデオ時代になって、VHSやDVDでソフト化されている。

本作の映像表現の考察については、一九七三年に七〇ミリ拡大方式で劇場公開された折りのメモと記憶と共に、左記のDVD版を参考にした。

『戦場にかける橋』(*The Bridge on the River Kwai*)　ソニー・ピクチャーズ・エンタテインメント（Blu-ray Disc）、二〇一一年。

なお、日本語版監修は、過去の劇場公開用上映プリント同様に今日出海の表記となっている。また、彼は映画製作の脚本段階で、来日したサム・スピーゲルと何度か打ち合わせを行なっている（『戦場にかける橋』初公開時のパンフレット）。「収容所長である日本軍大佐の捕虜酷使という点に関しては、戦争という異常な環境に押しこまれたやむをえない行動と解し、たんなる悪役として描いていない」（『戦場にかける橋』コロムビア映画プレス・シート、一九七三年）とすると、そこに今の助言があったものと思われる。ちなみに、『デーヴィッド・リーンを感動する』（近代映画社、二〇〇八年）に映画公開時に『スクリーン』誌に掲載した今のエッセイが再録されている。

本作の後日譚のような『戦場にかける橋2～クワイ河からの生還』（一九八九年、英）は、リーンの製作趣旨とは異なるアクション映画であった。

＊＊最後になったが、本論の考察には貴重な意見を編者の津久井良充氏と市川薫氏からたまわった。改めて御礼申し上げたい。とりわけ、津久井氏とは、二年ほど前にデイヴィッド・リーンの映画に関する雑談を行ない、リーンの戦争映画についての考察も本論集の趣旨に添うのではないかとの思いを抱くようになり、その後色々な意見交換などを通じて、ようやく、現在のような形になった。これが本論集のテーマに少しでも貢献出来ることであれば、幸いである。

# 6章　核時代の到来を予言した作家
## ――H・G・ウェルズ『解放された世界』からヒロシマへ

一谷　智子

### 序　世界初の核文学
#### 「原子爆弾」の生みの親、H・G・ウェルズ

原子力時代のはじまりは、アメリカのニューメキシコ州トリニティ・サイトでの核実験と広島・長崎への原爆投下が行われた一九四五年とされる。その元となる核開発プロジェクト、マンハッタン計画が動き始めるのが、一九四二年であったことは周知の事実であろう。しかし、「原子爆弾(Atomic Bomb)」という用語の初出は、これらの歴史に先駆けることおよそ三〇年、第一次世界大戦の勃発した一九一四年であったことはあまり知られていない(1)。この語を初めて用いた人こそ、イギリスの小説家H・G・ウェルズ(Herbert George Wells, 1866–1946)だった。

原爆ドーム

ウェルズといえば、一五六冊の著作に六〇〇あまりの論文を遺し、批評家、歴史家、政治思想家、社会活動家としても多彩な活躍を見せた偉才である。一般的には、『タイム・マシン』(*Time Machine*, 1895)をはじめ、『モロー博士の島』(*The Island of Dr. Moreau*, 1896)、『透明人間』(*The Invisible Man*, 1897)、『宇宙戦争』(*War of the Worlds*, 1898)といった科学ロマンスを世に送り出した「SFの父」としての印象が強いかもしれない。「原爆」という言葉が初めて用いられた一九一四年の小説『解放された世界』(*The World Set Free: A Story of Mankind*)(2)も、原子核分裂がまだ現実のものとはなっていない時期に核時代の到来を予見したという点で、SF小説の系譜に位置づけられる作品である。

　しかし、民事利用から軍事利用に至るまで、原子力エネルギーによって支配された世界の様子が克明に描かれた本作は、原子力時代を現実のものとして生きるわたしたちにとって、もはや単なる空想科学小説の枠に留まるものではない。ウェルズの自伝を書いたノーマン・マッケンジーとジーン・マッケンジーが「彼の全著書のなかでもっとも奇妙な予言の書」(3)と呼んだように、『解放された世界』は、科学や政治など多岐にわたる分野で様々な人類の未来図を提示してきたウェルズの、小説家の域を超えた精緻な予言に彩られている。そして、それはまぎれもなく世界で初めて書かれた核・原爆文学だった。

　生物学者トマス・ハクスリーのもとでダーウィンの進化論を学び、事物の現象を注意深く観察した結果を正確に体系化する科学的思考方法の訓練を受けたウェルズは、科学的知識と思考に裏打ちされた作品を数多く残した。彼は文学の人であると同時に科学の人でもあったわけだが、『解

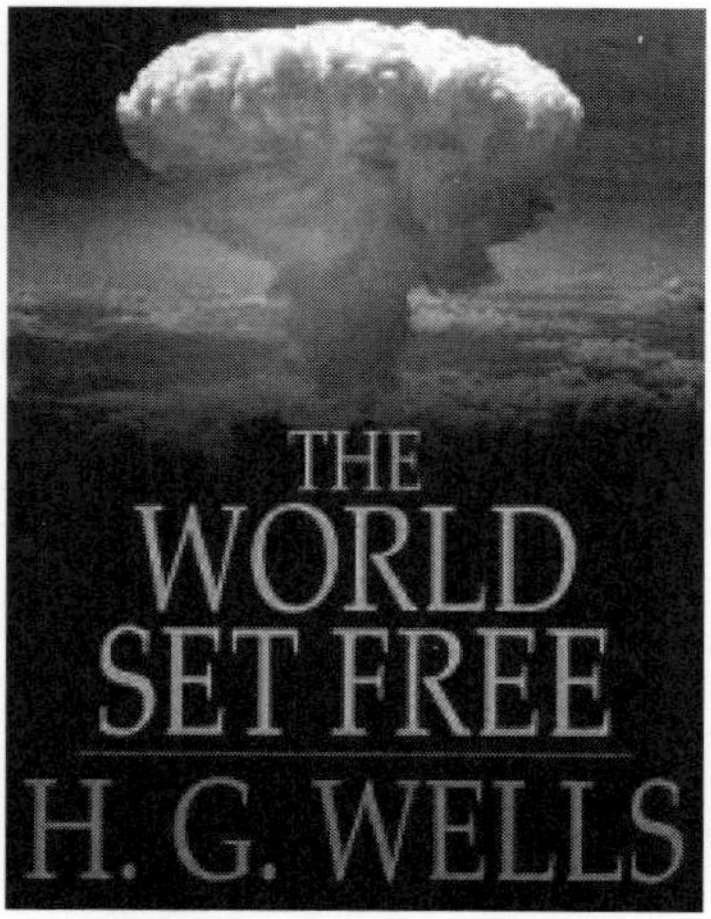

『解放された世界』の原書表紙

放された世界』を読むにつけ、小説家の発想が科学者のそれに先んじていた事実は興味深いといわざるをえない。ウェルズが執筆活動を行った一九世紀末から二〇世紀初頭にかけては、自然科学や社会科学の興隆期に相当し、特に、第一次世界大戦から第二次世界大戦に至る短期間には、理論物理学と実験物理学が競い合うように成果を上げた。のちに原子物理学と呼ばれる学問の基礎が確立されたのもこの時期に重なる。だが、ウェルズが本書を出版した一九一四年の段階においては、原子、さらには原子力エネルギーについてはほとんど明らかにされてはおらず、本作に描かれた原子核の分裂や核兵器への転用の方法はまだ確認されてはいなかった。原子核の分裂から大きなエネルギーを得るという発想が生まれたのは一九三〇年代であり、原子力利用の歴史は、一九三八年、ドイツのオットー・ハーンとリーゼ・マイトナーがウランの核分裂を発見したことに始まる。ウェルズの名前が原爆開発の歴史の表舞台に現れてくることはないが、こうした科学史に照らし合わせるとき、のちの科学者らを触発することとなった彼の先見性や洞察力を過小評価することはできないだろう。詳細は後述するが、ウェルズによる原子爆弾の表象は、アメリカが原爆開発に至る契機を作ることとなった物理学者レオ・シラードに大きな影響を与えた。その意味では、ウェルズこそが原爆の生みの親だったのである。

## 可能性のファンタジー

しかし、ただ「原爆の生みの親」とウェルズを非難するなら、彼の真意を理解したことにはならないだろう。核時代を予言した書として『解放された世界』が注目に値するのは、この作品には原子爆弾を手にした国々が核戦争を始め、それがいつしか世界戦争へと転変してゆく様が描かれていることである。奇しくも本作が、第一次世界大戦前夜の一九一三年に執筆されていた事実を考慮すると、その翌年に勃発したヨーロッパでの大戦と、さらにはその先の第二次世界大戦を予見していたかのような内容が含まれていることに驚かざるをえない。作品のなかで、全面戦争が繰り広げられた世界の主要都市は、原子爆弾の熱線と放射線によって壊滅的な状況に陥る。そして、この荒廃した世界を目の前にして、人類は国家と戦争という束縛から解放されることを切望し、一つの世界政府のもとに世界国家を創設しようと奮闘する。こうした内容を踏まえるなら、この小説は科学空想小説《サイエンス・フィクション》というより、もう一つのSF、すなわち思弁小説《スペキュラティヴ・フィクション》といったほうが適切かもしれない。ウェルズは、第一次世界大戦後、戦争を根絶するために国際連盟の樹立を提唱し、戦争による自滅の道を辿ることから人類を救う唯一の方法として「世界国家」の思想を説き続けた。その思想が克明にあらわれた本作は、彼の平和構想が詰まった思想小説といえるのである。ウェルズ自身は、この小説を「可能性のファンタジー」(4)と呼んだ。

　しかし、『解放された世界』が出版された当時、英国の文壇や一般読者の本書への反応は芳しいものではなかった。ウェルズとフェミニスト作家レベッカ・ウェストの間に生まれた息子であるアンソニー・ウェスト(5)が記した伝記によれば、出版当時、この時期尚早とも言える「不運な作品の失敗」(6)にウェルズは見る影もなく気落ちしたという。本作以前に出版された作品群、すなわち二〇世紀初頭の十年間に書かれたウェルズの小説、たとえば『恋愛とルィシャム氏』（*Love and Mr.Lewisham*, 1900）、『キップス』（*Kipps*, 1905）、『トーノ・バンゲイ』（*Tono-Bungay*, 1909）、『ポーリー氏の生涯』（*The History of Mr. Polly*, 1910）などは、ディケンズ調の作風と中産下層階級の生活やエドワード朝時代の変わりゆく英国社会の秀逸な描写が評価され、科学空想小説だけではなく、現実の人間や社会を描ける作家としてのウェルズの評価を高めることとなった。こうした作品の成功の後に受けた冷遇は、さぞかし受け入れ難いものだったに違いないが、落胆の原因はほかにもあったようである。

　小説観をめぐって、ウェルズがヘンリー・ジェイムズと論争を繰り広げたことはよく知られており、両者の見解の相違は、ジェイムズが小説の「芸術性や調和」を尊重したのに対して、ウェルズは「アイディアや社会風刺」を重視したことにある。思弁小説としての『解放された世界』は、ウェルズのこのような小説への信条がもっとも明確にあらわれた作品であるといえるが、それが本作の不人気の一因になったとも考えられるのである。アンソニー・ウェストはこの作品について、「ページをめくれどもめくれども、人間味を感じられない偉そうな登場人物たちに読者は説教され続けることになる」(7)と述べ、人物造形や芸術性よりはじめに思想ありきであったことが作品の売れ行き不振につながったこと、さらにはジェイムズの主張に軍配が上がったのを認めざるを得ない結果となったことを指摘している。かくして、第一次世界大戦の気配を誰よりも早く察知していたウェルズが、本作を通して発した社会への警告は顧みられることはなかった。ジェイムズへのライバル意識はさることながら、その現実にウェルズが深い失意を覚えたことは想像に難くないのである。

ジョージ・オーウェルも、ウェルズを手厳しく批判した論客の一人だった。ヒトラーの台頭にヨーロッパ中が震撼した一九四一年に書かれたエッセイで、オーウェルはウェルズが提唱する「世界国家」など現実味のないユートピア思想に過ぎないのだと一蹴している。

　連合世界による空軍力の管理が必要などと言ってどうなるというのか。それをいかにしてなしとげるかが肝心な問題なのだ。「世界国家」が望まれると指摘してみたところで、どうなるというのか。五大列強のどこもそんなものに従おうとは思わないだろうということが問題なのだ。過去数十年間の分別のある人たちはみな、実質上、ウェルズ氏と同意見だった。しかし、分別のある人間が権力を握っているわけでなく、またあいにくたいていの場合、そうした人間は自分を犠牲にする気もないのである。(8)

オーウェルは、ウェルズの科学ロマンスに影響を受けた少年時代に言及しながら、大作家を批判することは「親殺し」のようなものだと前置きしたあと、かつては「霊感あふれる予言者」のように見えたウェルズが、今や「浅薄で適正を欠く思想家」に落ちぶれてしまったと苛立ちを隠さない。(9)さらにオーウェルは、「一九一四年まで、ウェルズは大体においてまっとうな予言者だった」[10]と指摘し、ウェルズへの評価が失墜してゆく契機を、『解放された世界』が出版された年に見出している。

こうした批判がある一方で、ウェルズの世界国家構想が敗戦後の日本に与えた影響は決して小さいものではなかった。『解放された世界』を日本へ翻訳紹介した浜野輝は、ウェルズこそが「戦後日本の原点、あるいはそのシナリオライターであった」と指摘し、ウェルズの平和思想を知らずしては、「日本国憲法の意図や精神のみならず、結局、戦後の教育、政治、経済、文化、社会一般のあるべき姿を正しく語れない」と論じる。[11]一七歳の時に敗戦を迎え、「天皇をはじめ一夜で自由主義者、民主主義者になった大人ほど器用にたちまわれなかった」[12]という浜野は、日本の行く末を知るために、まずは欧米を理解する必要があると考え、手当たり次第に歴史書を読むなかでウェルズの著作と出会うこととなった。世界国家の理想をもって結ばれる『世界文化小史』(*A Short History of the World*, 1922) に感銘を受け、その後ウェルズ研究に携わることになった浜野は、ウェルズが大戦後の世界の構想について提案するために、アメリカのフランクリン・ルーズベルト大統領に向けた書簡の中に、彼自身が草案した平和構想の基盤ともなるべき人権宣言への言及があったことを発見した。戦勝国からの「押しつけ」と見做されることもある日本国憲法だが、浜野はウェルズが草案したサンキー権利章典[13]と呼ばれる人権宣言が、日本国憲法と酷似していることを指摘し、ルーズベルトを介して日本国憲法にウェルズの基本的人権と不戦・非武装の思想が流れていることを主張する。そして、「日本国憲法ウェルズ・ルーツ説[14]」を唱えながら、「ウェルズという原点に立ち戻っての、戦後の見直し[15]」が必要だと訴えている。

日本を代表する政治学者であり思想史家でもある丸山真男も、ウェルズの平和構想と思想を支持する一人である。丸山は、ウェルズは「人類共通の精神、普遍的知性に立って、教育と報道の普遍的組織をつくろう」と提唱しているのであり、「知性の個性的相異を抹殺するのでなく、むしろそれを確認しながら、相異を組み合わせてゆくことで包括的世界概念を樹立しようとしている」と論じて、ウェルズの「世界国家」の概念とそれを実現するために提唱された「新世界百科全書」を評価した。[16]
賛否両論様々に評価は分かれるが、二〇世紀イギリス小説において、戦争の表象と平和思想を論じるとき、H・G・ウェルズが忘れることのできない存在であることに疑いの余地はない。本稿は、数多くのウェルズの著作の中でも、原爆を登場させ、世界初の核文学となった『解放された世界』を取り上げ、本作における原爆の表象に注目しながら、ウェルズの平和構想を考察することを目的とする。敗戦直後の日本では、思想家、政治家、科学者などによる世界連邦運動が盛り上がりを見せたが、この運動の中心にいた人物たちのなかにはウェルズに思想的影響を受けたものも多い。こうした日本における世界連邦運動にウェルズが与えた影響にも言及しながら、恒久平和希求の原点となっている広島・長崎の経験を通して『解放された世界』を読み直してみたい。

## 一　文学的想像力が生み出した原爆

### エネルギーをめぐる人類史

ウェルズの『世界文化小史』を翻訳した下田直春は、ウェルズは「過去・現在・未来というすべての時間の流れの中で、人類の生活を回顧し、直視し、展望した世界的巨人であった」[17]と述べた。『解放された世界』もまた、この作家特有の「広大な時間的パースペクティブ」[18]のなかで人類の歴史が物語られ、知の巨人としてのウェルズの資質を余すことなく伝える作品である。本作は先史時代に相当するプレリュードとそれに続く時代を描いた五つの章によって成り立っている。各章に主要な登場人物は配されるが、全体を通して主人公と呼べるような中心的人物はなく、「人類の物語」という原題のサブタイトルが示すように、エネルギーを求め続けた人類が原爆の災禍を経験し、主権国家体制と戦争という伝統から解放されて世界政府の樹立を目指すまでの歩みが俯瞰的に描かれる。地球と生命の誕生に始まり、人類社会の生成の歴史が包括的に記述される『世界文化史大系』（*The Outline of History*, 1920）や、それをよりわかりやすく一般化した『世界文化小史』に似て、『解放された世界』にはエネルギーをめぐる人類の歴史、すなわち人間が火を発見して文明を築き上げ、さらには第二の火としての原子力の発見によって、新しい段階へと招き入れられる様が、超時代的視野から捉えられている。そうした人類の営みを「回顧」したプレリュードにおける最初の一文を見てみよう。

人類の歴史は人間が物質的な力をどのように獲得していったかの歴史である。人間は道具を使い、火を起こす動物である。この地上に初めて姿を現した時から、一介の野獣として持つ体力と攻撃器官を、燃える火の熱と粗製石器でおぎなっていた。だからこそ人間は猿をはるかに追い越したのである。その状態から人間はさらに発展する。（八）

生物学を学び、ダーウィニストであったウェルズは、「一介の野獣」という言葉に象徴されるように、一つの種としての人類という生物学的歴史観から人間の進化の過程を捉えている。「新しいエネルギー源」と題された第一章では、原始時代から続く人間の物質的な力を求める欲求が、火に始まって、水力や風力、石炭による蒸気機関、石油へと拡大し、放射能を人工的に誘発して取り出す核エネルギーの時代の到来に至る過程が語られる。フレデリック・ソディの『ラジウムの解釈』など、物理学の研究書を熱心に読んだというウェルズは、同時代の科学者たちによる研究の成果を「直視」することで、『解放された世界』の執筆当時から二〇年先にあたる一九三三年に、本書の主要な登場人物の一人である科学者ホルステンが、原子の崩壊を可能にする未来を「展望」したのである。

だが、ウェルズの展望はここで終わらない。人類が「無限の力に至る道を開いた」（二四）とされるホルステンの発見は、一九五〇年代には実用化され、石炭や石油に変わるエネルギーとして、原子力が社会に導入されていく。ホルステンは、自分自身を「何か非人間的で有害なもの」（二六）のように感じ、「実弾をこめた連発ピストルを箱に詰め込み、それを託児所にプレゼントした馬鹿者のようだ」（二六）と苦悩する。「これはきっと戦争を、輸送を、建物を、あらゆる種類の製造業を、そして農業にまで及ぶ人間の物質的な営みすべてを変えてしまうにちがいない」（二六）という彼の予感は的中し、原子力の商業的利用は軍事的利用へと転じられる。ウェルズは、科学者の野心や葛藤のうちに原子爆弾が開発され、戦争に利用されてゆく未来をも見通していたのである。

### ウェルズが描いた原爆

「最後の戦争」と題された第二章では、一九五六年、世界戦争が勃発し、原子爆弾によって都市が攻撃される様が描かれる。読者はウェルズが原子爆弾を予見したことのみならず、その描写が正確であることにも驚かされるだろう。パリ、ベルリン、シカゴ、モスクワ、東京、ロンドンなど二一八の都市と軍事基地が原爆の壊滅的焔に包まれ、一九五九年の春、全世界には原子爆弾の消すことのできない深紅色の巨大な焔が轟々と音を立てて吹き荒れる。例えば、その爆弾が飛行機から投下され、「建造物の正面は熱線の前にまるで砂糖が水に溶けるかのように崩れ落ちた」（六三）とされる惨状の描写は、広島や長崎の原爆投下時の情景を彷彿とさせるものがある。また、「ウラン」もしくは「プルトニウム」に相当するものだと思われる原子爆弾の装薬「カロリニウム」について書かれた次の引用からは、ウェルズが放射能汚染の危険性をも捉えていたことがわかる。

　カロリニウムは最も高いエネルギーを持ち、製造するにも扱うにも最も危険であった。……カロリニウムはその力を一七日ごとに半減し、目に見えぬほど徐々に減っていくが、決して完全に消滅することはない。だから、人類史上あの最も狂っていた時の戦場や、爆弾の落ちたところは、今日にいたるまで放射性物質が撒き散らされていて、処理のしがたい放射能の発源地になっている。（六四）

さらには、この放射性物質によって「人びとが立ち退きを余儀なくさせられている死の危険地帯」（一一二）が出現し、半恒久的な放射能汚染の脅威を描き出した場面は、あたかも現代に書かれた核被害のルポタージュさながらである。

リッチー・カルダーが本書の序説で述べているように、ウラン二三五の半減期が約七億年、プルトニウムでもその半減期は二万四千年であるという後付けの知識から、カロリニウムの一七日は短すぎるという批判の余地はあるかもしれない(19)。また、特殊部隊の飛行士がセルロイド製の栓を噛み切って誘爆装置に空気を入れて酸化させようとする場面描写に、それは核反応にはありえない過程だと、作家の想像力の限界を指摘するのは容易い。しかし、科学者でさえ原子一般や原子構造についてよく理解していなかった時代に、「軍事科学最高の勝利、すなわち、戦争そのものに〝決定的な一撃〟を与える究極の爆発物」（六五）としての原子爆弾を描き、広島や長崎が体験した惨状を記したウェルズの洞察力と筆力は、そうした限界を補って余りある。

## ある科学者の悔恨

事実、このウェルズの文学的想像力こそが、原子爆弾の出現を現実のものとする引き金になったのではないかと思わせるエピソードがある。作品の分析からは少し逸れるが、原爆の開発に重要な役割を担ったハンガリー系ユダヤ人物理学者レオ・シラードが、一九三四年、ウェルズの『解放された世界』を読んで核分裂の連鎖反応のアイディアを得たという史実について触れることは、この作品の原爆表象のリアリティを証明することになるだろう。『解放された世界』は、第一次世界大戦勃発後の一九三二年に「人類を滅ぼしかねない戦争の連綿とした繰り返しから人類を救う」[20]必要性を感じたオーストリア人オットー・マンドルによってドイツ語圏に紹介された。本書に深い感銘を受けたシラードは、原子核連鎖反応の実験を行う資金を調達するために英国ジェネラル・エレクトリック社の創始者ヒューゴー・ハースト卿に宛てた一九三四年の手紙のなかで次のように述べている。

第一章の最初の三パラグラフはおもしろくてなかなかよいとお考えになることは確実です。……ウェルズがこれらの文言を一九一四年に書いたということは注目すべきことです。

もちろんこの文章はすべて架空の話ですが、現在の物理学上の諸発見の工業的応用に関する限りは、作家の予見が科学者の予見より正確であると信ずる理由があります。[21]

ウェルズの小説に影響を受け、核分裂反応が実現することを確信していたシラードは、一九三八年、ドイツのオットー・ハーンが核分裂を連鎖させるための中性子の放出に成功したという報せを聞いたとき、「H・G・ウェルズが予言したすべての事柄が突然わたしには真実となった」[22]と手記に記している。ヒトラーによる迫害から逃れ、アメリカに亡命していたシラードは、ナチス・ドイツによる核兵器の保有を恐れた。そして、当時天才科学者として名を成していたアルベルト・アインシュタインの署名を借りてルーズベルト大統領に信書を送ったことが、

シラードとアインシュタイン

米国の核開発を促すこととなったのである。ウェルズの『解放された世界』を精読し、核戦争や原子爆弾の脅威を理解していたシラードが、ナチスが核兵器を手に入れたら、世界はとんでもないことになるという危機感を持ったとしても不思議はない。これを何としてでも食い止めようとしたシラードの画策が、マンハッタン計画の誘因となり、広島、長崎への原爆の投下へと繋がってゆくのだが、アメリカの倫理と正義を信じ、ドイツへの抑止力としての核開発を進言した彼の思いは裏切られることとなった。科学者らの嘆願書を作成し、軍部による日本への原爆投下の計画に最後まで反対したものの、結局これを阻止できなかったシラードは、『解放された世界』のホルステンの如く、「実弾をこめた連発ピストルを箱に詰め込み、それを託児所にプレゼントした馬鹿者」のように自らのことを感じたに違いない。戦後シラードは、アインシュタインらが平和主義を訴えたように、核廃絶を求める活動に余生を捧げた。こうしたシラードと原爆開発の歴史の原点にあったのが、ウェルズの『解放された世界』であったことを考えるなら、原爆を構想した本作がそれを現実のものとして出現させるきっかけとなってしまったことに疑念の余地はないのである。

## 二　アレゴリーとしての原爆——戦争と国家からの解放を求めて

### 戦争の根絶と世界政府の樹立

シラードの証言を辿りながら先に見たように、マンハッタン計画によって生み出された原子爆弾は、ウェルズが原爆の表象に込めた意図を置き去りにして実現してしまった。だが、『解放された世界』に描かれた原子爆弾は、単なる破壊兵器に止まるものではなかったことは言うまでもない。では、ウェルズが原爆に込めた意図とは何だったのか。それが明らかになるのは本作の第三章以降である。

「戦争を根絶させるための戦争」が掲載された論文集

第三章のタイトル「戦争の根絶」は、『解放された世界』が出版された一九一四年、世界大戦の勃発直後にウェルズが執筆した論文のタイトル「戦争を根絶するための戦争（The War that will End War）」を思い起こさせる。第三章の分析に入る前に、この論文について少し見ておこう。「戦争を根絶するための戦争」というタイトルは、その真意が理解されることのないまま、連合軍の合言葉となって一人歩きしてしまったが、ウェルズがこの言葉に込めた思いは、次の論文の引用に見出すことができる。

この大戦の末期に世界会議の開催を主張するならば、もし、彼らがあらゆる部分的な決着、ヨーロッパだけの解決を拒否するならば、すべての国境線を希望通り引き直し、民族、言語、政府から生じる心を苛立たせる無数の争いを最小限に抑え、全地球をコントロールする平和機構を創設することができるだろう。……我々は、戦争によってやむなく我々に押しつけられた制度を、もっとも恒久的な社会的再編成に転換することができるかもしれない。すなわち今や最小の努力で、貪欲で利己的な個人から、食糧・住宅の供給、土地の管理を永久に締め出す方法と組織を作り出せるであろう。(23)

ウェルズがこの戦争の大義としたのは、国際連盟のような「平和機構」の創設であった。彼は、兵士のみならず多くの民間人を巻き込んだこの大戦の経験が、戦争の永久的根絶と世界平和の希求につながることを望んでいた。ウェルズがイギリスの社会主義知識人の集まりであるフェビアン協会の会員であったことや、イギリス労働党に入党していたことはよく知られているが、この引用の「貪欲で利己的な個人から、食糧・住宅の供給、土地の管理を永久に締め出す方法と組織を作り出せるであろう」という一文は、彼特有の社会主義的思想に基づく世界的組織の構想を想起させる。

ここで注目したいのは、この論文に示唆された内容が『解放された世界』で展開される物語のプロットに端的にあらわれていることである。小説には、フレデリック・バーネットというイギリスの歩兵部隊の士官を務め、自分の肌で戦争を体験した人物が登場する。原爆の惨事は、このバーネットが綴った自伝的小説を引用する形式で語られるが、ヨーロッパの戦線で戦い、敵味方関係なく無惨な人間の死を数多く目にしたバーネットは、戦争は「愚の骨頂」であり、「人類は直ちに目覚めるべきだ」という思いを抱く（六九）。そして、「巨大な雲」と原子爆弾の噴火が「炎の睡蓮」のように燃え盛るのを見たとき、彼は次のように心情を吐露する。

原子爆弾は国際問題などまったく取るに足らないものにしてしまった。わたくしたちの心が差し迫った必要という急務から解放されたとき、わたくしたちは、全世界が完全に粉砕されないうちに、これらの恐るべき爆発物の使用をなんとかやめさせる可能性について考えた。なぜならば、わたくしたちには、これらの爆弾と、それらがその前ぶれに過ぎないさらに大きな破壊力を持つ爆弾が、人類のあらゆる関係と制度を極めてたやすく粉砕してしまうことはまったく明らかだと思えたからである。（八〇）

さらに小説には、核戦争を生き延びた生存者たちがイタリア国境にほど近いスイスの町ブリサゴに召集され、戦争を二度と起こさないために、国境や国家を排し「全地球をコントロールする平和機構」を創り上げるための会議が開催される様子が描かれる。「熱烈なヒューマニスト」であるフランス大使のルブランは、根気強く世界中の統治者を説得して、「戦争は金輪際根絶されなければならない、そしてその戦争を根絶する唯一の方法は人類のための唯一の政府を確立することである」（八三）と訴える。核戦争によって世界中の旧制度が破壊し尽くされたあとで、これ以上の惨事が起こらないように、ルブランは主権国家を一つに統合した世界政府を打ち立てようというのである。ルブランの呼びかけに応じてこの会議に出席したイギリスのエグバート王は、従来の主権国家の最大の問題点を、自らを含む権力者の存在に見出し、以下のように宣言する。

「わたくしたち王とか、統治者とか、下院議員とかはいつも害悪のど真ん中にいた。確かに、わたしたちは分離・独立を示唆する。確かに、各国家の分離・独立は戦争の脅威を意味する。でも、そんな古いゲームはもう終わったのだ」（八七）

「目覚めた王」（九〇）を自称するエグバート王は、ルブラン同様に、戦争のない世界が、世界のすべての国家からなる「一つの政府」を通じて達成できるとし、そのためなら、自ら進んで王位を捨てることも厭わない。そして、戦争を生み出す偏狭な愛国心や国家主義を批判したウェルズらしく、彼はエグバート王に次のように語らせる。

「戦争は断固として永久にやめさせなければならない。明らかに、このことは世界を一つの政府のもとに置くことによってのみ可能だ。わたくしたちの王冠や旗が邪魔しているのだ。断固としてそういうものは退かされなければならない」（九二）

一群の非妥協派、愛国主義者、懲りない政治家らが、原子爆弾を利用する機会を狙っている一方で、ルブランやエグバート王のように、平和を切実に求め、世界政府樹立のために集う人々の勢力が勝り、彼らの行く手を阻む最後の抵抗勢力、バルカン同盟の王であるフェルディナンド・チャールズは自滅の一途をたどる。そして、ウェルズの社会主義的思想を体現する存在であるかのようなルブランやエグバート王に加えて、彼らの理想主義に冷徹な批判を加える従者ファーミンやアメリカ大統領などの様々な登場人物が配され、多声的な空間の中に世界政府が産声を上げる。新政府を作るべく議論のテーブルを囲むメンバーには、ベンガルの指導者、さらには日本人の参加者も加わり、彼らのあいだにはいかなる身分の差もない。原爆の破壊によって、何世紀にもわたって築かれた政治的体制や人間の虚栄心、敵愾心はすべて剥ぎ取られ、こうして全面的な行動の自由を持つ「裸の政府」（二一八）が誕生するのである。

## 平和構想の青写真

原子爆弾の脅威と戦争の愚かさを痛感した人々が主権国家を揚棄し、世界政府を打ち立てることで戦争の根絶を目指す様子が描かれたあと、「新しい段階」と題された第四章では、人類が旧体制を抜け出して、新たな段階としての「世界国家」実現に向けて具体的方策を模索する物語が展開される。まず、新世界政府は世界中から原子爆弾とカロリニウム生産設備を没収し、非軍備化を促す。次に、支配階級の廃止と格差の是正、世界共通語として文法を極端なまでに単純化したベイシック・イングリッシュを思わせる英語の使用、度量衡の単位や通貨の統一などが実現されてゆく。新政府は学校を復活させ、これらの学校は共通の歴史として、戦争の記録や最後の戦争の結果と教訓を教えることに始まり、人類共通の理解を育む教育に力を注ぐ。さらには、人類共通の歴史と知識を教え伝えるための「世界百科全書」も編纂される。すなわち、全世界的な政治・経済の共同体の出現と、教育の改革を通してこの世界政府と恒久平和が実現されていく過程が描かれているのである。

「マーカス・カレーニンの最期」と題された最終章では、世界政府の重要なメンバーの一人で、人生の最期を迎えようとしているマーカス・カレーニンというロシア人が、女性の解放と地位や権利の確立、男女の関係や性の意味を論じる。フェミニズム運動の高揚の中でウェルズが書いた小説『アン・ヴェロニカの冒険』(*Ann Veronica*, 1909) を彷彿とさせる会話のなかで、女性は「男性の冒険の対象」(一六一) であることをやめ一緒に冒険をしなければならないのだと主張するカレーニンは、世界政府が作り出す新しい時代には、男も女も「人間的な存在」(一六一) でなければならないと説く。ここでは、性別や人種、階級などを問わない人間の普遍的な権利が、世界国家とその恒久的平和の条件であることが示唆されていると言えるだろう。

以上考察したように、『解放された世界』には、世界の統合とそれを達成するための様々なアイディアが盛り込まれている。このように本書を第一次世界大戦後に展開されたウェルズの平和構想を通して読み返すとき、この小説がそれらの青写真のような作品であったことに気づかされる。最初の世界大戦の衝撃を経て、ウェルズは国際連盟の設立を唱える第一人者となってゆくが、実際にアメリカのトーマス・ウッドロウ・ウィルソン大統領主導のもとに設立された国際連盟は、国家主権を前提としており、ウェルズの構想からはほど遠いものだった。[24] このことから「人類共通の観念体系、共通の理解なくして世界平和は到底達しがたい」[25] ことを痛感したウェルズは、「国家主権の譲渡による政治、社会、経済共同体（世界コレクティヴィズム）」、「教育の革命」、「全世界における人間の普遍的権利の絶対的保障」という三本柱から成る「新世界秩序」を提唱するに至る。[26] この新世界秩序の思想は、歴史、生物学、経済学の分野で、それぞれ人類共通の知識を体系化しようとした『世界文化史大系』、『生命の科学』(*The Science of Life*, 1930)、『人間の仕事と富と幸福』(*The Work, Wealth and Happiness of Mankind*, 1931) といった書物や、世界を知的に統合した「世界頭脳」を構築し、平和の基盤とすることを目的とした世界百科全書運動、さらには、のちの世界人権宣言にも影響を与えたとされる人権宣言と、それを基に作成されたサンキー権利章典へと発展させられた。ウェルズ独自の世界国家の構想は、第一次世界大戦中から戦後にかけて、創作や論説など形を変えて何度も変奏されることになるが、こうし

た戦間期におけるウェルズの思想の流れを概観すると、その源泉としての『解放された世界』が浮かび上がるのである。(27)

### 原爆に込められた意味

ここまでは、ウェルズが描いた原爆に込められた意味を読み解くために、『解放された世界』において核戦争後に誕生した世界政府や新世界秩序がどのように描かれているかを考察し、現実に起きた二つの大戦に触れて構築されたウェルズの平和構想と本書の密接な関連性について論じてきた。ここで今一度、この原爆の形象に込められた意味という主たる問いへと戻ろう。その核心は物語の終盤マーカス・カレーニンによって端的に語られる。

> どうして、世界はこんなにまで苦しめられてきたんだろう！　それはきっと、くだらないものが成長したために、今、わたくしがそのために病んでいるように、病んできたんだろう。世界はもつれ合い、熱狂し、混乱したのだ。それは解放を切実に求めていた。おそらく、原子爆弾の破壊力以外、いかなるものも世界を解放できなかっただろう、健全な世界にすることはできなかっただろう。要するに原子爆弾は必要だったのです。発熱した身体では、すべてが有害なものに転化していくように、古い時代のこの最後の数年間に、すべてが有害なものに転化してしまったのです。時代遅れの組織がいたるところに存在して、科学がわたくしたちの世界に与えた新しい見事な贈り物をしっかりと押さえ込んでしまったのです。国家、あらゆる種類の政治団体、教会と教派、所有権が、これらの偉大なもろもろの力と可能性の首根っこをがっちりと抑え、悪用しようとしたのです。しかも言論の自由を認めようともせず、教育の機会を与えようともせず、新時代の要求に応じて人を教育しようともしなかったのです……（一五一―一五二）

カレーニンのこの言葉からは、ウェルズが「病んだ」世界、すなわち近代国家の対立によって闘争の規模が拡大され、大戦を引き起こすことになった旧体制から抜け出し、新しい世界秩序に至るための方便として小説中で原爆を用いたことが明らかになる。原爆は確かに世界の各都市や人々の生活を破壊したが、同時に古くからの思想や習慣から世界を「解放」したのである。この語りによって、本書のタイトル『解放された世界』の意味も明確になるだろう。本作は、カレーニンの死をもって終わる。世界戦争の生き残りであり、「生来病んでいる」カレーニンは、旧世界を体現するような存在であり、彼の死は旧体制の消滅を意味するのである。

ダーウィニストであったウェルズは、人類の行く末を「適応か、絶滅か」という法則に照らし合わして捉えていた。すなわち、「世界国家か、世界の破滅か」という二者択一の中に人類の運命があると信じていたのである。一九世紀後半から二〇世紀初頭にかけての急激な科学技術の進歩を目の当たりにしながら、ウェルズは人間の生活や環境に変化を及ぼすものが、もはや自然の要因ではなく科学技術であることを認識していた。だからこそ、人類が戦争に懲りることなく、無自覚に科学とテクノロジーの発達を放置した結果、原爆のような殺傷兵器を生み出し、自滅の危機に瀕する過程を『解放された世界』に描いたのである。先に言及したカレーニンの言葉から読み取れるのは、人類は自ら発展させた文明に翻弄され破滅してしまうことのないように、「時代遅れ」の政治や経済の仕組み、教育や道徳を刷新し、科学とテクノロジーの進歩に歩調を合わせる必要があるというウェルズの警告であろう。問題は科学やその進歩ではなく、その用い方を誤る人間にあることを彼は看破していたのである。

科学技術に帰依し、その発展に大いなる希望を抱く一方で、人間の思想や倫理、社会制度の停滞に危惧を抱いていたウェルズは、発展した科学知の結集としての原爆による世界の破壊という黙示録的未来と、目覚めた人類が科学知を正しく用いて、さらなる発展を可能にする未来の双方を描いた。第一次世界大戦勃発後、ウェルズはそうした見解をさらに明確に打ち出し、『解放された世界』にすでに胚胎していた新世界秩序という独自の社会主義的思想を具体的に展開することで、人類の展望を示そうとした。本書に描かれた原爆は、人類を破滅の危機に陥れる究極の破壊兵器であると同時に、適応、つまり人類が破局の運命から逃れるための唯一の方法としての世界政府と新秩序の可能性を人々に想像させ、その必要性を実感させるために用いられたアレゴリーなのだといえる。

## 三　戦後世界に受け継がれたウェルズの思想

### 原子爆弾の出現――窮極の運命に立ち向かおうとした人々

ウェルズは旧体制を乗り越え、世界政府と新世界秩序を実現させるための起爆剤として、原爆を小説に描いた。それは逆説的ではあるが、原爆が決して実現しないための、言い換えれば、科学が人類を追い越してしまうことによって起こる破局を回避するためのアレゴリーでもあった。戦況の悪化する国際社会の動向に危惧を覚えたウェルズは、国家主義を排した教育のあり方や知識の構築に精力的に奔走し、スターリン、ルーズベルト、チャーチルなど時の権力者たちとの対話を繰り返しながら、戦後の来るべき世界のあり方を説く労力も惜しまなかった。だが、その努力の甲斐もむなしく、原爆が現実のものとなってしまった一九四五年八月六日をウェルズは生きて目の当たりにすることとなる。広島と長崎への原爆投下にふれて、七九歳の老体に鞭打って最後のアピールを行ったウェルズは、「人間の状況は重大な山場にさしかかっており、悲劇的になっている」と前置きした上で、だからこそ「人間は威厳をもって、おたがいに助けあい、慈しみ合いながら、その窮極の運命にたちむかってゆくべきである」と語り、力尽きたように翌年の一九四六年に亡くなった。[28] 世界政府と新世界秩序の可能性を描き出すための方便として用いたはずの原爆のみが実現され、真に望んだ世界政府と国家の出現を、ウェルズは現実のものとして見ることはなかった。

しかし、原爆が出現してしまった現実を前に、人類の「窮極の運命」を真摯に受け止め、立ち向かおうとした者たちにウェルズの志は引き継がれた。ウェルズが『解放された世界』に描いたように、原爆を新たな時代の幕開けとして捉え、「新しい段階」に歩みを進めなければならないと感じた人々の筆頭に広島の哲学者森瀧市郎がいた。一九四五年八月六日、当時、広島高等師範学校の教員であった森瀧は、爆心地から四キロの地点で被爆、右眼の視力を失いながらも、原爆体験の意味するところを生涯にわたって哲学的に思索し続け、原水爆禁止運動、被爆者救援運動を中心となって率いた人物である。核実験に抗議し、慰霊塔の前で座り込みをする森瀧の姿は、大江健三郎の『ヒロシマ・ノート』にも登場する。

広島で核廃絶を訴えて座り込みをする森瀧市郎（中央のたすき掛けの人物）

原子力時代以前と以後を「ヒロシマ紀元」という言葉を用いて表すことを提唱したのは哲学者芝田進午だが、森瀧は自身の被爆の経験を通して、その前後の区分を「力の文明」と「愛の文明」という言葉で表現した[29]。このことは、ウェルズが『解放された世界』において、原爆に破壊された世界が到達し得た新しい段階を「解放された時代」と呼び、その時代は「前例のない道徳的・精神的な変化」（一三八）がもたらされる時代であったと描いたことを思い起こさせる。ウェルズは登場人物カレーニンに語らせる。「一九世紀と二〇世紀の政治と威厳と戦争は新しい文明の始まりの頃に燃え上がった古い文明の最後の不死鳥の炎にすぎなかったのです。新しい文明にわたしたちは仕えるのです……」

（一五七）と。核戦争を体験し、旧体制の限界を乗り越えるために「解放された時代」への移行を説くカレーニンの姿は、科学の発展の頂点において出現した核文明は「力の文明」であるとし、「愛の文明」・「慈の文化」の方向へ向かわなければ人類の存在が危うくなると主張して、その思想を広島からの提言としてまとめた森瀧に重なって見えるのである。

森瀧のように原子爆弾の出現の意味を人類の転換点と認識した者は、もちろん日本人だけではなかった。例えば、アメリカの『サタデー・レビュー』の主幹であったノーマン・カズンズは、「一九四五年八月六日に新しい時代が生まれた。あの日、小さな物体をつつんだパラシュートが、日本の地上にただよい降りた時、人類の歴史の一時代は忽然として消え去り、新しい時代がはじまったのである」(30)と述べ、世界連邦世界協会の会長として、世界政府の実現に向けた運動を推進した。ヒロシマ・ナガサキ以前にも、イマヌエル・カントの『永久平和のために』を始め、サン・ピエールやウィリアム・ペンなどの世界連邦を志向する思想や運動はあった。しかし、広島・長崎への原子爆弾の投下を境に生まれた運動は、それ以前の運動と本質的に異なっていた。原子爆弾の出現は、人類の運命は一体であるという観念を人々に植え付けたからである。軍事的敵対者だけではなく、自国の市民をも脅かす原爆が戦争で用いられれば、敵も味方も敗者も勝者もない。そこにあるのは人類の破滅だけだという恐怖感が、国際的な世界連邦運動の展開に拍車をかけた。

賀川豊彦

こうした運動の担い手の一人であったアインシュタインは、科学者として原爆開発に関与した反省から、戦争を防ぐ唯一の道は「兵器を確実に管理し、従来戦争勃発の原因となったようなあらゆる問題を解決する機関と法的権限を持つ世界政府を樹立することである」[31]と訴えた。このウェルズの思想をそのまま踏襲したようなアインシュタインの訴えは、一九四八年一月三日の朝日新聞に掲載され、国際的な世界連邦運動の存在が、日本の国民に広く知られる機会となった。

これを契機として、日本にも世界連邦建設同盟が創立されたが、この動きに先駆けて機関誌『世界国家』を発行し、世界連邦の必要性を訴えていたのは、生活協同組合運動をはじめ、様々な社会改革運動の先駆者であったキリスト教社会運動家で、戦後、東久邇宮内閣の参与も務めた賀川豊彦であった。日本の世界連邦建設同盟の創立二〇周年を記念して刊行された『世界連邦運動二十年史』は、賀川を「日本の世界運動の育ての親であり、世界連邦の父」[32]と位置付けているが、賀川の世界連邦運動と平和構想は、ウェルズの思想に深く影響を受けたものだった。敗戦直後の説教で賀川は世界連邦について語り、「世界国家の思想を最初に唱道したのは、世界文化史の著者H・G・ウェルズ」[33]であるとして、その思想の始祖としてのウェルズの存在を強調した。さらに『世界国家』の誌上で、賀川は日本国憲法九条における戦争の放棄の宣言は、原子爆弾による人類滅亡の危機を反映したものであり、この危機を回避するには世界連邦創設の道しかないと説いた。[34]世界連邦運動の思想的な基盤には日本国憲法九条があるという賀川の主張は、ウェルズが訴えた国家主義を揚棄する思想を憲法九条が内在化しているということを示唆しており、本論の冒頭で言及した浜野による日本国憲法のウェルズ・ルーツ説を後押しする議論であることは興味深い。

日本の世界連邦運動の歴史を紐解けば、世界連邦建設同盟の顧問を務めた哲学者の谷川徹三や世界連邦世界協会の名誉会長であった物理学者の湯川秀樹など、その中心的役割を担った有識者たちが、世界連邦思想の源流にウェルズの存在があることを認め、『解放された世界』の筋書きさながら、広島・長崎の原爆体験から世界連邦運動を広めようとしていた様子を垣間見ることができる。ウェルズの思想は、こうした日本人たちをはじめ、原子爆弾を新たな時代の到来と受け止めた人々の世界連邦建設運動に受け継がれたのである。

湯川秀樹

## 理想のリアルとまやかしの現実

だが戦後七〇年を経た現在、わたしたちが生きる世界は、大戦と原爆を経験し、真の平和を創り出そうとした人々が求めた方向性に逆行しているように思われる。平和は人類の悲願であり続けているにもかかわらず、現代にあっては、このような世界連邦思想について考えることは、多くの人の関心の対象とはならない。国際関係は国家を単位として動き、国家主権は絶対的なものとして存在している。第二次世界大戦後の不戦の誓いに端を発する欧州統合の歩みも、イギリスの欧州連合（ＥＵ）離脱によって試練の場に立たされることとなった。世界各地で再びナショナリズムや排外主義が台頭している現在、国家的枠組みは乗り越え難い現実であるように思われる。こうした国際社会の状況に鑑みれば、ウェルズが追求したような世界の統一は夢物語だと一笑に付されるのがおちであろう。

しかし、このような時代であるからこそ、大戦直後の、殊に日本において、世界政府と世界法の創造に、平和の実現に向けての唯一のリアリティを見出していた者が決して稀ではなかった事実に、わたしたちは立ち戻ってみる必要があるのではないだろうか。こうした者たちは、国際連合のあり方や国家主権による政治に限界を見ていた。その一人であった湯川秀樹は、核時代を越えて平和を実現するための大きなヴィジョンとして、超国家的権威の必要性を次のように力説した。

人類社会がそれぞれ絶対主権をもつ多数の国家の集まりという形態を取り続ける限り、国家の間で、あるいは国家群の間で、戦争が行われる可能性はなくならないという指摘は、くりかえしなされてきた。そして国家主権を相対化し、それを拘束する上位の権威としての世界法の制定と、それに準拠する世界連邦機構の樹立なくしては、恒久平和は実現されない(35)。

戦争や原爆の悲惨を身をもって体験した人々の、平和を希求する切実な思いから生まれた世界連邦思想や世界法を求める声を真摯に受け止める努力は、これまで十分になされてきたと言えるだろうか。わたしたちは真に平和を望みながらも、主権国家体制を当然のものとみなし、国際社会は、核兵器ひいては軍備を抑止力とする極めて屈折した方法によって国家間の「平和」を保とうとしている。平和を考える出発点は、軍備の削減と戦争の根絶であるにもかかわらず、この軍備こそが国家的権威を保持し、国際社会の安全を保障するのだと錯覚させるような、まやかしの「平和」を受け入れることが現実的だとする思考は、平和を実現するための真理を見失わせる。わたしたちは、この矛盾を問うてみる必要があるのではないだろうか。

国際連盟の失敗ののち、第二次世界大戦に突入した世界を前に、ウェルズが述べた次の言葉は、一見理想のように見えたとしても、我々が求めるべき真理に目を向けさせる。

人間の理想的な運命は、全地球上の平等と一致とにむかっているのであるという事実を、認める用意をしなければならない。「覇権」とは破砕した言葉であり、「威権」とは頼むにたらぬ理想である。われわれはいまや、これ以上悪いことがわれわれすべてに起こらぬように、好むと好まざるとにかかわらず、世界的民主主義と世界的同胞主義とに自己を訓練しなければならない(36)。

地球と生命の誕生の時から、人類の歩みを大きな視点で見つめ続けたウェルズは、人類は一つであり、すべての人間は世界国家市民として平等であるというコスモポリタン的社会主義の精神のもと、国家主義を排した普遍的な世界史叙述に取り組んだ。そして、英国の覇権の限界や植民地主義の根本的弊害にも言及しながら、一つの種としての人間の資格で、人種や階級、性別などの差異に関係なく人権を保障する「世界的民主主義」と「世界的同胞主義」のもとに超国家的機構を作り上げることの必要性を主張したのである。ウェルズが説いた平和構築に向けての根本原理は、国家主権の制限ないし揚棄を目指し、平和が人権と不可分の関係にあることを前提とすることにあった。そしてこの原理は、単なる理想主義から生まれたものではなかった。世界が直面している状況と危機を卓抜な歴史観を背景に科学的に分析し、恐るべき正確さで人類の未来を予言したウェルズによって差し出された最も現実的な処方箋であったのだ。

## 結びにかえて　オバマ演説と『解放された世界』

ウェルズの死からちょうど七〇年後の二〇一六年五月二十七日、奇しくも、バラク・オバマ大統領によって、現職アメリカ大統領初の広島訪問が実現した。このオバマ大統領の平和宣言ともいうべき演説[37]が、ウェルズの『解放された世界』を彷彿とさせるような内容であったことは特筆に価する。オバマ大統領は、演説の冒頭で「なぜ我々はこの広島という場所を訪れるのか?」と問いかける。そして、「そう遠くはない過去に解き放たれた恐ろしい力に思いを馳せるために訪れるのだ」と続けると、太古の昔から続く戦争の歴史に触れながら、人類がその進化とともに、より高度な破壊能力を手に入れていった過程を振り返る。そのなかで原子力に代表される科学技術の革命が人類を破滅させる可能性があることに言及し、だからこそ、人類には「道徳上の革命」が必要であり、広島という場所に立つことで、その恐ろしさをリアルに想像する必要があるのだと主張するのである。そして、この演説は広島と長崎を「核戦争の夜明けではなく、人類の道徳的目覚めの始まり」と位置付けて終わる。演説で用いられたプロットやレトリックは、『解放された世界』のそれと驚くほど酷似していた。

さらにオバマ大統領は、「我々は一つの人類の仲間として、互いの関係をつくり直さねばならない」と述べた。そして、「すべての人は等しくつくられ、生命、自由、幸福追求を含む、奪われることのない権利」があるとする米国の基本理念に触れ、この理念こそが「我々は皆一つの人類という種の一員なのだという根本原理」なのだと主張することも忘れなかった。この演説で語られた人類を一つの種と捉える俯瞰的視野からの歴史観や、人間の平等と人権の保障といった概念は、わたしたちが先に考察したウェルズの平和構築に向けての普遍原理を思い出させる。広島という場所で発せられたオバマ大統領の平和宣言は、原爆というアレゴリーを用いながら、人類の恒久平和の可能性を示唆したウェルズの思想の残響のようにも聞こえるのである。

一方でオバマ演説は、ウェルズの平和思想と酷似しながらも、戦争の根絶と恒久平和に向けた国家主権の制限もしくは揚棄といった根本原理には言及しない。声明の中でオバマ大統領は、「恐怖の論理にとらわれず、核兵器なき世界を追求する勇気を持たねばならない」とし、「核の根絶」には触れながらも、「戦争の根絶」には触れず、「人々は戦争など望んでいない」という曖昧な表現にとどめた。だが、自明の前提とされる国家主権を揚棄して、戦争を違法化する世界システムを構築することこそが、広島と長崎を経験した世界が手に入れた恒久平和に向けた根本原理であったことに思いを馳せるとき、オバマ演説は広島の原爆を「人類の道徳的目覚め」としながらも、そのことの真の意味を空洞化してしまう危うさを併せ持っていることに、わたしたちは注意を向けておく必要があるだろう。

オバマ大統領の広島訪問と原爆戦没者慰霊碑への献花を、日本のみならず世界の歴史において、記念すべき出来事として歓迎し、その意義を高く評価する声がある。その一方で、投下責任への言及や謝罪を回避したことへの不満の声や、この広島訪問は日米同盟強化のための政治利用に過ぎず、具体的な核軍縮には直結しないと訝る声も聞かれる。プラハで核なき世界を訴えてノーベル平和賞を受賞しながら、核兵器関連予算を大幅に拡大し続け、未臨界核実験を繰り返し行い、ＣＴＢＴ（核実験全面禁止条約）批准を拒否したという言動の不一致がオバマ政権には見られたからである。オバマ大統領の広島訪問に、平和への道を照らす一縷の光を見出そうとするわたしたちに、ウェルズが伝えるのは、目指すべき目的地はまだずっと先にあるということだ。だが、たとえ「解放された世界」への道のりが長く険しいものであろうとも、広島・長崎が希求する真なる意味での平和の実現という最終目標を、わたしたちは手放すべきでも見失うべきでもないのだ。

＊本稿は、科学研究費補助金（研究課題番号：２６３７０３０６）の助成金を受けた研究成果の一部である。

注

（１）［atomic bomb,n.］*Oxford English Dictionary Online*. 2016. Oxford University Press. March 2016.〈http:// dictionary.oed.com/〉.

（２）テキストには以下を使用した。H.G.Wells, *The World Set Free : A Story of Mankind* (London: HGW Classics, 2011). 頁番号は同書に従っている。また、訳文には浜野輝訳『解放された世界』（岩波文庫、一九九七年）を使わせていただいた。ただし、一部改変した箇所もある。

（３）ノーマン・マッケンジー、ジーン・マッケンジー著、村松仙太郎訳『時の旅人』（早川書房、一九七八年）四四一頁。

（４）Wells, *The World Set Free*, p.5 に収められた「序文」による。

（５）性の自由を主張し、数々の女性遍歴で知られるウェルズだが、レベッカ・ウェストとは一九一二年頃から一〇年間恋愛関係にあった。アンソニー・ウェストは、一九一四年に二人の婚外子として誕生した。

（６）Anthony West, *H.G.Wells: Aspects of a Life* (New York: Random House, 1984), p.22. この「不運な作品の失敗」というウェストの言葉を敷衍して言えば、『解放された世界』は出版当時に反響がなかっただけでなく、ウェルズ生誕一〇〇年に合わせて一九六〇年代から盛り上がりを見せた彼の文学作品に対する再評価の流れの中でも、ほとんど批評の俎上に載せられることはなかった。

（７）West, p.22.

（８）ジョージ・オーウェル著「ウェルズ・ヒトラー――世界国家」『オーウェル評論集２』川端康男編（平凡社、二〇〇九年）一一六―一一七頁。

（9）オーウェル、一二三頁。
（10）オーウェル、一二四頁。
（11）浜野輝『生の黙示録日本国憲法――H・G・ウェルズとルーズベルト大統領の往復書簡から』（日本評論社、二〇一三年）四頁。
（12）浜野、『生の黙示録日本国憲法』、一二三頁。
（13）第二次世界大戦勃発直後の一九三九年、ウェルズはこの原案を起草し、その翌年世界的に有名な法律学者でハーグ国際仲裁裁判所のイギリス代表であったジョン・サンキー卿（John Sankey）を委員長とする委員会にかけ、その成案をサンキー権利章典と呼んだ。浜野輝によれば、それは人類史上最初の世界人権宣言であった。ウェルズは、このサンキー権利章典のコピーを各国の指導者や知識人に送付し、戦後の条約や協定に組み入れるように要請した。かねてからウェルズの新世界秩序の思想に賛同していたアメリカのルーズベルト大統領は彼の提案に同意し、「新世界秩序の平和路線」が実現するかと思いきや、大戦の終結直前のルーズベルト大統領の死後、チャーチル首相とトルーマン大統領によって「旧世界秩序の戦争路線」が復活させられ、ウェルズの計画は夢と潰えた。こうして、サンキー権利章典に謳われた基本的人権と、軍備の非合法化をすべての国家に強要するウェルズの新世界秩序の思想は、占領憲法といわれる日本国憲法においてのみ実現した。この経緯や、日本国憲法とウェルズの思想の関連については、浜野輝の『生の黙示録日本国憲法――H・G・ウェルズとルーズベルト大統領の往復書簡から』（日本評論社、二〇一三年）を参照されたい。
（14）浜野、『生の黙示録日本国憲法』、一二九頁。
（15）浜野輝『H.G.ウェルズと日本国憲法――種の起源からヒロシマまで』（思索社、一九八五年）四頁。
（16）丸山真男『日本の思想』（岩波新書、一九六一年）一二一―一二二頁。
（17）下田直春「解説」、H.G.ウェルズ著、下田直春訳『世界文化小史』（講談社学術文庫、二〇一二年）四九二頁。
（18）下田、四九二頁。
（19）リッチー・カルダー「序説」、H・G・ウェルズ著、浜野輝訳『解放された世界』（岩波文庫、一九九七年）一六頁。
（20）S・R・ウィアート、G・W・シラード編、伏見康治、伏見諭訳『シラードの証言：核開発の回想と資料一九三〇―一九四五年』（みすず書房、一九八二年）二〇頁。
（21）ウィアート、シラード編、五〇頁。
（22）ウィアート、シラード編、七〇頁。
（23）W. Warren Wagar, ed, *H.G.Wells: Journalism and Prophecy 1893–1946* (New York: W. Warren Wagar), p.84.

(24) 一九一七年、ウェルズは戦争を根絶するための「国際連盟案」を、イギリス外務省を通じてアメリカのウィルソン大統領に送っている。ウェルズ案がウィルソン主導の国際連盟の設立の元となったかどうかは立証されていないが、その翌年、ウィルソン大統領は「一四カ条の平和原則」を発表し、国際平和機構の設立を呼びかけ、一九二〇年に国際連盟が発足したという歴史との連続性は注目されるべきだろう。しかし、ウェルズが戦勝国と敗戦国の協力を訴えたにもかかわらず、ドイツはベルサイユ条約によって過酷な賠償を強いられた。このことが第二次世界大戦の起こる原因にもなったが、現実の国際連盟はウェルズが望んだような戦争を防止するような強力な国際連盟とは根本的に異なっていた。ウェルズは「標本ビンの中の胎児」("Homunculus in a Bottle", 1921) という論文でこの点の批判を展開した。また、『世界史概観（下）』にも「国際連盟の失敗」という章が設けられ、ウェルズはその問題点を論じている。
(25) H・G・ウェルズ著、浜野輝訳『新世界秩序――ホモ・サピエンス将来の展望Ⅱ』（思索社、一九八三年）四九三頁。
(26) John S. Partington, *Building Cosmopolis: The Political Thought of H.G. Wells* (Aldershot: Ashgate Pub Co., 2003), p.82.
(27) 『解放された世界』には、科学は「世界の王」（二一五）であるとする科学至上主義にも似た表現が散見されるが、これは人類の知力を結合した「世界頭脳」へとつながるものである。そして、本書で解かれる「世界精神との自己同一化」や「自己からの人間の解放」は、ウェルズ的社会主義「コレクティヴィズム」へとつながる思想である。
(28) マッケンジー、六四〇頁。
(29) 森瀧市郎『核と人類は共存できない』（七つ森書館、二〇一五年）、一〇三頁―一〇七頁。
(30) Norman Cousins, *Modern Man is Obsolete*(New York: Viking ,1945), p.8.
(31) 世界連邦建設同盟編『世界連邦運動二十年史』（世界連邦建設同盟、一九六九年）、九一頁。
(32) 世界連邦建設同盟編、一五五頁。
(33) 小南浩一「賀川豊彦と世界連邦運動」『法政論叢』第四四巻二号、七五頁。
(34) 賀川豊彦「世界国家と警察制度」『世界国家』一九四八年三月号、七頁。
(35) 世界連邦建設同盟編、四〇頁。
(36) H・G・ウェルズ著、長谷部文雄、阿部知二訳『世界史概観（下）』（岩波新書、一九六六年）、一七〇頁。
(37) オバマ米大統領の広島演説の全文は二〇一六年五月二八日、『朝日新聞』掲載の英文を参考にした。

# III

# 戦争の傷跡とともに生きる

# 7章　戦場で心の傷を負う兵士たちの「それから」
## ――パット・バーカー『再生』を読み解く

市川　薫

### 序　フィクションと事実の混交

本稿に先立つ論文「記憶の再生と継承――パット・バーカー『再生』論序説」のおわりに、筆者は次のように書いた。

パット・バーカーにとって第一次世界大戦との関わりの第一歩は祖父の脇腹の傷であった。その後サスーンやオーウェンの詩を読むことで戦争への関心をさらに深めたが、それは小説として簡単に実を結ぶ題材ではなかった。書物によって知り得た塹壕の音、臭い、触感を伝えたとしても所詮は二番煎じの模倣にすぎず、体験者に対する冒涜ともなりかねないからだ。過去のできごとである戦争と自分の間にある距離、この距離感に気付いていたバーカーはリヴァーズという、病院でシェルショックの患者たちを治療する精神科医を発見することで、その距離を保ちながらも戦争という現実を見渡すことのできる位置を獲

パット・バーカー

得したと言ってよい。そして、その位置を獲得したからこそ、今度は比較的自由にプライアーやセアラのような架空の人物を配置できたのである。その意味で、『再生』は、戦争を知らない世代が戦争を知らない世代に向けてどのように戦争を描くかという課題について、果敢に挑戦した作品と考えて差し支えないであろうし、それはまた読者への期待の表れでもあろう。[1]

『再生』（*Regeneration*, 1991）が出版されたのは一九九一年だが、それを執筆したパット・バーカー（Pat Barker, 1943–）はおよそ三四半世紀前の出来事である第一次世界大戦の惨状と向き合うために、リヴァーズ（William Halse Rivers Rivers, 1864–1922）という実在の人物を発見し、小説中に登場させた。作者は、この発見により、戦場から離れた「場所」、つまり、母国に傷病兵として帰還した兵士たちの姿を通して戦争を描くという「戦争小説」の手法を獲得し、それはこのあと『ドアの目』（*The Eye in the Door*, 1993）、『亡霊の道』（*The Ghost Road*, 1995）と続く三部作として実を結ぶことになる。

右の文章ではリヴァーズを精神科医として紹介しているが、彼は医師であると同時に著名な人類学者でもあった。つまり、二〇世紀の前半において衝撃的な影響を与え、モダニズムの隆盛にも深く関わった精神分析学と人類学の権威であり、このような人物を三部作の中心に据えたことで、作品は旧来の伝統的価値観に対する疑問の提示、あるいは積極的に価値観の転換という問題を内包することになり、これらの学問領域の影響力を知っている二一世紀の読者としてはそのことに関心を抱かずにはいられない。すなわち、第一作『再生』においては、「精神科医リヴァーズ」がのちの心理小説にもつながる人間の内面的相克を、第三作『亡霊の道』では、「人類学者リヴァーズ」がのちの構造主義やポストコロニアリズムにもつながる、ヨーロッパとヨーロッパがそれまで「未開」として蔑視してきた世界との相克を提示していることが見えてくるのである。[2] しかも、バーカーは医師や研究者としてのリヴァーズを描いているだけではなく、リヴァーズ自身が吃音、視覚性記憶障害、同性愛的傾向を有していたことにも立ち入り、それらを作中に位置づけている。そして、この人物の公私両面を通して浮かび上がってくる様々な問題を、ペンバートン・ビリング裁判やロイド・ジョージ首相暗殺計画という当時の混乱した社会状況とパラレルに設置し、そこにビリー・プライアー（Billy Prior）というバーカーが作り出した、言い換えれば現代から送り出した強烈な個性を絡めることで、世界大戦として現出した時代の転換期に対峙するひとりの知識人の姿を浮き彫りにしているのである。

第一次世界大戦はもはや歴史の一部であり、その意味でリヴァーズやサスーンは歴史的人物と言ってよい。つまり、バーカーが『再生』三部作で行っているのは、歴史の再構築であり、それは作家として倫理的責務を問われる作業である。実際、ベン・シェパードは「彼女（バーカー）は過去を作家本人の文法だけではなく、その時代の文法で創造しなければならないのだ[3]」（丸括弧内筆者）と批判している。しかし、歴史的事実の歪曲や、実在した人物に対する冒涜的な言及がないのであれば、作家にはそれ相当の自由が与えられてしかるべきであろう。なぜなら、記憶の再生と継承という問題を考えたとき、過去の記憶を「いま、ここ」に生きる「作家本人の文法」によって再生させてこそ、フィクションが未来につながる現代的意義を獲得できると考えるからである。

さて、本稿の目的は「序説」をふまえて、『再生』という作品が内包する主要なテーマを明らかにすることである。そのテーマは、ひとりの医師と三人の患者によって共有され、また変奏される。ひとりの医師とはもちろんリヴァーズである。そして、三人の患者はサスーン（Siegfreid Sassoon, 1886–1967）、プライアー、バーンズ（David Burns）である。このうちリヴァーズとサスーンは実在した人物だが、プライアーとバーンズはバーカーが創造した架空の人物である。作品の舞台であるクレイグロックハート病院は、軍が「シェルショック」の患者たちを治療するためにエディンバラに設置した病院で、そこには六五〇名を超える患者たちと、その数には到底対応しきれない少数の医師たちがいた。実際にその中にいたふたりの人物と、そこに送り込んだふたりの架空の人物を通して、作者がどのようなテーマを提示しているか、順次明らかにしていきたい。

## 一　怒りを表出する戦場の英雄

### 一兵士の宣言

『再生』の冒頭には、サスーンによる「一兵士による宣言」が置かれている。「序説」でも紹介したが、改めて引用させていただくことをお許し願いたい。

この戦争を終結せよ
——一兵士の宣言

私は軍当局に対する心からの抵抗を示す行為としてこの宣言を書いている。なぜなら、この戦争が、それを終結させる力を持つ人間たちによって故意に引き延ばされていると信じるからだ。

私は一兵士であり、目下のこの行動は兵士のためであるとの確信にもとづくものである。私は防衛と解放の戦争であるとしてこの戦争に身を投じたが、いまや、それは侵略と征服の戦争となってしまっている。私や戦友が兵士となったこの戦争の目的はきわめて明白で変更の余地などないものであったはずだ。もし、そうであるなら、われわれを参戦へと駆り立てたその目的は、交渉によって直ちに達成されるものであると信じる次第である。

兵士の苦しみを目の当たりにし、耐えてきたが、もはや邪悪で不正な目的のために、この苦しみを引き延ばすことに加担することはできない。

私は戦争という行為に異議を唱えているのではない。戦う兵士たちを犠牲にしている政治的誤謬と不誠実さに抗議しているのである。

この抗議は、まさにこの瞬間にも苦しんでいる者たちにかわり、彼らに対してなされている欺瞞に対して行うものである。また、これが、内地に暮らす多くの者たちが、長引く兵士の苦痛を何の感情も示さず悦に入って眺めている様子を叩き壊す一助になるものと信じる次第である。その連中は兵士の苦痛を分かち合うこともなければ、それを実感するだけの想像力を持ってもいないのだ。

S・サスーン

一九一七年七月[4]

バーカーはこの衝撃的な文章を、何の説明もなくいきなり作品の冒頭に置き、読者を一気に戦争の時代へと招き入れる。サスーンという実在の人物と、彼が著したあまりに有名な「宣言」によって、我々はまず第一次大戦という事実と向き合うことを余儀なくされるのである。

戦功十字章

この「宣言」はサスーンがイギリスで負傷療養中に書いたものである。彼は一九一四年八月に志願兵として入隊し、一九一五年一一月に陸軍少尉としてフランスに送られた。戦場では自殺行為寸前の狂気にも似た勇猛さを見せ、部下たちからは「マッド・ジャック」と呼ばれるほどであった。そして、『再生』にも言及があるように一九一六年七月には「戦功十字章」を与えられる。[5] しかし、翌八月には塹壕熱により傷病兵として帰国する。その後軍務に復帰し、壮絶なソンムの戦いにも加わるが、一九一七年四月に負傷し、再び傷病兵として帰国する。サスーンが、芸術家のパトロンとしても著名であったレディ・オットライン・モレル（Lady Ottoline Morrell, 1873–1938）と知り合ったのは最初の療養中であった。彼女の夫フィリップは自由党の国会議員であり、夫妻ともに「反戦平和主義者」として知られていた。二度目の療養中に夫妻の邸宅、ガーシントン・マナーに滞在し、そこを訪れる人々から戦争をめぐる様々な状況を教えられ、戦争の大義について疑いを持ち始める。その疑いは短い時間の間に確信にかわり、悲惨な戦場を経験した「一兵士」として、戦争を操り、悦に入って戦争を眺めている人間たちへの「怒り」の言葉として表出することになる。「宣言」の作成に際してバートランド・ラッセル（Berrand Russell, 1872–1970）から二百語程度にしたほうがよいなどのアドバイスを受けたものの、[6] この文章がこれほどの迫力を持ちえたのは心の底からの表現であるからに他ならない。単に戦争全体に対する抽象的、一般的な怒りではなく、悲惨な戦場を経験した兵士が、政治家、指揮官、宗教家、無知な市民を具体的に思い浮かべ、そういう者たちに向けて放った鋭い矢なのである。[7]

サスーンはこの「宣言」を所属隊長に送り、他方ラッセルはこれを公にするために、国会議員のところに持ち込み、国会でも取り上げられる。本来ならば軍事裁判にかけられても仕方のない内容であるが、勲章を与えられた英雄でもあり、友人ロバート・グレイブズ（Robert Graves, 1895–1985）などが陰で尽力した結果、神経衰弱患者（これもシェルショックのひとつ）としてクレイグロックハートに送られ、そこで、医師のリヴァーズ、そして、患者のウィルフレッド・オーウェン（Wilfred Owen, 1893–1918）と出会うことになる。

## 父殺し

サスーンは自伝的小説『ジョージ・シャーストンの思い出』（*The Memoirs of George Sherston*）の第三巻

ってその思い出を記述している。この小説では人物たちはすべて仮名を与えられているが、ひとりリヴァーズだけは実名のまま登場している。それはリヴァーズへの友情と敬意の表れであり、ポール・ファシルによるこの作品の序論には「彼（リヴァーズ）の思い出はサスーンにとって生涯忘れ得ぬものであり、ずっとあとになって、一九五二年の日記に『次の世でもリヴァーズに会いたい』と書いた」（丸括弧内筆者）ことが紹介されている。[8] 他方、『再生』の巻末に付けられた「作者のノート」でバーカー自身が述べているとおり、リヴァーズの主著のひとつである『夢と葛藤』に出てくる患者Bはサスーンのことである。同書では、リヴァーズが自分自身の夢の分析を行っているのだが、ある夢を分析した結果、そこに平和主義的傾向、言い換えれば戦争の早期解決を望む願望があるとの分析に立ち至り、その原因の一端が昼間に「平和主義的態度」を持つ患者Bと会話をしたことにあると示唆している。[9]

バーカーは、これらをもとにふたりの関係を小説として再構築したわけだが、実在の人物であるだけに、そこには当然、制約が伴うはずである。実際に、サスーンの病気については、プライアーやバーンズの場合と違って、いくつかの幻聴や幻覚に言及してはいるもののほとんど詳細な記述はない。事実をふまえれば、それは当然のことで、そもそも彼はシェルショックを患っているとは断定できず、クレイグロックハートに送られたのは、あくまでも軍医師団が混乱を回避するために用意した方便にすぎなかったからである。リヴァーズも先ほどの著書の中でサスーンは「神経症」を患ってはいないと明言しているし、[10] サスーンも「反戦ノイローゼ」[11]としか診断されなかったと書いており、それは小説中にそのまま採録されている。つまり、一定の期間を経たのちにサスーンが戦場に戻らなくてはいけないことはふたりのあいだ（そして事実を知る読者とのあいだ）ですでに了解されており、リヴァーズが「中立のふりはできない」（四頁）というのはそういう意味である。

冒頭の「宣言」によって読者に強く印象付けられるサスーンだが、事実に拘束された影響のためか、小説中では意外に活躍の場が少なく、『ドアの目』や『亡霊の道』になるとわずかな言及があるだけである。とはいえ、バーカーがサスーンの発言をとおしてひとつの重要なテーマを提示していることを忘れてはいけない。それは、後述するようにバーンズやプライアーにも共有され、やがては「創世記」におけるアブラハムとイサクにも波及する父子の関係をめぐる問題であり、この作品から読み取れるもっとも先鋭的なテーマのひとつでもある。

サスーンとリヴァーズとの二度目の面接の折に次のような会話が行われる。

リヴァーズは笑みを浮かべた。「じゃあ、君がロイド・ジョージを殺すつもりだったというのは、言葉だけのことだったのかね」

「殺すつもりはまったくありませんでした。そうしたい気持ちになるってことは言いましたが、どっちみち駄目でした。だって、こうして精神病院に入れられてしまったのですからね。『栄光の思い出に包まれたリチャード・ダッド』と同じです。目の前にあなたがいる、それは言葉だけではなく事実です」彼は部屋を見回した。……

リヴァーズは少し間を置いた。「リチャード・ダッドが画家だったことは知っている。彼は他に何をしたのかね」

短い沈黙。「父親を殺したのです」

リヴァーズは不意を突かれて困惑した。父親役には慣れていた。なにしろ、いちばん若い患者よりも三〇歳も年長なのだから。しかし、サスーンほどの年齢の患者からこんなに早くこの問題が持ち出されるのはめったにないことだった。（三四頁）

一九一七年の夏の時点で、サスーンは三一歳、リヴァーズは五三歳であった。三〇歳を過ぎた男がいきなり父親の問題を口にしたことにリヴァーズは少なからず動揺している。このあと、リヴァーズはサスーンの家族について質問をし、五歳のときに父親と別れ、八歳のときに亡くなったことを知る。もちろん、これは事実である。

注目したいのは、ここでバーカーがわざわざリチャード・ダッド（実在した人物、優れた画家だったが精神に異常をきたし、ハイドパークを散歩中に父親を刺殺してしまう）の名前を使って、父子の問題、あるいは父親殺しの問題を作中に位置づけていることである。なぜなら、父と子の関係は、バーンズ父子、プライアー父子、バーンズとリヴァーズとの関係、リヴァーズとプライアーの関係、そして、リヴァーズ本人における父親との関係おいて繰り返し提示され、戦争における若き兵士の死と、それを「促す」父親世代、さらには国家や人類の存続という問題へと展開してゆくからである。

サスーンが作中で与えられているもうひとつの重要な役目は詩人としてのそれである。具体的には、ウィルフレッド・オーウェンとの交流と詩作である。戦争を体験した詩人としてどのような態度で詩作にのぞむべきか。この点についてサスーンはオーウェンに重要なアドバイスを送るのだが、この問題は本論の後半でバーカーという作家の創作態度との関連をとおして考察することとしたい。

## 二　饒舌な兵士

### 緘黙《かんもく》から饒舌へ

『再生』を読んでいると会話のあいだに何度も「沈黙」(silence, pause) という語が出てくることに気付く。冒頭にサスーンの「宣言」が置かれているために登場人物たちが戦争に対する何がしかの政治的メッセージを述べることを予想してしまいがちだが、ほとんどそのようなことはない。実は、この物語の主要人物の多くが「話すこと」について問題を抱えており、リヴァーズ、サスーン、オーウェンは吃音を持ち、これから論じるビリー・プライアーは最初緘黙症の患者として登場する。そして、物語の最後では緘黙症の患者に電流療法を施すことによって強引に発話させようとするイールランドの治療の様子が描かれている。ブラニガンは「『再生』は話すことと沈黙という比喩を用いた暴力と抵抗の物語[12]」と述べているが、話すことをめぐるこの作品の特徴に注目した的確な指摘であろう。

プライアーは緘黙症の患者としてリヴァーズの前に登場するが、すぐに言葉を回復し、今度は逆に作品中もっとも饒舌な人物となる。言葉によるリヴァーズへの攻撃は容赦なく、リヴァーズにとって触れられたくない彼本人の吃音にさえも噛みつく。また、エディンバラの町でセアラ (Sarah Lumb) というガールフレンドを見つけ、戦争小説の中に「女」を導く役目も担う。リヴァーズとともに三部作すべてにおいて中心的な役割を果たし、リヴァーズが「事実」の制約を受ける一方で、彼はバーカーの意図を受けて自由に動き回る。その意味で、彼の存在こそがフィクションとしての豊かさを生み出していると言えよう。

プライアーは二二歳で、労働者階級の出身だが、陸軍大尉として軍務につく。粗野で乱暴な父親と教育に熱心な母親に育てられた結果、分裂症的な傾向を持ち――この問題は『ドアの目』で大きく取り上げられる――、母親には常に苛立ちを覚え、暴力的に自分を鍛えようとしてきた父親には反骨心を感じていた。このような親子関係、特に父親との関係が、リヴァーズへの攻撃のひとつの要因であることは間違いないし、リヴァーズにもそのことは理解できている。言葉を回復したプライアーの目下の問題は「記憶障害」である。彼は自分が戦場でなぜブレイクダウンしてしまったのか、それが思い出せないのである。エリートたちに混じって言わば突っ張って生きてきた彼には、自分がそんなに弱いはずがないとの自負があり、病気を発症してしまったことを恥じてもいる。

プライアーが記憶を失い、声を失ったのは砲撃を受けた後の片づけ作業のときであったことが、催眠療法によって明らかになる。

ほとんどの作業が終わるころプライアーは塹壕の踏み板の上にいた。視線を下にやると、眼球があり、それをじっと見つめた。皿からご馳走をとるときのように、やさしく、親指と人差指を踏み板の間に入れた。指がなめらかな表面に触れ、滑ってつかみそこねてしまった。彼はそれを取りだして、手のひらに載せ、ローガンに向かって差しだした。手が震えているのがわかったが、自分の手ではないような感じだった。「このキャンディーみたいのものをどうしようか」ローガンが目をぱちくりしているのが見えた。自分でも怖がっているのがわかった。ようやくローガンが手を伸ばし、彼の震える手頸をつかみ、その眼球を袋の中に入れた。「あとはウィリアムズと自分でやっておきますので、お戻りください」……

何かさりげないことを言いたかった。自分が大丈夫であることを証明するようなことを言いたかった。しかし、顔の下半分がすっかり麻痺してしまっていた。（一〇三頁）

記憶を回復したプライアーはリヴァーズの身体にしがみつき、頭をぶつけながら泣きじゃくり、リヴァーズはその様子を見て山羊の親子のようだと思う。このあともプライアーはリヴァーズへの攻撃をやめないが、それが子どもの甘えのように感じられるのはこの場面のためである。しかし、リヴァーズとの関係は所詮医師と患者という関係にすぎず、本当の親子関係とはなりえない。

## 忘れることと思い出すこと

先述したように三部作をとおしてもっとも活動的な人物はプライアーである。彼は階級を、性差を、軍人と民間人の垣根を越えて活動する。しかし、両親との生活に「居場所」を見つけられなかった彼は、どれほど活発に動きまわってもそれを見つけることはできない。恋人のセアラにしても「避難所（haven）」（丸括弧内筆者、二一六頁）であって、「居場所」ではない。実は、父子の問題は、この居場所という問題と大きく関わるテーマである。若い兵士たちは、言い換えれば「息子」たちは、長引く総力戦の中で、みずからの居場所、すなわち、この世に生きていく場を保障されているのだろうか。「父」は、息子たちの居場所を奪っているのではあるまいか。

プライアーにとってセアラが居場所ではなく避難所であるのは、そこに行けば彼が戦争の試練から逃れることができるからである。「男たちは、女にフランスのことを語らないのは心配をさせたくないからだと言う。しかし、それ以上の意味があった。彼（プライアー）が隠れるためには彼女（セアラ）が（戦場の惨禍について）何も知らないでいる必要があったのだ」（丸括弧内筆者、二一六頁）バーカーはここで女を癒しの場所としか考えないような、兵士と妻・恋人をめぐる男の身勝手ともいえる従来からの論法を批判しているが、この作品では「同時に彼は相手をできる限り深く知りたかったし、自分のことも深く知ってほしかった。そしてこのふたつは相いれないものだった」（二一六頁）と書くだけで、男女の関係性の問題としてはこれ以上掘り下げてはいない。この作品でそれを突きつけるのは、やはり、リヴァーズである。

リヴァーズの治療方針は、患者である兵士につらい記憶を思い出させ、それと向き合わせることである。

リヴァーズの治療は、患者に忘れようという無駄な試みを放棄させ、そのかわりに一日の中でそれを思い出す時間を持つようにアドバイスすることで成り立っていた。くよくよ考えたり、そんなことはなかったのだと思いこもうとするのはやめることだ。こういう治療をはじめて一、二週間もすると悪夢の回数も減り、その恐怖も減ってくるのだった。(二六頁)

リヴァーズは患者たちに、直視したくない、思い出したくない凄惨な体験に向き合い、それを言語化することを要求する。実は、これは『再生』という物語を貫くきわめて重要な主題であり、プライアー、バーンズ、オーウェン、そして治療を行うリヴァーズ自身をとおして何度も繰り返される。主要人物の中でただひとりの例外はサスーンなのだが、なぜ、サスーンだけがこの主題から自由でいられるのか。この問いもやはり、作家の創作態度と深く関わる問題である。

## 三　食事を受けつけない兵士

**耐えられないほどひどい体験**

患者たちの中でリヴァーズをもっとも困らせるのはプライアーであるが、医師として治療法を見出せないままなのがバーンズである。それほど、バーンズの戦場体験はひどいものであった。

バーンズ。リヴァーズは耐えられないほどひどい体験についても、耐えられる部分を見つけてやることには熟達していたが、バーンズの場合はどうにもならなかった。彼の体験は本当にひどいものだったので、リヴァーズは助けてやるべき要点が見つからなかったのだ。バーンズは砲撃によって空中に投げ出され、ドイツ人の死体のうえに頭から落ちた。ドイツ人の腹には毒ガスが充満していたが、その衝撃で破裂した。バーンズは意識を失う寸前に、鼻と口にちりぢりになった肉片がつまっているのがわかった。それ以後、何かを食べようとするとその味と臭いがよみがえってくるのだ。夜になると、その体験が夢に出てきて、そのたびに嘔吐してしまうのだった。（一九頁）

この体験が原因でバーンズは食事を取っても嘔吐してしまい、夜になると悪夢に襲われる。そのような状態であるため他人とはできる限り交わらないことを好む。ある日、雨の中ひとりで出かける。彼は雨が嫌いであるる。なぜなら、雨が降ると外出する患者が少なく、病院の中で「戦争、戦争、戦争」（三七頁）の話をするからである。バスに乗り、出口に近いところに座る。バスは混んでおり、他の客の存在や雨の「臭い」のために緊張するが、やがて客は彼ひとりとなる。細い道に入り、両脇の木の枝が窓に当たり、「それは機関銃のような音がした。叫びだしたくなるが唇を噛んで抑えた」（三七頁）。バスを降りると畑地が広がっていた。びしょ濡れになりながら柵のワイヤーを潜り抜けて中に入り、丘を登っていく。いちばん高いところに来ると風が強く吹き付けてきた。自分がどこに行こうとしているかもわからないままに雨をやりすごす場所を探そうとして走りだすが、耳は「砲撃の音を聞こうとしていた」（三八頁）。

これらはすべて戦場や塹壕を想起させる。バーカーは、通常であれば牧歌的ともいえる田園の光景を、雨と風を用い、戦場で怖ろしい体験をし、その恐怖に怯えているバーンズを介して描写している。戦争体験者による戦争小説では、母国はしばしば戦場を忘れさせてくれる癒しの場所として描かれるが、バーカーの場合、たとえ殺戮はなくとも母国そのものも常に戦場の一隅であるかのように捉えられている。先ほどの引用箇所によってバーンズの体験を既に知っている読者は、彼の心情に同調してこれを読むため、直接的な戦場の描写に劣らず深く心に留めることが可能になる。戦場を知らない作家による「戦場」の描写として、注目すべき表現法である。

## 死者を葬る儀式

バーンズは、木立を見つけると、木の幹に背をもたせかけて座る。すると周囲には、鳥の死体が木からぶら下がり、もぐら、キツネ、イタチ、フェレットなどの死骸が散乱していることに気付く。走りだしたが木々が邪魔した。そのとき、リヴァーズの「そこから離れろ」という声が頭の中で聞こえた。しかし、バーンズはその場に留まり、気持ちが落ち着くと、動物の死体を集め、それらを並べ始める。

すべての死体を地面に置くと、木を丸く囲むように並べ、木の幹に背を持たせかけて真ん中に座った。ざらざらした木の皮が、痩せてごつごつした背骨にあたった。両手を膝のあいだに挟み、丸く並べた仲間たちを見廻した。これでみんな大地に戻ることができる。本来そうあるべきなのだ。どうしてもいっしょに寝転がりたくなったが、服が邪魔だった。立ち上がって服を脱ぎ始めた。脱ぎ終わると、自分の身体を上から眺めた。裸の身体は根っこのように白かった。両手で前を隠したのは、恥ずかしかったからではなく、自分だけ違って見えたからだ。自分だけ仲間はずれな感じがしたからだ。それから丁寧に服をたたみ、円の外に置いた。ふたたび木に背を持たせかけて座ると、枝の網目模様のあいだから灰色の雲が流れてゆく様子が見えた。

空が暗くなり、空気は冷たくなったが、気にならなかった。動こうとは思わなかった。ここだ。これこそ自分が居たいと思っていた場所なのだ。（三九頁）

これは明らかに死者を葬る儀式である。動物たちの死体に戦死者を重ねてしまうのは筆者だけではないはずだ、実際、原文では冒頭の「死体」は corpses という語が使用されており、それは普通人間の死体を意味する語である。[13] では、その死体を「仲間」と呼び、その輪の中に入ることを願うバーンズは戦友たちのもとに行こうとしているのだろうか。つまり、兵士として死ぬことを望んでいるのだろうか。そうではない。彼は衣服、すなわち軍服を脱ぐとそれを円の外に置き、裸になると性器を隠している。兵士としての役割と男性としての役割を捨て、まさに裸の動物たちと一体化することが彼の願望なのである。強き兵士、強き男である限り、また戦場に戻らなくてはいけない。彼の抱える恐怖は、それを拒否しているのだ。横になり——つまり死者となり——動物たちと一体化した彼は、そこにこそ自分の「居場所」があると感じる。もちろん、これは一種の仮想自死である。しかし、彼は最終的にそこから戻ってくる。いや、バーカーは彼がそこに居続けることを許さない。

無意識のうちにクレイグロックハートに帰ってきたバーンズは、疲れ切ってひと眠りしたあとリヴァーズの姿を見つけ、「このために帰ってきたのだ」（四〇頁）と実感するのである。患者と医師との強い結びつきを感じさせる場面であり、バーンズの「再生」に一瞬期待を持つが、彼にとっての試練はむしろこれからである。なぜなら、凄惨な体験と向き合い、それを言語化することがリヴァーズの治療法だからである。しかし、その治療とは何のためだろうか。プライアー、サスーン、そしてオーウェンはやがて戦場に戻る。それは兵士としての任務を果たせる状態に戻ったとして判断されたに過ぎず、その判断をするのはリヴァーズである。年長のリヴァーズにとって、それはまた「耐えられない体験」であろう。

## 四　「父」であろうとして苦慮する精神科医

### アブラハムとイサク

先述したようにサスーンに関する記述は抑制的なバーカーだが、逆にリヴァーズについては私的領域にまで踏み込んで比較的自由に虚構化している。それができた背景には次のような事情があったことが作者本人の口から語られている。

リヴァーズは個人的なことを知られないように相当注意していました。彼はなんでも焼却してしまったのです。手紙は自分でも燃やしたし、遺言執行者にも燃やしてしまうよう指示しました。ものすごく秘密主義で、余計なことを言わない人でした。それは小説家にとっては好都合でした。というのも彼について多くを知る必要がないからです。その空白を埋めればいいわけです。投影することができるわけです。実際、わたしはサスーンやオーウェンについては知りすぎていました(14)。

このような人物を発見できたのは、作家としてやはり幸運であったと言わざるをえないし、また、それをフィクションとして仕立て上げた力量にも感心させられる。

さて、過労のために体調を崩したリヴァーズは休暇を取り、弟夫妻のところに滞在することにする。日曜日、教会に出かけた彼は、ステンドグラスに眼をやる。

「イサクを捧げるアブラハム」ローラン・ド・ラ・イール画

礫だ。聖母と聖ヨハネが傍らにいて、精霊が降りてくる。……その下、かなり小さくアブラハムが息子をささげる場面が描かれている。アブラハムのうしろには木の茂みに角をとられ、逃げようとしてもがいている子羊がいる。教会の窓には最適な絵だ。恐怖が伝わってくる。アブラハムは息子を生贄にささげなければならないことを悔やみながらも、恐怖心を立派に隠していた。その一方で、間に合わせの祭壇に縛られたイサクがにやにや笑っている。

東の窓向きの選択だ。文明はふたつのむごたらしい契約を土台としているという。契約、とアブラハムとイサクを見ながらリヴァーズは考えた。家父長制社会はすべてこの契約に基づいている。逞しい若者が、弱い老者に従えば、みずからの命をかえりみずに従えば、やがて、安らかに先人から引き継ぎ、今度はその息子たちに同じように服従を強制する。ただし、いまはその契約が破られつつある、とリヴァーズは思った。この瞬間、フランス北部全体で、塹壕で、地下壕で、水がたまった砲弾の穴で、次を継ぐ者たちが死んでいる。大量に。その一方で年寄りと、年齢に関わりなくすべての女たちが、こうして集まって讃美歌を歌っている。（一四九頁）

「創世記」二二章は「アブラハム、イサクをささげる」というタイトルが示すとおり、神から息子イサクを生贄としてささげることを命じられたアブラハムが、その言いつけに従い息子を祭壇に縛り、刃物で屠る直前に、「その子に手を下すな。何もしてはならない。あなたが神を畏れる者であることが、今、分かったからだ。あなたは自分の独り子である息子すら、わたしにささげることを惜しまなかった」[15]と神に許される場面である。リヴァーズはその絵を見ながら、戦時下の父子関係のことを思う。アブラハムは結果としてイサクを殺すことはなかったが、いまの世の中は父親世代が息子世代を次々に戦場に送り、殺しているのではないか。そして、それに自分も加担しているのではないか。

弟の家で昔の調度品を眺めるうちに、リヴァーズは父親のことを思い出す。父親は牧師であるとともに、スピーチ・セラピストもしており、リヴァーズも他の子どもたちと一緒に治療を受けていた。しかし、一二歳のころ、息子は父親の治療を拒否し、ダーウィンの進化論を支持する発言をし、父親の怒りを買う。それは、生まれて初めて、話し方（発音）ではなく、自分の言いたいことに父親の耳を傾けさせた出来事だった。典型的な家父長として、教会、学校、そして家族に君臨した父親に対するその反抗は、いわば精神的な父親殺しでもあった。しかし、そのリヴァーズも今や初老を迎え、自分が「殺される」立場にあることは承知していた。息子を戦場に送る手助けをしている自分は殺されて当然ではないのか、リヴァーズの心に去来しているのはそのような思いである。しかし、軍医であり、精神科医である彼がそれを他者に語ることはできない。彼にできるのは、アブラハムと同じく、沈黙の中で思い悩むことだけである。

## 子を屠《ほふ》る父

バーカーは、このような父子関係にある主要人物たちとアブラハム父子との関係をパラレルに置き、この戦争の悲惨さ、無残さを、西洋を支えてきたキリスト教の伝統にまで踏み込んで示すことに成功している。『再生』三部作においてアブラハムとイサクの逸話が意味するところは実はこれだけに留まらない。プライアーの恋人の名が「セアラ」であることはすでに紹介したが、それはアブラハムの妻、すなわちイサクの母親（日本語訳聖書では「サラ」だが、英語ではどちらもSarah）と同じ名前である。三部作をとおしてもっとも重要な女性登場人物にこのような名前が与えられていることを看過してはいけないだろう。先ほどプライアーにとってセアラは「避難所」であると書いたが、これは彼がセアラに期待する役割の一つに過ぎない。セアラに対する彼の込み入った感情は、「戦時下において女性たちが多様な、時に矛盾した役割を果たしてきた[16]」ことの裏返しでもあるが、このことを含めてセアラについては、いずれ『ドアの目』について論じる際に詳述したい。
さて、セアラについてアブラハムとイサクの逸話の延長線で解釈する必要性があることと同様に、その逸話そのものについてもうひとつ別の結末が存在することを我々は忘れてはいけない。それはオーウェンによる次のような詩である。

老人と若者の寓話

アブラムは起き上がり、薪を割り、出かけて行った。
火とナイフを手に持って。
そしてふたりが一緒に立ちどまると、
長男のイサクはアブラムに呼びかけた。
「わたしのお父さん、火と鉄具はここにありますが、
焼き尽くす捧げ物にする小羊はどこにいるのですか」
すると、アブラムは息子を帯と皮ひもで縛り、
溝を掘り、その前に土を積み上げた。
そして、手を伸ばして刃物を取り、息子を屠ろうとした。
とそのとき、天から主の御使いが彼に呼びかけた
「その子に手を下すな。あなたの息子に何もしてはならない。
見よ。木の茂みに角を取られている、
雄羊を。息子の代わりにその高慢の雄羊を捧げよ」

しかし老人はそうしようとせず、息子を屠った。
かくしてヨーロッパの種の半分を、ひとつずつ。[17]

＊アブラハムはかつて「アブラム」という名であったが、神によってアブラハムと改名された。（「創世記」第一七章参照）

最後の二行に明らかなように、オーウェンはアブラハムにイサクを殺させている。リヴァーズはもちろんこの詩を知らない。しかし、すでに紹介したようにバーカーはオーウェンやサスーンについては熟知していたし、そもそもこの詩はベンジャミン・ブリテン（Benjamin Britten, 1913-1976）が作曲した「戦争レクイエム」（一九六二年初演）に採用されているなど一般的にもよく知られたものである。とすれば、彼女が右の詩句を意識したうえで、アブラハムとイサクの逸話を作品に位置づけたと考えるのが道理であろう。いや逆に、オーウェンのこの詩句を知っていればこそ、それをリヴァーズの心に去来した想念として描き出したとも考えられるのである。

## 五　想像力の破壊性

### 父としての思い

教会の中でアブラハムとイサクの絵を見たとき、バーンズは自分を父親世代に重ねている。既に述べたように、サスーン、プライアー、バーンズにとって彼はまさに父親のような存在であり、本人もそれを自覚している。彼の仕事は、兵士の病気を治療し、戦場に戻すことである。自分は、息子を屠るアブラハムではないのか、クレイグロックハートでの若い兵士たちとの出会いの中で、彼が常に抱えていた苦悩である。仕事としては割り切ることができたとしても、それは消えることのない苦悩である。

そのような人間的資質のためであろうか、リヴァーズは退院した患者たちとも接触をもつ。実際にサスーンとは生涯の友人であったし、『ドアの目』や『亡霊の道』を読めば明らかなようにロンドンの空軍病院に移ったあともプライヤーのために時間を作っている。

弟の家での静養後、リヴァーズは、退院して故郷のサフォーク州オールドバラにいるバーンズを訪ねる。海辺の美しいこの町は、現在では保養地として知られ、「戦争レクイエム」の作曲者であるブリテンが始めた音楽祭の開催地でもある。バーンズは少年時代を過ごした家にひとりで住んでいる。彼の父親については「あの人は心から戦争を賛美しているのです、僕の父親は」（一七一頁）というバーンズ本人の言葉しか書かれていないが、これだけでその関係を知るには十分であろう。戦争や病気以外のことについて言葉を交わすうちに、リヴァーズは次のような感想を持つ。

リヴァーズは、戦争がこのような若者を「成熟させた」などというのはまるで誤解だと思った。自分が診てきた患者たち、とりわけバーンズにはまったくあてはまらない。彼の中には、未成熟なままに年齢を重ねた大人の部分と、化石化したような学童の部分が同居しているようだった。そのため時間を超越した奇妙な特質が彼には備わっていた。しかし、「成熟」という言葉はあてはまらない。とはいえ、彼はクレイグロックハートにいたときよりも元気そうだった。たぶん、サフォークに帰り、戦争を忘れさえすればきっとよくなるだろうという自分の確信は正しかったのだろう。（一六九頁）

ふたりで海辺を散歩するとマーテロー・タワーがあった。それはナポレオン戦争時の防御砦だった。潮が満ちると危険な場所にあったが少年時代はよくそこで遊んだという。夜、嵐がやってきた。しかし、家の中にバーンズの姿が見当たらない。リヴァーズは心配して探しに出かけ、タワーのところまで来る。

タワーを見ながら、ずんぐりしてどうってことないが威圧感がある、とリヴァーズは思った。以前にも苦しめられたのと同じような痛みが凄まじい勢いで蘇ってきた。ぬかるみ、空のぼんやりした光、タワーさえ映し出す水たまり。それはフランスのようだった。戦場のようだった。（一七九頁）

これはリヴァーズによる疑似戦場体験である。ぬかるみや水たまりは、この作品において常に戦場を想起させる道具として使用されている。

「人が心に思うことは、幼い時からわるいのだ」

リヴァーズは朝になってようやくバーンズを見つけ、一緒に家に帰る。バーンズは一眠りして目を覚ますと、はじめてフランスの話を始める。一時間ほど話をし、少しの沈黙のあと若者は言う。

マーテロー・タワー

バーンズは静かに言った。「キリストの死因をご存知ですか」

リヴァーズは驚いた表情を浮かべたが、すぐに答えた。「窒息死だ。あの姿勢では肺をふくらませることはできないからね。怖ろしい死に方だ」

「本当に恐ろしいことです。あんな死に方を誰かが考え出さなければ（imagine）ならなかったなんて。つまり、たんに処刑の方法として。聖書にどう書いてあるかご存知ですか。『人が心に思うこと（imagination）は、幼いときから悪いのだ。』どうしてそんな言葉を択んだのか、昔は不思議でなりませんでした。人が心に思うこと、なんて。でも、本当にそのとおりですよね」（丸括弧内筆者、一八三頁）

リヴァーズが教会で見た「磔」がここに受け継がれている。バーンズはキリストが窒息死であることをわざわざ確認しているが、それは毒ガス攻撃による窒息死を思い描いているからにほかならない。第一次世界大戦では、一二〇万人が毒ガス攻撃を受け、死者は九万人を超えたと言われている。[18] かつて、キリストの処刑方法として十字架による窒息死を考え出した人類であればこそ、毒ガスという武器を思いついたのだ。このような「想像力」の機能についてはサスーンも共有しており、彼もまたキリストの磔刑との関連の中でその言葉を使用している。エディンバラの街を歩きながら、サスーンはふと次のような思いにかられる。

> 前車の後ろについてアラスまで歩いたことを思い出した。揺れるランタンが踏み出す足の大きな影を白い壁に映し出した。それから、……、壁はなくなった。壊れた建物、砲弾を受けた道路。「陽の光のあたる大地が、暗い大地へ」そして、一瞬そこへ戻ったような気がした。ハルマゲドン、ゴルゴタ、そういう言葉では表現できない、どんな想像力（imagination）をもってしても作り出すことのできないような荒廃

の場所だ。（丸括弧内筆者、四四頁）

戦争も兵器も人間が生まれ持つ悪しき想像力の産物だとバーンズは言う。それを聞いたリヴァーズはこんなに若い青年を将校として戦場に送ることについて、さなぎを腐らせてしまう行為だとあらためて恐怖を覚える。しかし、想像力がこのような機能しか持ちえないものだとしたら、その先には絶望しかないのではないか。それは、想像力を駆使する作家という職業にも深く関わる問題である。バーカーもそのことはよく理解している。

わたしは自分の作品で絶望を表現する芸術家は不誠実だと思っています。なぜなら、芸術家というのは、作品を書いているとき、絵を描いているとき、彫刻をしているときに絶望なんて感じていないことをいやというほど知っているからです。だから、芸術家は、どんなことでもよいから創作中に感じたことを、他のすべてのことがらと一緒に、ともかく読者のために作品に盛り込むべきだと思うのです。[19]

## 六　戦争を憎む詩人

### 現実を直視する

つらい体験を忘れるのではなく、それと正面から向き合い言語化することを求めるリヴァーズの治療法は、『再生』から読み取れるバーカーの創作態度とも一致する。彼女は、爆死した戦友の眼球を手にして記憶と言葉を失ってしまったプライアーに、リヴァーズによる催眠療法を受けさせることで機能を回復させる。しかし、この段階ではまだプライアーは本当の意味で戦争体験と向き合っていない。なぜなら、恋人のセアラには戦争とは離れたところにいる「避難所」「隠れ場所」であってほしいために（二一六頁）、自分のいちばんつらい部分を語っていないからだ。プライアー本人もこのことには気づいており、そもそも軍需工場で働くセアラが戦争と無縁の存在ではあり得ず、この問題は彼の性的コンプレックスとからめて『ドアの目』における重要なテーマとして引き継がれていく。

バーンズは動物たちを葬り、その輪に加わることで自分の安住の場所を得たかのように思うが、バーカーはそこに居続けることは許さない。あくまでも自分と向き合うことを要求する。

他ならぬリヴァーズについても同様である。自分をアブラハムになぞらえ父親として患者たちを再び戦場に送ることについての内省を促し、イールランドの治療を見学した夜には、本人にみずからの夢の分析をさせ、イールランドの電気治療と自分がしている治療は方法こそ違うが結局は若者たちを「黙らせている」（二三八頁）だけではないのかと思慮させている。

つまり、バーカーは耐えられないような、言葉にできないようなつらい体験から目をそらすことを許していないのである。これはきわめて厳しい態度であり、現実の世の中でそれを強要することはできない。戦争体験者にもっとも壮絶な経験を語れ、シベリア抑留者にそのつらさを語れ、広島や長崎の被爆者にその体験を語れ、などという権利は誰にもないはずだ。しかし、バーカーは登場人物たちにリヴァーズを介してそれを強要する。過去の惨禍を間接的にしか知りえない立場の作家にとって、それはみずからに対する倫理的な戒めなのかもしれない。眼をそらすな、立ち向かえ、とは作家本人への、そして読者への強烈なメッセージとも解することができるのではあるまいか。

サスーンはクレイグロックハートに入院する直前に『老猟犬係』（*The Old Huntsman*, 1918）という詩集を出版している。これによって戦争詩人サスーンが誕生するわけだが、それを読んで感銘を受けたオーウェンはサインをしてもらおうと五冊も持参してサスーンを訪れる。オーウェンが詩を書くことを知ったサスーンは、どんな詩を書くのかと尋ねる。

「戦争についての詩ではありません」と彼はためらった。「私は戦争については書かないのです」

「なぜだ」

「たぶん詩、詩というものはその反対のものだとずっと思っていたからです。つまり、みにくいものとは反対の避難所のようなものだと」オーウェンはもうこだわるつもりもない考えを懸命に説明しようとしていた。

サスーンはうなずいた。「確かにそうだ」と言うと冗談めかしてこう付け加えた。「しかし、あえて事実と向き合うまいという信念を持っているような口ぶりだね」オーウェンの表情が変わるのがわかった。

（八四―八五頁）

ウィルフレッド・オーウェン

オーウェンもまた「避難所」から引きずりだされてゆく。その彼が、この後どのような詩を書くように至ったか、それは周知のとおりである。このサスーンのアドバイスはバーカー自身に対するアドバイスであり、リヴァーズはこのようなサスーンの詩作に対する態度を知っていればこそ、詩作が「治療に役立つ」（二一六頁）と評価したのであろう。

## 結び　戦場を「セクシー」と感じる兵士

戦場での凄惨な記憶と向き合うことを求めるひとりの医師。サスーンは詩作によってそれを実践できるが、プライアーとバーンズにとっては容易ではなく、結局のところ彼らの症状は「治癒」されることはない。そもそも戦争神経症が「完治」するとはどういうことかさえ疑問だが、プライアーもバーンズもそれと向き合う方法を見出せないままに作品は幕を閉じる。

『再生』に続く『ドアの目』の主人公はプライアーである。プライアーがブレイクダウンしたきっかけは、爆撃によって吹き飛ばされた戦友の「眼球」を手にしてしまったことにあるが、そのイメジを喚起するかのように物語は視覚のそれへと転換し、本稿で明らかにした主要なテーマはさらに激烈な形で引き継がれてゆく。そして、その端緒は『再生』に描かれた次の場面に求められる。

プライアーは灰皿に灰を落とした。「あなたはいつも私がどんなふうに『感じた』かを知りたがるのですね」

「そうだ。きみがこの攻撃（明るい時間帯に機関銃に向かって突っ込んでいくこと）を、少しくだらないことのようにいうものでね」

「『少し』ではありません。そんなことは言っていません」

「わかった。ではきわめてくだらない出来事だと、誰にせよその人生の中で」

「たぶん、それが私の感じたことです」

「そうかい」彼はプライアーに考える時間を与えた。「君は随分距離を取ることのできる人間のようだね。

でも、そんなふうにしていると『人間らしさ』を失ってしまうよ」

「わかりました。どんな感じかと言えば」プライアーはまた笑みを浮かべて言った。「セクシーでした」

（括弧内筆者、七八頁）

「セクシー」という語が表現しているのは、機関銃の列に向かって突っ込んでゆくときの感覚である。これはもちろん「過去の文法」ではなく、作者による「現代の文法」であろう。その意味で、これを歴史的ではないと退けることができるのかもしれない。しかし、そもそも機関銃の列に向かって突っ込んでゆく感覚を、言い換えれば耐えられないほどひどく凄惨な記憶を的確に表現する言葉を我々は持っているのだろうか。かくして、『再生』に続く『ドアの目』では、モンティースの言う「語り得ぬものを語る」[20]ための言葉を求めて、プライアーの、そして作者の格闘が繰り広げられることになる。それはまた創造的想像力の発現を求めての格闘でもある。

注

（1）市川薫「記憶の再生と継承―パット・バーカー『再生』論序説」津久井良充、市川薫編著『〈平和〉を探る言葉たち――二〇世紀イギリス小説にみる戦争の表象』（鷹書房弓プレス、二〇一四）二八九頁。

（2）John Brannigan, *Pat Barker* (Manchester: Manchester University Press, 2005), pp. 93–121.

（3）Ben Shephard, "Digging Up the Past", *Times Literary Supplement*, 22 March 1996: 12–13.

（4）Pat Barker, *The Regeneration* (Penguin, 1993), p. 3. 以下、同作品からの引用はすべてこの版を用い、ページ数を本文中のカッコ内に併記する。

（5）サスーンはこの勲章をマーシー川に捨ててしまう。このことについては『再生』の一五頁に言及がある。

（6）Siegfried Sassoon, *Memoirs of an Infantry Officer* (1936; Penguin, 2013), p. 213. この中でラッセルは Thornton Tyrell と

いう名前を与えられている。

(7) 草光俊雄『明け方のホルン——西部戦線と英国詩人』(みすず書房、二〇〇六) 一二二頁。

(8) Siegfried Sassoon, *Sherston's Progress* (1936; Penguin, 2013), xv.

(9) W. H. R. Rivers, *Conflict and Dream* (London: Kegan Paul, Trench, Trubner & Co., Ltd., 1923), p. 169.

(10) W. H. R. Rivers, p. 167.

(11) Siegfried Sassoon, p. 4.

(12) John Brannigan, p. 109.

(13) たとえば *COD* には、"a dead body, especially of a human being rather than an animal" と定義されている。

(14) Sheryl Stevenson, "With the Listener in Mind: Talking about the *Regeneration* Trilogy with Pat Barker", *Critical Perspectives on Pat Barker* (South Carolina: University of South Carolina Press, 2005), p. 176.

(15) 聖書の邦訳については新共同訳を使用した。

(16) Karin Westman, *Pat Barker's* Regeneration: *A Reader's Guide* (New York: Continuum, 2001), p. 47.

(17) Wilfred Owen, *The War Poems of Wilfred Owen*, ed. by Jon Stallworthy (London: Chatto & Windus, 1994), p. 61. 日本語訳は市川による。なお、アブラムはアブラハムという名を与えられる際に、神から「あなたを多くの国民の父とするからである。わたしは、あなたをますます繁栄させ、諸国民の父とする。王となる者たちがあなたから出るであろう」(「創世記」一七章) と言われている。オーウェンはこのことをふまえて、あえて「アブラム」という名を択んだのかもしれない。

(18) サイモン・アダムズ著、猪口邦子日本語版監修『写真が語る　第一次世界大戦』(あすなろ書房、二〇〇五)、四四頁。

(19) John Brannigan, "An Interview with Pat Barker", *Contemporary Literature*, Vol. 46, No. 3 (Autumn 2005), p. 389.

(20) Sharon Monteith, *Pat Barker* (Devon: Northcote House Publishers, 2002), pp. 67–69. 及び、Nick Hubble, "Pat Barker's *Regeneration* Trilogy", *British Fiction Today* (London: Continuum International Publishing Group, 2006), p. 159.

特別寄稿

# 8章　自然と向き合う人間に見えるもの

## ——農と食の未来と平和を思う

片岡　美喜

### 序　リアリティを失った農と食

#### 農業教育の大切さを知る

あらかじめ自己紹介をしたうえで稿を開始するが、私は農業経営・経済学分野の研究者である。私が農業関係の研究を志したのは、大学時代の恩師の影響が大きい。

「私たちはいま、日本という国で、お金さえ出せば〝豊かな食〟にありつけている。しかし、世界規模で見たとき、私たちの食料やそれを作る農業は〝砂上の楼閣〟なんだ。いや、もっと言うと〝油上の楼閣〟。それくらい危うい状況だと言ってもいい」

当時高校生であった私たちにこんな風に語りかけてくれた恩師は、世界規模での農業ビジネスの現状、食品の安全性問題などを分かりやすく説いてくれた。今までそんな話を聞いたことがなかった私にとって、非常に衝撃的であったと同時に、腑に落ちる話でもあった。

恩師との出会いで、農業経営・経済学に関心を持ち、農学部への進学を志すようになったが、周囲の同級生の反応は嘲笑に近いもので、「今どき農業なんてカッコ悪いよ」、「どうして農学部なんかに進学するの?」というものだった。こんな反応は高校時代の同級生だけではなく、農学部生になってからもたびたび接することになった。そのたびに、食べ物なしで人間は生きていけないのに、なぜそれを生産する産業は軽視されているのだろうと疑問を感じるようになった。

そんな私が学生時代から現在までメインテーマとしてきたのは、「農業教育」である。従来までの農業教育は、農業者が農業経営をするうえで必要な知識や技術を習得する産業教育としての役割が中心であった。だが、私が特に関心を持ったのは、自分を含めて「今、口にしている食べ物が、どこでどんな風に作られ、どうやって私たちのところまで届いているかわからないような」消費者を対象に、「農業や食の価値をユニバーサルに伝える」ための農業教育であった。そして、農山村に住む農業者や地域住民らがこうした取り組みを、農業経営や集落の中で実践するための諸条件や仕組みを検討してきた。

その後、学校教育や地域活動のなかで取り組む農業教育や、都市農村交流活動の運営実態などを調査・研究し続けているわけだが、常に感じていることがある。「食べること」やそれを生産する「農の営み」は、私たち人間の生存に不可欠であるにも関わらず、日々リアリティを失っている現状だ。

スーパーやコンビニエンスストアに行けば、美しく調理された料理が手頃な値段で手に入り、外食も気軽に楽しめる。だが、高

「農業教育」の一場面
年代を問わず、農山村で生産や調理体験を地域の人々との交流のなかで行うものである。

度に発達した食・農ビジネスの恩恵に預かってきた現代人には、口にする食品がもとは植物や動物の命が通ったものを享受しているとは感じ取れない程度に、感覚がスポイルされているのではなかろうか。一方で、世界に目を向ければ度重なる紛争で満足に営農もできず、賑やかな生鮮市場も開けない国々や、貧困による飢餓状況の人々がいる現実があるのだ。ときにメディアが報じるそれらの事実を、「対岸の火事」として見ている節はないだろうか。

くわえて、近年の消費者を対象とした農業教育は、「リアル」な体験を提供しているようでいて、「牧歌的」や「ノスタルジック」「癒し」などの各自が欲しいイメージを疑似体験として与えているにすぎないという感覚も拭えないでいる。しかしながら、農業教育で行われている体験が疑似的なものだとしても、私たちが日常的に物語を読んだり、電車や飛行機のシミュレーターを体験したりするようなもので、それ自体を否定する気持ちにはなれない。

こうした筆者の認識や問題意識をもとに、本章では「自然と向き合う人間に見えるもの」と題し、食農分野の現状と私がつねづね感じていることを手掛かりに、その未来と平和について考えてみたい。

## 一　豊かな食と貧しい食

### 世界には〝飢えている人〟もいる

まずは、世界の食料事情について少しふれておきたい。二〇一五年の国際連合食糧農業機関（ＦＡＯ）の報告によると、二〇一四年から二〇一六年現在で世界の栄養不足人口は七億九五〇〇万人であり、総人口の一〇・九％にあたる。一九九〇～九二年の段階では、一八・六％であったものから約八％減少しているとはいえ、世界的にみると九人に一人は日々の食生活に困窮しているということになる。なかでも、開発途上国における五歳児未満の低体重蔓延率は二〇一四～二〇一六年現在で一六・六％であるなど深刻な状況は変わっていない。

経済成長をすれば食生活の改善が出来るかといえば、必ずしもそうとは言えない現状がある。例えば、タンザニアでは一人当たりのＧＤＰは一九九〇年代以降、年々向上してきたものの、栄養不足蔓延率は二〇〇〇年代にかけて約一〇％以上も上昇し、経済成長に対して生活改善は進展しなかった。その要因は、自給的な小規模家族農業への投資が少なかったことや、偏りのある社会保護政策の影響によるものであり、経済成長に伴う所得の再分配が上手く機能していないことに起因している。

このような開発途上国の慢性的で深刻な食料問題が続く背景は、それぞれの国での地質や気象条件などの要因もあるが、それ以上に世界規模でのフードビジネスの進展やグローバル資本主義に絡めとられたことによるものである。そして、食料品の国際的な「商材」化や、農地や水を「投機」の対象として先進諸国が我先にと買い漁る状況は問題に拍車をかけている。近年であると、二〇〇六年から二〇〇八年にかけて起こった世界食料価格危機では、米や小麦など穀物類の価格が急騰したことにより、途上国を中心とした貧困層が食料品を手に入れられない状況が起こった。バングラディシュやカメルーンなど、アジアやアフリカ各国では抗議の暴動が起こるなど、社会的影響が大きく現れた。この穀物価格急騰の原因は種々あるが、主にトウモロコシなどの穀物のバイオ燃料への転用が増加することに起因している。

先進国においても、所得と食費の関係性は良くない状況が進行している。ＯＥＣＤの調査では、加盟国のジニ係数（所得格差を測る指標）をみると一九八五年の〇・二九から、二〇一一年には〇・三二と拡大し続けていることが分かった。日本も同様の傾向が見られ、所得格差は年々拡大している。食生活にもそのことが反映されており、家計に占める食費の割合を示したエンゲル係数は戦後から二〇〇五年まで減少していたが、以降の一〇年間は上昇傾向を示しており、二〇一五年には二五・〇％まで増加している。

途上国、先進国いずれでも貧困により満足に食事を得られない人が多く存在しているにも関わらず、穀物類が燃料や他用途に転用され、人々の口には入らない。外食産業や小売店では、食べ残しや賞味期限切れの食品に加え、少し形が悪いものなども大量の「食品ロス」として廃棄されている現実がある。このことからも、食料生産と消費の不均衡が世界規模で起こっているのは自明である。

私たちが気軽に口にするコーヒーなど嗜好品のパッケージをみると、栄養不足人口割合が上位の国名が見られることもままある。国内のニュースを見ると、生活保護も受けられないまま、餓死する人が報じられる。こうした「食と農の不均衡」の問題は、対岸の出来事ではなく常に我々の暮らしとリンクしているのである。

## 二　農と食との連携に挑む

### 未来へつなぐ先進国の試み

先にあげたような抗議や暴動が起こるのは、途上国ばかりの話ではない。一九九〇年代以降、反グローバリゼーション運動として、農民らによるマクドナルドの打ち壊しや、ＮＧＯ等による国際会議でのデモ活動など、各地で様々な動きが見られた。このような運動での主張の多くは、先進国主導の経済・貿易システムの構築によって、途上国を中心に一方的かつ不等なルールで取引がなされていることへの不満や、大資本の参入により伝統や地域性を加味しない食を含めた文化が流入することへの危惧の声であった。それに加えて、先進国において途上国の農産物を輸入して、大手サプライヤーが安価で消費者に届ける現在の食農ビジネスのあり方は、中小規模の農業者からは自国の農業生産を縮小化させるものであるとの主張が見られた。

過激な運動が見られる一方で、農業生産者や関係する地域住民だけではなく、消費者も含めた多様な主体が参画する「農と食を通じて連携する取組」は、先進諸国を中心に見られている。日本の産消提携運動をモデルにした米国のCSA（Community Supported Agriculture）のように消費者が生産者の再生産を支える農産物販売・提携の方法や、フェアトレードに代表される公正な貿易の枠組みを目指す取組は、既存の流通経路や市場とは異なる枠組みを示すものとなった。

たとえば、イタリア発祥のスローフード（Slow Food）は、一九八〇年代にイタリアへ参入したマクドナルドに対して、ジャーナリストであり、のちのスローフード協会会長となるカルロ・ペトリーニ氏らが危機感を覚えたことから始まっている。それは、マクドナルドのように世界中で同じ商品やサービスを提供する食のグローバリゼーション化は、各地で作られてきた伝統的な農産物を食す機会が減少し、地域の食文化を侵食すると考えたことによる。スローフード協会としての活動は、地域の生産者や食産業を消費の面から支える活動や、子ども達を中心とした食育の実施、スローフードの理念のもとで行なう食農分野のプロフェッショナルの育成など、多岐にわたる事業を展開している。言葉のキャッチーさや活動への共感から、現在では一六〇カ国、十万人のメンバーにまで広がっている。

そのほか、フランスのAMAP（小規模農家を維持するアソシエーション）や、アメリカから広がっていったロカヴォール（Locavore）など、各地で地域の農業生産者を守り、地産地消を推進する取り組みは各国で様々に実践されている。

日本国内においても、類似の傾向が認められる。例えば、「産地直送」にみられる市場を経由しない「顔が見えるマーケット」の拡大、グリーン・ツーリズム（農業・農村の場や地域資源を活用した観光活動）に見られる農村体験の提供、「地産地消」に代表される地域の農業生産と消費拡大を重視した実践が挙げられる。

グリーン・ツーリズムの例として、奈良県明日香村の「稲渕棚田オーナー制度」がある。棚田の区画のオーナーを一年単位で募集し、収穫した米を発送する制度だが、この取り組みでは自分の棚田を世話することを原

### 図一　農と食をつなぐ多様なこころみ

| 〈取組目的〉 | 〈一．農業を活かした活動〉 | 〈二．農村での交流活動〉 |
|---|---|---|
| 産業化 | 農産物直売所（大規模） | 観光農業 |
| | フェアトレード | グリーン・ツーリズム |
| | 都道府県のアンテナショップ | 農業体験・農村生活体験 |
| | 都市型マルシェ | |
| | 産消提携（CSA） | 市民農園活動 |
| | | 学校における農業・食体験（教育ファーム事業） |
| | 農産物直売所（中規模） | |
| | 学校給食への食材供給 | 農産物のオーナー制度 |
| | 農産物直売所（小規模） | 援農 |
| 生きがい | | 農村ワーキング・ホリデー |

筆者作成

則的に義務づけている。そして、オーナー達が主体で、収穫祭やその他の地域的イベントの主催と運営を行っている。また、オーナー歴が長い人と地元の農家とは、制度を超えた親戚づきあいのような関係性が見られている。この制度ではただ農産物を購入するだけではなく、その生産現場や地域社会に足を運び、自身も農作業や食の体験を行いながら、地域の人と交流し、「よそ者」がむしろ主体化してゆくという、一歩踏み込んだ実践となっている。

　先に挙げた地域発のムーブメントは、地域環境および文化の維持・保全を含めて再生産可能な価格を保障して欲しいという農業・農村側の声と、新鮮で安全な食べ物を求める都市消費者の欲求に加えて、経済の発展と近代化が進むなかで感じる潜在的な不安とあいまった実践の現われとも見ることができる。とりわけ、地域発の実践はグローバル市場と異なる取引の方式や価値観を提示し、一定のローカルマーケットの形成と既存の市場枠組みと異なる仕組みの創出をもたらした。それは、地域農林業の「閉塞感」に対し、農と食の分野が協働することで、新たなアイディアや参画が促される「ブレイクスルー」ともいうべき、思想の高まりや仕組みの創出に繋がったものと思われる。

図一に、農と食をつなぐ多様なこころみを示した。以下では、そのなかでも農業という産業の生産面や販売面を活かした活動と、農村での交流活動について、国内の状況を中心に示したい。

## 「農業」という産業を活かした活動

「農業を活かした活動」では、農協出荷を中心とした卸売市場による大規模流通とは異なる経路で、農産物の直接取引など消費者らとの提携関係を結ぶ需給体制の形成を行っている。とりわけ、一九八〇年頃から盛んになった農産物直売所は、農と食の連携に関する取組のなかで代表的な取組のひとつになっている。農林水産省の産地直売所調査（二〇〇九年）によると、全国の直売所数は一万六千八一六ヵ所にのぼっている。平均的な売上は一直売所あたり五千二一四万円、規模の大きい直売所では二〇億円以上も見られるなど、地域内発型のマーケット形成に寄与した。それに加えて、都道府県など各地の主要産品を集めたアンテナショップや都市型マルシェは人気を集め、都会に居ながらにして地方の農産物を購入できる機会となり、ときには生産者との交流も行えるものとなっている。

近年は、学校給食の食材供給の制度変化に伴い、地場産農産物を給食用食材として利用することに加えて、食育基本法施行後はその供給地である農村の人的・生活文化的な資源や農業の特質を「活きた教材」として活用する取組が見られている。文部科学省の学校給食調査（二〇一三年）によると、公立の小中学校および共同調理場における国産野菜の利用割合は七七・一％、地場産割合は二五・八％となっている。しかしながら、地場産農産物の利用頻度や使用量の地域差は否めない実態がある。

これまでに述べた取り組みは国内での生産・消費に関するものであったが、貿易を通じた取組として、開発途上国の農産物等を適正な価格で継続的に購入する仕組みであるフェアトレードが挙げられる。一九九三年に日本に導入されてより、一部の小売店の取り扱いから、現在では大手企業が参入するようになった。フェアトレード・ラベル・ジャパンの公表資料によると、日本国内のフェアトレード市場は二〇一〇年に三七億円であったものから、二〇一四年には九四億円までに成長している。市場規模は拡大し、大手飲食店や企業でフェアトレード商品を扱うようになっているが、この取り組みでは消費者とサプライヤーの多くは農業者等との実質的な交流はほとんどない点を指摘しておかねばなるまい。

### 身近な自然環境や生活文化を見直す

農村での交流活動は、この数十年で大きく広がりを見せた。果物や野菜の収穫体験を行う「観光農業」は、農業経営の中でも傍流だと言われていたが、付加価値を付けた農産物販売の手法として定着し、農業・農村資源のマスツーリズム化の一環として取り組まれた。一九八〇年代後半から一九九〇年代にかけて、遊興要素が強い観光農業に加えて、より体験や交流を重視した活動として、農業体験や農村生活体験を盛りこんだグリーン・ツーリズムが行われるようになった。こうした地域発の取組は、地域住民のいきがい作りを含めた、農業や地域振興の手段として推進されるようになった。これらの活動では、古いものとして見捨てられがちであった農業という産業から産み出されてきた生産物やそのための技術、農山村地域とそこで暮らす人々が作り上げてきた自然環境や生活文化を見直し、活用するものとなった。

これらグリーン・ツーリズムをはじめとした、農業・農村における観光的取組の進展は、来訪者を「お客さん扱い」するのではなく、地域農業や農山村地域の保全のための参画者として関与する仕組みを生み出してゆくことになった。例えば、援農ボランティアや農村ワーキング・ホリデーでは、来訪者が耕作放棄地や森林再生の作業に加わるなど、労働面でのサポート役になる場合がある。こうした仕組みは、観光者と観光サービスの提供者、そして地域社会が相互補完できる可能性を見いだせるものだろう。
先述してきた農業・農村での連携活動の課題として、いまだに各主体間で取組に対する本質的な理解が得られにくい点が挙げられる。そのため、他地域の先進事例をステレオタイプ的に導入するケースも少なくない。また、グリーン・ツーリズムを行う目的や推進体制が曖昧であるため、効果的な取組に至っていない状況も見られている。

都市住民側においては、グリーン・ツーリズムが観光形態のひとつとして定着するには至っていない状況がある。二〇〇五年にＪＴＢが行った旅行者動向調査によると、「グリーン・ツーリズムに行ったことがある」人は二・四％と少ない状況であるばかりか、言葉そのものを知らない人は五七・九％と半数以上に達している。農業・農村や行政の期待と観光者の実態が乖離しているものと見ることができるのではないだろうか。

**農と食をめぐる課題**

農と食の連携活動は、農産物の直売、農山村での交流や体験、農商工連携にあるように、事業規模や取組目的のレベルの違いはあるが、この三〇年余りの間に面として広がるに至った。そして、各種法令や行政による支援の充実は、活動の広がりと充実を後押しした。

農業・農村での活動や都市住民等の認知を得るなど普及段階を向えて久しいが、課題も指摘できる。まず、農業・農村サイドの課題として、いまだに取組への本質的な理解が得られにくい点が挙げられる。また、グリーン・ツーリズムや農業体験活動など、連携活動を行う目的や推進体制が曖昧であるため、効果的な取組に至っていない状況がある。

たとえば、都市住民側における理解や、実際の購買行動や活動への参画に結びつきにくいことが指摘できる。現状では年々家庭での生鮮の青果物の購入量や金額が低下しており、加工品や惣菜類などの購入が増加している傾向がある。日常の食から簡便化が好まれる傾向は、地域の農産物を好んで買うよりも、便利さや安さで選択されてしまうことになる。そして、先に挙げたグリーン・ツーリズムを知らず、それに参加したことが少ない状況は、地域社会での熱心な取り組みに対して、都市住民側との大きな温度差を感じざるを得ない。

さらに横たわる問題として、事業としての継続性や発展性の問題が挙げられる。岸（二〇〇二）は、直売所の大型化と既存直売所との競合を指摘したうえで、売上の伸び悩みなど経営面の課題が見られていることを挙げている。また、活動が拡大している一方で、先に挙げたグリーン・ツーリズムの認知度の低さにあるように、限られた市場規模のなかでは、淘汰もしくは事業の伸び悩みが不可避であることも指摘しておかねばならないだろう。

## 三　フィクションの世界での農業体験

### 若者はヴァーチャルから農を知る時代なのか

私の研究活動では、先に挙げた農と食の連携活動を行う地域を対象に、現地調査を行ってきた。このようにフィールドを重視した研究に取り組むようになったのは、学生時代に恩師らや先輩に、農村へ連れて行ってもらう機会を得たことによるものだ。そこでは、多様な年代で様々な人生を送ってきた人や風景、農産物の生産現場の実態に出会えた。伺ったお宅では、調査以外の時間はお茶を飲みながら語り合った。ときには農作業を手伝うこともあった。私の家は農家ではなかったので、農業関係の文献に書かれていること自体がぴんと来ないことも多かったため、農山村へ出かけ、フィールドでの経験を多く積むことが自分の研究はもちろん、人生にとっても大きな糧となっていった。こうした自身の背景から、大学教員になってからというもの、研究室の

ゲーム「牧場物語」
株式会社マーベラスHPより

学生たちには机上でエコ・ツーリズムやグリーン・ツーリズム、農業・農村問題を学ばせるだけではなく、先に挙げてきたような取組について、現地調査や実践の機会を積極的に作ってきた。

学生とともに農山村へ出かけたときは、ただ話を聞かせるだけではなく農業や畜産の体験もさせてもらうように現場の方にお願いをしている。牛舎の掃除や乳しぼり体験、田植えなど、農業機械を使わず昔ながらの方法を経験する場合もあるし、農家の方の指導のもとでトラクターに乗せてもらうこともあった。瑞々しくハウスのなかで実るトマトやキュウリなどの野菜を収穫し、自分たちで採ったものを食べると、野菜嫌いの学生でも「スーパーの野菜と全然違う」と喜んで食している。そんな姿は見ていて微笑ましいものだ。

私の研究室に所属している学生の多くは、専攻の趣旨を理解しているので、農業や農村にもとから関心が高い者が大半である。そんな学生らとともに、先述したようなフィールドでの農業体験をしていると、こんなふうに嬉しそうに言われるときがある。

「先生、まるで〝牧場物語〟みたいです!」と。

〝牧場物語〟とは、プレイヤーが農場主となって農畜産物を生産し、販売活動をするなど農業経営活動も行うシミュレーションタイプのゲームソフトである。ゲーム内では、ビニールハウスで時期以外の農業生産を行うこともできるし、生産した農産物や釣ってきた魚を使って料理をすることも可能だ。そして、プレイヤーはゲーム内で恋愛し、結婚して家族を設けるなどライフイベントも用意され、人生のサイクルを体験できる。

同作は一九九六年に第一作目が発表されて以降、家庭用コンシューマーゲーム機での展開を中心に、近年はブラウザゲームやスマートフォン用ゲームにまで媒体が広がり、関連作品まで含めると二〇一六年までに四〇作を数える人気作品である。

〝牧場物語〟をプレイした学生は、バーチャルの世界でだが、農作物や動物の世話をする一連の流れを辿り、その生産物を収穫し、食し、販売する楽しさを味わっている。そのため、私たちが農山村に出かけて調査・研究を行ったり、農業体験をしたりすることは、彼らにとってはゲームのなかで行ったことがある体験を、現実世界で「追体験」しているのだ。

そのほか、学生たちは農家の人と作業をするなかで「DASH村でこんなことやっていたよね」などと、笑いあっていることがある。

「DASH村」は、アイドルグループTOKIOがテレビ番組内で二〇〇〇年から開始したコーナーで、「国土地理院の地図上にDASH村の名前を掲載する」ことを目的に村づくり活動を開始したものであった。その後、近隣住民との交流や農業指導を通じて、年間を通した本格的な農業生産も始めるようになっていった。特に、農協から紹介された篤農家の三瓶明雄氏が積極的にTOKIOの若者らに対して農業者の知恵や技術を指導するようになってからは、自然とともに彼らが成長する様子を、番組を通じて届けるものとなった。長寿コーナーであるが、東日本大震災による福島原発からの放射能汚染によって、DASH村が位置していた村も避難区域となり、活動の拠点を四国の島嶼部に移さざるを得なくなった。拠点を移しても、元来のコンセプトは変わらず、農林漁業活動を中心とした内容は同じであった。三瓶氏が亡くなってからも、彼が残した品種を活かした米の品種改良を行い、福島での稲作も再開している。学生らは、自分たちが今まさにしている体験や、地域の人との会話から「DASH村」での様子を想起し、「追体験」的な感覚を得ていたのだろう。

ほかにも、この二〇年余りの間で農業や農山村を描いたメディア作品やコンテンツは、増加しているように思う。東京での暮らしに疲れた主人公が、脱サラして有機農業を行う青年と出会い、田舎での暮らしのなかで自分を取り戻してゆく映画「おもひでぽろぽろ」（一九九一年）は、山形の美しい農村風景を印象的に伝えるものであった。この作品に憧れて、実際に脱サラをして有機農業を始めたという人も少なくはない。

最近では、テレビアニメや実写映画にもなった漫画『銀の匙 Silver Spoon』（二〇一一年）は、若者に人気の作品だ。受験に失敗し父親の圧力から逃れたい非農家出身の少年が、寮生活ができることで農業高校に進学するのだが、そこで農畜産業のシビアな側面と喜びを知りながら成長する。自分が可愛がった豚を屠畜する畜産業の現実、農業経営が傾き離農するため学校を辞める友人の存在など、作者の実家が農業者であるから描ける現実的な農業の姿が垣間見える。

こうしたフィクショナルな物語のなかで、主人公たちが自然の営みに触れて感動する姿、農山村の人々と交流して自身を顧みる様子、そして時に厳しい現実を突きつけられる場面に、若者らは日常生活では感じられない魅力と共感を得ているのかもしれない。

## 四　農山村の暮らし方はまるで「ファンタジー」？

### ニワトリを四本足で描いてしまう子供たち

ここで再度、私の話に少し戻らせてもらうが、実家は非農家ではあったものの、父母とも家庭菜園が好きで、小さいながら常に庭のなかに家庭菜園がある環境で育った。そのため、三歳くらいの最も古い記憶のなかでも、長靴を履き、幼児の身の丈には大きすぎる庭先の苗木を分け入り、緑色のカーテンのなかから野菜をもぎ取ったことは印象的に残っている。そして、食卓には手伝いで採ってきた野菜を母が調理してくれたものが並び、スーパーで買ったものよりも不思議とおいしく感じたものだ。ペットとして、ときに卵をもらうために、ニワトリを買っていたこともあった。なついていて可愛がっていたが、ある日近所の猫に殺されてしまい悲しい思いをした。このような経験を通して、自分も含めた命のサイクルとしての農とその生産物を食べるという行為は、自然に地続きのものとしてとらえるようになった。

だが、ゲーム〝牧場物語〟を通じて、現実の体験を想起する学生がいるように、現代の子供・若者のなかには、農や食のつながりを自身と身体的にリンクできないことや、リアリティを持てないという子も少なくない状況である。実家が農業をしている子でも勉強や部活に追われて、家の畑にはほとんど近づいたことがない場合もある。子供や大学生のなかにはニワトリを四本足で描いてしまう子（宮脇《一九九八》、益田《二〇一四》）がいることや、かまぼこや切り身の魚の元の姿を知らないという子供や若者も存在している。こうした子供達の状況は、農業や食の現場に触れる機会が少ないこととともに、普段スーパーやコンビニエンスストアで目にする食品類は、元の姿を想起させない加工やパッケージングがなされていることに由来しているからであろう。

農林水産省『我が国の食生活の現状と食育の推進について』（二〇一三）によると、「農林漁業体験を経験した国民の割合」は三一％であるという。二〇〇〇年からは学習指導要領が適用される学校で実施された「総合的な学習の時間」、二〇〇五年の食育基本法施行以降、農業体験学習は学校教育のなかで取り組まれるようになった。しかしながら、実態的な取り組み参画や認知には大きく成果を見せていないことが分かる。

国民の七割近くが経験したことがないという農林漁業体験の現状を見ると、農と食が我々の生活から遠くなったことが反映された結果だろう。その反面、農業や農山村を描いた物語が多く生まれ、先述した「牧場物語」だけではなく、「ハコニワ」「ルーンファクトリーシリーズ」「ブラウンファーム」など農畜産業をシミュレーションできるゲームが続々とリリースされている。これまで若者が好む物語やゲームは、宇宙で異星人と戦うＳＦものや、架空のファンタジー世界を描いた作品など、完全に私たちの生活から切り離された非日常を描いたものが多かったように思う。だが、現代の子供や若者たちにとっては、ファンタジーやＳＦの世界の非日常性よりも、かつては当たり前だった農業や農山村の暮らしの方がもはや「ファンタジー」の世界になっているのかもしれない。そして、武器をとって戦うことよりも、生き物を育て、自然と触れ合うことを知らず知らずに求めているのではないだろうか。

## 五　学生の眼が映し出す農村の現実

### 自然とともに生きる標高八〇〇メートルの村

若者らの持つ農業・農村へのイメージや知識を、ネットやテレビを通じたバーチャルなものから、「血の通ったもの」として実感させたいという願いから、私のゼミではある村へ通い続けている。こうした取り組みは若者の素直な反応や思いが農山村側にも何らかの良い影響になればとの願いもある。次節より、学生らの生き生きとした姿を、写真や文面を通じて読者の皆さんにも感じていただきたい。

私たちの活動フィールドは、標高八〇〇メートルに位置した、人口約四千六〇〇人の山村地域である。この村はかつて農業や林業をベースに生活を営んでいたが、戦後はその自然環境を活かして観光発展することとなった。県内でも有数のスキー場を有し、国立公園への登山客が来訪するため、農家の兼業である民宿業が発展してきた。

同村の魅力は、やはり自然環境だ。訪問した学生の中には、最初は何もない田舎の地域だと思ってやってくる子も少なくない。春から初夏にかけては、ニッコウキスゲや水芭蕉などの花に出会え、清流に触れられる。山の緑が鮮やかで、見晴らしがよい所へ来ると、空はどこまでも高く、広い。ふと、そんな景色に気づいたときには、すでに学生らはマジックにかかり、この村のことを気に入っているのだ。緑豊かな春と夏、紅葉の秋、深い雪に包まれる冬と、季節を充分に味わえるこの地では、農業生産もまだまだ活発であり、伝統野菜である大豆、花豆、トマトやトウモロコシなどの栽培が行われている。これらの野菜類の味は良く、学生らはスーパーとは全く違う食味を味わい、大いに刺激を受けている。

そしてもう一つの魅力は、人である。学生らがお世話になるなかで、何人も村の人に出会ってきたが、良く本を読んでいる方や、地域に根差した暮らしをするなかで見識が高い人が多く、学生らが教わることばかりである。年配の方でもフェイスブックなど、ＳＮＳを使いこなし、学生らとネットのうえで交流している場面も見かける。そんな地域の人たちは、地域ならではの知恵や技術を持っており、農業や食にまつわる事柄、暮らしのための技などを学生らに教えてくれた。

こういう魅力的な地域の人々に引き合わせてくれたのは、同村が主体となって設立した観光公社のスタッフの力によるものが多い。この観光公社ではスタッフ数名で、数百人単位の児童らのスポーツ合宿の手配や、農山村体験活動の企画・実施を行うなど、若手のスタッフの力が光り、これからの可能性を感じる組織である。

## 交流のはじまり

本ゼミと村との交流が始まったのは、二〇一二年の夏にさかのぼる。例年、ゼミに配属された二年生に最初に与える課題は、自分達がテーマを決め、地域調査を行い、その成果を学内プレゼンテーション大会で発表することである。

その年のゼミ生達は相談したうえで、村での民宿業の取り組みを中心に調べてみようということになった。理由は、観光における宿泊や体験の場としての「民宿」の未来に関心を持ったことと、偶然にもゼミ生のなかに二名の同村出身者がいたためである。その後、夏季休業期間中は何度も同村へ通い、民宿経営者の方を中心に地域で活躍されている方々にお話をお聞きしていった。

初めて村を訪れたにも関わらず、多くの地域の方に引き合わせて頂けたのは、前述した観光公社旅行部の皆様のおかげであった。これもひとつの巡り合わせで、本学の卒業生が同公社に就職したことが契機になり、ご縁が生まれることとなった。

ゼミ生が夏休みに村で聞いた話や調べた内容は、彼らなりの見解として、同村における観光の現状と展望をまとめ、学内プレゼンテーション大会にて報告をした。民宿に後継者が少ない現状や、自分達のような若者が同村の魅力に目を向けていないことに気づいた。そして、地域のなかで炭焼き、豆腐づくり、農業などに取り組む魅力溢れる人々や、美しい自然環境とそこから生まれる美味しい野菜に学生らは五感全てが刺激され、村のことをさらに好きになっていった。ゼミ生達は学内でのプレゼンテーション大会を終えてからも、村と継続した関わりを持ちたいと思っていた。その矢先に、県が公募をしていた地域と大学の連携事業を受ける運びとなって、学生の思いやプランが形になっていった。

## 農山村での活動参画

私たちがこうした交流を続けている村は、美しい尾瀬の風景を歌う「夏の思い出」で知られる尾瀬国立公園がある群馬県片品村である。片品は、我々の大学が位置する場所と同じ県内に位置しているとはいえ、車で約二時間はかかる山間部で、学生らもおいそれと気軽には出かけられない。

それにも関わらず、である。二〇一二年から今年まで、ゼミ生らによる同村内での活動参画や訪問は、トータルすると一〇〇日以上にわたるのである。これは当初、全く予想もしなかったことだ。グリーン・ツーリズム支援や地域調査だけではなく、村の人に来てほしいと言われ、被災地から移住してきた方のための手作り結婚式のお手伝いや、収穫祭などの地域イベントや、農作業の手伝いなどにも参加したことがあった。こうした学生と村の人とのフラットな付き合いのなかで、自然と交流が続けられてきた。

思い出深い活動の一つとして、二〇一三年、二〇一四年と協力させていただいたのは、地域創発のイベント「迎え火の宴」である。雪をバケツほどの大きさの氷に変えたスノーキャンドルを数千個作り、スキー場にてあかりを灯す幻想的な催しである。これは地元の農家のご主人らが、雪の多い地域の冬場に、なにか自分たちにも地域を盛り上げる活動がしたいと、任意で開始された取り組みである。これは特に観光誘客を図るものではなく、どちらかというと地域のなかに一つの灯を燈す様な意味合いを持つイベントだった。重たいスノーキャンドルを運び形づくるのに、大学生の男の子達の力は役立った。地域の方と協力して、儚くも美しい氷のキャンドルのイベントを作り上げる喜びと思いを感じたようだった。

二〇一三年度は、本ゼミと似た専攻の五つの大学の学生と教員併せて約七〇名が片品村にてグリーン・ツーリズムを体験的に学ぶ「五大学合同ゼミナール」を実施した。この企画立案や交渉は、本ゼミ生が行った。二泊三日におよぶプログラムの内容は、片品村内の三地域を対象にそれぞれの地域性を活かした農業や食の体験、自然体験などを盛り込み、ガイドも行った。準備段階では、農業体験をお願いするために農家の方との直接的な交渉や打ち合わせを何度も行うなど努力したが、ときに地域の方の信頼を損ねるような場面もあり、お叱りを受けることもあった。なんとか当日を迎え、合同ゼミで訪れた南は沖縄、北は宮城の学生らにとっても、片品村での農業・農村体験は新鮮なものとなっていった。本ゼミ生にとっても、都市農村交流

「迎え火の宴」の準備風景
白銀の世界に向かい合う作業は、日常で得難い経験となった。

を実際に進めることの難しさと楽しさを、実感する機会となった。

## これまでの活動をふりかえる

この数年の活動を振り替えると、学生らは地域の皆様に対して若者ゆえの無知さや、配慮にかけることがあり、多々ご迷惑をかけた。しかし、現代の若者にとってこうした失敗と、そのたびに指摘してくれる大人の存在は、彼らの成長にとって大いに糧となっている。四年生になった学生や、卒業した学生も現役世代の状況を見守り、危なっかしい場合は一人前に注意をしてくれるようになった。それらもすべて片品村で地域に根差して生きる人の強さや気概から学んできたものである。

ゼミに入る前は「トマトが嫌いで食べられない」「キュウリはおいしくない」などと言っていた学生も、生産現場を訪れて、自分で収穫し、なにかのお手伝いをするようになって、野菜本来のおいしさ知るようになった。これらの体験を通じて、農業や農山村の暮らしの実際を少しだけでも触れた学生らは、先述した農業や農山村へのバーチャルなイメージから、リアルな感覚をもって捉えられているように感じる。

活動開始時の学生はすでに社会人となり、現在の三年生も引き続き同地域でお世話に

農作業体験をする大学生たち
土に触れ、新鮮な野菜を食べる学生はキャンパスにいるよりもイキイキとした姿をみせてくれる。

なっている。初代の学生の一人は片品村役場に就職して、観光や地域産業振興に携わり、現世代の学生に助言を与える立場となっている。そのほかの卒業生においても、後輩らの行う機会への参加のために、休みを作って群馬に再び集まってきている。

片品村を取り巻く状況にはシビアな問題も実態的にある。人口は自然減、社会減ともに減少の傾向を辿っており、交通環境が良いと言えないため流通や観光が不利な状況も否めない。こうした村の動向に寄り添って、地域の皆様にお世話になりながら、学生らとともに活動の継続や深まりを期待してゆきたい。そして、成長した学生らが同村になんらかの形で貢献できる日が来ることを願ってやまない。

## 未来のために自然と向き合う意味

本稿は「自然と向き合う人間」と題して綴ってきたが、現代に生きる我々は、自然と向き合うことが確実に減少している。それは消費者だけではなく、農業生産者においても同様で、「自然をコントロールする」ことが優先され、その循環や生命を感じることは少なくなり、自然と向き合う謙虚さは失われている。農と食のグローバルビジネスが進展するにつれて、一層その距離は離れている。

こうした現状において、世界で起こる貧困や食糧問題は、いかなるデータやルポルタージュを用いても説得力を失いつつある。一九七二年に発表されたローマクラブの「成長の限界」も、ハゲワシが餓死寸前の少女を狙っているように見えるケビン・カーターの写真『ハゲワシと少女（一九九四年）』も、現在では世界を変えるほどの力を持たなくなってしまっている。

そんな現状であるが、先進国では農的な暮らしや食への関心は都市住民や知識人を中心に関心を集め、グリーン・ツーリズムをはじめとした「演出された農業・農村」を求めるムーブメントは生じている。そして、農的要素が盛り込まれた映像作品や漫画、ゲームを日常的に楽しんでいる。農業・農村の風景が既に非日常になってしまっている先進国に生きる現代人にとっては、リアルに報じられる農業・食料問題よりも、バーチャルのなかに存在する農業や農村の姿のほうが、より共感できるのではないか。

農と食のグローバル化と未来を考えてゆくうえで、ノーベル経済学賞を受賞したアマルティア・センは重要な視座を提供している。センは、グローバル化は歴史的経緯から見て「新しい現象」ではないと反論し、戦争や侵略は弊害だけではなく、新しい食文化の形成や生産技術の革新を起こすなど文化・交易・技術・知識などの相互作用がもたらされたことを評価している。そのうえで同氏は、現代世界はグローバルな不平等の解消や、人間の生存と尊厳を保障する「ヒューマン・セキュリティー」を重視する視点が欠如していると指摘し、グローバル化による恩恵の配分が公平であるか、配分方法が受け入れられるかを問うことが必要であると述べている。

先進国における地域発の農と食の連携活動のなかで、子どもや高齢者の生活支援を行うものや、障がい者を持つ人や何らかの事情を抱えた人を農業で雇用する取り組み、生活困窮者への食糧支援を行うフードバンクなど、多様な人々のニーズに応え、農と食を通じたユニバーサル化を図る活動が登場している。若者のなかには、動向にいち早く気づき、こうした事業に参画するイノベーターとして活躍している者もいる。センの言う「ヒューマン・セキュリティー」を重視した実践として、ひとつの姿を示している。

先行きが見えず、不安定な現代だからこそ、旧態依然たる途上国への開発援助の枠組みや、先進国での食農ビジネスの台頭を越えて、ヒューマン・セキュリティーとしての食と農のあり方を希求する必要があるだろう。その萌芽は、地域創発型の実践であり、企業も取り組み始めた経済価値と社会的価値の両立を目指すビジネスのあり方であるCSV（共通価値の創造）などである。これからの未来と、それを作る若者が、自然と向き合い、農と食の旗手となるには、メディアやゲームなどのバーチャルな農業・農村に触れるだけではなく、リアルに触れる機会を創出することが肝要であると思われる。

注

（1）アマルティア・セン『グローバリゼーションと人間の安全保障』（日本経団連出版、二〇〇九）参照。
（2）デヴィッド・ヘルド、アントニー・マッグルー『グローバル化と反グローバル化』（日本経済評論社、二〇〇三）参照。
（3）FAO "Global Food Losses and Food Waste", 2011.
（4）ＦＡＯ『世界の食料不安の現状　二〇一五年報告』二〇一五　参照。
（5）池上甲一「産消提携型産直の変遷と現代的再評価――遊佐町農協と生活クラブ生協の組合間提携を中心に」『提携からアマップへ――地場産直の新たな息吹き』（レンヌ大学出版局，二〇一一）参照。
（6）片岡美喜「群馬県片品村におけるグリーン・ツーリズムの実践的学習機会――群馬県やま・さと応縁隊の支援を受けて」『農村振興』（全国農村振興技術連盟七八〇、二〇一四）、一一―一三頁。
（7）片岡美喜「農と食の連携による地域農林業の維持・発展方策の限界とブレイクスルー」『地域農林業問題研究』（地域農林経済学会四六（四）、二〇一三）、三九四―四〇四頁。
（8）岸康彦「新段階を迎えた農産物直売所――地産地消の潮流の中で」『農業研究』（日本農業研究所、二〇〇二）、一二九―一七四頁。
（9）益田裕充『なぜ大学生は四本足のニワトリを描くのか』（上毛新聞社事業局出版部、二〇一四）参照。
（10）宮脇理『四本足のニワトリ――現代と子どもの表現』（国土社、一九九八）、トーマス・ラインズ『貧困の正体』（青土社、二〇〇九）参照。

# 9章　ある現代美術家の告白
## ——戦争の傷跡から信ずべき「何か」を求めて

矢原　繁長

水平線が弛緩し始める時刻、テラスに吹く風はやや冷たくなる。ぼくはリビングに戻り、ソファーに身体を投げ出して視線を泳がせる。ベッドルームに続く壁面には一〇号ほどのラウル・デュフィのリトグラフが掛けられている。海辺の風景だ。淡い色彩とリズミカルなタッチが心地良い。ぼくは普天間飛行場からほど近いリゾートホテルに居る——。

と、ここまで書いてきて、ぼくはあるギャラリストの言葉を思い出した。「君はいったいどんな立場で何を表現しようとしているんだい？」——。確かに現代美術家という立場からすれば今のぼくの状況は好ましくはない。それどころか醜悪であるとさえ言える。ここ一か月ほどフェンス越しに米軍基地ばかりを写真に収めてきた。その間、那覇の薄暗いビジネスホテルと糸満にある友人の家での生活が続いていた。沖縄滞在の最後の夜くらいは、有り金を叩いて少々高いホテルに泊まっても罰は当たらないだろうと思っていた。なのに、この罪悪感にも似た違和感は何だろう。テラスから見える空と海。オレンジ色に飲み込まれる水平線。波の音。ドア越しに僅かに聞こえるＢＧＭ。ビル・エバンスのワルツ・フォー・デビー。こんな空間は、仮にも基地の写真をアートの題材にするような美術家には不似合いなのだ。何にもまして不運だったのは部屋の壁にデュフィの平面が掛かっていたことだ。

デュフィ作品は彼の生前、没後を通して、美術マーケットでは高値で流通している。しかし、彼と彼の作品は美術評論家や美学者からは見向きもされない。事実、デュフィを真剣に論じた瞬間から「芸術の解らないやつ」というレッテルが貼られることになる。格好付けるわけではないが、ぼくもデュフィを芸術家だとは認識していない。彼は装飾家であり彼の作品はキッチュなものに違いない。ただ正直に言うと「もし、ぼくが美術家でなく起業家だったとしたら、そしてビジネスが上手くいったなら、彼の作品のコレクターとなって、高層マンションの最上階で海を見ながら暮らしたい」と思っている。間違っても基地の写真をシルクスクリーンに起こした作品や物質感の際立った鉛の作品を買ったりはしないだろう。美意識は社会のヒエラルキー内の位置や社会的役割によって規定され得るものだ。

美術批評家クレメント・グリーンバーグは美術品をアヴァンギャルドとキッチュに分けた。正確に言うとキッチュなものは美術品ではないという趣旨なのだと思う。またここで言われるアヴァンギャルドとは前衛芸術というよりもハイアート（ファインアート）という意味に近い。それを文学に当てはめれば、いわゆる純文学はアヴァンギャルドでエンターテイメントはキッチュということになる。もちろん、エンターテイメント作品の中にも作家の主義主張、大げさに言えば魂のようなものは宿っているわけだが、作品の中に心地良さとわかりやすさを滲ませることがアートの本質部分を薄めることに繋がり、ひいては大衆迎合との非難を浴びる結果となるようだ。

ぼくは現代美術をやっている関係で「絵の描き方など誰にも習ったことはない」と公言してきたが、ここで本当のことを言おう。恥ずかしい話ではあるが、小学生の頃から高校三年までずっと、地方在住の絵描きにデッサンを習っていた。だからいわゆる風景画・静物画・人物画、すべてそこそこ上手く描くことはできる。

だが、それはあくまで「そこそこ」であって、ぼくのテクニックは職人の域にまでは達していない。今更言っても遅いが、若い時にもっと忍耐力があれば、デュフィになれていたかもしれない。デュフィが無理な場合でもアニメーターにはなれていたはずだ。

「アートの本質部分」とは何か。きっと表現は大きく三つに分類できるだろう。

**エンターテイメント**……ほとんどすべての人に心地良さを与え、生きていく上での苦しみを一時的に取り除いてくれる存在。作品はいわゆる「癒し」効果を最大限に発揮する。パスカルの言う「気晴らし」に直結する作品群を指すのではないだろうか。それらはぼくたちの五感に優しく作用して、精神的不安も現実的争い事も、さらには死さえも忘れさせてくれる。

**ジャーナリスティックな要素をもつアート**……音楽で言えば本来の「ロック」や「ヒップホップ」がこのカテゴリーに入ると思う。ミュージシャンは体制に対してささやかな抵抗を試みる。「俺はアナーキストだ。俺は社会を破壊したい」と絶叫するのである。だがそれは時が経つにつれて自己矛盾を露呈させることになる。成功を手に入れたミュージシャンは、やがて自分自身が体制、あるいは権威になっていくからである。自分の培ってきた音楽性や芸術性を維持するには夭折するしかない（かつての自分を忘れたかのように保守的な政治家になったりする者もいるにはいるが）。

**崇高な存在に近づく装置としてのアート**……有限な存在である人間は衝動的に無限を求めてしまう。その無限を宇宙、神、無、空あるいは超越者と呼んだりするのだろうが、どこまでいっても有限な存在であり続ける人間は、自己の閉鎖性ゆえに無限の有する美を感じたいとの思いを強くする。超越者が身体の外に居るのなら、そこに至る方法論があるかもしれない。またひょっとすれば、超越者の正体は脳の中にあるのかもしれない。そうだとすればそこにある無意識を引きずり出す方法論だってあるはずだ。二〇世紀の抽象表現主義が伝統の縛りの少ないアメリカで拡散したのはなぜか。数メートルにも及ぶ巨大な色面や単調なイメージの連鎖は古代遺跡や中世の教会のように圧倒的な存在感でぼくたちを包み込む。そしてそれが答えとなる。

絶え間ない潮騒を聴きながらも次第に壁のリトグラフに惹かれていく。薄く溶いたマリンブルーの中には海岸に遊ぶ人々が屈託のない線で描かれている。ぼくは確実に癒されていく。もう少し眺めていれば煩わしい思考も停止するだろう。

## 海人

史実の島にはブルドーザーのような男がいた
男は船を操った
「大丈夫かい?　自動操舵だ」
と照れた
「悪いやつは　魚にとっては鯨で　鯨にとってはシャチだろ　シャチを仕留めたら俺になるね」
ビールを飲み干して
「芸術など分からない」
とリールを巻いた
「最初は誰でも酔うさ　アメリカには負けるよ　食うものが違うからさ」
と太陽を仰いだ

「今日は上出来さ　キーウェスト？　本なんて読まないさ　確かなこと？」

「明日の天気は分からないけどね　死んだらみんな神様になるんだよ」

「その前に　あんたを陸に返さないとね」

「でも　また会いたいね　あの波を追い越すさ」


水曜日のマリーナでは多くのクルーザーが陸に引き上げられメンテナンスを施されている。鉄骨の足場の下から船底の錆びを落とす者、スクリューを取り外す者。Yモータースとプリントされたつなぎを着た肩幅の広い男が大声で指示を出している。彼がこのマリーナのボスだ。彼の船に初めて乗った時からもう一〇年になる。目敏くぼくを見つけたボスは「よう、あんた」と言って近づいてくる。彼は人の名前を覚えない。ぼくは年に二回以上沖縄を訪れる。ほとんどその度にボスと酒を飲んでいるのだが、あいかわらず「あんた」と呼ばれている。決して六〇歳代とは思えないラグビー選手のような体躯に青い右目。「毎日海を見ていると目は海の色になるさ。死ぬまでには両目とも海の色になるさ」と言っていた。深い皺を引き受けた扁平な顔を見ればハーフとは思えない。ネットの検索画面で「青い目　病気」と打ち込めば「虹彩異色症」と出てくる。それを言うと「俺が病気なんかになるわけない。風邪だってひいたことないからさ。あんたの欠点は何でも考え過ぎるところ、船にも酒にも弱いところさ」と言われたことを思い出す。

一般的に沖縄の人は用心深い。従順に見えても本土からやって来た人間に本音を言うことは少ない。米軍基地関連施設で働いている兼業主婦やクルーザーの所有者に会って本音を聞き出せるまでには、ボスと会ってから三年ほどの歳月が必要だった。もしかしたら、ぼくが勝手に本音だと思っているだけなのかもしれないが。──クルーザーの所有者は、ここいらの地主か本土からやって来た金持ちが多いさ。俺はそれを修理して稼いだ金で中古の船を買った。あの時は嬉しかったさ。それからは中古車も売るようになった。昔はアメリカの将校にも売ったことがある。兵隊には安く売るけれど、将校には高く売りつけても良いと思ってさ。俺たちはさ、アメリカを好きにはなれないけれど、アメリカを必要としているんだ。やつらが沖縄から出て行ったら、誰を相手に商売をして誰に守ってもらえばいいんだろうね。それに対してあんたには悪いが、俺たちは本土の人間を好きになれない。その上、必要ともしていないんだ――。確かに、豊かな自然の中で慎ましく暮らしている人々に、「今日からお前たちは大日本帝国の臣民だ」と宣言し、必然性のない戦いに巻き込んだ挙句、「自決しろ」と迫るような連中を仲間だとは思えないだろう。――これは大きな声では言えないけれど、兵隊というのは人を殺すのが仕事だろ。そんな仕事をしている連中に道徳心をもって行動しろ、なんて言うのは土台無理な話だと俺は思うね。もちろん本当に「基地反対」と思っている者は多い。だけど普段は何も考えていないけれど誰かに動員されて「基地反対」と言ったりする者もいる。みんな生きることに必死だから、それは仕方のないことだと思うさ――。

善か悪か、戦争か平和か、そのような二項対立はわかりやすいが、現実の世界は常に複雑だ。複雑な日常に疲れ果てた人々に伝達するイメージは、わかりやすくなければ視聴率や購読者数を上昇させることはできない。そんなことはぼくにもわかっている。一度大学の授業で複数の女子学生に聞いたことがある。「もし日本に徴兵令が布かれたとして、ぼくは戦争で人を殺すのは嫌だから何とか徴兵を逃れたいというボーイフレンドと、ぼくは君や君の家族のために死んでくるというボーイフレンドがいたとする。どっちを選ぶ？」その答えは予想通りだった。ほとんどの女子学生は後者を選んだ。男、特に若い男は単純だ。女性にモテるためなら、そこに大義名分があれば何だってやるだろう。――人は自分のためだけに生きて自分のためだけに死ねるほど強くはない。――これは三島由紀夫の言葉だ。

「あんたまだ基地の写真なんか撮ってるの。最近、新型の戦闘機が配備されたらしいさ。だけどそんなことより、今日一杯やらないか？」

「すみません。これから知念に寄って夕方の便で大阪に帰る段取りなんで」

「ああ、そう。また会いたいね」

とボスは軽く手を上げ、持ち場に戻って行った。


ぼくはレンタカーで南へ向かった。車窓からは有刺鉄線を巻き付けたフェンスが見え、その上部は国道側に傾いている。その傾きが国家間の力学を表している。日本側から基地に進入することは不可能だが、米軍基地側から日本に入ることは比較的容易なことだ。そのようなことを象徴的に捉えて表現することに何の意味があるのだろうか。ぼくは自分の表現方法に疑問を感じている。政治家と役人は権謀術数をめぐらせて補助金をばらまき抵抗できないようなシステムを構築した後に事を運ぶ。いつの間にか補助金が自分の口座に振り込まれれば、「いわれない金は受け取れない」とそれを返還するような人はまずいないだろう。ここでも問題は貨幣である。そんな状況の中、米軍基地を題材にした作品を発表することは、被災地に行って「絆」を合言葉に歌を歌うことに等しい。そこにまず必要なものは日用品と貨幣なのである。ジョン・レノンが歌うことでベトナム戦争が終結したのではなく、ベトナム戦争に勝利することが財政的に不可能となった。そんな状況がジョン・レノンを受け入れたのではないか。

少なくとも、ぼくは強い敗北感を抱いている。

海底が炎症を起こす午後
有刺鉄線が空を傷つける

大きな瞳の少年がボールを打つ
日焼けの少年が滑り込む
帽子の上を戦闘機が横切る

ここには特別なルールがある
ホームランボールを取り戻すには
スタンプだらけの旅券が要る

鉄柵の向こう側で見知らぬ兵士が
灰色のジープを追走する
どこかの誰かをやっつけるために

少年達の歓声があがる
夕暮れに試合は終わり勝者が生まれる
だが鉄柵の周囲に勝者はいない

勝者の代わりに恒星のような
ピカピカのバッジを手に入れよう
淡い秒針が有刺鉄線を突破する夜には
鎮痛剤を用意しておいてくれ

ここ数年人工知能の研究者や脳科学者と話す機会が増えた。人間は脳に支配されている。これが彼らの考え方の基本形である。脳内物質やニューロンなどによって人間の思考や感覚はすべて決定される。そこに神、無あるいは超越者という概念を持ち出すことはオカルト以外の何物でもない。ニーチェが「神は死んだ」と言った時から哲学も瀕死の状態にあり、それを違うフィールドで蘇生させたのが脳科学なのである。人間存在についてのすべての事象を脳に還元すれば了解可能となるのかもしれない。

ところが沖縄には御嶽《うたき》と呼ばれる場所が多く存在する。それは神の来訪する場所と伝承されている。その中で最も有名なのが、南城市知念にある斎場御嶽《せーふぁうたき》である。かつて、そこへの立ち入りは男子禁制であった。沖縄において司祭を含む神職やユタとよばれるシャーマンはすべて女性である。現代では彼女らの役割や能力は否定的に捉えられ、いわゆる霊感の強い女性は精神病と考えられたり、霊感商法のツールと看做されることが多い。事実、結婚や離婚などの悩みをもつ人から大金を集めるユタもいるようである。その一方で臨床心理士や精神科医のカウンセリングを受けるように適度な距離感でユタと付き合う人もいる。「医者半分・ユタ半分」という言葉も生きている。いずれにせよ、脳科学の立場からすれば、これらはすべてまやかしということになる。そうなるとハイアートもまやかしになりはしないか。ぼくが作品から受ける崇高な感覚というものも、色や形を処理した脳の働きによるものと考えれば、将来その脳の部位を特定することができるようになれば、そこに電極か何かを繋いで同じ感覚を再現することができるのかもしれない。

※

ぼくは斎場御嶽の入口でチケットを購入し、いびつな石畳を歩いて行く。ぼくの前後からは様々な言語が大音量で流れてくる。人は一人の時は素晴らしい存在であっても団体になるとそこに別人格が付与されたかのように粗野な存在となる。今回は修学旅行の連中に出会わなかっただけ幸運であったのだが、スマホを取り付けた自撮り棒が視界を遮り、ぼくの求める崇高さは遠のいて、その道のりはやや過酷な登山の様相を呈してくる。そんな状況の中、突然、大粒の雨が降り出して亜熱帯植物の葉が音を立て始めた。台風が発生したというカーラジオからの情報を思い出す。ぼくは急いでショルダーバッグからビニールの雨合羽を取り出して頭からスッポリ被った。雨合羽がぼくの皮膚にピタリとくっつき始める頃、前方の誰かが「これは無理だよ。もうバスに戻ろう」と言った。その言葉に救われたぼくは、引き返す人とぶつからぬように気を付けながら山道をさらに進んだ。二つの山道が合流するあたりから泥水が流れてくる。石畳は汚されて足元が滑る。その合流点を左に曲がれば不気味な池に至ることはわかっていたが、ぼくの足はそちらに向かなかった。台風の動きと飛行機の搭乗時間が気になっていたのかもしれない。

太平洋戦争末期、沖縄南部は原形を留めないほどに破壊されたが、この斎場御嶽も例外ではなかった。艦砲射撃の砲弾が着弾した窪みに水が溜まり、今では砲弾池と名付けられている。昨年見た時には濁った水面に花弁の赤が揺らめいていた。「デイゴの花は風雨で散るのではなく、大きな嵐を自らが予感した時には咲かない」……ボスの奥さんの笑顔が脳裏に浮かんでくる。

守宮

薄暗い石灰洞の底
数センチの守宮が居る

海鳴りは平坦な線を挽き
天井からは雷鳴が降る
そして
二つの音が相殺される

刺青のような燐寸箱の上
守宮は白い腹を接触させる
四肢がようやく泥水に浸る高さで

落雷――――。

夜気を突っ掛ける閃光
そして

今がかつてに寄り添って
守宮の座標を消去する
薄暗い石灰洞には
半透明の滴が居る

目前には巨大な直角三角形がある。それは立方体に近い形状の石灰岩の絶壁に、大地に食い込む楔のような逆三角形のもう一つの岩が寄り掛かってできた空間である。その全体像をしばらく眺めた後、ぼくはその三角形の空間に入り、覆い被さってくる岩石の断面を体感する。それはかつてリチャード・セラがマンハッタンの連邦ビル前に設置した巨大な鉄板「傾いた弧」のようにぼくを圧倒し、その面の暗さはマーク・ロスコの漆黒のようにぼくを吸収していく。シャーマンはこの刹那を神の啓示と考えるに違いない。神の啓示は散文的ではない。「あ」とか「お」とかいう原初の発語のように一瞬にして不可欠な何かを伝達する。詩人は言葉を操りながらも、言葉の有する意味と音、あるいは意味とリズムが衝突した場合には躊躇なく意味を放棄する。彼らは言語が身体化することを知っている。

空間の奥には岩の崩れ落ちた場所がある。そこは自然が作った窓となり、そこからは海に浮かぶ久高島を望むことができる。琉球神話によれば、久高島には神が宿っているという。その神の啓示を受けるための最適な場所が斎場御嶽なのである。

もう空港に向かわなければならない時刻だ。そう思ったぼくは歩を進めて窓と対峙した。しかし、その窓からは何も見えない。あるのはキャンバスのような灰色。台風が運んできた雲と雨が、空と海・久高島を消し去っていた。


「この平面にラウル・デュフィの自由な色彩と筆致を加えたい」

その誘惑を断ち切るために踵を返す。

と、そこには圧倒的存在感の断崖がある。

「君はいったいどんな立場で何を表現しようとしているんだい?」

まだ、ぼくは迷っているのかもしれない。


ただ一つだけ確かなことがある。貨幣経済や脳科学がどれほど発達しようとも説明のつかないsomethingを信じなければ、人は豊かに生きられない。ぼくは圧倒的存在感を、あるいは無限を手に入れるために表現を続けるべきなのだ。

言葉

海岸に鉄杭を打ち込んでいく
嘲笑が靴紐を湿らせる
魚を逃した鳥が頭上を掠める

哲学者のペンになった桟橋
地図に載らない港の近くで
断崖の風は海嶺を予感する
君の影は長さを失って
神の存在を疑う
質量の意味と琥珀の言葉は
こちらの岸に漂っている

装置：2016

巻末エッセー

# 世界文学への扉をあける

早川　敦子

## 序　ローズマリー・サトクリフと上橋菜穂子

「平和」は、すでに言葉の中に胚胎されている、そう私は思う。

子どもが言葉を学びはじめるときのことを思い起こすと、彼らは知覚した外の世界を伝えようと、言葉におきかえて語り、他者と自分を繋ごうとしていることに気づく。言葉は、他者との共存と、そして世界の共有をひたすら求める根本的な人間の願いをその出自から宿していたと言えるのではないか。他者との共存と世界の共有、それはけっして簡単なことでないだけになおのこと、人間はその困難な願いに思いを注ぎ、心を向けなければならない。その営みこそ、平和と呼ぶにふさわしい、人間的行為なのだと私は思う。

この大きな、しかし普遍的で人間にとってとても身近な営みのありようを、作家たちは言葉を通して探ってきたのだと思う。ここで取り上げてみたいと思う作家は、英国の歴史小説家ローズマリー・サトクリフ（Rosemary Sutcliff, 1920–92）と、現代日本で文化人類学的視点からすぐれたサーガを紡いでいる上橋菜穂子

（1962–）である。かたや、二〇世紀の代表的児童文学作家であり、優れた英国児童文学に与えられるカーネギー賞を受賞したサトクリフ、他方上橋は、ＩＢＢＹ（International Board on Books for Young People：国際児童図書評議会）が創設し、「小さなノーベル賞」と呼ばれる国際アンデルセン賞を二〇一四年に日本人作家として四〇年ぶりに受賞し、受賞直後に発表された『鹿の王』（二〇一四）は、それまでの「守り人」シリーズの絶大な人気をさらに越えて、幅広い読者層に支えられて話題を呼んだ。上橋はサトクリフに大きな影響を受けたと語っているが、この二人の女性作家は共通して、歴史を俯瞰する大きな視点と同時に、限られた人生を生きる人間の心に宿る微細な思いを言葉で掬いあげ、一気に過去と現在に橋を架ける物語を顕現させている。歴史を通して滅びと生存のせめぎ合いを冷徹に見つめながら、時を繋いできた人間の思いに或る種の普遍性を見出しているとも言えるだろう。

人間が生き続けるということ、その背景に何があるのか。文明の滅びはどうやってもたらされ、どのような偶然が作用して歴史が続いてきたのか。その問いかけを通して、「人間が生きる」いうことの根源的な意味を読者に探らせている。さらに興味深いことは、たとえばサトクリフの代表作『太陽の戦士』（*Warrior Scarlet*, 1958）の主人公ドレムが右腕が不自由なハンディキャップを負う少年として描かれているように、サトクリフの物語で光が当てられるのは、勝者の側に立つ人間ではなく、いわばなにかしらの負荷を背負う「周縁」の存在だということだ。歴史の展開においても、カーネギー賞受賞作『ともしびをかかげて』（*The Lantern Bearers*, 1959）は、四〇〇年にわたるローマ帝国によるブリテン支配の終焉とともに訪れた歴史の混乱の中で、そこで生まれ育った青年アクイラがサクソン人の襲撃を受けて奴隷となり、数奇な運命に翻弄されながら新たな光を求めて人生を切り拓いていく姿を通して、敢えて滅びの側から歴史を描き出す。サトクリフは、周縁の存在が投げ込まれた人生の闇とその苦闘に、ブリテンに到来した歴史の闇を重ねて、壮大な歴史の転換の様相を人間の側から刻印していった。彼女が描く歴史は、「神の視点からではなく、人間の視点からの歴史」

（"History is People", 311）に他ならない。一人ひとりの人間の生の集積が、連綿と続く連続性を生み出し、それが歴史となって過去・現在・未来を繋いでいく。そういった意味では、過去は現在の基盤に存在し続け、そして未来もまた、現在と無関係のものではない。ブリテンに暗黒の時代が到来しても、連続性そのものは断ち切られることなく、人間によって「ともしび」はどこまでもかかげられていくのだ。それが、『ともしびをかかげる者たち』という原著のタイトルが示唆する歴史観だといえる。

一方、上橋菜穂子が紡ぐ物語世界を支えているのも、時代の主流をなす強者の世界に分かちがたく影のように伴走していく小さき者たちの世界である。人間の不条理な生死を目のあたりにした子ども時代の心の傷を秘めながら、女用心棒として「弱き者」を守り続ける主人公バルサの活躍が多くの読者をひきつけてきた『精霊の守り人』（一九九六）や、『神の守り人』（二〇〇三）など、「守り人」シリーズには、強大な力に向き合う人間の哀しみのまなざしとともに、その運命の中で自身の生を全うする小さき者たちの生の証が刻印されていく。そしてまた、文化人類学の視点からオーストラリアの先住民アボジリニを研究対象としてその民族の歴史にも分け入っていった経験が透視されるＳＦ『精霊の木』（一九八九）では、近未来の環境破壊を背景に、地球人が移住した惑星の先住民族ロシュナールの歴史が滅ぼされていく過程が照射される。そのなかで、ロシュナールの血を引く主人公リシアが権力に抗いながら、預言された民族の再生に向けて過去をひもといてゆく。上橋の作品は、支配と被支配の対照を通して、それが単なる二元論的な構造ではなく、人間の心の複雑さや共同体のありよう、その外に広がるさらに大きな「クニ」や文明の存亡の有機的で偶発的な相互作用のダイナミズムを生み出していくことを描き出す。「歴史は人なり」というサトクリフの名言を、また異なる角度から体現した作品世界を展開しているといえるだろう。

ともに多彩な作品世界を創出し、歴史が実に複層的な人間の物語であることを顕現させた二人の女性作家に光を当てることを通して、多難な現代を超える「物語の力」を考えてみたい。戦争の世紀と呼ばれた二〇世紀のあと、二一世紀に至っていまだに平和が訪れない現代にあって、私たちは次世代に何を伝えていけるのか、その課題はあまりにも大きい。難民たちの穏やかな未来はどうすれば構築できるのだろうか。たび重なるテロの痛ましい現実は、どうすれば変えることができるのだろうか。民族の移動に伴って、人間の存在を支える「言葉」は、どのように変容していくのか。こういった多難で困難な現代の課題を深く捉える言葉を探ることとは、平和という概念そのものをたえず意識化しようとする強い意思を胚胎するところから始まるのではないだろうか。

民族の存亡、そしてその中で個の意志を問われる主人公の苦悩と決断に焦点を当てる意味で、多作な二人の作家たちの作品から、サトクリフについては『太陽の戦士』（前出）と『王のしるし』（*The Mark of the Horselord*, 1965）を、上橋については『狐笛のかなた』（二〇〇三）と『鹿の王』（二〇一四）を主に取り上げる。半世紀異なる二人の作家は、驚くほど響き合う作品世界を通して、「現在」を捉える光をともにかかげてくれていることに思い至る。

## Ⅰ　死と再生――個の尊厳を生きるサトクリフの主人公たち

### 一『太陽の戦士』

#### 絶望の経験と向き合う

精神的な意味での死と、そこからの再生がもっとも鮮やかに描き出された作品の一つが『太陽の戦士』だといえよう。人間が生きていく経験の中には、厳しい現実との直面が必ず訪れる。そこで困難に打ち勝てなかったとき、絶望や敗北感が生への意欲さえも奪ってしまうこともあるかもしれない。それが、精神的な「死」をもたらす。しかし、思春期或いは青年期の挫折は、その後の再生へのイニシエーションでもあることが心理学や発達心理学の領域でも指摘されてきた。『太陽の戦士』は、このような死と再生をめぐる苦悩とそこからの成長のテーマを、身体的ハンディゆえに「精神的な死」を負うことになった主人公ドレムの姿を通して描く作品である。

サトクリフ自身が幼少期にポリオを患ったことは、身体的な負荷を負うことの困難とともに、より自由で強靭な精神のありようへと彼女の意識を導いていったのではないかと私は思う。終生サトクリフが負うことになった身体的な制約は、翻って彼女の精神の自由をもたらしたからだ。卓越した歴史小説を生み出していった背景には、夥しい史料をもとに、遠く過去を想起する想像力の豊かさがあった。少女期の時間を読書に注ぎ込んだサトクリフの中に育まれた想像力は、時間と空間を越境する過去の歴史へと彼女を導いていく源泉となった。書き記された文字から立ち現われてくる風景や人間の姿は、ありありと視覚化されてサトクリフの脳裏で跳躍する。いっとき細密画を描くことに没頭したのも、より厳密な表現を求めていった彼女の精神のありようと無関係ではないだろう。ふと目にした過去の矢じり一つにも、それを手に闘ったであろういにしえの少年の姿を思い浮かばせる想像力が、彼女の作品の登場人物たちを生き生きと息づかせる。青銅器時代を舞台にした『太陽の戦士』の主人公の少年ドレムもまた、そのような想像力から生まれた人物であると同時に、右腕が萎えて片腕しか使えないハンディを負いつつ自身の人生を切り拓いていかねばならない運命を与えられて、サトクリフの分身となる。

原題の「緋色の戦士」の「緋色」は、部族共同体である「ムラ」のしきたりとして、オオカミを一人で仕留めた男に成人の印として与えられる衣の色を表す。そしてその緋色の衣をまとうことが、一人の成人男子としての証となる。オオカミを仕留めるという命がけの挑戦は、自身の存在がムラによって承認されるか否かが決定される場に臨むという、大人への通過儀礼の徴なのだ。失敗は許されない。オオカミに殺される文字通りの死もあり得る。しかし、さらに過酷なのは、仕留めることができなかったら、部族から承認されることなく、そのままムラを追われる運命が待っているときだ。ムラからの追放は、生きる場所を失う「死」を意味する。弓矢でオオカミを射るのは、片腕のドレムには不可能であることは言うまでもない。彼は必死で槍の訓練をする。そして、失敗する。

命こそ助かったものの、彼を待ち受けているのは精神的な死の経験である。ムラを追われ、「黒人」と呼ばれる辺境の羊飼いたちのもとに辿り着いたドレムは、生きる目標を失い、自己の存在を肯定できない苦悩の中で生き延びるしかない。思春期の自己探究の渦中にある読者は、ドレムの姿に何を見出すのだろうか。物語作家としてのサトクリフは、硬質な文体の中にもストーリーテラーとしての資質を思わせるしなやかな筆致で、読者を作品世界に引き込んでゆく。オオカミに立ち向かったドレムの孤独な魂、ムラを追われて行きついた黒人たちの丘陵の稜線を覆っていく夕闇の自然描写、そして傷ついたドレムの心を癒していく混血の少女ブライとの交感・・・。ストーリーを支える緻密な言語空間に、周縁を視座に招き入れる風景が拡がっている。それは、自分の意思で目を向けなければその存在に気づくことすらない、自身とは異なる他者が住まう風景である。自身が周縁に追いやられたドレムが、それまで考えてみることもなかった他者の存在に気付いたとき、人間が生きる場はいかに広い世界なのかという現実を知る。ドレムに伴走してきた読者は、そこでともに新たな世界と出会う。

### 新たな世界の風景のなかで

苦悩を抱えながらも、新たな領野の中で暮らし始めたドレムは、徐々に死から再生に向かって変化してゆく。

そこで大きな変化が訪れる。オオカミに襲撃された羊を守りたい一心で、ドレムはオオカミに立ち向かい、かつては通過儀礼の挑戦として仕留めるべき相手であったオオカミを、無心の勇気で倒すのだ。この物語の上でのクライマックスは、同時にドレムの魂の成長が果敢な行動を通して頂点へと一気にのぼりつめていくクライマックスでもある。自己中心世界の限られた目的ではなく、他者のために命をかけるという行為が、彼をして真の勇者として魂の再生へと彼を導いたともいえるだろう。狭い自己世界からの脱却は、成長の過程において他者との共存へと意識を促すことで世界を拡大する。他者との関係性へと開眼してゆく大きな変化が、そこで訪れる。サトクリフが読者に伝えようとした人間観の根底に、弱き者、小さき者が拓くことができる大きな領野、他者を招き入れる力がある。

『太陽の戦士』は、ドレムが晴れて部族に認められ、緋色の衣をまとう火の儀式を経て、自分自身を自らの居場所として認識する境地に達して終わる。彼は、他者との繋がりの中に自分が存在している自己認識に至ることで、一人の人間としての存在を獲得したのだ。自身の弱さを自覚した少年の姿は、人間の弱さを知った者の強さへと読者の意識を導きながら、死から再生のテーマへと作品を昇華させている。

## 闇に宿る光——二元論の対立を超える

作品が発表されて半世紀を経た現在、あらためて『太陽の戦士』をひもといてハッとさせられるのは、この作品が現代にも通底する光と闇の相補的なテーマを根底に据えていることである。文明の光を追い求めてきた近代の潮流が、光と闇の二元論的世界へと二分化した世界地図を描いてきたことの帰結が、東西の、南北の、分裂と抗争を加速してきた。その断層が、民族の複雑で簡単には解決できない現代の問題を深化させ、さらに武力闘争やテロを過激化させてきた。一つの亀裂が大きな亀裂へと世界を引き裂いて、九・一一の震撼とする光景に繋がった記憶はいまだに消えない。そのような中で、私たちは、果たして世界は光と闇の対立で捉えることは正しいかと問われている。闇を否として排除して光だけを是とする世界観から、光の中にも闇があり、闇の中にも光があるという本質的な世界のありようへと意識を向けていかねば、他者との共存はあり得ない。『太陽の戦士』の世界は、敢えて闇と光が共存する青銅器時代に時間軸をおいて、光よりもむしろドレムの闇の世界を丁寧に追っていく。オオカミを倒すために闇の中で真剣に槍の訓練を重ねるドレム。心の中に拡がる闇の重さは、羊飼いと暮らす生活の中で他者との共感に繋がっていく基調となって、排除されるものであるよりもむしろその重荷を担う人生のありようとして受容されていく。星の光しか存在しない外の闇は、人間をとりまく自然界の、ごく自然なあるべき姿としてそこに存在し続ける。闇との共存、そして闇の中に人間の生が存在していることが示唆されるのだ。そして、新たな人生を与えられたドレムの居場所に住まう羊飼いたちは、「黒人」と呼ばれる闇の領域の存在だった。サトクリフが歴史のなかで興味引かれた人々は、光の領域よりもむしろその影に存在していた人間たちでもあったのだろう。そのような摂理のありようを、『太陽の戦士』は作品世界の構造の中に収束させているのではないだろうか。

ドレムが一人の戦士として部族に受け入れられる儀式には、祭司の言葉に呼応してそこに存在する人間たちの姿が映し出される。

老祭司はひとつの薪の山から、つぎの山へと手にした松明で火をつけた。人びとは再生の火の歌をとなえはじめた。

「われら暗闇のなかにありき。火はふたたびきたれり、赤き火、赤き火、太陽の花……。」

小さい舌のような炎がぱちぱちと高く薪のあいだにひろがっていき、大きな枝のところでちょっととまると、高く火の手があがり、集まった金色の人びとと黒い人びとの熱心な顔をてらしだした。そしてそのあいだには混血の人びともいた。(『太陽の戦士』猪熊葉子訳、三一二)

サトクリフは、世界が、数多の人間が自身の人生の闇を抱えながらそれを受容して生を生きる営みに支えられて存在していることを伝えている。歴史の繋がりは、その集積なのだ。ドレムの姿に凝縮された成長の軌跡は、闇と光を内包する人間の存在をつぶさに語り、無名の人間たちが繋げてきた歴史の本質に光を当てている。

## 歴史を未来に繋ぐ存在

こういった文脈において、ドレムはサトクリフ作品を支える人間像の原型ともいえるだろう。ローマン・ブリテン三部作の第一作目『第九軍団のワシ』(*The Eagle of the Ninth*, 1954)の主人公マーカスにも、その萌芽がすでに見られる。ローマ支配下のブリテンの辺境を守るローマ第九軍団の旗頭のワシが、北方民族に奪われて名誉を失墜した出来事をめぐって、軍団を率いていた父の不名誉を晴らすべく真相を追うマーカス。彼もまた、自身の負傷によって周縁の存在に置かれた主人公である。父の失踪と自身のハンディは、彼をして歴史の表舞台ではなく影の領域へと追いやっている。そして、奴隷だったエスカの力に支えられてワシの奪還に成功するに至って、影の存在の人間同士の連帯が人間の営みを可能にするモチーフが提起される。さらに興味深いのは、奪還されたワシの旗頭が、マーカス自身の意思によって土中に埋められる結末だろう。目的だったワシの奪還は歴史の表舞台に出ることなく、再び封印されるのだ。マーカスが手にした光は、むしろエスカという他者との繋がりであり、自身の存在を受け入れて生き続ける意志そのものだということがわかる。

このような小さな人間の物語が反復されることで歴史が形成されていくという歴史観は、カーネギー賞受賞作『ともしびをかかげて』に繋がることで、過去と現在の連続性として明確に伝えられることになる。マーカスの子孫のアクイラが、ブリテンからローマが撤退していく歴史の転換に立って、時代の混沌とした状況をどう生き抜いていくかという人生の大きな課題を負って登場する。ローマ軍の兵士でありながらブリテンを祖国とする彼は、ローマに戻る最後の船に乗船することを拒み、過去との決別を毅然と表明するかのように、灯台に最後の火をともして一人船を見送る。この「ともしび」が、タイトルの「ともしびをかかげる者」を象徴的に表現している。

村に帰ったアクイラを待ち受けていたのは、過酷な運命だった。サクソン人の侵略によって殺戮の犠牲になった父、そして妹は凌辱されて連れ去られる。アクイラ自身が、奴隷として捕えられる。彼もまた、ドレムやマーカスのように、影の領域に身をおいて、そこから人生を切り拓いてゆかねばならない主人公だ。やっと探し出した妹は、すでにサクソン人との間に生まれた子どもたちとの生活を自身の人生として受け入れ、その場所に留まる決意をアクイラに伝える。彼女の人生もまた、歴史の影の領域に生きた人間たちの、痛ましさを越えた意志を物語るものだ。歴史は、そのような人間たちの存在によって繋がれた連続性に他ならない。ブリテンに到来した歴史の混乱と、その影のなかから新たな秩序を希求していく者たちの姿が重なり合いながら、「ともしび」は人間の手によって手渡されていく。サトクリフが一人の修道士に語らせる美しい言葉に、それが「平和」への希いであることを知らされる。

「われわれはいま、夕日のまえに立っているようにわしには思われるのだ。……　そのうち夜がわれわれをおおいつくすだろう。しかしかならず朝はくる。朝はいつでも闇からあらわれる。太陽の沈むのをみた人びとにとっては、そうは思われんかもしれんがね。われわれは『ともしび』をかかげる者なのだ。なあ友だちよ。われわれは何か燃えるものをかかげて、暗闇と風のなかに光をもたらす者

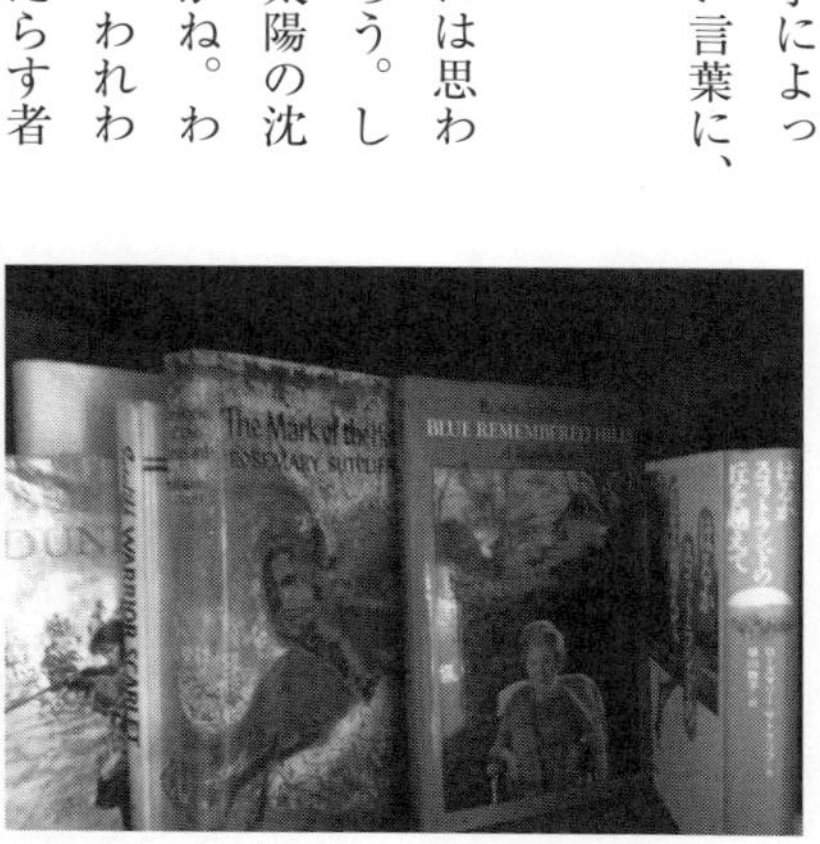

書棚には、長年の愛読書でもあるサトクリフが今も並ぶ

なのだ。」（『ともしびをかかげて』猪熊葉子訳、四一七）

読者もまた、ともしびをかかげる者の一人なのだ。

## 二　『王のしるし』

### 征服者と被征服者

死と再生のテーマがさらに深化して追究された後期の作品『王のしるし』では、奴隷の剣闘士フィドルスが、数奇な運命に操られるかのように、容貌の似た北方民族ダルリアッド族の王位継承者マイダーの替え玉に仕立て上げられ、民族の抗争に巻き込まれて絶体絶命の窮地に立たされる。そこで彼は、自らの命を犠牲にして、民族を救う決断をする。精神的な意味で、自身のアイデンティティを真の王として再生させる軌跡が描かれているといえるだろう。壮絶な死を選びとる結末は、そこで再生の光を作品の中に招き入れる。

やはりここでも、歴史の表舞台ではなく、奴隷として周縁の領域に置かれている人間が魂の成長を遂げていくところに、人間の尊厳が描かれる。ただこの作品では、主人公フィドルスは、『太陽の戦士』のドレムや『ともしびをかかげて』のアクイラのように、自身の人生の目標のために闇と闘うのではない。もとより、自分とはまったく関係のない馬族の盲目の王マイダーという他者の身代わりを演じさせられるのだ。その全き他者の背後に自身を影のように潜ませて生きる人生の中で、人間にとって意志とは何か、自分とは何かを問われるフィドルス。それはまた、自己存在を通して他者を生きる複雑な自己認識の過程でもある。

フィドルスはいまだに自分がマイダーが好きかどうかわからなかった。そんなことはどうでもいいことなのだということは前と同様今になってもわかっていた。それというのも、物事の根本で、ふたりはつながっていたからだ。ちょうどこの世にひとりの人間として生まれ出るはずの人間が、どうしたわけかふたりに分裂してしまったようなものだった。(『王のしるし』猪熊葉子訳、三四〇)

ここで興味深いのは、この二人の登場人物が、互いに「影」のように寄り添いながら、相補的に他者を存在させているということではないだろうか。フィドルスはマイダーの存在ゆえに奴隷の剣闘士であった自分を脱却して、一人の人間としての存在を獲得し、他方盲目ゆえにダルリアッド族の正当な王として指導者になることが許されないマイダーは、フィドルスという影武者の存在に支えられることで王としての自身の目的を生きる。もとをたどれば、フィドルスの両親もまた、ローマの「平和」の大義のもと征服された被征服民族であり、「フィドルスは、その結果死に絶えた村々で、母の民族がどれほどしいたげられていたかを思い、……怒りを感じていた」(一〇四)と記される。ダルリアッド族を束ねる出自をもちながら陰謀によって被征服民族の辛酸を負うマイダーとその民の側に、フィドルスもいる。狡猾に国を乗っ取った征服者の女王リアサンの手からふたたびダルリアッド族を解放する目的を果たすべく、復讐をひそかに企てるマイダーの人生に、フィドルスは少しずつ歩み寄ってゆく。

「わたしのかわりになってくれ、フィドルス。そしてわたしの身分とともに、復讐の志を受けついでくれ。君の楯のくぼみについている小さなみがかれた石のように、その志を君の体温であたためておくのだ。いよいよその石を投げる時が来るまでな」(七三)。マイダーの志という他者の物語を、フィドルスは自身の物語として生きる道へと歩みだす。それは個の物語を越えて、他者の、そして征服された民の歴史へと繋がっていく。

## 人間の尊厳を問う

死と再生というテーマから見ると、マイダーが自身の命を賭けて敵の女王リアサンを殺害して果てたのち、彼の死によって遺された意思を、フィドルスが継いで生き延びることになる。それは死から再生への物語の展開を促す。奇しくも裏切りや予期せぬローマ軍の介入、自身がその人質となって決断を迫られる駆け引きの息詰まるような状況へと、複雑に展開していく運命の中で、フィドルスは自身の尊厳を問われる。

そこで彼は、自分には無関係であったはずのダルリアッド族の民の運命を引き受ける王の意識を自らの中にもつに至った自分に気付く。「わかっていたのは、選択の余地がない時には、氏族のために、自分の命を捨てる以外に道はない、ということだけだった」（三七九）。自分の命のことより、同胞となった者たちの命が生きながらえることに彼の意識は向かっている。人間としての尊厳を守りぬくために、彼は自身の命を絶つ。そこから、他者の再生への道が拓かれることを信じて。

自らが決断したことで、彼自身もまた魂の再生に導かれている。民族の存続、それはサトクリフの作品を通底する「歴史は人なり」という歴史観に繋がるものであることは言うまでもない。人間が自身の尊厳を守ることが、民族の存続という歴史の繋がりへと広がる。結末に、ふたたび光のモチーフが象徴的に繰り返される。

> ずっと北の方に上昇を続ける太陽は、もう丘陵の上にすっかりその姿をあらわしていた。フィドルスがその方へわずかに顔をむけると、太陽の光線が目を射た。その金色の目くるめく光は、フィドルスの額に印された馬族の王の印に挨拶を送っているように思われた。（三九〇）

歴史の光を繋ぐ存在としての人間、そして人間の生と死の繋がりが時間の連続性をもたらす。彼の死のあとに遺された、妻マーナが宿した小さな命もまた、生の連続性の象徴に他ならない。もとはといえば、敵の女王の娘であったマーナは、フィドルスが替え玉であることを見抜きながら、フィドルスの物語に自身の物語を重ねて運命を受け入れた。そこで育まれた新たな命は、まさに闇と光が融合する人間存在の根源の命である。

過去へのまなざし

サトクリフの作品には、しばしばひじょうに象徴的なイメージが登場して、主人公の内面の変化や、運命の転換を表象している。『王のしるし』でも、「羽根」が重要な役割を担う象徴的な意味をもってフィドルスの運命を暗示する。

> 鳥たちがとんでいった空から、一枚の羽根が静かな空中をひらひらとまわりながら落ちてきた。その羽根はフィドルスの顔をかすめて下に落ち、塁壁の上の、ほとんどフィドルスの手に触れんばかりのところに落ち着いた——それは目を射るように鮮やかな金をちらした黒っぽい羽根だった——羽根はちょっとの間落ちた場所にとどまっていたが、ふたたびくるくるとまわりながら、乾いた掘割のなかにまい落ちていった。（三八九）

ローマ軍の手中におちて進退窮まったフィドルスの苦境。一枚の羽根は、再び空に舞い上がることなく、「掘割のなかにまい落ちていった」と記される。しかし、この「羽根」は、物語の半ばに描かれるフィドルスと魔術師の邂逅の不思議な描写に登場していた「羽根」を想起させる。それは、未来を預言する謎にみちた言葉の鍵となって読者の意識に刻印されたイメージの反復でもある。自身の運命を測りかねて、フィドルスは「緑の丘の老人」——丘陵に住まう、旧い土着の民、「黒人」と呼ばれる人々の長——に会いに出かける。「ダルリアッド族が自由の民でいられるかどうか、誰がわれわれを支配することになるのか、われわれがどの神に仕えることになるのか――そういう大事を決めることになる戦い」を前に、老人に意見を求めたフィドルスに、老人は謎をかける。自分の手に何があるかを尋ねられて、フィドルスはパンだと応えるが、果たして彼の目に、「細く黒い手のなかにあるものの輪郭がぼやけ、何かほかのものに変わってしまったように思われた。何か別のもの――別の何か――」に変容して、「くっきりした細い線があらわれ始め」、ついに「ほとんど黒といってよい翼の羽根に黄金色の縞が入った」羽根が現われる。しかし、瞬時フィドルスの目にくっきりと見えたその羽根は、ふたたびパンのかけらに戻る。老人はそれを「大地の魔法」と語るが、最後に預言の言葉をフィドルスに遺す。

「黄金チドリの羽根をもう一度みるなら、あんたは馬族の王になるだろうよ。その額の印も本物になる。」（二二八）

フィドルスの額に印された刺青は、馬族の王の「しるし」だが、結末の太陽の光が照らすのは、そのフィドルスの額である。空から舞い落ちた羽根が一瞬フィドルスのもとにとどまって、そして掘割のなかに消えていく結末の描写は、ここで「黒人」の老魔術師の預言を反復して、フィドルスが真の王になったことを象徴的に物語る。

フィドルスの成長を象徴的に表現するこうした神秘的なイメージは、『太陽の戦士』の世界にも垣間見られるのだが、一九〇〇年代初頭の文化的な背景を想起すると、たとえばジェイムズ・G・フレーザーの『金枝篇』（*The Golden Bough*, 1890 / 1936）が関心を引いた思想的潮流に重なるところがあるのではないだろうか。

文明が抑圧してきた原初的な存在を再び顧みようとする時代の意識には、たとえばヴァージニア・ウルフの『幕間』（*Between the Acts*, 1941）で、スウィジン夫人が足元の地面をマンモスが踏みしめていたことに意識を至らせる場面にも示唆されている。サトクリフの場合も、作品の舞台が過去、歴史であるというだけでなく、現代を捉える視点のなかに、近代の文明を人類の輝かしい構築物として無条件に称揚することへの批判的な問題意識があるのではないか。

サトクリフ自身がそのような時代の意識の転換点に生まれたことを思うと、彼女が歴史小説家として文明とその背後にあるもの、滅びと繁栄、そして現実に向き合う視点を意識してきたことがひじょうに興味深く浮上してくる。インタビューの中で、サトクリフは実際にこう語っている。

「私は旧い儀式的なものや宗教にひじょうに共感を覚えます。フレーザーの『金枝篇』ももちろん読んでいます。……この本が書かれて以来、ずっと時を経てもなお原始的な信仰や宗教について、多くのものを語る聖典のような存在であり続けていると思います。」（"History is People", 25）

光と闇の象徴に人間の生を還元して普遍的なありようを描いてきたサトクリフは、文学的な意匠としての原初的イメージを作品に登場させているのではなく、歴史そのものの繋がりのありようとして、普遍性を過去へと、さらにその深奥にある原初へと導いていっている。そこに存在した人々の姿を生き生きと描き出し、他方で「光」に向かう文明の方向性を反転させて、闇の存在を浮き彫りにしていった。原初的な世界へとまなざしを投げかけることで、人間存在の根源的なありようへと現代人の意識を牽引しているのだ。彼女の作品に登場する「闇」の領域の人間たちは、なにがしかの役割を果たしながらしっかりと大地に根差し、時間を繋いできたことに光を当てているからだ。その過程を、主人公や登場人物の成長の軌跡に重ねて、重厚な歴史の物語が紡がれている。それは、光と闇の融合の姿を物語として提示することでもあった。

太古の昔に火の周りに集った人々が一心に賢者が語る物語に耳を傾けたように、卓越したストーリーテラー、サトクリフが語る歴史が、二一世紀の現在にあっても意味をもつのは、過去の物語を通して自分の生きる世界を知り、そこからさらに複雑な世界へと目を向けていく読者の心をひきつけるからにちがいない。サトクリフはこう記している。

人生において原初的なもの、そして根源的なものへの感覚を、子どもは非常に強くもっているのだと思います。神話や伝説が、子どもたちに向けて書かれたものではないにも拘わらず彼らの心を捉えるのは、彼らの鋭い感覚によるものです。（"History is People", 311）

歴史を語るサトクリフは、人間の根源を人類の普遍的なありように繋げて、独自の光と闇の世界を創造した。そして、小さき者たちの姿をその中に描き込むことを通して、歴史に新たな光を当て続けた。過去の物語から見る「未来」、闇の向こうの微光の時代に存在するのは、現代の子どもたちだ。彼らは、サトクリフが招き入れた歴史の物語の中に身をおいて、自分たちもまた歴史を繋いでいることを知る。

## Ⅱ　上橋菜穂子の世界――現代の語り部

### 一　ファンタジーの拡がり

「国際アンデルセン賞」は、この不朽の名作を生み出した童話作家に因んで命名された。(2010年　コペンハーゲン)

数奇な運命を背負いながら闇の世界の中で自身の生を生き抜く人間の姿といえば、国際アンデルセン賞作家上橋菜穂子の『守り人』シリーズの主人公、女用心棒のバルサは、まさしく心の闇や「負」を負いながら闘う主人公だといえる。子どもの頃に経験した不条理を抱え続ける人生は、サトクリフの主人公たちと重なる。影の領域ゆえに鮮烈なイメージで描き出されてくる物語世界は、大きな世界のシステムに取り込まれない視点から見た世界の姿だ。そして、上橋の世界は、さらにそこに現実を越えるファンタジーの領域を存在させている。異なる生命との交感、霊的なものの存在、そして魔術や妖術が、世界の秩序を解体し、新たな空間を創出しているのだ。そこで生じる移動や時空間の超越とともに、その中でこぼれ落ちていくものへの哀切の感情が、より一層命の重さを感じさせる。

「守り人」を支える人気は、その活劇のダイナミズムだけではないと私には思える。それは、ファンタジーの異空間を通して働きかけてくる、人間の喪失感や子ども時代の切ないような感覚のリアリティではないだろうか。バルサの背景を支える人間のリアリティ、その起点から、憎しみや哀しみや情といった、人間の本質的な感情が基調となって物語を展開させている。たとえば、『闇の守り人』の冒頭で、生まれ故郷のカンバルに戻るバルサの内面はこう記される。

バルサは、この洞窟をぬけて故郷へもどりたかった。洞窟の暗闇を、自分ひとりの力でぬけて故郷にもどる……そうせねばならないような気がするのだった。

バルサは、これまでずっと、故郷をわすれようとしてきた。バルサにとって、故郷は、ふれれば痛む古傷のようなものだったからだ。

からだについた傷は、ときがたてばいえる。だが、心の底についた傷は、わすれようとすればするほど、ふかくなっていくものだ。それをいやす方法はただひとつ。――きちんと、その傷をみつめるしかない。（『闇の守り人』、一二）

バルサがただ独り自分の闇へと深く分け入っていく旅は、乱立する王国の抗争の中で渦巻く陰謀や権力に翻弄される人間の心の闇の洞窟につながっている。クライマックスの「槍舞い」の儀式は、死者の霊とこの世に生きる者との息詰まるような闘いを闇の世界に繰り広げるが、そこに一気にあふれ出るのは、過去に閉じ込められた「はげしい憎しみ」と「哀しみ」である。

その瞬間、バルサは、闇のなかに、ふかい哀しみが流れだすのを感じた。うたれたように、バルサは、たじろいだ。――それは、あまりにもつらい、わすれられない感覚だったからだ。（三二八）

親友から託された娘バルサを守り育てたジグロは、そのために、人をあやめなければならなかった。その哀しい過去を、大人になったバルサははっきりと意識化する。

ジグロが友を殺す瞬間、いつも、バルサは目をそらさずに、それをみていた。その瞬間にジグロの背や肩から、ジグロの思いがにじみでてくるのを、バルサは、いつも感じていたのだ。それは、手でふれられ

るほどはっきりとした、哀しみだった……。（三二九）

人間が生き抜くということの厳しさには、非業の死をとげた者たちもまた経験したであろう哀しみや憎しみを心の奥に抱え続けていく重さもまた内包されているのだ。物語は、そのような深い人間の心のリアリティを言葉にして伝える水脈となって、上橋の作品を繋いでいる。

九・一一を彷彿とさせる『神の守り人』にいたっては、現代に生きる私たちの現実が、他者を傷つけ、命を奪い奪われる、薄氷を踏むような危うい複雑な関係性をはらんでいることを照射するリアリティをもつ作品となった。ファンタジーが、逆説的に現実の深層を顕現する力を発揮して人間社会のありようを映し出したともいえるだろう。

奇しくもテレビドラマ番組になって、最先端の映像技術で「守り人」のファンタジー世界が可視化されることになった。その是否にはまたさまざまな議論がでてくるだろう。ただ、一つたしかなことは、上橋作品がもつ物語の力は、現実の可視的な位相にあるものの背後、あるいはその深層にある存在に根差しているということだ。その関心が根底にあってこそ、ファンタジーの拡がりが、人生の現実や普遍的な営みへの読者の想像力を促していくのではないだろうか。上橋は、物語を通して促されるそのような人間の現実、営みへの関心を、自身の生命への関心として語っている。

自分がいずれ死ぬ、ということを、私は幼い頃から、ずっと考え続けてきました。そのことに囚われていると言っても良いほどに、限りある命を生きているということが、常に常に頭のなかにあります。

子どもの頃から歴史に心惹かれてきたのは、そのせいかもしれません。限りある命を生きてきた人々の無数の記録が積み上がったそれの、どこかに、命というものの真実を垣間見せてくれる何かが潜んでいる

のではないかと、感じていたのです。(「温かい網に包まれて」、一〇四)

上橋作品のサトクリフへの親和性は、「中学・高校時代に出会ったイギリスの児童文学もまた、人々が生きてきた『時の流れ』を感じさせる物語が多く、私はいつしか、どっぷりと、その豊かな物語世界のなかへ浸っていきました」(同)と語る上橋自身の経験と無関係ではないだろう。サトクリフが描く歴史の領域は、「時の流れ」を現代に繋ぐ人間の生そのもののリアリティを「神の視点からではなく、人間の視点から」息づかせる物語の世界だ。有限の命が物語を通して時空を超えた領域へと越境して、そこに生命の繋がりというものへの想像力を胚胎させる。サトクリフが文明というものの危うさ、或いは民族の滅びを物語の射程に引き入れて、その中でも「ともしびをかかげる者」の存在に光を当てたことを思う時、まさに上橋が人類の負の歴史に思いを至らせた言葉と響き合うことに気づく。「人は、この世界の中で、なんとかかんとか生きてくることができた。戦争、環境破壊、ありとあらゆるおぞましいことを行いながらも、なんとか滅びずにここまで命を伝えて来られたのは、たぶん、想像する力があったからなのでしょう」(同、一〇九)、こう上橋は語る。

遠景にサトクリフを眺めつつ、上橋は、この「想像する力」を、自身のファンタジーの根幹においている。

猫に、狐に、石ころにさえ、瞬時に「成れる」心の力。その心の力が紡ぎだしていくものが、多様な他者との間に、理解という、曖昧だけれど、意外に強靭な網を緩やかにかけて、ひとつの世界というまとまりを、なんとかかんとか、生み出しているのではないでしょうか。(同)

想像力、心の力を壮大なファンタジーに拡げて創造された物語には、まさに命を繋ぐ一つひとつの人間の物語が、さらに「ひとつの世界というまとまり」に結びついている像が顕現されてくるのだ。

## 二　あわいの時空に生きるものたち――『狐笛のかなた』

### 魂の共感

本稿は、この論文集を通底するテーマに寄せて、私なりの関心からエッセーとして綴り始めた。そのような意味で、日本人作家である上橋菜穂子の作品を私の勝手な思い入れで自由に語ることが許されるならば、『狐笛のかなた』（二〇〇三）は、私にはきわめて印象的な一冊である。「守り人」シリーズよりも静かな旋律が流れ、先に引用した「狐に、石ころにさえ瞬時に『成れる』心の力」が、森羅万象の大きな世界の網をとらえて、ときに宮沢賢治の世界を思わせる生き物たちの共存の姿を輝かせる。

人の心が聴こえてくる不思議な力をもつ一二歳の小夜が主人公。その小夜に「影」のように寄り添う存在となる、呪力をもつ「霊狐」野火の命を彼女が救ったところから物語が始まる。野火の「人」としての意識が、ときに語りの視点となり、人の世界と狐のそれが交錯しつつ、まさしく「小さきものたち」の物語が「あわい」の領域を創出してゆく。ファンタジーというカタカナの言葉で表現すると、どこか違和感を感じるほどに、『狐笛のかなた』は日本人の心性の奥深くに分け入ってゆき、妖しい森の風景や野をわたる不思議な風に、日本古来の不可視の世界が突如姿を現す幻覚にとらわれる。『月の森に、カミよ眠れ』（一九九一）でも、稲作を要として共同体を形成する「クニ」と、「神」の領域とのせめぎあいがファンタジーで表現されることによって、日本という土地に根ざす人間の心のありようが物語として描かれていた。そこに或る種の懐かしさのような感覚を覚えたのは、私だけではないだろう。私たちが意識のどこかで継承してきた緑の国に住まう森の精や土着の神々、そしてクニを治める権力者たちが星図のように動く天空を、上橋はファンタジーの力を駆使した魔術や呪力、心力を機軸に描いたのだ。

その天空に宿るものが、目には見えない「魂」なのだと私は思う。別の言い方をすれば、たしかに存在する魂の力が人間を生かしているさまを、物語の展開を通して実感として確信していくといえばいいだろうか。上橋の想像力が紡ぎだす物語から、読者は自身の想像力で「魂」の存在を発見していく。『狐笛のかなた』を支えているのは、その魂の力である。

五歳のときに母を失った小夜は、祖母に育てられるのだが、特殊な能力をもつがゆえに敵の間者に殺された母花乃の死の真相を知ったとき、彼女の人生はまるで大きな力に引き寄せられるかのように運命的な転換をとげてゆく。幼い心に封じ込めていた怖しい記憶の封印が解かれ、小夜は自分がおかれている現実と直面する。そして、次々に重い現実がのしかかる。子どもの頃に野火とともに力になろうとした小春丸という孤独な少年が負っていた隣国との抗争の渦、野火を呪術で操る主との対決、そして亡き母の悲しみを引き受けて自らの力を受け入れていく過程での葛藤・・・。その一つひとつのせめぎあいが、呪いの力の呪縛との闘いとして描かれていく。そしてその闘いは、死とすれすれの緊迫感で以って小夜だけでなく、「あわい」の領域を行き来してときに人の姿にかわる「霊狐」野火の魂の苦しみに重ねられてゆく。陰謀に巻き込まれて窮地に陥った小夜を守りたい一心で、自身を操る呪いの力を自ら破る野火。そこで野火は死を覚悟しなければならない。だが、彼は小夜への一途な思いを貫くために、決断をする。サトクリフの『王のしるし』のフィドルスのように、野火は、自らの命をかけることで、「人として」真の魂をもつ存在へと変わる。小夜と野火の心の交流は、ともに哀しみと重荷を負う共感から、やがて相手の無事と平穏を心から願う無私の感情へと昇華してゆき、その魂の力が呪いに打ち勝つ。

『狐笛のかなた』の登場人物たちが乗り越えねばならない葛藤は、自身に与えられた運命を受け入れることの苦しみと同時に、呪縛から自らを解き放つための試練なのだ。その孤独な闘いを支えるのが、苦しみを負う他者への共感であったり、愛するものを助けたいと一心に願う魂の力だといえるだろう。象徴的なのは、横領された国の領地の命運を担う水源の地には「若桜野」という美しい命を感じさせる名が与えられ、小夜が目にしたその風景は、「若芽をはらんだ枝先がうっすらと赤みを帯び、あわい靄のように山肌をおおっていた。花が咲いたら、さぞすばらしいだろう」（一三九）と記される。自然界の命の秩序、そしてそれを人間の欲の境界で引き裂き、目に見えぬ邪悪な力がそこに侵入してくる。

その力に、自らも知らなかった小夜の「才」、特別な力が応じてゆく。呪いの力が通りぬけて引き裂かれた「闇の戸」を、自身の力で繕って封印しようとする小夜。

小夜の指先が、てのひらが、腕が、靄を細やかに紡ぎ、無理に引き裂かれたところを、つくろっていく。〈闇の戸〉をつくろいおえる頃は、小夜の額にびっしりと小さな汗の粒が浮いていた。指先に、ぴりぴりとした小さな痛みがあった。舞うたびに、その痛みが増していく。……

靄からは、チュクチュクと鳥のさえずれに似た声が絶えず聞こえてくる。千の生き物がささやいているような声。小夜に、なにか語りかけてくる……。

その瞬間、はるか昔の記憶がよみがえり、瞬時に、今と結びついた。（一四八―九）

物語の時間が一気に過去を現在に引き込み、数多の他者の存在がそこに立ち現われる。闇を通して、それまで見えなかった世界が白日のもとに引き出されてくる。それは、無意識の領域から意識の領域へと移りゆくときの世界の像の変容でもある。『狐笛のかなた』では、その闇のなかに、幾度となく「青白い狐火」が現れ、小夜の意識を覚醒させるのだが、それは野火が小夜に光をもたらすものであることを示唆するものでもある。光と闇の移ろいは、サトクリフの世界にも通じる存在の深い摂理――闇と光が対立するものではなく、闇から光が生まれ、光は闇ゆえに存在することを、サトクリフは人間の営みを通して描き出した――として上橋作品を貫いているが、『狐笛のかなた』の「あわい」の領域は、光でもあり闇でもある空間、野火を通して描かれる「人」と「生き物」の共存が「命」の姿として叶う時空でもあるだろう。

## あわいの領域

細分化された世界地図と化した現代に、敢えて境界を消し去って「あわい」の領域があることを描きだした『狐笛のかなた』は、現代の殺伐とした風景の彼方に、それを越える柔らかな領野が広がっているのかもしれないという思いへと、読者をいざなっている。タイトルの「狐笛」の意味や、読者をハラハラドキドキさせずにはおかない展開には、作品をこれから読もうという読者の楽しみを奪いたくないという思いから触れてはいないのだが、最後の結末だけここに記しておきたい。上橋の物語の本質が見事に結実していると思うからだ。

小夜の膝にだかれている男の子が、むずかったかとおもうと、ぶるっと身体をふって、小さな狐に変化した。

うれしくてたまらないように、ぴょーんと跳ねあがり、小夜の手をすりぬけて、すばしっこく駆けていく。

小夜と野火が、顔を見あわせて笑った。二人の姿がゆらめいて、赤茶と白の狐に変化したかと思うと、鼻をすりあわせ、息子とじゃれあいながら走りだした。

桜の花びらが舞い散る野を、三匹の狐が春の陽に背を光らせながら、心地よげに駆けていった。(三七二—三)

この場所は、もちろん、若桜野である。

## 三　『鹿の王』――「命」をかたちづくるもの

### 命との邂逅

滅びのなかに投げ込まれた人間の姿を追ったサトクリフと共振するようだと、『鹿の王』の冒頭でとっさに感じた。巨大な帝国の力に故郷が滅ぼされていく運命に翻弄され、奴隷として囚われの身であった主人公ヴァンの身に、謎の死病の流行がふりかかる。病をもった犬たちが次々に人を襲い、ヴァンが働かされていた岩塩鉱は屍の場と化す。なぜか死を免れた彼は、独り生き残っている少女ユナを伴って長い旅路をたどることになる。

森を越え、谷を渡り、謎の追っ手の追跡を逃れながら、なぜ自分が生き延びたのか、そして「生きる」とはどういうことなのか、『鹿の王』の壮大な物語は、生の哲学的な命題を突き破って生命体としての人間の生を問い、さらに人類の文明の光芒に人間の身体の中でせめぎあう「病」、体内に存在する夥しいウイルスや細菌の生存競争の闘いを重ねる。

『狐笛のかなた』にも描かれた「あわい」の領域はここでも闇と光を融かし、可視的な存在を変化させることで本質の姿を照らし出す。北アジアの北方、厳しい自然のなかで「鹿」と共存して生きている遊牧民のもとに行き着いたヴァンの体内には、いつのまにか「人間」と「けもの」の両方がせめぎあって共存

『鹿の王　還って行く者』　『鹿の王　生き残った者』
著：上橋菜穂子
装画：景山　徹　装丁：坂川事務所
発行：株式会社 KADOKAWA
（写真提供：角川書店）

している。自分は人なのかけものなのか・・・。ヴァンの意識は、生命体としての存在を彼に意識させる。

## 病という他者

ヴァンに対峙するのが、もう一人の主人公とでもいうべき医術師のホッサルである。彼は、蔓延する死病の謎を解明すべく研究を続け、それを現在でいうワクチンによって制御できるのではないかというところまで看破する。その研究のために、生き残ったヴァンとユナが必要とされる。

だが、帝国の存亡をかける「病」を、権力者たちは征服の強大な武器として操ろうとする。ひょっとすると、過去の文明の歴史もまた、偶然必然の病が関係していたのかもしれない・・・。文化人類学者である上橋の関心は鋭く興味深い。『鹿の王』の独自性は、まさにこの壮大なファンタジー世界の背後にある、上橋自身の世界観かもしれない。

「病に罹る人もいれば罹らぬ人もいる。罹ってすぐに死ぬ人もいれば、生き延びてしまう人もいる」と、病という他者を自らの中に抱えこんだヴァンは、自身の運命を根本から考えさせられるなかで、命の本質に触れることになるのだ。話は外れるが、突然免疫疾患を抱えることになった筆者は、同じ頃、自らに同じ問いを発していた共時性に驚いた。そこで上橋が、人間の中にあるものが、自身を破壊していくということの重大性をしっかりと認識していたことを知った。通じ合うものがあった。もとより彼女の作品の愛読者であった私は、『鹿の王』の深層に、それまで私が気付かなかった上橋が捉える「命」との邂逅を感じたのだ。人間の生は、その誕生の瞬間から死へのときを歩み始めていく過程だ。その時間を辿る道に、必ず分け入ってくる他者との関係性が、ときに民族の抗争や文明の衰亡として刻印され、歴史が続いてきた。だがその一方で、生命体として有限の時間をたどる人間の体内に、病は他者として分け入ってくる。その他者と、人はどう向き合うのか。ここに、人類の大きな歴史と、一人の人間の生命体としての生の過程とのアナロジーが見えてくる。

自分の中に在る異なる他者、ヴァンにとっては「人」と「けもの」双方が異なる他者として彼の意識を促していく。その内面の意識を鮮烈に描く上橋の筆致は、同時に民族の抗争という視点を遠景にすえることで、世界の本質は根本的に異種混淆的な存在にあると気付かせる。

人間の自己世界と、その同心円上に広がる民族という共同体、さらに文明というダイナミックな往復が『鹿の王』の物語世界だ。ヴァンの物語は、ユナという一人の少女の命を救うべく自身の人生を再び前向きに歩みだすことで始まった。守るべき命と出会ったとき、危険を冒して目の前の障害を克服していく人間の意志を、上橋は追う。「守り人」のバルサもそうだった。『狐笛のかなた』の野火もそうだった。人間の尊厳を尊厳たらしめるものの力がどこにあるのか、上橋の人間への信頼がそこに透視される。

同時に、死病の治療を使命と信じて、病の解明に命を削る医術師ホッサルの姿には、不可知の世界の像を捉えようとしてきた人間のあくなき探求の道程が重なる。そしてその力を操って権力を手中にしようとしてきた人間たちの抗争もまた、歴史の偶然や必然が入りまじった展開を想起させるのだ。物語こそが、このダイナミズムを具現化できる。

ここで『鹿の王』の作品の構造やプロットを仔細に語ることが、私の目的ではない。むしろ、二〇世紀文学の本質を捉える本著のなかに、ローズマリー・サトクリフと上橋菜穂子を招き入れることが、現代を生きる私たちにとって大切なのだという思いに突き動かされてこの二人の作品について思うところを語ってきた。その最後に『鹿の王』を取り上げたのは、私たちがいま直面している危機的な状況に、文学が見事に応答していると思うからだ。

## 現代文学の可能性

人間はもともと繋がっていた地球の土地や海に線を引き、分断し、境界を築いてきた。自分たちの共同体を存続させるために他者を排除し、征服を力として示そうとしてきた。その悪しき例が、ホロコーストだともいえるだろう。しかし、たとえばそのホロコーストの大きな暴力の中で、小さな存在としての人間が生きようと意志を持ち続けたことが、そして生き延びた人間たちが、生の証を言葉で刻んだことが、ホロコースト文学として他者にも共有されてきた。それが、普遍的な人間の存在を問う言葉であると私は思う。

人間を超える存在、カミや神や、あるいは神々、その存在を人間たちが文化や宗教のなかに生きながらえさせてきたところに、神話や伝説、そして伝承がある。サトクリフや上橋が必ずといっていいほど、過去から脈々と流れ続ける人間の精神の営みに軸足を置いて物語を構築してきたことに、私は彼らの知恵への敬意を見る。ともに、過去の数多の他者へのまなざしを、自分との関連性のなかで持ち続けているからだ。歴史は、まさに他者の物語を現代の自分に繋げたときに見えてくる時間の繋がりだ。単一的な価値観、超大国が世界を牽引していくという幻想が壊れた現代世界にあって、多くの多様で異種混淆的な文学が「世界文学」という名のもとに注目されてきた。

世界の多極化とは、社会が独自の尊厳をもつ一人ひとりの人間の生の集積であることの延長線上で、一極に集中する世界地図ではない地図がいま存在しているということの一つの表現だろう。「未来」が、「未だ来ていない」可能性を示唆するものであるとするなら、これからの時間に招き入れられる多様な物語こそ、未来の世界文学の言説となっていくだろう。移動と故国喪失が地球を覆う二一世紀の現在、『鹿の王』のヴァンが自分の生きる場所と定めて去っていった森を、或いは『狐笛のかなた』の最後を彩った若桜野をどこに発見できるのか、それは私たちの自身の課題だ。上橋の『鹿の王』に、私はそのような命題を避けては通れない世界文学の可能性を見る。

## 「時間」の本質を問う

ホロコーストの第二世代にして一四歳で家族とともにカナダに移住、祖国ポーランドと母語から断ち切られた経験から、自身を故国喪失の作家と呼ぶエヴァ・ホフマン（Eva Hoffman, 1945– ）は、時間をめぐるエッセー『時間』（*Time*, 2009）の中できわめて興味深い洞察を記している。彼女の故国と母語の喪失は、人生の時間に大きな「裂け目」をもたらし、そこから彼女の新たな言語の獲得が始まったことは自伝的エッセー『翻訳による喪失』（*Lost in Translation, A Life in a New Language*, 1989）に詳しいが、この裂け目こそ、人間が時間というフィクションを創出する原点にあったとホフマンは考えている。彼女はナボコフを例に挙げながら、「人間の存在は、永遠に続く二つの闇の裂け目にある一瞬の光でしかない」（*Time*, 10）と述べ、まさしく自分の出自が戦前と戦後という闇の裂け目にあること、「その次元は、時間という存在、少なくとも生の最後の瞬間までは決して越えることができないものであること」（同, 11）に注目する。それは、「人間は、自身の有限な存在を理解する必然性の中で、時間について思考するほかない」（同）。それは、彼女に言わせると、時間の「逆説的な贈り物」であり、そのような意味で、時間は、人間存在を決定付けるものなのだ（同）。

別の言い方をすれば、いずれは訪れる死という人生の「裂け目」は、時間という概念をもつことで意味付けられ、したがって時間について人間はずっと考え続けてきたことになる。そして時間の概念が、たとえば中世の経済活動から近代に移行したときに大きく変わったように、また文化的背景が影響を及ぼして歴史的、地政学的に時間の概念は変容してきた。多くの裂け目が顕在化する現代社会において、時間の概念がそれに連動して多様になり、人間が経験的に生きている時間そのものが、異なる多くの諸相をもってきたことをホフマンは指摘する。時間という概念が、そこで問い直されてきたとも言えるだろう。ホフマンの『時間』も、まさに、時間の本質をめぐって現代の視座から思索する書物だ。そこで改めて照射されてくるのが、彼女自身の故国喪失の体験であった。その体験がホロコーストという二〇世紀に人間の本質が問い直される未曾有の悲劇につながるものであったように、それは二一世紀の現代にあって、噴出する民族の抗争やテロの犠牲者や、国家的政治的力学によっていやおうなしに運命に翻弄される多くの難民の問題に関わっていることに気付かされる。個の人生と歴史の激動、そこに、かつてサトクリフが光を当てた人間の尊厳のテーマが再び今日的課題として浮かび上がってくる。

他方で、闇の裂け目は、上橋の物語世界に必ずといっていいほど登場する物語の磁場でもあるだろう。自らの中の異なる存在が現われ出る「あわい」の領域、そして死者たちの魂が現世に働きかけてくる瞬間、封じ込められていた過去の封印が解かれて、自分がさらに大きな物語のなかに絡めとられていることを知る登場人物たち・・・。時間を無化したファンタジーの領域に、それまで不可視であった本質的な存在が顕現されてくる。そして『鹿の王』でダイナミックに人間の歴史の光芒が人間の身体のなかにある病とのせめぎあいとのアナロジーにおいて描き出されたように、私たちが現代の混乱のまっただなかにあって、人間という生命体そのものの存在にも思いを向けるようになった。

ホフマンも影響を受けたすぐれたノスタルジア論を展開したスヴェトラナ・ボイム（Svetlana Boym, 1959–2015）は、ディアスポラの視点から西洋の「モダニズム」を構築した時間の概念に一石を投じ、反・モダニズム、或いは斜・モダニズムの視座から歴史を捉えなおした（*The Future of Nostalgia*, 2001）。その過程で彼女は、「そもそもノスタルジアとは、喪失と、根こそぎ場所を移動させられる経験に伴う感覚だが、それは同時に想像を伴うロマンスにもなりうる」（同、xiii）と定義する。「故郷と異国、過去と現在、夢と日々の現実を、一つのイメージに統合しようとする」その心性とでもいえばいいのだろうか、取り戻すことができないもの、存在と不在の両面を併せもつものとして時間を認識していく心の動きがそこに働きかける。歴史の激動には、必ずといっていいほど、こうしたノスタルジアが浮上する。進歩をギアにして一方方向に進んできた「モダニズム」的時間の中で、それに対抗する力学もまた加速される。

時間の無化をもたらすファンタジーが、ここで意味をもってくる。ファンタジーは物語の領域を拡げるだけでなく、多様な力のせめぎあいや異形のものの存在をその射程にとりこむことで、所与の現実の枠を次々に解体して、時間によって支配される一方向の現実の流れを逆行させたり螺旋のように渦を巻いたりする、複層的な世界を創出する。それは翻って私たちが囚われている現実世界の可能性の水脈を拓く。

新たな世界文学へ

「歴史をめぐる思考にともなう、ある種の癒着、操作、拘束と、そのような作用をもたらす権力」を批判する試みとして、『反歴史論』を展開する宇野邦一は、一つのパラドックスとして、歴史哲学からの解放を示唆する。宇野は、歴史という言葉が暗黙裡にもつ性格を、ある種の支配的な力として捉える。

> 歴史は、私たちが歴史を忘却しているときにも、思考を左右している。西洋であれ、東洋であれ（この文自体が歴史的な性格をもっている）、私たちは、歴史をもちながら歴史ではない、という緊張の中で、たえず自分と歴史を対峙させたりはしない。むしろ何らかの歴史的観念と自然に癒着するようにして生きていることがはるかに多い。そういう意味で、ある種の「歴史哲学」が、私たちの精神安定剤となり、思考停止のための緩衝剤にさえなっている。（『反歴史論』、一一）

人間が囚われているこのような網そのものの存在を認識することが、「反歴史」という言葉で宇野が示唆するものではないだろうか。

歴史とは、時間のカオスを前にして、言語の行為によって、時間に形と連続性を与えるような作為でもある。その言葉が、時間のある面を発見し、構築し、別の面を隠蔽し、埋没させてしまう。歴史は、少なくともそのような両義性や多義性をもちうる魅惑的で、危険な言語の行為なのだ。（一三）

両義的に人間の意識に協働してきた歴史に対して、それを「物語」を通して「観る」ことを、言語行為としての文学は続けてきた。それは客観的ななにがしかの事実を語ることではなく、ひょっとしたらあったかもしれない個人の物語をそこに創造して、生きた経験として記すことでもあった。少なくともサトクリフの主人公たち――ブリテン島に駐留していたローマ軍が撤退したとき、そこに残ったかも知れない人間が、アクイラだ――「歴史は人なり」、つまり人間の生の経験が集積した「歴史」のありようを物語の中に刻印している。上橋の『鹿の王』のヴァンもまた、病を生き延びることで民族のなにがしかのありようを変えたかも知れない人間であり、医術師ホッサルのような探究者の背後にもまた、科学の進歩を促してきた数多の人間がいる。歴史の人間化は物語だからこそ可能になった。

## 喪失を超えて

現代世界の「現在」を特徴づけるキーワードの一つは「喪失」であるかもしれない。移動や移住による祖国の喪失、痛ましい事件が何の脈絡もない人々の生を断ち切る現実。環境の破壊。そのどれもが、存在の危うさを意識に浮上させながら、それが失われたことの実感を「喪失」として突きつける。そして喪失という経験の重さは、現代人にのしかかって、時間の連続性を切断してしまう。そもそも喪失は、人間が生きる人生のなかに、分かちがたく存在し続ける魂の経験でもあるだろう。愛する者との別れはむろんのこと、国家や抗いがたい歴史の中で、人は必ず喪失を受け止めていかねばならない。しかし、その人類普遍の営みを、悲しいかな現代の人為的な「喪失」の極端な現実に直面している私たちは、ようやく意識化できるようになったのかもしれない。別の言い方をすれば、平和が崩れゆく現代の世界を目のあたりにして、それを現実として受け止める過程で、私たちは喪失の意味をふたたび意識にのぼらせているともいえる。

このような「喪失」という、人間にとっては必然的に不可避の経験という文脈の中で、究極にある「死」が受容されていくのではないか。物語という方法で、民族の死、個人の死、そして自身の死が語られるのは、喪失を幾度も重ねて生を繋いできた人間の知恵の結果なのではないかと思うのだ。この二人の作家に共通して顕現されてくるのは、生と死、そのダイナミックな往復である。精神的な死は再生をもたらし、闇の中から光が生まれる物語を通して、一見対極にある人間の経験が入り混じるさまが、両方を内包する現実を照らし出す。

人は誰もがその生命の中に異なる他者をあわせもっている。遺伝学的にみた血の問題だけではない。私が言いたいのは、個人がときに痛みをともなって自らの中に意識する「他者」の存在である。『孤笛のかなた』や『鹿の王』は、そのすぐれた例だった。内なる他者、それは、「病」であるかもしれないし、究極では「死」かもしれない。その冷徹な現実をしっかりと見据えた作品の迫力が物語の力でもある。

異なる風景が拓けた。私がホロコースト文学にひかれてやまなかったのは、ひょっとしたら、「他者の言葉」が、物語を通して語りかけていたからにちがいない。すでに亡き者たちの生の証が、私たちとは異なる領域の者たちではなく、本来なら同じように生の営みを続け、時間の連続性を繋いでいたことに気付かされる。そこから、ホロコーストが何を人間にもたらしたのかに思いを向け、歴史の何たるかを知る。私にとって、ホロコースト文学をひもといていくことは、物語が、文学がどのような意味をもつのか、その意味を捉えなおすことに繋がった。

このように文学を捉え直す経験のなかで、ローズマリー・サトクリフと上橋菜穂子が私の意識のなかで立ち現われたのだった。文学を捉え直す経験のなかで、この二人の作家たちが共振したのである。そして、あらためて、「世界文学」と呼ばれる、新たな文学の可能性をこの二人がもっていることを確信したのだ。翻訳の可能性、今日的なテーマ、そして多極的で複層的な世界が描き出される、そういった世界文学の特質を、彼らの作品が胚胎しているからだ。「世界文学」という視点から、新たな読みの軌跡が続いていくことを願っている。そこから拓かれていく領野を私も旅してみたい。

### 参照文献および使用テクスト


Boym, Svetlana. *The Future of Nostalgia*. New York: Basic Books, 2001.

Damrosch, David. *What is World Literature?* Princeton: Princeton U.P., 2003.

Fraser, James G. *The Golden Bough*. 1890, 1900, 1911.

Gilbert, Sandra M. *Death's Door*. New York: W. W. Norton, 1988.

Hoffman, Eva. *Lost in Translation: A Life in a New Language*. New York: Dutton, 1989.

——. *Time: Big Ideas Small Books*. London: Profile Books, 2009.

Prendergast, Christopher. Ed. *Debating World Literature*. London: Verso, 2004.

Sutcliff, Rosemary. *The Eagle of the Ninth*. 1954; rpt. London: Puffin, 1997.

——. *Warrior Scarlet*. 1958; rpt. London: Puffin, 1979.『太陽の戦士』（猪熊葉子訳・岩波書店、一九六八。）

——. *The Lantern Bearers*. London: Oxford U.P., 1959.『ともしびをかかげて』（猪熊葉子訳・岩波書店、一九六九。）

——. *The Mark of the Horse Lord*. 1965; rpt. London: Oxford U.P., 1967.『王のしるし』（猪熊葉子訳・岩波書店、一九七三。）

——. *Blue Remembered Hills: A Recollection*. London: The Bodley Head, 1983.

——. "History is People" in Virginia Haviland ed. *Children and Literature: Views and Reviews*. Brighton: Scott, Foresman and Company, 1973.

上橋菜穂子『精霊の木』偕成社、一九八九。

——『月の森に、カミよ眠れ』偕成社、一九九一。

——『精霊の守り人』偕成社、一九九六。

——『闇の守り人』偕成社、一九九九。

——『夢の守り人』偕成社、二〇〇〇。

——『神の守り人』偕成社、二〇〇三。

——『狐笛のかなた』理論社、二〇〇三／新潮文庫、二〇〇六。

——『鹿の王　上　生き残った者』角川書店、二〇一四。

——『鹿の王　下　還って行く者』同。

——「温かい網に包まれて——受賞までの道程」『子どもの本がつなぐ希望の世界——イエラ・レップマンの平和への願い』（日本国際児童図書評議会編・彩流社、二〇一六所収）。

宇野邦一『反歴史論』講談社学術文庫、二〇一五。

# あとがき

今日では、悲惨な戦争は国家のおこなう武力衝突だけではなく、テロやサイバー攻撃、経済戦争などの形をとって、わたしたちの日常に潜んでいる。世界の様々な地域で貧困と格差が拡大するにつれて、「文化の多様性」と「異文化の他者との共存」が可能であるかが問われている。ヨーロッパではイスラム系の移民二世や三世の若者たちが不当な差別をうけて、その精神に深い傷を負っているという。もし未来に希望がないのなら、自分を受け入れない人間社会の崩壊を目撃するのが、若い世代の暗い願望となるのかもしれない。わたしたちはそれを見過ごしてよいのだろうか。

いまの世界は混沌として、多くの価値観がせめぎあっている。しかし、どの価値観がベストなのか、それを判断する尺度はまだ見つからない。ますます貧困と格差が広がるなら、様々な他者との相互理解は成り立たないのではないだろうか。複雑で、不確かな、先の見えぬ閉塞状況の下で、人々は自由を謳歌するだけではなく、社会秩序を脅かす者たちの処罰を叫んでいる。限りない自由と、永続的な秩序の確立という二つの理念《ヴィジョン》が両立するのは、おそらく不可能であろう。

社会の矛盾。自然破壊。共同体の互助システムの崩壊。次々と、想像をこえる不条理な事件が起きる日々の現実を映しだすために、現代の小説家たちは、架空の国の時空間に、虚構と現実を織り交ぜた奇妙な物語を書いている。戦争の光と闇を非現実の時空に照らしだす斬新な文学は、ほかでもない「小説」によってしか成しえないものであろう。非リアルな文学空間に生まれる、革新的と言いうるリアルな小説は、「世界文学への扉」へとわたしたちを導いている。

以上のことを踏まえ、「巻頭論文」、「第Ⅰ部」から「第Ⅲ部」、そして「巻末エッセイ」へと順次紹介させていただきたい。

巻頭論文　来たるべき戦争――ガーンズバック、ウェルズ、バラード

巽孝之氏はSF小説の誕生と発展までの歴史を、ガーンズバック、ウェルズ、バラードを中心にして、軽やかな筆致で縦横無尽に論じている。二〇世紀初頭のアメリカのSFは、じつは科学的知識の啓蒙と結びついていた。SFというジャンルの名付け親であり「現代SFの父」と呼ばれるガーンズバックは、天才発明家の大冒険をスリリングに物語る未来予測小説を多く発表して大衆から喝采をうけた。ガーンズバックが新ジャンルを着想したきっかけは、一九世紀から二〇世紀への転換期に、驚くほどの近未来小説が書かれて大ブームになったからである。なかでもイギリス作家H・G・ウェルズは、近未来戦争小説『宇宙戦争』を発表し、地球を襲う火星人の恐怖を壮大なスケールで描き出した。その後の近未来小説は、非白人種は最大の「疫病」であり、西欧にはそれを撃退する超兵器が不可欠であると唱える作品が流行し、また、黄食人種をウイルスとして見立てて、その殲滅を訴える作品までも発表された。

ガーンズバックの次に、巽氏はウェルズの『タイムマシン』に着目し、このSF小説を、一つの戦争小説として読み直すことに挑戦している。一九五七年ソ連が初の人工衛星を打ち上げた時から、一九六九年にアメリカが月着陸に成功した頃までは、「現実がSFを超えた」と言われたが、ウェルズは個人としての人間よりも「種としての人類を描く」という新たなテーゼを投げかけるのである。映画産業にとっては『二〇〇一年宇宙の旅』に代表されるように、映画は「光の芸術」と化している。一方、バラードは注目すべきことに外宇宙戦争ではなく、内宇宙戦争を『ハイ・ライズ』において打ち出している。彼はこの作品において内宇宙SFを開拓した革命児であり、そこでは人肉嗜食への回帰者が出るという不気味な物語が進行していく。

第Ⅰ部　架空の国に起きる不思議な戦争

ここには、ジョウゼフ・コンラッド『ノストローモ』、ロディ・ドイル『ヘンリーと呼ばれた星』、W・B・イェイツの劇作品『バーリャの浜辺にて』を論じた文章が収められている。これら三作品にみられる共通性は、いずれの作品の場合も、虚実の境界が意図的に曖昧化されていることである。虚と実とのあやふやで不確かな境目からは、現代社会に潜む恐怖が見え隠れしている。

1章　奇怪な内乱の起きる不思議な国——コンラッド『ノストローモ』にみる祖国喪失者《エグザイル》たちの抱く幻想

南米大陸の一角に設定された架空の国に起きる内乱を、コンラッドは海辺の町スラコを舞台にして描いている。そこには南米の革命の特質や風土が巧みに表現され、政治や経済や組織などのメカニズムに否応なく組み込まれる、人間の本質的な孤独と倫理が示されている。コスタグアナ共和国では、独裁的な政権が代々つづき、民衆は貧困にあえいでいる。未来の希望の灯が見えないなかで、この共和国についに内乱が起きて、反乱軍がサン・トメ鉱山の銀に狙いをつけてスラコを攻撃する。追い詰められた鉱山の経営者チャールズ・グールドは、港の沖仲仕頭のノストローモに、銀塊を夜の闇にまぎれて沖合の外国船へと運ぶことを依頼する。

ノストローモは幼い頃に両親を失い、やむなく母国イタリアを去った祖国喪失者《エグザイル》である。彼は港で働く者たちを率いてスラコの危機を幾度も救い、超人的な英雄《ヒーロー》として民衆から賞讃を受けている。ノストローモにとっては、民衆から賞讃される英雄《ヒーロー》であることが、彼がこの世に存在する根拠であった。これに対してグールドは、鉱山の銀が生みだす「物質的な利益」によって、腐敗した共和国を近代化する願望を抱いている。しかしスラコが陥落する危機が迫り、グールドの計画は破綻し、また、ノストローモは外国船への銀塊の移送に失敗してしまう。

やがて、かろうじて内乱に勝利したスラコは、分離独立した新しい共和国となり、経済的繁栄を遂げていく。そのなかで、サン・トメ鉱山の利益がグールド家と外国資本に独占されることに民衆は不満を募らせていく。

ノストローモは罪の意識におののきながらも、イザベル島に秘かに埋めた銀塊によって財産を築きあげ、民衆に多くの金をばらまいて人気をあつめる。ふたたび民衆の英雄《ヒーロー》として振る舞う自己と、罪悪感に怯える背徳者としての自己――二つに分裂したノストローモを、コンラッドは非人間的な存在として断罪するのではなく、周囲の他者を欺きながらも、自己の精神の再生にあくまでも挑戦する現代の悲劇的な英雄《ヒーロー》として表象している。

## 2章　変奏されるアイルランド史――ロディ・ドイル『ヘンリーと呼ばれた星』における戦争と歴史

アイルランド人作家ドイルは、実在の歴史的人物と、想像力の生みだす虚構の人物とが絡みあう技法を用いて、アイルランドの戦争と歴史の「読み直し」に挑んでいる。主人公ヘンリー・スマートは孤児同然のストリート・チルドレンとして社会の底辺で暮らしていた。ところが、社会主義運動家であり、後に復活祭蜂起の指導者の一人となるジェイムズ・コノリーに拾われ、ヘンリーは彼の許で育てられる。だが、ダブリンの路地裏を野良犬のようにうろついていたヘンリーには、民族独立運動の理念は無縁なものだった。「俺たちがやるのは階級闘争だ」と言い切るヘンリーが撃ったのは英国軍ではなく、高級な靴屋や洋品店のショーウィンドウであった。そして他には脱出のときに部隊の先頭に立ったことぐらいで、彼の戦闘行為は一切見られなかった。復活祭蜂起においてヘンリーが実行したのは、コノリーの書いたアイルランド共和国樹立宣言の草稿に「すべての子供を平等に育てること」という一節を加筆させたことだった。ヘンリーにとっての復活祭蜂起は、あくまで階級闘争に他ならなかった。社会的権利の主張がコノリーという実在した英雄を通して行われた意味がここにある。このような視座から建国の歴史に光が当てられ、別の歴史が語られていく。では、伝説化された英雄たちや蜂起そのものは、ヘンリーにはどのように映ったのだろうか。英国軍のバリケードを破るために、敵の銃弾をくぐりながら進んでいくと、店の裏側の庭で、一人の幼女が死んで横たわっているのに、ヘンリーは気づく。女の子は頭を撃ち抜かれて玄関の土間に倒れていた。ここに敵の弾が飛んでくるはずはない。ヘンリーに理解できたのは、圧倒的な武力をもつ英国軍に敗れた蜂起軍が、最後は市民を撃ち殺して敗走したという事実であった。ヘンリーと独立戦争との関わりのなかで浮かび上がるのは、権力としての暴力の存在である。それでは権力の暴力に対する抵抗手段はないのだろうか、という疑問がヘンリーの胸中に湧いてくる。この時、ヘンリーは初めて、独立戦争の掲げる正義の欺瞞性を告発する勇気をもつのである。

アイルランド建国の英雄として祀られるコノリーは、ヘンリーの眼には、もはや空虚な人間としか映らない。戦争という暴力の不条理性に目覚めたヘンリーには、アイルランド独立の象徴として神話化された復活祭蜂起すらも、たんに美化された偽りの歴史でしかなく、やがて脱神話化されていくのである。

3章　戦場のクーフリン——W・B・イェイツの劇作品『バーリャの浜辺にて』に見る叙事詩英雄の戦い

文学世界の自律性は、実利的な政治の影響から自由でなければならない、とイェイツは見なしていた。それは一九世紀イングランドの文化的影響を脱すること、つまり英国の科学万能主義、功利主義を排してアイルランド固有の文学伝統を再発見することと結びついていた。クーフリンのような戦士英雄が出現しなければ、叙事詩はたんなる事実の年代記、熱意を欠く夢想へと転落していき、生き生きとした活気ある精神は消えていく。

英雄クーフリンは太陽神ルーを父に生まれ、少年のような見かけだが、ひとたび戦場にでると豹変し、光輪が取り巻く頭部から血柱を吹きあげ、敵を打ち倒す。しかし、戦場でのクーフリンの活躍は、イェイツの劇作品ではほとんど描かれない。戦士でありながら闘わない英雄は、世界の神話にもアイルランドの神話にも見当たらない。だが劇作品『バーニャの浜辺にて』において、クーフリンという代表的なケルト神話の英雄は、その悲劇の絶頂で広大な海と戦い続けるうちに、いつしか海に消えていく。ではイェイツが中心に据えた英雄と、その英雄が仕えるべき王の対立には、どのような意味が付与されているのだろうか。大王コノハーが英雄クーフリンにたいして絶対の忠誠を誓わせるのは、強大な王権と支配地を息子たちに継がせるためであった。クーフリンの奔放不羈と超人的能力は、コノハーが打ち立てようとする統治システムを破壊する可能性を秘めている。だがクーフリンの世俗権力への無欲無関心につけこみ、コノハーは政治的統治者としての王権の優位を譲らない。

英雄叙事詩の語り直しの難しさを、イェイツはクーフリンという英雄の「息子殺し」のエピソードを通じて象徴的に描き出している。偉大な叙事詩とは「一人の息子と、百代にわたって倦まず剣を手に戦った者たちとの夢から生み出され」たものである、というイェイツの言葉にあるように、叙事詩は戦士の共同体によって生み出され、詩人によって語られるものである。海辺に押し寄せる「波頭のひとつひとつにコノハーの冠を見て」飽くことなく剣を振るいつづけるクーフリンの戦いは、叙事詩精神の苦闘の象徴となっている。

第Ⅱ部　未来の戦争を予言する作家たち

ここには、第一次世界大戦が引き起こす「ヨーロッパの没落」という現象、日本軍の捕虜となったイギリス軍兵士の苦悩、そして広島に投下された原爆の犠牲者などについて考察した論文が収められている。未来の戦争を予言する作家たちの言葉には、西洋近代の世界観への徹底した批判があらわれている。

4章　若き炭鉱王を脅かす見えない戦争の影――D・H・ロレンス『恋する女たち』と愛国の叫び声

ロレンスの『恋する女たち』という小説の内部では、戦争はまだ起きていない。第一次大戦が勃発していることへの言及はみられず、物語は現実のイギリスやオーストリアが舞台となっているものの、そこに表現される事象は戦争の影すらない、いわば架空の時空間に変換されたとも言いうるフィクショナルな二〇世紀初頭の光景である。だが岩井学氏は、第一次大戦が引き起こした「ヨーロッパの没落」という現象が『恋する女たち』という恋愛小説の物語構造を決定づけているとみなしている。その洞察に導かれるかのように、新しい作品論が展開されていく。

従来は、視学監のバーキンが「創造」、炭鉱王のジェラルドが「破壊」を表徴するという解釈が定説であったが、本論では岩井氏は、バーキンを「不毛を受けいれる人」、ジェラルドを「創造と破壊」の二面性を有する人と見なす新たな解釈を提示している。とりわけ注目されるのはジェラルドに対する評価の大きな転換を試みている点である。すなわち、ドイツ帝国の専制的国家体制は、ジェラルドが合理化によって人員を大量に解雇して作り上げた最新設備を備えたヨーロッパ最大の炭鉱が、じつは労働者の要求をことごとく退けて実現したことに表象化されている。そしてドイツ帝国は無謀な戦争によって崩壊したように、誰にも心の内部を見せない独裁者の末路と同じように、ジェラルドは逃れられない孤独に苦しんだ末に自殺する。グドルンという画家志望の女性を愛し、ジェラルドはそこから心の癒しを得るが、彼はグドルンの内面の葛藤を理解することができなかったのである。

ドイツ帝国の台頭によって戦争が始まる不安と怖れがイギリスに広がるにつれて、バーキンはイギリスという国に生きる意味を見失っていく。しかし、バーキンはジェラルドとは異なり、孤独に苛まれることはない。「不毛を受けいれる人」であるバーキンは、人間として存在することの無根拠性を認識しながらも、国境線を越えて新たな生の意味を、グドルンの姉アーシュラとともに探し求めていく。

5章　戦争映画の中の「音楽」と「兵士」たち――デイヴィッド・リーン監督の「戦場にかける橋」を観る

清水明氏の論文の独自性は二つあげることができる。第一に、観客の心を深く揺り動かす「音楽」の魅力を的確に捉えていることである。デイヴィッド・リーン監督は映画における音楽の重要性について考え抜いており、観客の嗜好に巧みに訴えながら、自己の映像芸術家としての究極の音楽表現を追求している。その一例をあげるなら、リーン監督が信頼するマルカム・アーノルドの作曲する映画音楽は、広大なジャングルという非文明地の環境と人間の関係を繊細で、緻密な音楽で浮きあがらせ、全体的に硬派の、鋭いリズムが刻まれていく芸術表現となっている。そして第二には、捕虜となったイギリス人将校ニコルソンと、日本軍の斎藤大佐の対立と確執を軸として、兵士たちの置かれる状況を深く掘り下げていることである。斎藤は鉄道をビルマまで敷いて、クワイ河に鉄橋をかけるという至上命令を受けている。しかし、英軍捕虜たちによる建設は進まない。その時、捕虜たちを統率する将校のニコルソンは、彼に労働を強制する斎藤にたいして、ジュネーブ条約の捕虜条項に反するとして抵抗し、営倉に入れられてしまう。斎藤は橋の建設に失敗すれば自決する覚悟であり、一方ニコルソンは捕虜たちを率いて鉄橋を完成させることで斎藤に対して優位な立場に立とうと目論んでいる。だが、二人には悲惨な運命が待ち受けている。イギリス軍の特殊砲撃部隊が、クワイ河の戦場にいる兵士たちの生命を危険にさらすのを承知のうえで、橋梁に爆破装置を設置する。ニコルソンは爆破装置を止めようとしたが間に合わず、大音響とともに鉄橋は崩れる。そして、すでに斎藤は爆破係の将校に刺殺されていた。戦場において兵士たちは何を目撃し、何を考え、どのように死んでいったのであろうか――、戦場の恐怖を味わう兵士たちが抱える心の傷の深さを訴えながら、映画『戦場にかける橋』は幕を閉じている。

## 6章　核時代の到来を予言した作家――H・G・ウェルズ『解放された世界』からヒロシマへ

「原子爆弾」という用語の初出は、第一次世界大戦の起きた一九一四年であり、この語を最初に用いたのは『解放された世界』を世に送り出した小説家H・G・ウェルズであった。ウェルズといえばSF小説作家として知られているが、核分裂が現実になっていない時期に、彼は核時代の到来を予言したのである。ウェルズが描き出した原子爆弾は、アメリカの原爆開発の契機となり、物理学者たちにも影響をあたえており、その意味ではウェルズこそが原爆の生みの親だったと一谷智子氏は指摘している。

原子爆弾を製造した国々が核戦争を始め、それが世界戦争へと拡大していく様子をウェルズは描いている。それだけではない、原爆の熱線と放射能によって廃墟と化した都市を見た人々が、多くの人命が失われる悲劇を繰り返してはならないと、平和を守る世界国家を創設するまでの過程には、ウェルズの平和主義が表現されている。しかし、『解放された世界』にみられるウェルズの先見性にもかかわらず、この小説の世評は芳しくなかった。その一方、戦後日本においては、ウェルズの世界国家構想が日本国憲法に影響を与えたこと、また、政治学者丸山真男が、ウェルズは人類共通の精神に基づき「包括的世界概念を樹立しようとしている」と主張したことを、わたしたちは日本の平和主義の原点として忘れてはならないだろう。
エネルギーをめぐる人類の歴史が、つまり人間が火を発見して文明を生みだし、さらに第二の火として原子力を発見する新たな段階に入るまでの歩みを、ウェルズは超時代的な視座から展望している。さらにウェルズのSF小説的な想像力は、パリ、ベルリン、シカゴ、モスクワ、そして東京が原爆の壊滅的な炎に包まれる光景を、時代に先駆けて描いている。『解放された世界』に凝縮するウェルズの核戦争の予言は、広島と長崎に落とされた原爆によって現実となった。広島の原爆戦没者慰霊碑には、わたしたち日本人だけではなく、海外からの人々も含めて、今も献花が絶えない。

第Ⅲ部　戦争の傷跡とともに生きる

ここに集まる個性的な論考は、「戦争の傷跡」を独自の視座から捉えている。飛来する砲弾の音に傷つく兵士たちと彼らの治療にあたる精神科医。アフリカなどの世界にみられる飢餓との戦い。戦争の悲惨さを訴える「沖縄の声」に耳を傾ける現代美術家の告白。三名の論者たちは、戦火の絶えない世界の現実を見つめるなかから、わたしたちの暮らしが本来の「あるべき姿」へと戻る道を探っている。

7章　戦場で心の傷を負う兵士たちの「それから」――パット・バーカー『再生』を読み解く

戦場でシェルショックのために傷ついた兵士たちの治療にあたる精神科医リヴァースは、傷病兵たちから厚い信頼をよせられている。リヴァースのおかげで回復すると、兵士たちはふたたび戦線へと復帰していく。そんなとき彼は、若者を戦地に送り返すことは正義ではなく罪悪なのではないかという不安を感じる。市川薫氏は、この小説の主題を、聖書に記されている父アブラハムとその子イサクの逸話を描く一枚の絵画に見入るリヴァースの姿から、絶対的な力を持つ父親が無力な子どもを殺害する、不条理な「子殺し」という行為と結びつけて明らかにしている。愛国心に駆られる父親たちは喜んで息子たちを兵士として戦地へと送り出す。そして飛来する砲弾で息子たちが命を失うと、国家のために殉じた勇敢な兵士として誇りに思うのである。心的外傷を負った傷病兵たちの苦悩と、彼らを前線へと送りだすリヴァースの心の揺れは、戦争という暴力にたいして根源的な疑問をしている。どんなにシェルショックから回復しても、心的外傷は無意識の領域に潜在化している。リヴァースの治療は患者が精神の傷跡を言葉で説明できるまでになった時に終了する。それでは本人が自覚しない潜在意識に隠れているものは言語化できないのだろうか。「語りえぬものは、いかにして語りうるか」という問いが終末部に浮上してくる、それは、次の作品『ドアの目』の主題となっている。

8章　特別寄稿　自然と向き合う人間に見えるもの――農と食の未来と平和を思う

食べ物なしでは人間は生きていけないのに、なぜそれを生産する農業は軽視されているのだろうか。日本ではお金さえだせば「豊かな食」にありつけるからだろうか。食べることやそれを生産する「農の営み」は人間の生存に不可欠であるのに、スーパーやコンビニでは美しく調理された料理が手ごろな値段で手に入り、「食と農」は人々の関心を日々に失っている。マクドナルドのように世界中で同じ商品やサービスを提供する食のグローバリゼーション化は地域の食文化を脅かしているが、農業生産者を守り「地産地消」を推進する取組みは、日本国内でも始まっている。例えば、産地直送にみられる市場を経由しないマーケットの拡大、グリーン・ツーリズムにみられる農村体験の提供、そして、地域内発型のマーケット形成に数多くの産地直売所が貢献している。しかし、こうした地域活性化の試みに尽力する一方で、片岡美喜氏は、地域社会の人材育成、つまり「農業教育」にも情熱を注いでいる。その一環として片岡ゼミでは、自然とともに生きる標高八〇〇メートルの村で、現地調査やフィールドワークを重視した研究に取り組んでいる。同村の魅力は、やはり、ニッコウキスゲや水芭蕉に出会える自然環境にある。そしてもう一つの魅力は、人である。地域に根差した暮らしのなかで見識が高い人が多く、学生は教わるばかりのようである。ゼミ生のなかには、この地の村役場に就職して、観光や地域産業に携わっている者もいるという。これからも若者たちが、なんらかの形で地域に貢献していくことを願っている。

9章　ある現代美術家の告白――戦争の傷跡から信ずべき「何か」を求めて

戦争の傷跡の消えない沖縄へ出かけ、そこで「信ずべき何か」を探すと、ある現代美術家は告白している。一か月ほど米軍基地を写真にとりつづけ、彼はそれまでの安宿に泊まるのをやめて、沖縄滞在の最後の夜に高級ホテルに宿泊する。自分の部屋の窓から美しい空と海を眺めていると、なぜか「罪悪感にも似た違和感」に襲われる。波音がきこえる瀟洒な一室にいながら、なぜか疎外感が忍び寄ってくる。なにげなく視線を海の彼方にやると、すでに幾度も訪れた沖縄での記憶がよみがえり、彼は自作の数編の詩を書きつける。過去を振り返り、未来に思いを巡らし、自己の内面をみつめながら詩作を進めるうちに、彼の脳裏には様々な思いがよぎる。米軍基地が在るかぎりつづく沖縄の人びとの苦難。排他的な空気が広がるアメリカと、分断を深める世界への恐れ。そして、沖縄の人びとの悲しみなど、彼の心に去来する様々な思いは、いつまでもつきることがない。

この現代美術家が製作する、物質感のみなぎる鉛のオブジェには、沖縄の人びとの戦争の傷跡が刻まれているのだろうか。まるで一人の求道者のように、「信ずべき何か」を求めて、彼はこれからも「沖縄の声」に耳を傾けつづけるだろう。

巻末エッセイ　世界文学への扉をあける

ローズマリー・サトクリフの物語で注目されるのは、勝者の側に立つ人間ではなく、社会の周縁的な存在である、弱き者に光が当てられていることである。青銅器時代を舞台にした『太陽の戦士』の主人公である少年ドレムは、右腕が萎えて片腕しか使えない運命にある。成人への通過儀礼において、狼を仕留めるという命がけの挑戦にドレムは失敗する。命こそ助かるものの、彼を待ち受けているのは精神的な「死」の経験であった。しかし苦悩を抱えながらも、辺境の羊飼いたちと暮らすうちに、ドレムは他者とともに生きることが、自己中心の狭い世界からの脱却に通じていると気づく。ある日のこと、狼に襲撃された羊をただ守りたい一心で、ドレムは狼に立ち向かい、無心の勇気で打ち倒す。この出来事を契機にして、ドレムは周囲の他者との繋がりのなかに自分が生きていることを痛感する。自身の弱さを自覚したドレムは、「弱さを知った者の強さ」を身につけ、死からの再生を果たすのである。『太陽の戦士』という作品は、あえて青銅器時代に時間軸を置いて、闇を否定して光を肯定するのではなく、闇のなかにも光があるという世界観へと読者を導いていく。

　上橋菜穂子の「守り人」シリーズの主人公であり、また女用心棒でもあるバルサは、まさしく心の闇や負の運命を背負いながら闘っている。バルサが生きるのは、大きな世界のシステムに取り込まれない視点から見た世界であり、そこに現実を超えるファンタジーの異空間が重なっている。一つ確かなことは、上橋作品のもつ言葉の力が、現実の可視的な位相にあるものの背後、その深層にある存在に根ざしていることである。『鹿の王』の壮大な物語では、主人公ヴァンの身に謎の死病がふりかかり、彼が働かされている岩塩鉱は屍の場と化す。生命体として有限の時間をたどる人間の体内に、病は破壊性をもつ他者として侵入してくる。その死病と人間はどう向きあうのか、ここに人類の大きな歴史と、一人の人間の生命体としての生の過程とのアナロジーが見えてくる。もしも未来が、「未《いま》だ来ていない」可能性を示唆するものであるとするなら、ローズマリー・サトクリフと上橋菜穂子の創造する多様な物語こそ、未来の世界文学への扉をあける言説となっていくであろう。

　市川薫氏との共編著はこれで三冊目となる。表紙と扉のデザインは過去の二冊と同様、現代美術家の矢原繁長氏にお引き受けいただいた。矢原氏にはエッセイの執筆も依頼したが、その告白的芸術論はファイン・アートと文学との接点を示すものとして光彩を放っている。

最後になるが、本書はシリーズ『〈平和〉を探る言葉たち』（二〇一四年、鷹書房弓プレス）の第二巻にあたるが、たんなる続編ではなく、基本的には一冊の書物として自律している。開文社の安居洋一社長には、我々の突然のお願いにもかかわらず、本書の刊行を快くご承諾いただいた。出版までの数々の我儘をお聞き届けいただいたこととあわせ、心より感謝を申し上げる次第である。

二〇一七年一月

津久井良充

| 頁 | 出典 |
|---|---|
| 165 | Sandra Lean & Barry Chatington, *David Lean: An Intimate Portrait* (London: Andre Deutsch Ltd, 2001), 175 |
| 169 | Sandra Lean & Barry Chatington, *David Lean: An Intimate Portrait* (London: Andre Deutsch Ltd, 2001), 47 |
| 172 | Kevin Brownlow, *David Lean: A Biography* (London: Faber and Faber Ltd, 1997), 389 |
| 176 | コロムビア映画プレス・シート（1973 年） |
| 183 | 編者（市川薫）撮影、2016 年 12 月 |
| 184 | https://thelongshotist.com/category/human-nature |
| 193 | The UC San Diego Library |
| 195 | 筆者（一谷智子）撮影、2015 年 3 月 |
| 203 | 『原水禁ニュース』2009 年 12 月掲載 |
| 204 | http://zaidan.unchusha.com/kagawa.html |
| 206 | https://ja.wikipedia.org/wiki |
| 216 | Wikipedia |
| 219 | Wikipedia |
| 231 | Wikipedia |
| 237 | Wikipedia |
| 241 | Wikipedia |
| 246 | 筆者（片岡美喜）撮影 |
| 251 | 筆者（片岡美喜）作成 |
| 256 | http://www.bokumono.com/series/tomodachi/ |
| 263 | 筆者（片岡美喜）撮影 |
| 264 | 筆者（片岡美喜）撮影 |
| 292 | 筆者（早川敦子）撮影 |
| 300 | 筆者（早川敦子）撮影 |
| 308 | 著：上橋菜穂子、装画：景山徹、装丁：坂川事務所、発行：株式会社 KADOKAWA（写真提供：角川書店） |

写真・図版出典一覧

| 頁 | 出典 |
|---|---|

tNVNjMmtVBHADVjJGc2RHVnlJRU55WVc1bElFaHZjbk5sSUc5bUllU
m9aU0JUWldFLQRwb3MDOQRzZWMDc2h3BHNsawNzZnN0BHR1cm
wDaHR0cDovL21zcC5jLnlpbWcuanAveWppbWFnZT9xPURpb1hpSkVY
eUxGMjJsYWpKMnVfdUdRRTdDa082UDBUcjhoVjNRdEd0QVBnRWF
USk5XY3U1N3Q4ejg5MTdpTmZWN2Q1LlExVllMRTB2QmdXcGw4
c2ZWT3JSb2o1ZXlmOWxtQkZZLnVxTnJJM3I1S0VOVFFucmxpOGR
LdjNUdFp1a2pHRnh5YWR4YzR5NkZYa3ZBLS0mc2lnPTEzODFmbnFp
Zw--
/**https%3a//marleykorzenart.files.wordpress.com/2015/07/a5b3373c98f60
7a5081f2a1eec929876.jpg

| 96 | http://msp.c.yimg.jp/yjimage?q=.V7elFMXyLFdpk6h7BCPaJltqKhmySf5 |
|---|---|

HaoiQvAX_RDYqDFsANTtPveK4cJtN5XXObq9aNh49mXATfZ9CsyUgL
Vayl1k.HKMYLQpYyZCiOOMTSi0nEph2mgDFpKtsZCBftPuyfMqzo0o
VWEZdw--&sig=138vh149v&x=259&y=194

| 97 | www.freemap.jp/item/europe/ireland.html 白地図ページよりダウンロードした画像を元に執筆者が加工作成 |
|---|---|

| 120 | http://msp.c.yimg.jp/yjimage?q=KLN835MXyLF7HquNbTuDR0Q0839Xz |
|---|---|

yup._03hUSU4NgvjvOgWlQXueJPTnynnKgaT69kWPKBUosEhctloduT0
ZepA4VRgraWD1wPS7Mu_uGXDfD9ZE6r008aZ1b6EZbeqLgj9CUbhW
umGJ6xOAtB&sig=13aerd27m&x=175&y=289

| 127 | Kinkead-Weekes, Mark. *D. H. Lawrence: Triumph to Exile 1912-1922* (Cambridge: CUP, 1996.) |
|---|---|
| 128 | British Library of Political and Economics Science (http://archives.lse. ac.uk/GetImage.ashx?db=Catalog&type=default&fname=Imagelibrary%2fI magelibrary_91.jpg) |
| 130 | National Archives |
| 134 | 筆者（岩井 学）撮影、2016 年 9 月 |
| 142 | Tate (http://www.tate.org.uk/art/images/work/T/T03/T03846_10.jpg) |
| 145 | 『パンチ』1918 年 2 月 13 日掲載 |
| 157 | 『朝日新聞』1957 年 12 月 24 日 |
| 158 | Sandra Lean & Barry Chatington, *David Lean: An Intimate Portrait* (London: Andre Deutsch Ltd, 2001), 43 |
| 162 | Kevin Brownlow, *David Lean: A Biography* (London: Faber and Faber Ltd, 1997), 368 |

# 写真・図版出典一覧

| 頁 | 出典 |
| --- | --- |
| 2 | November 1967 issue of “Radio-Electronics” magazine |
| 3 | https://commons.wikimedia.org/wiki/Nikola_Tesla#/media/File:N.Tesla.jpg |
| 8 | https://commons.wikimedia.org/wiki/File:H_G_Wells_pre_1922.jpg |
| 18 | DVD 表紙 |
| 19 | DVD 表紙 |
| 21 | https://en.wikipedia.org/wiki/J._G._Ballard |
| 22 | https://en.wikipedia.org/wiki/High-Rise_(film) |
| 29 | 筆者（津久井良充）撮影 |
| 34 | Norman Sherry, *Conrad and his world* (London: Thames and Hudson, 1972) |
| 42 | 筆者（津久井良充）撮影 |
| 48 | 筆者（津久井良充）撮影 |
| 55 | 筆者（津久井良充）撮影 |
| 66 | Michael MacCarthy Morrogh, *The Irish Century* (London: Cassell Paperbacks, 1998) |
| 72 | https://commons.wikimedia.org/wiki/File:Patrick_Pearse.jpg |
| 76 | Russell Rees, *Ireland 1905-25*, Vol. I. (Newtownards: Colourpoint Books, 1998) |
| 81 | https://www.irishtimes.com/1916/people-of-the-1916-rising |
| 84 | 筆者（戸田 勉）撮影、2004 年 |
| 91 | http://msp.c.yimg.jp/yjimage?q=bN8M7QwXyLEiqO2oQXQU6ruZYSCdv1goNr0AYRgIq9ljGCKzJfuddGefFjb34jtxQAUkCaaKSILeldwiCgohvfCFU04QPnNsdJLyWDV9nCMpuAd5k0eMrPG291EH1Ar7tJszc_QAT9aHMXsLa9_K&sig=13ar9i5nb&x=190&y=265 |
| 93 | 『図説イェイツ詩辞典』（鈴木弘著、本の友社、1994 年） |
| 94 | http://ord.yahoo.co.jp/o/image/_ylt=A2RCMZJO2tdX3k8AqzSU3uV7;_ylu=X3oDMTAyN3Vldmc1BDAD/SIG=13cul210u/EXP=1473850318;_ylc=X3IDMgRmc3QDMQRpZHgDMARvaWQDQU5kOUdjUXEyRkU0SFZ0SmJ3UmNCbzZxTnNoVUZiRmhiTkpVdTJSQ0llS2JXSUhJcEpnUTlKT1l |

## 執筆者紹介（編著者以外は50音順）

＊津久井良充（つくい・よしみつ）／編著者
高崎経済大学名誉教授
＊市川　薫（いちかわ・かおる）／編著者
広島修道大学教授

＊一谷智子（いちたに・ともこ）
西南学院大学教授
＊岩井　学（いわい・がく）
熊本保健科学大学准教授
＊片岡美喜（かたおか・みき）
高崎経済大学准教授
＊清水　明（しみず・あきら）
信州大学名誉教授
＊巽　孝之（たつみ・たかゆき）
慶應義塾大学教授
＊伊達恵理（だて・えり）
明治大学兼任講師
＊戸田　勉（とだ・つとむ）
常葉大学教授
＊早川敦子（はやかわ・あつこ）
津田塾大学教授
＊矢原繁長（やはら・しげなが）
現代美術家・詩人

架空の国に起きる不思議な戦争
——戦場の傷とともに生きる兵士たち　（検印廃止）

2017年3月20日　初版発行

| | |
|---|---|
| 編著者 | 津久井良充 |
| | 市川　薫 |
| 発行者 | 安居洋一 |
| 印刷・製本 | モリモト印刷 |

162-0065　東京都新宿区住吉町 8-9
発行所　開文社出版株式会社
TEL 03-3358-6288 FAX 03-3358-6287
www.kaibunsha.co.jp

ISBN978-4-87571-880-2　C3098